O lobo e a fênix

ESTER ROFFÊ

O lobo e a fênix

Um romance em meio a traumas, segredos
e um diagnóstico avassalador

Labrador

© Ester Roffê, 2024
Todos os direitos desta edição reservados à Editora Labrador.

Coordenação editorial Pamela Oliveira
Assistência editorial Leticia Oliveira, Jaqueline Corrêa
Projeto gráfico e capa Amanda Chagas
Diagramação Nalu Rosa
Preparação de texto Laila Guilherme
Revisão Andresa Vidal Vilchenski
Imagens de capa Geradas via prompt Midjourney
e editadas por Amanda Chagas

Dados Internacionais de Catalogação na Publicação (CIP)
Jéssica de Oliveira Molinari - CRB-8/9852

Roffê, Ester.
    O lobo e a fênix / Ester Roffê.
São Paulo : Labrador, 2024.
464 p.

ISBN 978-65-5625-554-5

1. Literatura infantojuvenil brasileira I. Título

24-0824   CDD 028.5

Índice para catálogo sistemático:
1. Literatura infantojuvenil brasileira

Labrador

Diretor-geral Daniel Pinsky
Rua Dr. José Elias, 520, sala 1
Alto da Lapa | 05083-030 | São Paulo | SP
contato@editoralabrador.com.br | (11) 3641-7446
editoralabrador.com.br

A reprodução de qualquer parte desta obra é ilegal e configura uma apropriação indevida dos direitos intelectuais e patrimoniais da autora. A editora não é responsável pelo conteúdo deste livro. Esta é uma obra de ficção. Qualquer semelhança com nomes, pessoas, fatos ou situações da vida real será mera coincidência.

"Os lobos sabiam quando era tempo de parar de olhar para o que eles tinham perdido e, ao invés disso, focar no que ainda estava por vir."

Lobo solitário, Jodi Picoult

"Quando lhe resta apenas um sopro de vida, a fênix bate suas asas e agita suas plumas, e deste movimento produz-se um fogo que transforma seu estado... Breve, madeira e pássaro tornam-se brasas vivas, e então cinzas. Porém, quando a pira é consumida e a última centelha se extingue, uma pequena fênix desperta do leito de cinzas."

A conferência dos pássaros, Farid al-Din Attar

PLAYLIST

**O LOBO
E A
FÊNIX**

disponível no
YouTube Music

PLAYLIST – O LOBO E A FÊNIX

PARTE 1

Velha infância – Tribalistas
Vieste – Ivan Lins
Sereia – Lulu Santos
Garotos II – O outro lado – Leoni
Ela só quer paz – Projota
Garotos – Kid Abelha
O vento – Jota Quest
A vida não presta – Leo Jaime
Se eu não te amasse tanto assim – Ivete Sangalo

PARTE 2

Sobre o tempo – Nenhum de Nós
Acima do sol – Skank
Quando a chuva passar – Ivete Sangalo
La isla bonita – Madonna
Refrão de bolero – Engenheiros do Hawaii
Faz parte do meu show – Cazuza
Noites com sol – Flavio Venturini
Vento no litoral – Legião Urbana
Só pro meu prazer – Leoni
Vamos fugir – Skank
Romance ideal – Os Paralamas do Sucesso
Bem que se quis – Marisa Monte

PARTE 3

Flawed Design – Stabilo
Primeiros erros (chove) – Kiko Zambianchi
Vambora – Adriana Calcanhotto
De janeiro a janeiro – Roberta Campos e Nando Reis
Wall – Felix Räuber
A estrada – Cidade Negra

APRESENTAÇÃO

O Lobo e a Fênix é uma experiência sensorial que desafia as convenções literárias, combinando ciência, arte e emoção de maneira impactante. A autora, com sua formação científica na área de imunologia, tece uma narrativa que se conecta diretamente às vivências do protagonista.

A história é acompanhada por uma playlist cuidadosamente selecionada que amplifica as nuances emocionais, permitindo que o leitor visualize e sinta cada reviravolta da jornada do personagem principal.

Uma obra sobre a luta contra a esclerose múltipla e a resiliência do espírito humano diante da adversidade.

Dra. Fernanda Ferraz
Neurologista especialista em esclerose múltipla.

PREFÁCIO

Em *O Lobo e a Fênix*, Ester Roffê nos presenteia com uma verdadeira obra-prima, uma joia literária que explora questões desafiadoras da vida com uma sensibilidade e profundidade emocionante. Este livro não é apenas um romance; é um estudo cuidadoso sobre o amor, a superação e a resiliência humana diante dos desafios mais profundos.

A narrativa de Hugo e Solara atravessa diversas fases de suas vidas, desde a adolescência até a idade adulta, e se apresenta como um retrato fiel das lutas contra estigmas sociais e desafios pessoais. Hugo, lidando com um diagnóstico de esclerose múltipla, e Solara, enfrentando traumas do passado, exemplificam a capacidade do espírito humano de transcender adversidades através do amor e da compreensão mútua.

Como médico que trata de pacientes com esclerose múltipla há mais de uma década e como diretor médico da Associação Brasileira de Esclerose Múltipla (ABEM), pude testemunhar em primeira mão a evolução dos tratamentos disponíveis. A angústia de qualquer cientista, como bem sabe Roffê, é estar diante de certezas transitórias que evoluem com o avanço científico. Esta obra não apenas ilustra as complexidades da doença, mas também reflete a esperança que o progresso médico trouxe para aqueles afetados pela esclerose múltipla, que é uma doença rara repleta de desafios, além de ser uma importante causa de incapacidade neurológica em jovens no Brasil e em todo o mundo.

O trabalho da ABEM, que se dedica incansavelmente a melhorar a qualidade de vida dos pacientes, encontra um eco profundo em *O Lobo e a Fênix*. Através deste livro, Roffê contribui significativamente para a sensibilização e entendimento da esclerose múltipla e dos desafios que pessoas que vivem com essa condição enfrentam nos relacionamentos familiares, profissionais e, em especial, consigo mesmas.

Este prefácio é escrito com respeito e admiração pela jornada de Hugo e Solara, mas também reflete minha própria jornada e a de muitos dos meus pacientes. A vida, assim como a ciência, é feita de revoluções silenciosas e descobertas que mudam destinos. A história de Hugo e Solara é um lembrete potente de que, apesar dos desafios, a esperança e o amor podem florescer.

Após a leitura, você inevitavelmente estará mais sensível às questões das pessoas ao seu redor. Esta obra amplia nossa compreensão sobre os desafios enfrentados por outros e enriquece nossas relações mais íntimas, reacendendo paixões e fortalecendo laços, como aconteceu comigo e minha esposa.

Ao abordar temas críticos como bullying, autismo e abuso com delicadeza e profundidade, Roffê não apenas conta uma história, ela nos convida a refletir sobre a sociedade em que vivemos e o papel que cada um de nós desempenha na construção de um mundo mais inclusivo e compassivo. *O Lobo e a Fênix* é uma celebração do espírito humano; é um chamado à ação para todos nós, para olharmos além das nossas próprias experiências e estendermos mãos e corações aos outros.

Dr. Guilherme Sciascia do Olival
Diretor Médico, ABEM.

prólogo

Solara

Enquanto o sol se punha num espetáculo maravilhoso, eu esperava as ondas. Nessa tarde elas estavam perfeitas... ou o mais perto do que se pode chegar disso. Como não era alta temporada, eu estava praticamente sozinha na praia. Eu e alguns de sempre, como o Thiago, o João Henrique e a Rica, mas estavam mais pra lá. Eu gostava de ficar mais longe. Não era o melhor *point*, mas eu tinha uma razão especial pra ficar ali.

Era na frente da casa, a única que ficava na areia, na Praia das Princesas. Tinha ficado fechada por muito tempo e agora estava em obras, mas eu sempre dava uma olhada, perdida nas minhas memórias, desejando voltar no tempo.

Resolvi remar mais pro fundo, já que a maré estava baixando. Houve uma calmaria. Deitei na minha prancha e fechei os olhos, porque eu gosto de me sentir assim, livre, solta. Foi o suficiente pra lembrar dos olhos dele no dia em que o beijei. A surpresa, a vulnerabilidade, a verdade. E o sorriso... o sorriso que veio depois...

A água sacudiu, anunciando umas ondas chegando. Resolvi parar de pensar nele e em tudo que poderia ter sido, porque não dá pra ficar vivendo no passado. Porque, PQP, eu tenho vinte e cinco anos e a vida pela frente... já vivi várias coisas depois disso, mas por que minha mente sempre voltava para aquela época? Eu tinha quinze anos, ele treze. Era a inocência? Talvez. Depois de tudo que eu vivi, um pouco de inocência não vai mal pra ninguém.

Bota a cabeça no lugar, Solara. O cara cresceu e deve ser como os outros. Nem você é mais a mesma... e ele sumiu do mapa.

E se ele não tivesse ido embora?

Dizem que o primeiro amor a gente nunca esquece.

Mas é normal ficar obcecada por isso?

Melhor abstrair.

Acabei remando de volta em direção aos meninos; afinal de contas, eu estava ali pra pegar onda, e elas são muito melhores do lado de lá. Enquanto remava, fiz uma anotação mental pra esquecer aquela casa, aqueles dias, e olhar pra frente.

Foi aí que eu vi um cara arrasando, pegando uma onda perfeita. A Rica tentou cortar a onda dele, mas o cara não deixou.

Bem feito.

Ele deu umas rasgadas, mas logo perdeu velocidade. Parecia meio sem prática, mas mandou muito bem. Mas quem era aquele? A cabeleira loira, cacheada. Nas costas, uma tatuagem enorme, que eu podia ver de longe. Parecia um lobo, com uma lua atrás.

Turista nessa época?

O estilo dele quase me lembrava...

Solara, não. Abstrai.

Uma onda boa começou a vir. Olhei pro Thiago, e ele fez um sinal pra mim, dizendo que era minha. Eu remei. Ela veio com tudo e eu dropei[1], sentindo a adrenalina e a brisa no rosto. Dei umas rasgadas. De repente, eu vi o cara pegando a minha onda.

Como o Hugo.

Com isso, eu levei uma vaca[2]. Às vezes eu me deixava levar de propósito, porque eu gosto de perder o controle. Sentir o mar me levando não me deixa tensa. Pelo contrário, às vezes eu acho que nasci no mar e vou morrer nele.

De repente, senti alguém me puxando e emergi.

— Solara? Solara???

Os olhos mais azuis que eu já tinha visto me olhavam com desespero.

---

1 Dropar: gíria usada por surfistas; ficar em pé na prancha.

2 Levar uma vaca: quando o surfista cai da prancha e é arrastado pela onda para baixo d'água por alguns segundos.

O olhar estava mais velho, mas era o mesmo: os olhos que eu sonhei ver por tantos anos.

O corpo não, esse estava bem diferente. Maior, definido, pelos dourados e os cabelos cacheados mais perfeitos que eu já tinha visto.

Fiz a única coisa que poderia fazer: me joguei nele com tudo que eu tinha... e o beijei.

parte 1

capítulo 1
DEZ ANOS ANTES

Hugo

Enquanto meu cachorro Feroz cheirava as cadeiras do quintal, eu as ajeitava, deixando-as proporcionalmente posicionadas à mesma distância uma da outra, numa disposição quadrada e simétrica. Me irritei pela milésima vez com aquela casa, que a minha mãe falou que era o paraíso na Terra.

Assim que a gente chegou, eu vi a furada. A única casa na areia, amarela e feia. Bom, algum dia tinha sido amarela. Digo isso porque havia mais mofo nas paredes do que na casa velha da minha avó. Tinha dois andares e a gente tinha alugado só a parte de trás, que dava para o mar. O dono, um surfista cabeludo com colar de dente de tubarão e bermuda folgada na cintura, morava na parte da frente e alugava o resto da casa durante a temporada.

— Fernando, né? — Minha mãe perguntou, espiando o cara.

— Você que é a Sheila? Pode me chamar de Nando, aqui todo mundo me conhece assim.

— Muito prazer, Nando! — Minha mãe estendeu a mão. Feroz meteu as patas nele, todo animado. Eu o repreendi.

Meu pai ainda estava estacionando o carro e nem percebeu que minha mãe estava de olho no cara. Depois de um minuto, durante o qual o sujeito não sabia bem o que falar e minha mãe continuava admirando o corpo dele, meu pai finalmente se deu por satisfeito e saiu do carro. Ele gostava das coisas milimetricamente dispostas, espacialmente perfeitas, e isso incluía estacionar o carro.

— Prazer, sou o Nelson. — Ele deu a mão pro tal do Nando. — Esse é o meu filho Hugo. Aqui é tranquilo mesmo?

— Bom, em termos — o cara respondeu, com aquele jeito de quem nunca se preocupa com nada. — Quando chove, parece que a gente tá no meio da tempestade. Mas quase não tem previsão de chuva pra esse mês... só em fevereiro. Até lá, vocês vão ver o que é dormir e acordar com o barulho das ondas. Eu mesmo, quando não tô alugando, às vezes durmo na parte de trás. — Ele falava enquanto nos encaminhava para trás da casa.

Nós chegamos num quintal, e eu resolvi que ia ajeitar as espreguiçadeiras assim que deixasse minha mochila no quarto. O sujeito abriu a porta de madeira, que rangeu. Feroz foi entrando na frente pra explorar o lugar.

— É como eu disse pelo telefone, Sheila: a vantagem de se hospedar pé na areia é o próprio mar. A desvantagem é a maresia, que estraga os móveis, mas a maioria dos meus clientes não se incomoda com isso.

Eu entrei e saquei o que ele dizia. Tudo ali estava enferrujado: desde as barracas e cadeiras de praia encostadas num canto, até a geladeira e os utensílios de cozinha. Os móveis eram de vime, e pelo menos as almofadas cheiravam bem. Mas não se podia negar o cheiro de mofo e da maresia no interior da casa. Minha mãe respirou fundo e sorriu. Meu pai sorriu por conveniência, porque, se a minha mãe estivesse feliz, ele estava também. E eu... bom, eu ainda não sabia se gostava. O cara jogou um spray cheiroso na casa e disse que a faxineira vinha duas vezes por semana.

Fui subindo a escada e parei diante de dois quartos. O da frente ia ser o dos meus pais, com certeza: a varanda dava pro mar, e de lá se podia ver a praia toda, desde a Costa do Coral até Pedra Grande.

Entrei no outro quarto. Uma cama de casal enorme me esperava, além de uma cadeira com um ventilador, objeto de suma importância num lugar tão quente. Eu duvidava que ia conseguir dormir sem isso, porque já estava pingando de suor.

Obrigado, Deus.

Procurei logo as tomadas para carregar meu laptop, meu iPad e meu celular. Eu pretendia passar os próximos meses lendo meus livros, assistindo minhas séries preferidas e jogando meus jogos. Enquanto eu procurava a rede e já me conectava, o tal do Nando entrou no meu quarto e foi abrindo a cortina e a porta da minha varanda. Tinha uma vista lateral mais pro lado de Pedra Grande e estava batendo sol.

Essa cortina vai ficar fechada dia e noite.

— Olha a brisa que chega aqui... Eu deixei o ventilador, mas se vocês quiserem tentar dormir com a varanda aberta, vão até sentir frio de noite!

Com certeza... só que não.

Minha mãe fez mais uma cara de quem tinha acertado na Mega-Sena. Meu pai enxugou o suor do rosto pela quadragésima vez, sorrindo. O Nando ficou olhando para o horizonte, de forma zen. Feroz já estava confortavelmente instalado na minha cama. E eu... eu só queria que todos saíssem dos meus aposentos pra me conectar com o Flávio e o Bruno e jogar *Assassin's Creed* on-line.

Meia hora mais tarde, minha mãe invadiu meus domínios.

— Vamos pra praia, Hugo! Seu pai já está pronto!

— Depois, mãe... tô no meio do jogo.

— Desliga isso, meu filho, a gente veio pra cá pra descansar. Isso inclui você se desligar de todos esses eletrônicos.

— Hum, hum... depois...

— Agora, Hugo, senão vou desconectar essa internet!

Eu revirei os olhos.

— Mãe... eu nem queria vir! Só vim porque você me deixou trazer minhas coisas!

— Você pode ficar jogando, mas só duas horas por dia! E não agora, só no fim da tarde. *Vambora* que o sol tá lindo! Não é possível, meu filho... como pode uma pessoa trocar um mar desses por jogo de internet?! Meu Deus, o que aconteceu com essa geração? — Ela foi saindo, ainda falando como uma matraca. — Nelson, esse seu filho... ele só tá te imitando, porque você não sai do celular!

Bati a porta do quarto, irritado. Abri minha mala e tive que tirar tudo de dentro pra achar meu calção. Passei protetor solar 60 e peguei meu boné do *Doom*, meu jogo preferido.

Já na areia, depois que meu pai montou a barraca enferrujada, eu estendi uma toalha e fiquei lá embaixo, com cara de bunda. Minha mãe nem viu, já foi andando direto pro mar, como se estivesse sendo atraída por algum canto de sereia. Meu pai foi logo em seguida, mas voltou uns cinco minutos depois e colocou uma cadeira enferrujada do meu lado.

— A água tá um gelo, mas sua mãe não se importa. Olha como ela tá feliz!

— Já vi.

— Filho... tenta se distrair — meu pai falou, percebendo minha cara amarrada. — É bom um pouco de mudança.

— Pai... não adianta, isso não é pra mim. Eu gosto da minha rotina.

— Olha, você tem que experimentar coisas novas... esportes novos...

— Eu odeio todos, pai. Só gosto mesmo de computador, de programar, de jogar...

— Eu sei, filho. E você tem um dom pra isso. Mas você é muito novo, tá na época de experimentar as coisas. Como você pode dizer que não gosta de uma coisa se não tentar? Quando eu tinha a sua idade, eu tentei futebol, vôlei...

Respirei fundo. Pior do que ficar ali olhando aquelas ondas que iam e vinham era fazer isso com meu pai falando no meu ouvido. Esperei que ele terminasse a longa frase e me levantei.

— Pai, vou andar um pouco, quem sabe dar um mergulho.

— Ótimo, vou com você! — ele falou, abrindo um sorriso.

— Não! Não, pai. Pode deixar que eu vou. Eu quero ouvir música enquanto faço isso.

— Mas... como você vai ouvir música no mar?

Fingi que não ouvi e coloquei meus fones, vazando o mais rápido possível.

No quarto dia de penitência, depois de a gente ter passado o dia todo nas dunas, meu pai chegou com uns hambúrgueres pra gente comer à noite. Eu já ia atacar a batata frita, quando vi minha mãe me olhando com aquela cara de reprovação.

— Hugo, meu filho... devagar...

— Tô morrendo de fome, mãe!

— Você podia ter comido uma maçã ou uma banana pra esperar, né? Querido, você está gordinho... já tem essa tendência que você herdou do seu pai... não faz esportes... — e continuou com aquela mesma conversa de sempre, que eu já tinha até decorado.

Desanimado, acabei largando a batata. Em vez disso, ajeitei os copos na mesa. Meu pai me olhou com pena, mas eu fingi que não vi.

— Olha... — minha mãe continuou. — Eu vi uns meninos hoje lá na praia tendo aula de surfe. Não resisti e te inscrevi, eles vão começar uma turma de iniciantes amanhã às seis da manhã.

Meu estômago se revirou.

Flashes da escola e do *bullying* que eu sofri o ano todo na Educação Física vieram à minha cabeça. Nem nas férias eu estava livre daquela merda.

— O quê??? Você não tinha o direito, mãe!!!

— É pro seu bem, Hugo...

— Mãe... eu mal sei nadar...

— Sabe, sim! Eu paguei quantos anos de natação pra você?

— Mas... no mar é diferente! Mãe... pai... me ajuda... eu... olha... todo mundo sabe que eu sou de eletrônicos, gente... e esse problema meu... eu não vou conseguir...

— Meu filho... você consegue fazer o que quiser, tá me entendendo? Você é um Krammer. Os Krammer não têm limites.

— Sei! Os Krammer são magros, não têm espinha na cara, não têm TOC, não têm defeito nenhum! Mas eu tenho tudo isso, mãe!

— Não, meu filho... você *se tornou* isso tudo. E você precisa lutar contra, senão vai acabar ficando como... como...

— Como o meu pai, né, mãe? É isso que você ia dizer? Afinal, eu sou um Wolfe também!

Ela olhou pro meu pai, sem graça. Meu pai, como sempre, engoliu calado.

— Fala alguma coisa, pai! Vai deixar ela falar assim?

Ele olhou pra ela, decepcionado. Respirou fundo e continuou:

— Isso é problema nosso, Hugo. Agora, eu tenho a mesma opinião que a sua mãe, você precisa se exercitar. Até você achar alguma coisa que gosta leva tempo! Nós, como seus pais, sabemos o que é melhor pra você. A sua terapeuta disse que você precisa disso, e é isso que você vai fazer. Amanhã você vai nessa aula... Se você fizer três aulas e não gostar, pode sair.

— Nelson!!! — minha mãe gritou. Feroz latiu, percebendo a escalada da discussão.

— Sheila, não adianta forçar! O menino vai experimentar. Cedo ou tarde a gente vai achar alguma coisa que ele gosta.

Minha mãe me olhou como se eu fosse uma falha humana. De repente, senti minhas unhas apertando a carne da minha mão. Assim que percebi, segurei meu celular, meu porto seguro. Resolvi pegar meu sanduíche e corri pro meu quarto, batendo a porta. Ainda ouvi minha mãe gritando meu nome, mas fiquei lá dentro. Depois de um tempo, meus pais começaram a discutir feio, enquanto eu apertava meu braço forte, até a raiva passar.

— Hugo... filho... acorda, tá na hora.

Senti uma lambida na cara.

Abri os olhos e vi Feroz e minha mãe. Estava com os olhos vermelhos, eu não sabia se era por causa do sono ou do choro. Levantei meio grogue e já fui colocando meu calção, que eu tinha deixado do lado da cama, pronto. Depois de lavar o rosto com água fria, desci a escada e tomei uma vitamina de banana que minha mãe fez. Quando eu já ia saindo, ela me chamou.

— Filho... desculpa por ontem. Eu só quero o melhor pra você.

— Tudo bem — menti. — Te vejo mais tarde.

Fui caminhando até a ponta da praia, em direção à Pedra Grande, pensando em todas as vezes que fui sacaneado na Educação Física por aqueles insuportáveis da escola. O pior deles era o Mateus, um cara enorme, bom em todos os esportes, por quem as garotas mais bonitas da sala suspiravam. Burro como uma porta, mas fortão. Até a Kaiane, que era do nosso grupinho de nerds, suspirava por ele. Minha amiga disfarçava, mas eu via.

Pelo menos eu ia ficar livre deles nesse ano.

Escola nova, bullies *novos... sabe como é, Hugo.*

Essa era a história da minha vida.

Cheguei num amontoado de pessoas com pranchas de surfe. Um cara veio falar comigo, segurando uma prancheta. Ele era magro, mas forte. Muito moreno, mas de olhos claros e com o cabelão amarrado num rabo-de-cavalo.

— Seu nome?

— Hugo Wolfe.

— Wolfe. Ok. Pode ficar ali do lado da galera.

Tinha um grupinho de cinco caras e duas garotas. Uma delas era uma loira metida, que obviamente estava a fim de um altão. Eu me senti um E.T. Todo mundo lá era mais ou menos da minha idade, mas eu era o único *fofo*. Me senti mais protegido pela minha camisa, e a ajeitei. A outra garota, uma morena mais baixinha, olhou direto pras espinhas na minha cara. O professor começou a falar, mas tudo o que eu pensava era em consertar os espaços entre os alunos.

— Meu nome é Lúcio e a gente vai estar junto pelos próximos trinta dias...

No meu caso, só três.

Ele falou que a gente ia ficar só na areia hoje e treinar os movimentos principais em cima da prancha, depois começou a dar umas noções básicas de orientação de onda, direção de vento, as terminologias usadas pra cada coisa. Falou que a gente ia fazer uns alongamentos e umas aulas de ioga também. Eu quis enfiar minha cabeça na areia, porque nunca tinha feito nada disso.

Foi quando chegou uma menina, segurando uma prancha de surfe maior do que ela, onde se lia "Rise with the tide and go with the flow". Ela deixou a prancha cair na areia e sentou em cima.

Enquanto o Lúcio continuava falando sei lá o quê, eu pude reparar melhor na garota. Seu cabelão cheio e escuro estava amarrado com um elástico cheio de fitinhas saindo dele. Muito morena, ela usava uma blusa roxa e a parte de baixo de um biquíni da mesma cor. A menina começou a consertar um dos laços laterais do biquíni, e eu acabei olhando. Na mesma hora, ela me olhou e sorriu.

Olhos verdes? Ou castanho-claros?

E que contraste com a pele e o cabelo escuros!

Fiquei muito sem graça, porque ela me pegou olhando, e acabei desviando o olhar. Depois, me toquei que metade dos caras que estavam com a gente estava olhando pra ela, e que a loira metida estava com uma cara de quem tinha chupado limão. O Lúcio viu que a gente tinha perdido o foco e interrompeu a aula:

— Pessoal, essa é a Solara, ela vai ajudar a gente. Agora, atenção aqui.

Enquanto ele falava, eu só conseguia reparar na menina que, sei lá por quê, parecia diferente das garotas da minha escola. Ela ficou olhando um tempão pras ondas, enquanto comia uma barra de cereal. Assim que o Lúcio terminou de falar, ela se levantou e veio até a gente.

— Agora eu quero que cada um aqui se apresente e fale de onde é, se tem alguma experiência com surfe, o que espera das aulas, essas coisas.

Merda.

Odeio falar sobre mim.

Ninguém estava a fim de começar.

— Eu começo — Solara falou. — Eu sou a Solara, tenho quinze anos e o mar faz parte de mim. Eu surfo desde os cinco, quando o Lúcio começou a me ensinar. Ele é meu irmão mais velho.

Ela olhou pra ele e sorriu. Ele sorriu de volta.

Agora eu sei o que ela tem de diferente. O sorriso. E uma leveza. Essa menina é zen.

Um cara do meu lado começou a falar, enquanto eu pensava no que ia dizer.

Meu nome é Hugo e eu tô aqui porque minha mãe me obrigou. Meu pai é um fraco, e eu tô indo pelo mesmo caminho. Minha psicóloga disse que eu tenho traços de TOC *e é verdade, porque agora mesmo eu quero consertar a posição errada de todos vocês, tirar o cabelo que tá preso na alça do biquíni da loura metida e ajeitar as fitinhas do cabelo da Solara. Pra completar, eu tenho essas espinhas na cara que não saem nem com ácido glicólico. Enfim, eu sou um gordo espinhento que nunca deveria sair do quarto porque só sou bom na frente de um computador, onde todo mundo só vê meu avatar. Mas minha mãe tá me obrigando a passar um ano na praia e a estudar numa escola pública, que deve estar cheia de leões esfomeados querendo comer meu fígado.*

Assim que eu terminei de pensar, todo mundo olhou pra mim.

— Meu nome é Hugo Wolfe e eu não tenho experiência com surfe — falei, olhando pra baixo.

Ficou um silêncio.

— Você é de onde, Wolfe?

— Do Rio. — Eu apontei pra trás. — A gente alugou uma casa que é na areia.

Nem sei por que falei isso. Acho que porque eu estava nervoso.

— Eu conheço. A Casa Amarela, né? O Airbnb do Nando Costa — a Solara falou.

Eu senti minha cara queimar.

— É... como você sabe?

— Cidade pequena — ela respondeu, sorrindo de novo. Eu tive que olhar pra baixo mais uma vez, e não ousei olhar pra cima até todo mundo acabar de falar.

A gente começou a fazer uns alongamentos, e eu tive certeza que a loura metida riu quando eu não consegui alcançar meu pé. Depois a gente treinou os movimentos na areia, o Lúcio mostrou rapidamente as pranchas, até que a aula acabou.

Primeira aula já foi, agora só faltam duas.

Fui depressa pra casa, sem nem olhar pra trás.

Na tarde seguinte, minha mãe me fez caminhar pela praia de novo. Ela até ameaçou vir junto, mas eu disse que ia sozinho. Dona Sheila estava mesmo disposta a me fazer perder peso nessas férias.

Não sabia por que ela tinha tanta vergonha de mim.

Aliás, eu sabia, sim.

Andei de novo até Pedra Grande, que era mais perto. Estava morrendo de sede, então resolvi pegar um refri no trailer.

Trailer Sereinha do mar.

Eu ainda estava meio longe, mas reconheci a atendente na hora.

Ela usava uma camiseta rasgada de propósito, com um top pink por baixo. O cabelo estava preso num rabo de cavalo alto, com o mesmo prendedor cheio de fitinhas.

Mais uma vez, parece que eu a atraí com o pensamento: Solara me viu e abriu o maior sorriso do mundo. Com isso, eu achei que até sol ficou mais iluminado. Me toquei que estava quase babando e desviei o olhar.

— Hugo, né? — ela perguntou.

— Hã... é, sim. Você é a Solara, né?

— Sou.

Ela ficou me olhando. Eu olhava pra ela e não conseguia parar de piscar, nervoso. Se tivesse um buraco, eu ia me enfiar ali. Acabei estalando os dedos, pra liberar tensão.

— E aí? — ela perguntou.

— Tudo bem.

Ela riu.

— Eu tava perguntando o que ia ser. Quer alguma coisa?

— Ah, tá!!! É, eu quero uma Coca. Light.

Nem sei por que eu disse isso, eu odeio Coca light... mas de alguma forma eu quis parecer menos guloso.

— Não quer uma água de coco? É mais natural, eu tomo uma com você. E tá bem geladinha.

Eu não contei que não gostava de nada gelado ou quente, só morno. Até refri, eu preferia à temperatura ambiente.

Sem surpresas na minha vida. Eu não lido bem com elas.

— Ótimo. Melhor ainda. Obrigado, Solara. Eu vou aceitar.

Cala a boca, imbecil...

Ela deu um risinho, pegou um coco, meteu o facão nele e tirou uma lasca. Depois, me deu o coco pela janela do trailer e um canudo de papelão.

— Tem de plástico?

— Não... mas posso virar a água num copo pra você. Só que a gente só tem copo de vidro, você quer?

— Hã... é... bom...

— Mas fica com o coco mesmo! Depois você pode comer a polpa! É a parte que eu mais gosto!

Ela não me esperou responder e meteu o facão em outro coco. Depois, saiu do trailer e olhou pra praia.

— Lumi!!! Fica aqui pra mim! — ela gritou. Uma mulher, que estava lonjão, perto da água, com um monte de crianças, fez que sim com a cabeça.

Solara chegou mais perto, e eu meio que me arrepiei. Ela era um pouco mais alta do que eu.

— Vamos? Quero te mostrar um lugar.

— Mas... é longe? Tô meio cansado.

— Não... é logo ali, nas pedras.

Eu tive que ir.

Agora, por que ela queria minha companhia, eu não sei.

Nós chegamos nas pedras. Solara subiu tudo na maior velocidade. Eu subi meio sem jeito, mas dei como desculpa que eu estava segurando o coco.

Quando a gente chegou no topo da pedra maior, eu fiquei de cara. Dali a gente via a enseada toda. Como se adivinhasse meu pensamento, Solara completou:

— Se a gente andar mais pra lá, dá pra ver Catedral do Limeira e a Lagoa Brava. Já foi lá?

— Não, não... só aqui mesmo.

— Depois, se você quiser, eu te levo. Lá também dá umas ondas da hora.

Eu fiquei calado. Pra disfarçar, tomei um gole da água de coco. Incrivelmente, estava uma delícia. Não estava gelada, mas fria. Fresca. Eu me senti refrescar. Bateu um vento delicioso também. Solara sorria com os olhos, que eu decidi que eram cor de folhas secas, admirando a paisagem, como se fosse a maior novidade do mundo.

— Você vem sempre aqui? — perguntei.

— Todo dia! Aqui é praticamente meu quintal. Minha casa fica a uns dez minutos pra lá. — Ela apontou naquela direção.

— Ah, tá...

Ficou um vácuo. Eu não sabia o que dizer, e ela ficava olhando pro mar, como se o pensamento estivesse bem longe. De repente, ela rompeu o silêncio.

— Por que você queria de plástico?

Graças a Deus. Peraí...

— Eu... o quê?

— O canudo... por que você queria de plástico?

— Ah, sei lá... é porque... tá bom, vou falar a verdade. Tem coisas que a gente não fala pra ninguém, né... porque são sensações, e não é muito importante, eu acho... então, é porque o papelão cola na boca da gente. Eu me sinto desconfortável, só isso.

Ela me olhava como se eu estivesse explicando por que o céu é azul, muito interessada. Eu não estava acostumado com isso, ninguém tinha interesse em nada sobre mim.

Apesar de eu saber explicar muito bem por que o céu é azul.

— Entendi... mas, olha, não sei se você sabe, mas os canudos vão parar no mar. Eles fazem muito mal à vida marinha, além de poluir. E os que já estão lá vão ficar por séculos, já que não são recicláveis. Sabia que tem verdadeiras ilhas de lixo nos oceanos??? São lugares onde as correntes são mais fracas, aí o lixo se acumula. Muito triste isso.

Ela falou isso tudo sem me condenar, no entanto. De um jeito bem natural, bem zen.

Me senti um merda.

E eu aqui, preocupado com minha boca colando no papelão.

Eu até sabia das coisas que ela falou, mas nunca tinha parado pra pensar muito nisso.

Solara falava com tanta paixão que eu resolvi que nunca mais ia usar um canudo de plástico na minha vida.

Nós ficamos ali, lado a lado, conversando sobre coisas aleatórias. Ela me ajudou a abrir o coco e me ensinou a comer a polpa, porque eu nunca tinha feito isso. Se ela achou bizarro, não demonstrou. Eu achei delicioso e me perguntei como tinha vivido sem isso por tanto tempo.

Ela começou a me contar da escola, que tinha ido pro nono ano. Achei estranho, porque eu tinha passado pro oitavo e era dois anos mais novo.

— Perdi um ano — ela explicou, mais grave. — Dois anos atrás. Mas eu não quero falar sobre isso. E você? Me conta de você.

Preparada pra ouvir as coisas mais desinteressantes do mundo?

— Eu moro em Botafogo. Estudo à tarde. O resto do tempo eu... bom, eu gosto de jogar on-line com meus amigos, gosto de programar. Eu faço uns jogos, tudo muito simples, mas é legal. Eu gosto disso. É. É isso. Minha praia é qualquer tipo de eletrônico.

Ela ficou me olhando, como se esperasse por mais.

Sabia. Minha vida é mais entediante que... que o próprio tédio.

Eu precisava adicionar alguma coisa, só não sabia o quê. De repente, a luzinha acendeu.

— E eu tenho um cachorro. O nome dele é Feroz, mas ele é *de boaça*. Se entrar ladrão lá em casa, ele vai até brincar com o cara. Nem sei por que minha mãe deu esse nome, porque labrador nunca é feroz...

— Mentira! Também tenho um labrador! — ela me interrompeu. — Na verdade, ele é mistura com vira-lata, né... lá em casa a gente tinha três cachorros. Primeiro eu ganhei a Serena, aí ela teve doze filhotes... doze, você acredita??? Minha irmã vendeu todos, mas consegui ficar com um, o Zion. Mas ela morreu no ano passado... E tinha a Iona, uma vira-lata que às vezes aparecia lá em casa, mas tem tempo que ela sumiu.

Não sei bem por quê, mas fiquei feliz. Talvez porque a Solara e eu tínhamos algo em comum.

Ela ficou um tempão falando sobre os cachorros. De vez em quando eu contava alguma coisa também.

Quando percebi, o sol estava se pondo.

Mas eu não queria olhar muito pra ele. Eu queria continuar olhando pra um outro tipo de sol.

A gente saiu dali quando já estava quase escurão. Solara me deu a mão e me ajudou a descer das pedras. Óbvio que ela percebeu que eu estava com medo, mas não disse nada.

— Te vejo amanhã no surfe! — ela falou, quando a gente chegou no trailer.

Eu voltei pra casa quase flutuando.

Minha mãe tinha feito uma comida natureba... Quinoa com frango e uns legumes que eu nunca comia. Engoli sem reclamar. Minha mãe estranhou.

Já no meu quarto, eu resolvi ajeitar a cortina, porque ela estava mais pra lá do que pra cá, e eu gostava que ela ficasse totalmente simétrica.

Foi aí que eu me toquei que passei aquele tempo todo sem me preocupar com o jeito das coisas. Eu podia ter encrencado com a camiseta rasgada da Solara, ou com a disposição das pedras, ou com a ordem das pintas pretas do coco. Mas não. Eu tinha reparado em tudo, mas nada disso me incomodou.

Eu mal podia esperar pra ver Solara de novo.

Solara

— Onde você estava? — minha irmã perguntou, histérica. Ela era assim a maior parte do tempo.

— Você sabe que o pôr do sol é meu, Lumi — respondi, numa boa.

— Mas é a hora que mais lota, Solara! Eu tive que me desdobrar aqui com os meninos zoando minha cabeça... e o Lúcio lá, pegando onda!

— Cadê a mãe? — perguntei, mais por conveniência. Lumi deu de ombros.

— Mãe tá nem aí, saiu pra beber com o Laércio de novo. Coitada, acha que encontrou o amor da vida dela.

Minha irmã Lumiara era muito dura. A vida a fez assim.

Com dezesseis anos, engravidou do primeiro namorado. O cara era um turista lá de São Paulo capital, e é óbvio que ele desapareceu quando as férias acabaram. Dois anos depois ela engravidou de novo, dessa vez de um "amigo". Até que o Claudinho dava um suporte e era presente na vida do meu sobrinho. Depois dessa, minha irmã resolveu dar um jeito na vida e arrumou um emprego num escritório, mas se envolveu com o chefe e ficou grávida de novo. Eu suspeitava que ela tinha feito isso de propósito, querendo mudar de vida. Acontece que cidade pequena é fogo, e todo mundo sabe da vida de todo mundo: o cara era recém-chegado em Catedral do Limeira, a maior cidade da região, mas não demorou pra gente descobrir que era casado.

Minha irmã, a essa altura, desistiu do amor.

E tinha razão.

Cada vez mais eu concordava com ela. Amor é mito. Eu duvido que exista amor sincero, sem interesse.

A história da minha mãe era muito parecida com a da minha irmã. Hippie desde sempre, sua vida foi uma sucessão de desencontros. Eu sabia partes aqui e ali, graças à minha bisa, uns vizinhos mais antigos e coisas que a própria ou a Lumi me contaram. O Freitas, pai da Lumi, era militar e serviu um tempo em Pedra Grande. Minha mãe morava com a avó, porque os pais tinham morrido. Minha bisa odiava os militares e proibiu minha mãe de ficar com ele, mas ela fugiu de casa e em três meses estava grávida. Ele foi transferido meses depois, e ela ficou sem ter pra onde ir. Minha mãe ficou por aí, vagando, até conhecer meu pai, o Marcone. Ele tinha um trailer e deixou ela ir ficando. Os dois viveram à base de drogas por anos, quase mendigando. Minha mãe teve o Lúcio e depois eu. Meu pai acabou morrendo de overdose quando eu não tinha nem um ano.

Depois disso, minha mãe acordou pra vida e resolveu ir à luta. Lavava roupa pra fora, fazia faxina, limpava a escola, basicamente trabalhava o tempo todo. Eu cresci sozinha no trailer, com meus dois irmãos. A gente vivia na praia.

Ela acabou juntando uma grana e namorou um tempo com o Beni, que a ajudou a construir nossa casa, numa invasão entre Catedral do Limeira e Pedra Grande. Ninguém ia muito lá porque era cercado de pedras, mas a gente tinha até uma prainha particular. Aos poucos, algumas pessoas foram chegando e fazendo uma comunidade, que a gente chamava de Pontal da Pedra.

Minha mãe conseguiu levar o antigo trailer do meu pai pra praia de Pedra Grande e o transformou num trailer de sanduíches e sucos. Isso já foi quando a Lumi tinha doze anos e o Lúcio, dez. A gente cuidava do trailer sozinho, enquanto ela trabalhava na escola.

Depois do Beni, minha mãe passou anos sem namorado fixo, até que conheceu o Laércio.

Mas era melhor não ter conhecido.

Ele a controlava. Ela tinha mudado muito depois dele. Acabou voltando para as drogas, que ele mesmo bancava. O cara passava dias lá em casa e não trabalhava, vivia só de uns bicos aqui e ali.

Minha mãe dizia que ele estava lá pra cuidar da gente, mas ele não dava a mínima.

Bom, ele gostava de uma coisa só... de mim.

Lumi estava sempre no trailer. Meu irmão dava aulas de surfe na alta temporada e ganhava uma grana extra, mas a maior parte do ano ele ajudava a Lumi no trailer. Ela precisava de ajuda com meus sobrinhos pra tudo. A gente era um pelo outro, mas minha mãe estava cada vez mais ausente. Quando estava em casa, estava sempre bêbada ou drogada, ou as duas coisas.

Eu voltava da escola e achava o Laércio lá, sem fazer nada. Ele ficava me olhando enquanto eu estudava, ou limpava a casa, ou lavava louça... Às vezes vinha com umas conversas que eu não estava interessada. Me oferecia bebida. Malhava quase sem roupa perto de mim.

Até o dia em que ele me agarrou.

Eu não pude fazer nada, porque ele estava com um facão.

Isso foi dois anos atrás.

Tentei contar pra minha mãe. Ela não acreditou e me mandou pra casa da minha bisa, que tinha voltado pra terra dela, no sul de Minas. Passei um ano em Alexandrina, mas minha bisa morreu e eu tive que voltar. Foi horrível perder minha bisa, mas foi bom voltar, porque eu amava minha família e sentia muita falta da praia.

A essa altura, o Laércio não estava morando mais com a gente, mas ia lá de vez em sempre.

Eu comecei a ficar menos em casa. Ia pro trailer, estudava na praia mesmo. Passei a ficar responsável por buscar meu sobrinho mais velho na escola e o menor na creche, e só ia pra casa com eles. Mesmo assim, o Laércio às vezes tentava se aproximar. Eu tinha pânico dele, horror.

Eu queria falar pros meus irmãos, mas tinha medo, porque todo mundo sabia que ele fazia coisa errada e andava com os traficantes de Limeira.

Por todas essas coisas, decidi que nunca ia me apaixonar.

Mas eu sempre atraí os homens. Na minha sala, vários garotos gostam de mim. Principalmente o Thiago, meu melhor amigo. A gente pega onda junto, mas do meu lado não tem nada a ver. As meninas da sala não gostam de mim, eu sou muito diferente delas.

Tudo que eu queria era não ser percebida. Eu até tentava, mas não conseguia.

Mas eu sentia falta de um amigo desinteressado. Tá certo que eu tinha meus irmãos, mas eles estavam sempre muito ocupados. Eu era sozinha, mesmo numa casa lotada de gente.

Até que eu conheci o Hugo.

Simpatizei de cara com ele. O Hugo é daquelas pessoas que você sabe que tem um coração bom, puro. E eu queria ajudá-lo, porque o tempo todo ele parecia um peixe fora d'água.

Como eu.

A gente não podia ser mais diferente. Ele gostava de eletrônicos, e eu mal sabia mexer num celular. Ele era nerd e eu era meio hippie. Ele mal via a natureza, enquanto eu a respirava. Mas eu apostava que ele podia dar um bom amigo.

capítulo 2
TRÊS MESES DEPOIS

Hugo

— Eu quero ser um designer de games, saca? Já tenho até uns protótipos, meus camaradas lá no Rio estão me ajudando, porque meus protótipos são complexos... sou amador ainda, mas sei usar o C++[3] e agora tô até aprendendo a usar o Python[4]!

Eu tentava explicar minhas paixões pra Solara, que vigiava as ondas. Ela não entendia nada do que eu falava, mas prestava atenção, muito mais do que minha mãe ou meu pai. Os dois sempre me cortavam no meio ou simplesmente começavam a falar de outra coisa.

— Essa é tua, Hugo!

Me preparei pro que vinha.

— Solara, eu não estou pronto... pega essa.

— Não... é só fazer como o Lúcio falou. Você fez direitinho na areia! Vai, rema!

Ela mal acabou de falar, e a onda veio chegando. Remei quanto pude, e mais um pouco, como o Lúcio tinha explicado. Eu já estava esbaforido, mas acabou dando certo: peguei a onda deitado, mas perdi velocidade e ela me derrubou. Acabei soltando minha prancha, meio desesperado, mas lembrei que sabia nadar.

Quando consegui pegar a prancha de volta, Solara vinha na outra onda. Ela pegou velocidade demais, mas mandou um *cut back*[5] a

---

3   C++: linguagem de programação de alto nível e propósito geral, útil para desenvolver sites e softwares.
4   *Python*: outra linguagem de programação.
5   *Cut back*: manobra básica do surfe; consiste em uma ampla curva de cento e oitenta graus na parte média da onda, seguida de outra curva de cento e oitenta graus, a reentrada, na zona de ruptura da onda.

tempo. A parede da onda armou e ela começou a fazer as manobras, aproveitando a energia, até chegar em mim.

— Mandou bem, Hugo!

— Mandei nada... até soltei a prancha, você que não viu.

— Mas você remou bem e conseguiu pegar ela no pico!

No mesmo instante, o Lúcio chegou na gente.

— Aí, Wolfe! Mandou bem... só tem que dropar agora.

— Mas ainda é cedo...

— Cedo nada, cara... tem uns três meses que a gente tá treinando todo dia! Tu já fez na areia, já fez na espuma, já tá até pegando onda no pico... só falta dropar!

— Só falta tudo, né, Lúcio!

— Isso, cara... a teoria tu já sabe... o *pop up*[6] tá maneiro... agora tem que pôr em prática.

Enquanto ele saía, eu sentia o cagaço se aproximando.

Solara não disse nada, só começou a remar pro *outside*[7]. Eu fui atrás dela, porque era isso que eu fazia.

A gente ficou ali um tempo, mas o mar estava meio fechado agora.

De repente, veio vindo uma onda.

— Vem comigo! — Solara gritou.

Eu fiquei sem ação. Depois de um momento, acabei indo com ela. A gente remou, um pouco longe um do outro. Ela estava mais no pico que eu. Isso queria dizer que eu ia ter um pouco mais de tempo pra me posicionar.

Assim que ficou em pé, ela gritou pra mim:

— Dropa!

Me enchi de coragem e fiz o pop up que eu tinha feito milhões de vezes na areia, totalmente mecânico. O Lúcio me disse uma vez que eu era perfeccionista, porque eu sempre fazia o movimento perfeito. Tentei pensar só nisso... e foi o que eu fiz.

Os movimentos vieram automaticamente. Depois que eu dropei, movi meus braços e fiz força na rabeta, pegando velocidade.

---

6   *Pop up*: ato de ficar em pé na prancha para pegar a onda
7   *Outside*: no surfe, é o local depois da última arrebentação.

Lembrei de toda a teoria que o Lúcio tinha explicado, de como tem que manter a cabeça alta e olhar pra onde você quer ir, na próxima sessão. Até consegui fazer dois movimentos verticais, mas cansei e a espuma me pegou.

 E eu acabei fazendo isso mais umas quinze vezes... sempre na onda da Solara.

Solara

Empolgado com o progresso que tinha feito, o Hugo não queria sair do mar. Quando a gente foi ver, já passava das três da tarde. Meu estômago roncou, porque a gente não comia desde às seis da manhã. O Hugo acabou me chamando pra comer na casa dele.

 — A gente só tem que tirar a areia, senão minha mãe surta — ele disse, abrindo o portão enferrujado. Um labrador preto veio nos saudar: — Esse é o Feroz!

 Fiz uns carinhos no cachorro, que era totalmente do bem.

 A gente largou as pranchas no quintal da casa e lavou o pé na bica. O Hugo me emprestou uma toalha que estava lá, estendida numa espreguiçadeira.

 Me certifiquei de novo que meu macacão de surfe estava sem areia e entrei.

 — Mãe! Solara vai almoçar com a gente hoje! — o Hugo gritou, indo direto pro banheiro.

 Eu nunca tinha entrado na Casa Amarela. Achei tudo bem legal, eu gostava daqueles móveis de vime. Nas paredes, havia vários quadros com visão aérea da praia das Princesas, que o Nando devia ter feito com o drone.

 De repente, eu a vi ali, me olhando.

 — Oi! — cumprimentei.

 — Oi.

 Aquela só podia ser a mãe do Hugo. Parecia que ela estava me examinando, porque me olhava de cima a baixo, séria.

 — Solara, prazer. — Me aproximei, mas ela deu um passo para trás.

— Sheila. Desculpe, querida, é que eu acabei de tomar banho.
— Claro.

A mulher ainda me olhava, com uma cara de quem comeu e não gostou. Isso me fez lembrar dos olhares das meninas da minha sala, principalmente da Adriana Gouveia.

Bem-vinda ao time.

A mãe do Hugo devia ter uns quarenta anos e era bem bonita. O cabelo loiro, bem escovado, sem nenhuma onda. O corpo de quem malhou a vida inteira. Os olhos azuis da cor do mar, como os do Hugo. Aquela roupa de ficar em casa parecia ter saído de um daqueles filmes onde as pessoas ricas acordam maquiadas e penteadas. No conjunto, ela parecia uma *top model* aposentada.

— A senhora é muito bonita — pensei alto.

Ela me olhou com desdém, mas tentou disfarçar, dando um sorriso forçado.

— Obrigada, querida, mas senhora está no céu.
— Claro.
— É Sheila.
— Sheila.

Ela se virou pro fogão e continuou fazendo alguma coisa enquanto o Hugo voltava do banheiro.

— Quer ir ao banheiro? — ele me perguntou.

Só fui porque estava sem graça.

Na volta, achei o Hugo esquisito.

— Tudo bem?

Ele não respondeu, como se estivesse com o pensamento longe. Ajeitou uma dobra da toalha de mesa e piscou algumas vezes, como fazia quando estava tenso.

— E o pai? — ele perguntou.

A mãe dele soltou um suspiro, sem paciência.

— Teve que ir pro Rio de última hora.
— Como assim? Ele só vai durante a semana!
— Não discute, Hugo... se eu falei que ele teve que ir, é porque ele teve que ir — a mulher respondeu, meio que gritando. Eu

percebi uma sombra nos olhos dela. O Hugo apertou a mandíbula muito forte.

— Senta aí, eu fiz espaguete. — E colocou a panela na mesa. O Hugo olhou para a comida, surpreso.

A gente acabou almoçando em silêncio.

Eu não queria falar nada, porque achei que ela não tinha gostado de mim.

Ela não disse nada, porque devia estar desconfortável com a minha presença.

O Hugo não falou nada porque comia desesperadamente. Tá certo que a gente estava morrendo de fome, mas aquilo não era só fome, era ansiedade. Ele mal mastigava a comida.

Num determinado momento, ele olhou pra panela, mas a mulher pegou a comida e se levantou da mesa. Depois que deu dois passos, ela perguntou, de costas:

— Alguém quer mais?

Óbvio que eu disse que não.

Óbvio que o Hugo disse que não.

Enquanto eu mastigava, ela voltou, sentou do meu lado e ficou me observando. Eu vi de rabo de olho.

— Quantos anos você tem, Solara?

— Quinze.

— Hum. Você estuda?

— Sim, senhora. Passei pro nono ano.

— Repetiu?

— Não. É que eu passei um ano com a minha bisa, em Minas.

— Sei. E lá não tinha escola?

— Tinha, mas ninguém me matriculou.

A mulher fez uma cara de reprovação. O Hugo fez uma cara de surpresa.

— E você mora onde?

— Mãe... isso tá parecendo um interrogatório... — o Hugo tentou falar, mas a mulher fez um sinal pra ele ficar quieto.

— No Pontal da Pedra.

A mulher só faltou me fuzilar com os olhos.

— Na favelinha??

— É. Lá mesmo.

Ela não disse mais nada, mas continuou me olhando como se eu fosse de outro mundo.

E eu era. De um mundo bem diferente do dela, pelo visto.

— *Vambora*, Solara? — o Hugo falou, arrastando a cadeira.

Dei a última garfada e levantei quase que imediatamente, porque o clima estava péssimo.

— Vão aonde? — a mulher perguntou.

— Não vou dizer — ele respondeu, cuspindo um pouco. — Você não quer falar do meu pai, eu não tenho que te dar satisfação — ele respondeu, transtornado.

— Como é que é, garoto??? Claro que você tem que me dar satisfação!!!

O Hugo bateu na mesa com toda a força. O cachorro latiu, nervoso.

— Cadê meu pai, mãe??? — ele perguntou, gritando. Não parecia raiva, parecia só tensão mesmo. A mulher se assustou, e eu também. Depois do impacto inicial, ela olhou pra mim com cara feia. Eu captei logo a *vibe*.

— Hugo, tenho que ir...

— Eu vou contigo, Solara. Me espera lá na praia, por favor?

— Ok.

A mulher virou de costas, me inibindo de qualquer tentativa de despedida.

Eu não estava nem aí.

O Hugo deve ter puxado a simpatia do pai.

Hugo

— Mãe... o pai foi embora?

Minha mãe não esperava que eu fosse direto ao assunto. Quando eu terminei de perguntar, tive vontade de vomitar.

— Foi uma discussão. Eu achei melhor ele ir pra longe — ela respondeu, com uma cara de quem não sentia um pingo de culpa.

— Mãe??? Não acredito... ele nem se despediu de mim? O que você fez dessa vez?

Ela foi até a bancada da copa, pegou um papel dobrado e me entregou de má vontade.

Uma carta do meu pai. Óbvio que ela tinha lido.

— Incrível como você e seu pai sempre se juntam contra mim... Eu não fiz nada. Mas não adianta mais esconder, você já está crescido e é mais do que capaz de entender as coisas: seu pai e eu não temos falado a mesma língua já há muito tempo...

Não. Não pode ser.
Meu pai tinha ido embora?

— Mas você tinha que fazer isso bem no feriado?

— Eu não planejei nada, Hugo. As coisas acontecem na vida da gente quando têm que acontecer.

— E o que aconteceu?

Ela não respondeu de cara. Eu fiquei olhando, esperando que ela falasse. Percebi que eu estava apertando as unhas na mão, com força.

— Ah, meu filho... Eu quero outras coisas... não quero mais viver com ele. A gente só estava junto por sua causa, mas você já tem idade pra encarar um divórcio. Minha vida está parada, Hugo... Eu não estou morta, eu quero viver!!! E eu não tenho vivido, meu filho...

Segurei forte meu cabelo e arranquei dois tufos, tentando parar aquela dor. Desde criança eu fazia isso quando não conseguia conter minha ansiedade e frustração.

Minha mãe tentou me segurar. Eu saí, como se ela tivesse me dado um choque.

— Me larga, mãe, me larga!!! Isso tem a ver com o Nando, né?

— Nando? Que Nando? O dono da casa??? Não, meu filho. É como eu te falei, já é de muito tempo...

— Eu vi como você olhou pra ele! Eu vejo como você olha pros outros caras! Você traiu meu pai, mãe?

Mal terminei de falar, senti a mão dela vindo na minha cara, tão forte que eu tive que virar o rosto.

— Eu não admito, seu pirralho!!! Nunca traí seu pai e não vou admitir que você fale assim comigo! Eu dei os melhores anos da minha vida pra ele e pra você, tentei fazer esse casamento, essa família dar certo, mas simplesmente não funcionou! — ela gritou, com o dedo na minha cara.

Eu estava com a mão no rosto, ainda perplexo, sentindo a fisgada do tapa.

— Eu vou te dizer por que essa família não deu certo, mãe: porque você se acha superior, você está sempre num pedestal... Eu e o pai temos que nos desdobrar pra te agradar... a gente tem que abrir mão do que a gente é pra você ser feliz... Eu tô cansado. Você me olha como se eu fosse uma falha humana!!! Eu vou ficar com o meu pai... pelo menos ele me aceita, com meus defeitos e minhas dificuldades!

Subi correndo pro meu quarto pra pegar minhas coisas. Eu tinha que sair dali.

Meu pai vem me buscar.

Quando ouvi o barulho do chinelo dela na escada, bati a porta com toda a força. Mas meu quarto não tinha chave, e ela entrou assim mesmo.

— Hugo... meu filho, a gente precisa conversar melhor... não é nada disso... eu sempre quis que você melhorasse...

— Justamente, mãe!!! O que eu sou não é suficiente, nunca foi!!! Eu não aguento mais.

Meti umas roupas de qualquer jeito na mochila e joguei meu celular lá dentro.

— Seu pai não vem, Hugo — ela anunciou, cruzando os braços. — A gente decidiu que você vai ficar comigo, tá tudo naquela carta.

Eu fiquei tão em choque que parei no meio do caminho. Minha mãe alcançou meu iPad antes que eu pudesse guardar.

— Não... meu pai não ia me abandonar assim! — exclamei, aterrorizado.

— Não se trata de abandonar... qualquer um vê que seu pai não te faz bem... — Minha mãe deu de ombros, como se eu realmente não tivesse escolha.

De repente, eu me toquei que ela não podia me trancafiar. Eu era só um pouco mais baixo, mas tinha o dobro do peso dela.

— Quer saber? Não tem problema... Se ele não vier, eu vou me virar!

Minha mãe riu da minha cara.

— E vai pra onde? Pra casa daquela *suja*?

Eu mal acreditei no que tinha acabado de ouvir.

— Como é que é? Quem você tá chamando de suja?

— Essa menina... Ela não é da nossa classe, Hugo...

— Classe? — eu a interrompi. — Que classe? Classe dos frívolos, que só se preocupam com as aparências?

— Ela mora na favela... ela tem cara de suja... olha o cabelo dela... — minha mãe continuou, como se não estivesse me ouvindo.

— Mãe... eu não acredito no que eu tô ouvindo... é porque ela é negra?

— Bom, ela não é preta mesmo... mas é morena demais, você não acha?

Com isso, eu a empurrei da minha frente e desci a escada correndo. Feroz veio atrás, latindo, e minha mãe também, gritando, mas não conseguiu me alcançar. Saí em disparada, e corri o mais rápido que eu pude.

Solara

— Hugo!

Corri e o alcancei rápido, enquanto a mãe dele olhava tudo do portão.

Eu achei que o Hugo ia parar, mas não. Nós dois continuamos correndo, até que ele se deixou cair na areia, sem fôlego. Sentei com ele, mas achei melhor não falar nada. Logo ele começou a chorar. Eu não sabia o que fazer, então o abracei.

Ele ficou desconfortável num primeiro momento, mas relaxou e me abraçou também. Ainda fungou algumas vezes no meu ombro, até que se afastou um pouco de mim. Enxuguei uma lágrima que ainda caía do seu olho vermelho, mas não perguntei nada. Ele me olhou, mas, vulnerável demais, desviou o olhar pro mar.

Em um momento olhou pra trás, na direção de casa.

Eu não sabia bem se ele queria que a mãe dele estivesse lá ou não.

Se fosse a minha, eu ia querer? Não sei bem também. Minha mãe me machucou muito quando escolheu o Laércio em vez de mim.

Como sempre, internalizei o pensamento. Essa dor ficava guardadinha a sete chaves a maior parte do tempo, num lugar onde eu não podia alcançar bem.

De repente, o Hugo começou a mexer na mochila, tirou de lá um papel todo amassado e começou a ler. Eu olhei pro mar, pra dar mais privacidade.

— Olha isso — ele disse depois de algum tempo, me entregando o papel. Era um garrancho, mas parecia que a pessoa tinha medido o espaço entre as palavras com uma régua.

Hugo,
meu querido filho.
Sinto muito, mas tive que ir.
Meu relacionamento com sua mãe só tem piorado.
No início achamos que podíamos ficar juntos por sua causa, mas chegou a um ponto em que estamos só fazendo mal um para o outro, e isso reflete em você também.
Eu não sei se você poderá me entender, mas eu tive que ir, apesar de te amar muito. Você é minha vida, Hugo. Sua mãe também te ama, ela só demonstra de outra forma... e ela precisa de você agora.
Seja um bom menino. Eu vou te ligar todos os dias, até a gente resolver essa situação.
Nelson Wolfe

— Meu próprio pai me abandonou, Solara!!! — ele disse, ainda chorando, mas agora com uma cara de revolta.

— Mas ele disse aqui que te ama... que você é a vida dele... e que vai te ligar... Ele não te abandonou...

— Abandonou, sim! — ele me interrompeu. — Ele sabe o que eu passo nas mãos dela! Você sabe o que é uma pessoa olhar pra você como se você fosse um verme, um ser desprezível?

Sei... porque ela me olhou assim.

Fiquei calada.

— Quando ela me olha, eu posso ver as engrenagens cerebrais dela definindo o que precisa mudar em mim: meu peso, minhas espinhas, meus interesses, minhas roupas, tudo!!! Ela me odeia!!! E meu pai sabe disso... ele não tá nem aí, senão ia lutar por mim!

— Hugo, a gente não sabe o que aconteceu... Por que você não liga pra ele?

— Porque eu não vou aguentar, Solara. A minha mãe disse que ele não vem me buscar, e eu não vou suportar ele dizendo isso na minha cara... E pra lá eu não volto!!! — ele disse, apontando pra trás.

A mulher era uma bruxa, eu não precisava ver muita coisa pra saber disso. Por outro lado, o Hugo não tinha ninguém. Foi por isso que eu levantei e dei a mão pra ele.

— Vem, Hugo. Você vai ficar com a gente.

capítulo 3

Solara

O Hugo me olhou da areia, sem acreditar. Depois, me olhou como se eu fosse uma tábua de salvação. Acabou estendendo a mão, e eu o ajudei a se levantar.

— Mas... e a sua mãe? — ele perguntou.

— O que tem ela?

— Ela não vai achar ruim eu ficar lá com vocês?

Dei de ombros.

— Minha mãe não liga muito pro que acontece ou não lá em casa, digamos assim.

Ele coçou a cabeça, sem jeito.

— E as pranchas?

— Ficaram no seu quintal, né? Mas a gente não precisa delas, o Lúcio tem outras lá em casa.

Ele pensou mais um pouco.

— Solara... eu não tenho dinheiro...

— E por que você precisa de dinheiro?

— Eu... bom, é que... eu não sei, mas imaginei... eu podia ajudar vocês, mas se não precisa... Tá bom, eu sou sem noção, mas não fiz por mal... Você me desculpa, eu não queria te humilhar...

Ele se enrolou todo. Eu simplesmente peguei na mão dele.

— Hugo... não precisa explicar. Mas você vai ter que me ajudar no trailer. A Lumi vai me matar porque a gente ficou surfando até essa hora.

— Claro... claro, Sol... — ele respondeu, olhando pra minha mão, meio em transe.

Sol. Ninguém nunca me chamou assim. Mas eu gostei.

— Vamo, então? — falei, soltando a mão dele. Ele continuou olhando pra própria mão por um tempo, provavelmente ainda meio anestesiado com o que tinha acontecido.

Chegando ao trailer, foi o drama que eu já previa.

Minha irmã saiu de lá assim que me viu, ainda a uns cem metros de distância. Meus sobrinhos brincavam na areia sob os olhares do mais velho, que também brincava.

— Mas é folgada, né? O que você pensa da vida, hein? Vai ficar igual ao Lúcio?

— Lumi, esse é o Hugo. Ele vai me ajudar aqui hoje.

Só aí ela reparou no Hugo do meu lado. Ele estendeu a mão.

— Prazer, Hugo.

Ela demorou pra corresponder, meio surpresa. Eu podia ver a raiva esfriando dentro dela. Só que, quando ela estendeu a mão, o Hugo já tinha recolhido, sem graça. Aí ele percebeu e ficou um climão... até que ele acabou abraçando ela. Minha irmã me olhou como se não estivesse entendendo nada. Eu sorri.

— Prazer, Lumiara — ela acabou se apresentando.

— Eu sei — ele disse, dando um passo para trás. — Quer dizer, a Solara fala muito de você. Por isso que eu sei quem você é.

A Lumi olhou pra ele como se ele fosse um doido. Não gostei, mas logo ela voltou a atenção pra minha sobrinha mais nova.

— Cris, não come areia!!! Olha aí, Ciano, você não tá olhando a menina!

Ela pegou as crianças e nem se despediu.

Entrando no trailer, peguei na gaveta um avental pro Hugo. Ele olhava tudo como se fosse uma grande novidade.

— Você fica no caixa, eu faço os sucos e as vitaminas. Os sanduíches já ficam pré-montados, é só aquecer quando pedem sanduíche quente. Ficam aqui nessa geladeira, tá marcado por nome. Aí você pode me ajudar com isso também. A não ser que você queira que eu fique no caixa.

— Não, não! — ele respondeu imediatamente. — Eu nunca ia conseguir abrir um coco como você, com aquele facão.

— Isso é um desafio?

— Como assim?

Estendi a mão pra ele.

— Quer apostar quanto que você vai sair daqui hoje sabendo?
Ele sorriu.
— Mas você sabe que eu não tenho um centavo...
Eu peguei o caderninho de devedores e mostrei pra ele.
— A gente anota tua dívida.
Mal terminei de dizer isso, chegaram duas moças e pediram dois sucos.

Mais tarde, um casal pediu dois cocos. O Hugo me olhou, meio desesperado. Eu o ensinei a segurar o facão e abri o primeiro coco. Ele suou, mas conseguiu abrir o segundo, totalmente sem jeito. Toda vez que alguém pedia coco, eu o mandava atender, até que ele pegou o jeito.

Pelo resto da tarde, o Hugo ficou leve. Parecia até que estava tendo o melhor dia de todos.

Hugo

O movimento no trailer aumentou consideravelmente perto das cinco, e a gente não teve tempo nem de respirar direito. A irmã da Solara não veio render a gente, mas "tava de boa". Eu nunca tinha me sentido tão útil.

Solara fechou o trailer e a gente foi pra casa dela pelas pedras. Ela explicou que tinha um acesso mais fácil pelo morro que os moradores tinham aberto, mas ela gostava mais desse caminho. A gente saiu das pedras numa micropraia, entre duas rochas maiores. Passando pela areia, chegamos à casa dela, uns cinquenta metros depois. Um cachorro bege veio latindo e, assim que viu a Solara, começou a abanar o rabo como um doido. Sol se abaixou pra saudá-lo, enquanto eu ouvia um burburinho dentro da casa.

Era uma casa malcuidada, com as paredes descascando. Na parte de fora tinha uns bancos de carro velhos e várias plantas, além de umas luzinhas de Natal fracas, iluminando o ambiente. Tinha também uma mesa de madeira, que mais parecia um carretel gigante.

— Quem é o fofo da mamãe, hein? Quem é o filhote da mamãe? Sentiu minha falta? A gente não passeou hoje, mas amanhã eu juro que vamos! Viu? Quem é um bom menino? Isso aí, bom menino... Esse é o Hugo. Dá a patinha pro Hugo. Hugo, esse é o Zion.

O cachorro me farejou, provavelmente sentindo o cheiro do Feroz, mas abanando o rabo. Depois, sentou e levantou a pata esquerda. Eu peguei a pata dele.

— Prazer, Hugo.

Sol riu de mim. A luz estava fraca, mas eu pude ver aquele sorriso que me deixava meio bobão.

Na mesma hora, dois meninos saíram da casa, gritando.

— É meu, Brício, meu!!!! — o maior gritava, segurando uma garrafa pet amassada com umas rodinhas encaixadas, e saiu correndo.

— Tissolara... eu quer... — o menor berrou, chorando de cair lágrimas e tentando alcançar o maior.

Sol foi atrás do mais velho.

— Ei, Ciano, ei! O que é isso? Você não sabe que tem que emprestar?

— Mas ele vai quebrar meu carrinho... Ele sempre quebra tudo!!! — o garoto falou, apontando pro Pequeno.

— Me dá aqui, vamos conversar.

O menino deu a garrafa pet pra ela, contrariado, e fez um bico enorme.

— Vem cá, Brício — ela chamou o menor. — Você sabe que tem que cuidar, não sabe?

O Pequeno soluçava, com as lágrimas ainda caindo, e fez que sim com a cabeça. Ele não tirava o olho do brinquedo nas mãos da Sol, que o tirou do seu alcance.

— Promete que vai cuidar bem? Vai brincar direitinho e devolver pro Ciano?

Ele fez que sim com a cabeça.

O maior cruzou os braços, contrariado. Eu achei que ele ia chorar.

— Dez minutos, hein, Brício?

Ele não respondeu, nem olhou pra trás. Entrou na casa com o brinquedo nas mãos, feliz da vida.

O maior já ia sair disparado, quando a Sol o chamou.

— Ei, Ciano! Vem cá.

Ele voltou, com cara de revoltado.

— Tia Solara vai fazer outro carrinho pra você, tá bem? Dessa vez, vou fazer um ônibus! O que você acha?

O menino desfez um pouco a cara amarrada. Sol ainda conversou com ele um pouco, até que ele acabou sorrindo.

— Você sabe que sua mãe não quer você andando pela praia de noite. Agora entra.

O menino me olhou, desconfiado e ainda meio contrariado, e entrou.

— Meus sobrinhos. Ciano e Brício, seis e quatro anos — ela explicou.

— Luciano e Fabrício? — Por causa do meu TOC, eu sempre queria saber o nome certinho das pessoas.

— Não... são os nomes, mesmo.

— Quê? — Arregalei os olhos.

— Coisa da minha irmã... — ela disse, revirando os olhos. — Ciano é a cor do céu nas primeiras horas da manhã. E Brício é um nome celta que significa "o que representa a força".

Eu fiquei extremamente incomodado, mas achei melhor não pensar muito sobre isso.

— Bom, pelo menos o nome da menina é normal.

Ela riu.

— Na verdade é Crisântemo. Cris é apelido.

Eu fiquei chocado.

Quem dá o nome da filha de Crisântemo???

Simpatizei com aquelas crianças, uma vez que eu era mais que escolado em *bullying*. Com aqueles nomes, certamente eles iam sofrer muito na vida.

Achei melhor não comentar.

Sol me chamou pra entrar.

A sala era pequena e parecia menor ainda, já que era lotada de coisas. Umas plantas estavam espalhadas por todo o lugar. Tinha um conjunto de sofá de dois e três lugares, com o tecido bem gasto e os braços afundados. O Lúcio estava deitado no sofá maior, com as pernas pra cima, no encosto, mexendo no celular. Tinha uma mesa de fórmica marrom no meio da sala, com quatro cadeiras de madeira descascando e dois banquinhos de plástico. Metade da mesa estava ocupada com revistas de colorir, giz de cera, umas figurinhas e uns brinquedinhos pequenos. Do outro lado, uma mulher socava uma massa e a irmã da Solara dividia uma outra em pedaços menores, colocando em três assadeiras. A menininha mais nova estava sentada numa cadeirinha perto da mesa, se esgoelando de chorar. A televisão estava ligada na novela, mas ninguém prestava atenção. O piso era de cimento, mas tinha uns tapetes velhos cobrindo o chão. O Brício estava sentado no chão, brincando com o carrinho de garrafa pet, enquanto o Ciano olhava, emburrado.

A cozinha ficava perto da sala e tinha uma porta que dava pra fora. Dali, eu podia ver um monte de panelas sujas acumuladas dentro da pia, uma fruteira de chão, cheia de frutas e legumes, e uma geladeira lotada de ímãs e fotos.

O Lúcio levantou os olhos do celular, mas voltou logo a olhar pra tela.

— Fala, Wolfe... Mandou pra caraca hoje lá nas ondas, hein? Eu sabia, cara... era só meter as caras e fazer.

Me senti enrubescer, porque eu nunca soube lidar bem com elogios. Eu não os recebia com frequência, então acabei não respondendo.

Um cara meio barrigudo veio lá de dentro, sem camisa e com a calça meio caindo, todo descabelado e bocejando. Ele só mexeu um pouco a cabeça, me saudando.

— Hugo, esse é o Claudinho, o pai do Brício — Sol falou.

Eu não sabia se estendia a mão pro cara. Gente mais velha gosta de aperto de mão, mas os mais novos, não... então eu nunca sabia. Acabei metendo as mãos no bolso, sem graça. O cara nem se tocou. Se jogou no outro sofá, perto do Lúcio, e começou a falar de futebol:

— E aí, Lucinho, vai passar vergonha hoje de novo? Depois que a urubuzada levou de dois a zero do Volta Redonda, cara... agora enfrentar o Vasco motivado?

— Que nada... o Flamengo jogou com os reservas porque tá disputando a Libertadores... Hoje vai ter lavada, o Vasco é um timinho de merda.

Eu fiquei meio escandalizado com o palavrão do Lúcio. Minha mãe nunca me deixou sair impune, mesmo quando saía sem querer.

— Hugo, essa é a Vânia, nossa vizinha. Ela faz esses biscoitos pra vender — a Sol falou.

Eu salivei. Minha mãe nunca me deixava comer doce, eu tinha que contrabandear pro meu quarto e até tinha um esconderijo, dentro do meu armário, lá em cimão. Bem que eu estranhei mais cedo, porque ela também nunca fazia macarrão. Devia ter imaginado que tinha alguma coisa muito errada.

A mulher, que devia ter uns trinta e poucos anos, me ofereceu um.

— Quer?

Eu tirei a mão do bolso e peguei. Quando meti na boca, fiquei chocado. A parada derretia na boca... e não era só porque eu estava faminto.

— Gostou? — a Lumiara perguntou, percebendo minha cara de felicidade.

— Hummm... é de quê? — perguntei com a boca cheia.

— Maisena e leite condensado. A gente vai vender no trailer a partir de amanhã. Acho que tá aprovado, né?

Levantei o polegar, fazendo que sim

A menininha ainda se esgoelava, toda suja de feijão, e jogou um pote no chão. A mesa dela estava imunda, e caiu mais comida no chão. A Lumiara olhou direto pro acontecido.

— Ô Claudinho, que tal você resolver ser útil e pegar a menina pra mim?

O tal do Claudinho, que ainda falava de futebol com o Lúcio, levantou do sofá com dificuldade e pegou a menina, que começou a se acalmar.

— Vem que eu vou te mostrar o resto da casa — Sol falou. Zion foi andando na frente.

Entrei num dos quartos, que era pintado de rosa. Tinha uma cama de casal coberta com uma colcha verde e uma penteadeira branca encardida, meio caindo aos pedaços. Entre a cama e a janela, tinha um berço portátil encaixado. O armário estava com a porta aberta e tinha roupa saindo pra tudo quanto é lado. Tinha também uma tábua de passar roupa e um ferro apoiado lá, com uma pilha de roupa em cima. As paredes estavam lotadas de desenhos colados com fita adesiva.

— Esse é o quarto da Lumi e dos meninos.

Solara saiu e foi me mostrar o outro quarto. Zion seguiu a gente.

— Esse é o quarto da minha mãe.

Esse era maior, mas tão bagunçado quanto.

A cama de casal estava desarrumada, com várias roupas amarfanhadas em cima. Roupas de ginástica, roupa íntima e uma toalha, além de vários esmaltes e um kit que parecia de manicure. Do lado, tinha uma mesinha cheia de uns potes de remédio.

Solara me mostrou o banheiro pequeno, igualmente caótico, e só. A casa tinha acabado.

— O quarto do Lúcio é na garagem, ele adaptou lá. Vem que eu vou te mostrar.

A gente saiu da casa, acompanhado pelo cachorro.

A garagem ficava ao lado da casa, e não era grande. O mais interessante é que não tinha porta. Era um lugar cheio de pranchas de surfe e coisas relacionadas, e mais atrás tinha um suporte com uma rede enorme e um guarda-roupa.

— Ele dorme na rede? — perguntei, meio abismado.

— Dorme. Ele ama!

A questão da porta estava me dando nos nervos.

— E quando chove? — perguntei, apontando pra lá.

— Nunca chove mais lá pra dentro... às vezes o chão fica molhado, mas ele não tá nem aí. O Lúcio mora com a gente e não mora, né... ele entra e sai a hora que quer, e a gente nem vê.

— E o seu quarto? — tive que perguntar.

— Não tenho... durmo na sala, mesmo. No início eu dividia o quarto com a Lumi, tinha duas camas de solteiro lá. Só que as crianças foram nascendo... Quando o Lúcio veio pra cá e liberou a sala, eu fui pra lá.

— Mas... e a sua roupa, onde você guarda? E suas outras coisas?

— No armário da Lumi. Pra falar a verdade, eu não tenho muita coisa... Mas vem... vamos comer, você deve estar faminto.

Eu nem comentei nada, mas não pude deixar de pensar nas diferenças. Apesar de ser uma casa superlotada e caótica, isso parecia mais com uma família de verdade. No Rio, eu morava num apartamento de quatro quartos com vista pra praia de Botafogo, mas ficava a maior parte do tempo sozinho. Eu tinha meu quarto e meus eletrônicos, mas estava sempre pra baixo. Solara não tinha nem cama, mas parecia feliz.

Ela foi até a parte de fora, atrás da cozinha, e abriu uma geladeira enorme, daquelas de bar.

— Quer natural de quê? Tem de atum, salpicão de frango, supervegetariano, salada de ovo, peito de peru com azeitona e ricota com cenoura. Lumi deve ter feito hoje à tarde, porque estava quase vazia. Ah, ainda tem um vegano!

Eu arrisquei o de salpicão. Solara pegou o vegetariano.

— O que tem aí dentro? — Não resisti e resolvi perguntar.

— Tofu, molho de soja, cebola, cenoura, tomate, abobrinha e beterraba. A Lumi tá pra testar umas receitas vegetarianas novas bem interessantes, um de cenoura com maçã-verde e nozes e outro de pepino com hortelã.

Meu Deus do céu.

— V-você é vegetariana? — perguntei, tentando parecer casual.

— Não... mas não faço questão de comer carne todo dia... Às vezes eu passo dias ou semanas comendo só natureba, mas tem dia que eu tô a fim de um churrascão.

Graças a Deus.

— Eu não tenho muita regra, Hugo — ela explicou, enquanto pegava dois sucos naturais pra gente. — Tem dia que eu gosto de acordar cedão pra pegar onda, tem dia que eu quero ficar até mais tarde na cama. — A gente foi contornando a casa até chegar nos bancos de carro na varanda. — Tem dia que eu tô a fim de sair correndo, tem dia que eu faço aula de zumba do YouTube; tem dia que eu gosto de fazer Tai Chi e tem dia que eu curto jogar futebol com os meninos. Tudo na praia, claro... Aí não tem muita variação.

Ela colocou os dois sucos na mesa de carretel. Tinha um suco de beterraba com mirtilo e outro de laranja com manga. Eu peguei correndo o de laranja. Ela nem pareceu se incomodar.

— Tudo que se repete muito é chato. Eu não gosto de rotina, gosto de tudo diferente. A vida é muito curta pra gente fazer sempre as mesmas coisas. Quando tem aula, não tem muito jeito, né? Mas nas férias eu faço de tudo um pouco! — ela continuou, sentando no banco.

Sentei do lado dela e não pude deixar de pensar na diferença.

Eu pagava pra não ter surpresas na minha vida. Ela pagava pros dias serem todos diferentes um do outro.

E, incrivelmente, a gente se dava bem.

E, incrivelmente, eu estava completamente apaixonado por ela.

O que mostra que eu não sou tão previsível assim...

O sanduíche estava uma delícia, e a gente estava com tanta fome que acabou repetindo. Dessa vez, Sol comeu o vegano, que era de pasta de grão-de-bico com tomate, e eu, outro de salpicão. Ela pareceu estranhar, mas não disse nada.

Pra mim, em time que está ganhando não se mexe.

No fim, minha barriga estava lotada. Eu ia soltar um arrotão, mas me segurei, porque meninas não gostam disso, elas são meio frescas... mas aí a Solara arrotou. Não foi muito alto, mas ela pediu desculpa.

Isso quer dizer que eu podia ter soltado meu arrotão campeão. Meu pai e eu sempre fazíamos concurso de quem arrotava mais alto, obviamente quando minha mãe não estava por perto.

Acabei ficando triste com a lembrança... Pelo visto, aqueles bons tempos tinham acabado.

Mas aí ela começou a lembrar das ondas que eu tinha pegado de manhã. Parecia que tinha sido ontem, ou outro dia, porque tanta coisa tinha acontecido num dia só.

Incrivelmente eu não senti falta do meu celular o dia todo, mas fiz uma anotação mental pra checar se o meu pai tinha me mandado mensagem.

De repente o Zion começou a latir, bravo.

Um cara altão, de cabelo comprido amarrado mas bagunçado, meio grisalho, se aproximou. Parecia aqueles marombeiros, com uma camisa branca "MAMÃE SOU FORTE" marcando tudo, e uma calça jeans, gasta, desbotada e rasgada. O braço dele tinha uma tatuagem colorida de uma caveira fumando maconha.

— Cala a boca, cachorro. Franga... Você, eu não conheço — ele disse, apontando pra mim com um cigarro na mão.

Levantei e estendi a mão pra ele.

— Hugo, prazer. Sou amigo da Solara.

O cara olhou pra minha mão e não me cumprimentou, com cara de bunda. Depois ele olhou pra Solara. Automaticamente, eu olhei pra ela também. Ela estava séria, mais que de costume, e olhando pro outro lado.

Solara não disse nada.

O cara não disse nada também e foi entrando. Zion continuava latindo, mas parecia com medo do sujeito.

— Tudo bem? — perguntei.

— Mais ou menos.

— Quem é esse cara?

— Laércio. Namorado da minha mãe — ela respondeu, sem nenhuma expressão nos olhos.

— Ele mora com vocês?

— Não. Mas às vezes ele fica aí por dias. — Ela suspirou.

Só tinha um banheiro, e eu acabei sendo o último de sete pessoas a tomar banho. Tinha uma infiltração enorme no teto do banheiro, a parede estava descascando e o chuveiro era só um cano, mas pelo menos a água estava quente. Quando saí, a porta do quarto da mãe dela estava fechada, e eu ouvi uma discussão vindo lá de dentro. Sol me chamou. Eu a segui até o quarto do Lúcio. Ela mexeu em umas coisas perto das pranchas e tirou duas mochilonas.

— Tem dois sacos de dormir. Você fica com um, pode dormir aqui com o Lúcio.

Ela pegou a outra mochila, colocou nas costas e saiu andando.

— Aonde você vai? — perguntei, indo atrás dela.

— Não vou dormir em casa.

— Peraí... então você vai dormir aonde?

— Na Prainha. Eu faço isso de vez em sempre.

— Sério? E se chover?

Estranhamente, foi a primeira coisa que me veio na cabeça. Às vezes, acho que eu sou meio bizarro.

— Não vai chover hoje, Hugo — ela respondeu, séria.

— Mas nunca choveu enquanto você dormia lá???

— Não. Bom, tem o orvalho, mas eu sempre fecho o saco quase todo.

Eu não demorei muito pra resolver, apesar de ser a maior loucura do mundo.

— Então eu também vou.

Sol parou e me olhou, surpresa, mas voltou a andar. Eu corri na sala e peguei minha mochila. Meu celular ainda tinha carga, porque eu quase não o tinha usado o dia todo. Corri um pouco e alcancei ela e o Zion.

A lua estava quase cheia, e não tinha uma nuvem no céu.

Graças a Deus.

Eu nunca tinha visto as estrelas brilharem tanto.

Sol estendeu o saco na areia, e eu estendi o meu do lado. Ela deitou e ficou quieta, pensativa. Zion deitou aos pés dela, se enroscando nele mesmo.

Antes de deitar, chequei meu celular. Tinha vinte e oito mensagens da minha mãe, que eu nem li, além de várias ligações perdidas. Uma mensagem do meu primo Flávio e uma do Bruno, meu amigo *gamer*.

Mas nenhuma do meu pai.

Não interessa.

Deitei também, fechando o saco o máximo possível. Eu estava tenso por dormir ali... morrendo de medo de algum escorpião ou cobra me picar, ou um siri, sei lá... Mas o cachorro não ia ver e proteger a gente deles? E a Sol disse que fazia isso sempre, e estava viva...

Minhas paranoias foram interrompidas pelo silêncio fúnebre da Solara.

Eu queria perguntar, mas não sabia como.

— Minha mãe chegou bêbada — ela começou a falar, como se adivinhasse meu pensamento. — Discutiram no bar do Peralta de novo, provavelmente. O Laércio provoca minha mãe sempre que pode, pra provar quem manda aqui.

Eu não disse nada, queria deixá-la à vontade.

— E minha mãe parece que só gosta dele... nada mais interessa pra ela.

Ela não falou mais nada. Nem eu. Achei que, só de ouvir, já estava ajudando.

Mas aí eu dei a mão pra ela.

Pensei que não ia pregar o olho, mas o dia tinha sido tão intenso que eu acabei dormindo a noite inteira como uma pedra.

E essa foi a primeira noite em que eu e a Solara dormimos de mãos dadas.

capítulo 4

Solara

— Hugo!

Hugo e eu olhamos pra trás ao mesmo tempo.

A mãe dele estava na praia às 6h30 da manhã, no *point* onde o Lúcio dava aula. Estava abatida, com cara de quem não tinha dormido nada.

O Hugo foi até ela, meio de má vontade.

Achei melhor ficar na minha e resolvi sentar na areia pra esperar todo mundo chegar.

O Hugo perdeu a ioga toda, mas veio depois. Eu vi a mãe dele indo embora. Ele sentou do meu lado pra olhar as ondas, quieto.

— Hoje tá *flat*[8] — ele disse depois de um tempo.

— Pois é. Não vai rolar.

Ele continuou calado por um tempo, até que começou a falar:

— Minha mãe implorou pra eu voltar. Disse que vai pegar mais leve comigo e que a gente precisa conversar.

Não respondi.

Eu não tinha gostado dela, ainda mais depois do que ele me contou sobre como ela o tratava.

Mas minha mãe também não é lá essas coisas... Quem sou eu pra dar palpite?

— Decidi que vou voltar, apesar de ter sido legal dormir na praia — ele continuou. — Também resolvi que vou ligar pro meu pai, pra ouvir a versão dele dos fatos.

— Que bom, Hugo.

O Lúcio voltou, falando que depois do almoço ia ter mais onda, segundo a previsão do tempo. O problema é que nesse horário a

---

8   *Flat*: gíria do surfe para quando o mar está sem ondas.

praia sempre estava cheia de *haoles*.⁹ O pessoal resolveu que ia tentar mais no fim da tarde.

Eu ia ter que ficar no trailer o dia todo, pra Lumi me deixar surfar de tarde. Isso se o mar realmente melhorasse.

Num impulso, eu resolvi.

— Ok, vou em casa pegar o Zion pra gente ir passear, antes de ir pro trailer. Quer vir comigo? Aí você pega suas coisas.

— Tá bem.

Acabou que o Hugo foi pra casa e não voltou o resto do dia.

Ainda dei uma passada perto da Casa Amarela antes de ir pra casa, querendo saber se estava tudo bem entre ele e a mãe... Mas estava tudo tão quieto que eu resolvi não me meter.

Quase nove da noite, eu estava lendo um livro pros meninos dormirem, quando o Zion começou a latir feito um doido.

— Sol? — O Hugo colocou a cara pra dentro.

Eu fiquei feliz em vê-lo. Meu coração até pulou um pouco.

— Chega aí, Wolfe — meu irmão falou.

— Não... — ele reagiu, totalmente na defensiva. — É que eu queria comprar um sanduíche natural. Por isso que eu vim. Não vou atrapalhar vocês.

— Mas a gente não vende nada aqui, não... só no trailer — a Lumi respondeu.

Ele fez uma cara meio desesperada. Eu sabia que ele estava sem graça, porque piscava feito um louco e não sabia o que fazer com as mãos.

— Pode deixar, Lumi, eu combinei com ele — acabei ajudando. Entreguei o livro pro Lúcio e saí. Afinal, ele também era tio.

— Valeu — o Hugo falou, assim que a gente saiu.

— Valeu por quê?

— Hã... por ter falado aquilo. Eu estava meio sem jeito.

— Mas por que você tá aqui? Deu tudo certo com a sua mãe?

— Tá tudo bem. Ela não achou bom quando eu disse que vinha, mas faz parte do nosso combinado de ela pegar leve comigo.

---

9   *Haole*: termo pejorativo para os sufistas que não conhecem ou não seguem as boas práticas do surfe.

É que... eu gostei do sanduíche — ele disse, me olhando com cara de cachorro pidão.

Eu dei a volta e o levei até a área.

— Salpicão?

— Hoje vou provar o de peito de peru.

Fiquei surpresa, mas não comentei.

Eu achava que ele não estava aqui só por causa do sanduíche. Mas eu só achava.

— E você, não vai comer?

— Já comi. Peguei o de ovo hoje — respondi.

A gente sentou na varanda enquanto ele comia.

De repente, minha mãe colocou a cara pra fora.

— Quem é esse?

O Hugo levantou rápido e estendeu a mão pra ela. Minha mãe o cumprimentou.

— Hugo Wolfe. Sou aluno do Lúcio.

Aluno do Lúcio?

É. No fundo ele era isso. Meu amigo também, mas isso era mais recente.

— Ah, tá. Viram o Laércio por aí?

— Não — respondi secamente.

Minha mãe entrou sem dizer nada.

Claro, o Laércio é o único interesse dela.

Depois que o Hugo acabou de comer, ficou um silêncio... Porque eu estava irritada com a minha mãe e porque eu estava me sentindo estranha com o Hugo.

— Eu não fui pra praia hoje por causa da minha mãe — ele se explicou. — A gente passou o dia meio que conversando. Ela disse que quer se "reconectar" comigo.

— E você falou com seu pai? — acabei perguntando.

— Falei. Meu pai chorou ao telefone, disse que não estava sendo fácil, mas que eu precisava ficar com a minha mãe agora. Eu acabei prometendo que ia colaborar. Minha mãe até fez janta pra gente, mas eu ainda fiquei com fome.

E não falou nada pra ela.

— Bom, agora que você já comeu... — eu disse, me levantando. O Hugo levantou também.

Eu estava irritada, mas não sabia bem por quê. Eu era sempre de boa... Comecei a entrar em casa, quando escutei o Hugo falando:

— Vai dormir na Prainha de novo?

Eu me virei pra ele.

— Por quê?

Ele colocou a mão atrás da cabeça, sem graça.

— Só queria saber.

— Bom, isso vai depender de algumas coisas.

— Se o Laércio vem, né?

Ele me pegou de surpresa. Eu não sabia bem o que dizer. Mas ele era meu amigo, não era? Eu podia me abrir com ele?

Mas eu nunca me abria com ninguém, especialmente sobre esse assunto.

A única vez que eu tentei, não deu certo. Acabou com minha mãe me mandando pra muito longe.

Mas o Hugo não era minha mãe, então acabei confirmando com a cabeça.

— Dizem que os animais sabem quem não presta — ele falou, olhando pro Zion. Eu olhei pra ele também. Meu cachorro percebeu e começou a abanar o rabo.

— Posso dormir aqui também, Solara? — ele perguntou, sem me encarar.

Eu ia dizer que não, mas no fundo eu o queria perto de mim.

— Aqui onde? — perguntei, sem saber o que responder, tentando ganhar tempo.

— Na praia... ou na sala. Onde você for dormir. Senti sua falta hoje — ele explicou, olhando pra mim, vermelho.

Eu também.

Pensei, mas não falei.

Eu não sabia bem o que estava acontecendo, afinal eu nunca tinha tido um amigo. Só tinha três meses que a gente se conhecia, mas parecia mais. Por outro lado, parei pra pensar que uma hora o Hugo ia embora.

Mas eu nunca fui de ficar pensando lá na frente. Eu sempre vivi o hoje, o aqui e o agora.

Além do mais, eu tinha chegado até aqui sem ele. Se ele fosse embora e a gente nunca mais se falasse, eu ia ficar bem.

— Claro.

— Claro o quê? — ele perguntou, confuso.

— Claro que você pode dormir aqui. A gente é amigo, né? E amigo tem que ser amigo em todas as horas.

Acabou que o Laércio não apareceu. Dormi no sofá da sala e o Hugo dormiu embaixo, no saco de dormir.

Só que, dessa vez, fui eu que dei a mão pra ele.

Hugo

— Thi!!!!

Solara se jogou num cara fortinho vestido com macacão de surfe de marca e o abraçou. Automaticamente eu olhei pra minha camiseta encharcada, que evidenciava a dobra da minha barriga.

Eu tinha que comprar uma roupa de surfe, e logo.

Se bem que eu já tinha perdido peso. Não sei quanto, mas dava pra ver no espelho. Minha mãe fez questão de comentar no dia anterior: "O surfe está te fazendo muito bem! Sabia que você ia encontrar um esporte que gostasse!". Logo ela se tocou que tinha falado demais e ficou quieta.

Eu só não sabia do que eu gostava mais: de pegar onda ou da Solara.

Eu lembrava disso enquanto aquele abraço não acabava. Nunca vi um abraço tão demorado.

Solara tentou se soltar do cara, mas ele não deixou. Ficou falando umas coisas no ouvido dela, que eu mal consegui distinguir — alguma coisa sobre as ondas de Padre Trindade.

— Que legal!!! Um dia vou pegar onda lá também! — ela respondeu, animada demais.

Finalmente o cara a soltou.

Me senti um verme perto dele. O sujeito era alto, moreno, tinha músculos definidos e olhos verdes. E devia ter uns dezesseis anos.

Você também tem olhos claros — o anjinho que existe em mim soprou no meu ouvido.

Mas o resto... sua mãe que o diga — o diabinho completou.

E, como verme, o cara me olhou. Se a Solara percebeu, não demonstrou.

— Esse é o Hugo, meu amigo! Ele é lá do Rio, de Botafogo — ela falou, inocente.

O cara me olhou de cima a baixo. Eu não sabia pra onde olhar, mas sabia que não era pra dar a mão pra ele.

— Turista, né?

— Não, é Hugo — soltei a piadinha, tentando fazer as coisas ficarem mais leves.

Solara riu.

Ela riu. Literalmente.

Só isso já era suficiente pra mim. Me senti sorrir.

— Não, o Hugo vai ficar aqui um ano e vai estudar na nossa escola! Hugo, esse é o Thiago. Ele é da minha sala e passou as férias todas em Padre Trindade, Portugal... um lugar que tem umas ondas iradas!!!! Conta aí, Thi!

O cara me desprezou legal, mas agora eu não estava nem aí.

— Você ia adorar, Solara... ondas de quinze pés... rolou um *swell*[10] maneiro, umas ondas fortes e tubulares, peguei tubo direto! Lá é bom pra surfar o ano todo, mas os caras comentaram que essa temporada estava demais. Perfeito, sem *crowd*[11], incrivelmente vazio... depois foi chegando mais gente, mas mesmo assim. Tem umas dunas lá, a gente até andou de bugre.

— Eu vi nas fotos!

Quais fotos?

---

10 *Swell*: ondulação formada por tempestades no oceano.
11 *Crowd*: quando o mar ou pico de surfe está lotado de surfistas.

Ela nunca comentou nada.

Aliás, ela nunca estava com o celular... Como ela tinha visto essas fotos?

— Tô vendo que a série tá boa, né? Vamo lá? — o sujeito falou.

— Vamo — Sol respondeu.

— Falou, turista, a gente se vê.

Eu já ia abrir a boca, mas a Solara falou na frente:

— O Hugo surfa! A gente pega onda junto.

O tal do Thiago me olhou como se eu fosse um E.T.

— Sério? Iniciante?

— É, mas ele tá mandando bem demais... — O Lúcio chegou por trás. — O Wolfe tem técnica. O cara só pega onda perfeita.

Meu TOC enfim servia para alguma coisa.

— Bora, Wolfe. Quero ver tu arrebentar.

Aí o Lúcio pegou pesado. Eu fiquei ansiosaço, a *responsa* começou a pesar. Mas aí a Solara pegou na minha mão. O olho do "Thi" foi direto ali.

— Vamos?

Claro que eu fui.

O tal do sujeito fazia altas manobras. Até *floater*[12] ele mandou. Solara dropava antes, e eu ia na onda dela. Tinha chovido uns dias atrás, e as séries estavam fenomenais. Eu até arrisquei umas rasgadas[13] de leve, mas acabei caindo.

Mas nada disso me importava.

Eu podia sair da minha zona de conforto, porque a Solara me tirava o medo. Medo de parecer ridículo, medo de morrer afogado, medo da imprevisibilidade... das ondas... e da vida.

---

12 *Floater*: manobra onde o surfista deve passar por cima da onda pela crista, passando a sessão e aterrissando entre a parede e a base da onda.

13 Manobra onde o surfista dá uma guinada de cento e oitenta graus na parede da onda, levando a ponta da prancha na direção da zona de ruptura.

capítulo 5

Solara

O primeiro dia de aula chegou.

Eu devia ficar mais empolgada, já que o nono ano é quando você começa a resolver o que vai ser na vida, se vai continuar estudando ou não... Mas eu não fazia ideia.

Eu só sabia o que não queria: um trabalho chato, onde você faz tudo igual todo dia. Um cubículo, entre quatro paredes, sem janela. Fingir que tá interessado num cliente, quando você não tá nem aí e não gosta de nada que ele simboliza. Tentar vender uma coisa repetidas vezes, tentando convencer a pessoa de que ela realmente precisa daquilo.

Isso tudo reduzia incrivelmente minhas opções.

Como meus queridos colegas de sala diziam, eu só dava pra ser fiscal da natureza. Mas eu nunca liguei pro que falavam de mim — eu era assim, e eu gostava disso.

Acordei cedo, fiz uma vitamina e escovei os dentes. Dei comida pro Zion, brinquei um pouco com ele e chamei a Lumi, que, como sempre, levantou com cara de morta-viva. Vesti meu macacão de tecido, fiz minhas tranças e peguei a mochila.

Minha escola ficava a vinte minutos da caminhada.

Mal entrei na sala e já fui reconhecendo 95% da turma. Essa é a desvantagem de morar em cidade pequena: você sabe quem é quem, mesmo se nunca trocou uma palavra com a pessoa.

Filha do meio do Dodô, da padaria... Filho adotado do Almir, da papelaria, usuário de drogas... Irmã mais nova do Pellagio, que tinha se suicidado três anos atrás em Limeira... Thiago, João Henrique, Adriana Gouveia, Rica — esses estavam na minha turma desde sempre. Allana, filha do vereador Torquato, mãe solteira e a rejeitada da família. Marcelo Rabelo, um cara que mal sabia ler, mas que era campeão de jiu-jítsu e filho da diretora Fabiane.

O melhorzinho ali era o Durval, que tinha autismo. Eu acabei sentando perto dele, e claro que ouvi uns risinhos. O Thi veio falar comigo:

— Solara... depois da aula a gente vai se reunir no parque da antiga Sudal. Vamos?

— Thi, você sabe que eu não curto...

— Não precisa participar, gata... É só pra gente dar um tempo lá.

— É que eu tenho que ajudar a Lumi no trailer. E eu combinei de pegar onda com o Hugo.

O Thiago me olhou com aquela cara de pidão.

— Ah, vamos, só um pouco. Tua irmã nem vai notar que você demorou mais, é só você dizer que tem um tempo extra esse ano.

O novo professor de Literatura entrou e me salvou.

No recreio, eu avistei o Hugo meio escondido, perto da cantina, e fui direto falar com ele:

— E aí, como tá sendo seu primeiro dia?

— Péssimo. Horrível. Como sempre.

— Entendo. Mas, como eu te disse, é só não dar importância. Eu não tô nem aí pro que falam de mim.

Umas meninas do primeiro ano passaram e riram da gente.

Depois da aula, eu não fui na Sudal. Eu não tinha nenhum interesse em ficar com a galera que ia lá, e eu queria distância de drogas.

Em vez disso, Hugo e eu fomos passear com o Zion e o Feroz. A gente chamou o Durval pra tomar sorvete na dona Lilinha, depois correu com os cachorros no calçadão e ele acabou me ajudando no trailer até de noitão, quando a mãe dele apareceu por lá.

Eu achava que os dois estavam realmente se conectando. Só não sabia quem estava cedendo mais, se era ela ou o Hugo.

A verdade é que o Hugo tinha perdido peso esses três meses e parecia mais confiante. Eu li uma vez que exercício físico levanta a autoestima e aumenta um tal de hormônio da felicidade no sangue.

Quando fui dormir, eu mal me lembrava da escola e daquele povinho chato.

capítulo 6
DOIS MESES DEPOIS

Hugo

Eu estava naquela escola há quase dois meses, e ninguém nunca conversava comigo. *Nunca*. Ninguém.

Só a Solara.

Lá só tinha gente que não estava nem aí pra nada ou que tinha muita dificuldade pra aprender. Eu tentava não me sobressair, mas é difícil quando você sabe tudo e ninguém sabe nada.

As provas seriam na próxima semana, e eu sabia que ia ser complicado... Meus "coleguinhas de sala", como minha mãe dizia, iam me odiar ainda mais.

No recreio, eu ficava com a Solara e com o Durval. Ele quase nunca falava, mas era muito inteligente. Eu já estava meio acostumado a lidar com autista, porque meu primo Flávio estava no espectro. Eu sabia, por exemplo, que o Durval não gostava de ser tocado, nem de barulhos fortes e de novidades. Nesse ponto, a gente era bem parecido.

Será que eu estou no espectro também e não tô sabendo?

O pessoal dizia que a Sol era defensora dos fracos e oprimidos, que ela andava com a gente porque fazia caridade, ou porque a gente não era gente e ela fazia parte da natureza.

O pior era o Rabelo, um cara fortão da turma dela e filho da diretora. As coisas pioraram consideravelmente quando ele começou a se meter comigo. O cara não tinha motivo pra isso, até porque ele não era da minha sala, mas eu suspeitava que ele gostava da Sol, porque... bom, mais da metade dos garotos da escola era a fim dela.

É só pensar na assombração que ela aparece...

— E aí, fofinho da mamãe? Tudo bem? Arrasando nas ondas?

A gente estava sentado na escada de trás, conversando. Solara levantou pra ir embora e eu fiz o mesmo, mas o Rabelo colocou a mão no meu peito.

— Peraí, peraí, peraí... Que feio, se esconder atrás de mulher... Eu me pergunto se a Alfacinha sabe que você se masturba toda noite pensando nela.

— Acho que não sou bem eu quem faz isso — tive que responder.

Grande erro número um... O cara ficou irado e me deu uma encarada de perto.

— Eu pego a Solara quando eu quiser, bolo fofo. Mas ela é *hippinha* demais pro meu gosto.

— Hello, eu estou aqui! Sai, Rabelo, ninguém te chamou. — Ela colocou a mão no peito dele e o afastou de mim, sem se exaltar.

Mas, ao invés de ficar irritado, o Rabelo pareceu feliz.

— Querendo pegar no meu peito forte, né, *hippinha*? Eu deixo. Mas pega direito, porque assim você só tá me fazendo cócegas.

Isso me revoltou, mas eu não podia fazer nada. O cara era o dobro do meu tamanho e lutava jiu-jítsu. Pior ainda, ele estava sempre com mais dois caras similares, típico bando de idiotas com músculos.

O Durval começou a ficar nervoso e se agitou. A essa altura, ele estava segurando na grade da escada e meio que se sacudindo.

A expressão da Solara mudou: ela franziu um pouco os olhos e ficou extremamente séria.

— Incrível como pra algumas pessoas os músculos crescem na mesma velocidade que a noção vai embora. Em PG. Ah! Mas, peraí, você não sabe o que é progressão geométrica. Na verdade, você mal sabe contar de um a dez, né?

Resposta perfeita... só que não.

Grande erro número dois... O cara ficou vermelho-sangue.

Solara... e a sua regra de não responder????, perguntei com os olhos.

Ela simplesmente virou as costas e começou a subir a escada, pra entrar pra parte das salas. Durval e eu fomos atrás. A essa altura, ele já estava suando e falando sozinho umas coisas que não dava pra entender bem — o que era alarmante, porque ele nunca falava nada.

Mas aí eu ouvi o que eu ouvi.

— Tenho noção, sim, *hippinha*. Se eu não tivesse, eu ia te pegar, mesmo sabendo que tu dá pro namorado da tua mãe.

Ela se virou instantaneamente.

— Como é que é??? Quem inventou isso???

O idiota riu, vendo que a tinha atingido.

— O próprio! Laércio já falou várias vezes no boteco do Peralta que te pegou de jeito, que você até botou uma briga, mas no fim gostou e agora fica provocando ele. Também, filha de quem é e irmã de quem é, não podia ser diferente!

Quando eu vi, a Solara já estava voando na direção do cara e meteu-lhe um socão na cara. O Rabelo não esperava... aliás, ninguém esperava. A parada foi tão forte que o sujeito perdeu o equilíbrio e saiu rolando pela escada. Eu ainda vi a expressão meio desesperada de quem está tentando se segurar na grade e não consegue. Durval soltou um grito medonho, que nem parecia humano. Todo mundo que estava no recreio olhou.

Totalmente transtornada, Solara terminou de subir a escada correndo, e eu fui atrás.

— Solara! Solara!!!

Já dentro da escola, ela correu mais rápido, até sair de novo pro pátio da frente e pular o muro, com a maior facilidade. Eu não ia conseguir pular aquilo, e nem devia, já que eu suspeitava que ela queria ficar sozinha. O inspetor veio e acabou com minhas dúvidas se eu devia ir. Eu ainda ouvia o Durval gritando lá de dentro, então achei melhor ficar.

— O que está acontecendo aqui???

— *Bullying*, seu Mesquita!!! O Rabelo fez *bullying* com a Solara!

Nessa hora, os amigos do Rabelo chegaram, além de 95% dos alunos da escola.

Ótimo, e tudo que eu queria era não chamar atenção nunca. Agora vou virar o mais popular da escola.

— A amiga dele tentou matar o Rabelo! — um deles falou.

— Vou te matar, moleque! — outro completou, ao mesmo tempo.

Vou virar o mais popular da escola... se eu continuar vivo.

— Ninguém vai matar ninguém aqui! — O Seu mesquita ficou na minha frente, mas os caras o cercaram e eram mais altos do que ele.

Na mesma hora vieram uns professores, a inspetora Sílvia, que estava no recreio, e a diretora Fabiane.

Pra resumir...

O Rabelo foi pra emergência e ia ficar um tempo lá em observação. Parece que ele bateu com a cabeça na escada e teve que tomar cinco pontos.

A mãe do Durval teve que vir buscá-lo, porque ele não parava de gritar e ninguém conseguia controlá-lo.

Eu fui depor na diretoria e tomei suspensão de três dias, mesmo dizendo que o cara fez *bullying* com a gente. Claro, a diretora era mãe dele. Em consequência, minha mãe ficou uma arara comigo e me proibiu de ser amigo da Solara. Pra completar, eu tinha certeza que agora eu era jurado de morte.

E a Solara... ela também foi suspensa, mas pior que isso... se trancou por dias e não queria falar com ninguém, nem mesmo comigo.

Com isso, eu comecei a temer que existisse alguma verdade no que o idiota do Rabelo tinha falado.

Solara

Fui suspensa por três dias, mas não fui à escola por uma semana.

Ninguém ligava mesmo.

Minha mãe não vinha para casa há uns dias.

A Lumi tinha muita coisa pra pensar.

O Lúcio até ficou preocupado comigo. Ele que foi na escola quando a diretora chamou o meu responsável, porque minha mãe estava incomunicável. Meu irmão tentou conversar comigo e me distrair, mas eu não queria papo.

Eu tinha medo de começar a falar e não parar mais.

Eu tinha vergonha do que o Laércio tinha feito comigo. E não queria pensar naquilo, porque eu ia sentir a mesma coisa que senti naquele dia.

Eu também me sentia culpada.

Se eu tivesse ficado mais longe...

Se eu tivesse sido mais esperta...

Se eu tivesse lutado mais...

— Quietinha, Franga... fica quietinha, que não vai dar ruim — ele falou no meu ouvido, baixo demais pra alguém escutar. Eu não conseguia me mover embaixo dele. De qualquer forma, ele estava com um punhal. — Se puser briga, vou ter que dar meu jeito. Vou ter que te rasgar, vou te machucar... e a gente não quer isso, né? Relaxa, que tu vai gostar. Tu já tá na idade de gostar.

Eu fiquei quieta e fechei meus olhos bem apertados.

Parecia uma eternidade. Tentei pensar nas coisas que eu gostava, mas não consegui.

Quando tudo acabou, ele simplesmente me soltou.

— Se tu der um pio pra tua mãe, vou dizer que foi culpa tua. Você fica aí se insinuando... eu não sou de ferro, né?

— Solara?

A voz do Hugo me trouxe de volta.

Ainda bem, porque eu estava lutando com todas as minhas forças pra não pensar naquilo, mas perdendo de dez a zero.

Eu estava na Prainha, escondida nas pedras. Só aí que eu percebi que o Zion estava latindo pra ele.

Se eu tivesse o Zion naquela época...

— Solara...

— Oi — consegui responder, mas atrasado.

O Hugo sentou do meu lado e começou a falar umas coisas, mas eu mal ouvia.

— ... eu levo os deveres pra ele todo dia... depois busco e levo pra escola... ele tá meio surtado...

Coitado do Durval.

Me lembrei de tê-lo visto ficar nervoso, mas não consegui pensar em nada nem ninguém, só no que o filho da puta do Rabelo falou da minha família.

E no Laércio vindo pra cima de mim.

Voltei a pensar no Durval.

Com o tempo ele vai se recuperar.

— ... o Rabelo levou uns pontos... o Augusto disse que ele vai pros Estados Unidos morar com o pai... de punição...

Punição? Isso pra mim é recompensa.

Mas às vezes isso acontece mesmo...

— Cala a boca, Solara! Você não vai repetir isso pra mim nem pra ninguém, tá me ouvindo??? Isso é coisa da tua cabeça.

— Não, mãe... não é, não!!! — gritei desesperada, sentindo meu rosto tremer.

— É, sim. Você imaginou isso! Criou essa história porque você nunca gostou do Laércio! Você vive nas nuvens... Eu me pergunto se você é normal mesmo, minha filha, porque você é toda diferente. Você me irrita, Solara!

Eu tive que me beliscar pra ter certeza de que estava ouvindo aquilo. Minha própria mãe...

— Eu posso provar!!! Minha roupa ficou até manchada...

Não consegui terminar de falar, porque tomei um tapa na cara.

— Eu te mandei calar a boca, garota! Vai pro meu quarto e só sai de lá quando eu chamar. Tá me entendendo, Solara? Eu vou acabar arrancando todos os dentes da tua boca, eu juro!!!!

— Sol, tá me ouvindo?

A realidade me puxou de novo.

— O quê, Hugo?

— Eu disse que você perdeu prova de Geografia e de Português. Mas conversei com o Ramalho, e ele ficou de te dar segunda chamada. Agora, a Fátima ainda tá em cima do muro. Também, ela é amiguinha da Fabiane... Mas vou continuar insistindo!

— Por quê? — Eu meio que surtei.

— Hã? Por que o quê? — o Hugo perguntou, com cara de quem não estava entendendo nada.

— Por que você vai continuar insistindo pra ela me dar a prova?

— Pra te ajudar, ué... senão você vai ficar com zero!

— Vai pra casa, Hugo. — Eu desci da pedra e fui em direção à minha casa. Claro que o Hugo me seguiu.

— Não... peraí, Sol. O que que tá pegando?

— Nada. Só quero ficar sozinha.

— Mas você já ficou muito sozinha... Tá na hora de você voltar.

— Eu não posso voltar. Nunca mais, eu não posso mais voltar...

Eu não estava falando da escola, mas me referindo ao tempo. Eu queria voltar no tempo, mas não podia.

— Claro que pode! Imagina, vai sair da escola por causa de uma besteira que o imbecil do Rabelo falou...

— E se não for besteira? — Parei de andar, me virando pra ele.

— Como é?

— É, Hugo! E se for verdade tudo que ele falou??? — perguntei, encarando ele.

O Hugo me olhou, com uma grande interrogação no rosto. Depois de um tempo, eu não consegui mais encará-lo.

Isso mesmo. Vai pra longe. Já tô acostumada.

Mas ele não fez isso. Pelo contrário, o Hugo pegou minha mão e entrou no meu campo de visão.

— Eu não me importo. A vida é sua. Você não é menos ou mais pra mim por causa dos seus atos.

Mal acreditei no que eu estava ouvindo.

Pro Hugo, meus atos não importavam?

— Como assim, Hugo? Quer dizer que se eu prejudicar alguém, sei lá, se eu matar alguém, você não vai se importar????

— Quer dizer que eu confio em quem você é, Solara. Por isso eu não julgo o que você faz ou deixa de fazer.

Eu fiquei chocada.

Pelo olhar, dava pra ver que ele estava sendo sincero. Com os olhos levemente arregalados, Hugo me olhava fundo, tão fundo que parecia que estava enxergando a minha alma. Uma lágrima caiu e eu não consegui mais me segurar, outras vieram rápido demais.

— Eu não sei o que aconteceu, Sol, mas se você quiser me contar, tô aqui. E, se não quiser, eu também estou aqui.

— Amigo tem que ser amigo pra todas as horas, é isso? — completei, lembrando do dia que o ajudei com a mãe dele.

Ele demorou um pouco pra responder:

— Claro. Porque eu sou seu amigo. Pra sempre.

Eu me joguei nos braços do Hugo e comecei a chorar feito uma louca. Passei uns vinte minutos chorando, pensando em tudo que eu tinha passado com o Laércio e com a minha mãe. No ombro do Hugo, era mais fácil lembrar de tudo. No ombro dele, eu me permiti sentir tudo que eu ainda não tinha me permitido. Raiva, solidão, nojo, desesperança, ódio, medo... tudo me veio como uma avalanche. Mas eu senti também alívio, alento, segurança... porque aquilo tudo tinha ficado no passado, e eu não ia passar por aquilo de novo — mesmo se eu tivesse que morrer.

Quando parei de chorar, um peso enorme saiu de dentro de mim.

Dali por diante, pensar no que tinha me acontecido já não me afetava tanto.

capítulo 7

Hugo

Desde que o incidente na escola aconteceu e a Solara se isolou, eu estava dormindo na Prainha. Onze dias, pra ser mais exato. Às vezes ela dormia lá também. Às vezes eu dormia sozinho, porque ela não aparecia. Mas eu tinha me acostumado. De alguma forma, eu me sentia mais perto dela. Ridícula essa ideia, mas eu achava que podia protegê-la de alguma coisa. A história do Laércio estava muito mal contada, e eu tinha até medo de especular. A verdade era que eu não queria pensar nas possibilidades por respeito à Solara, mas que aquele cara não prestava, eu sabia bem.

Eu acordava bem cedo e ia pra casa tomar café da manhã. Minha mãe ainda não tinha me visto chegar... por enquanto, 100% de sucesso. Se ela soubesse, ia surtar. Ela sabia que a gente pegava onda junto e que se encontrava na escola, mas eu tinha que dar uma disfarçada e quase não via mais a Solara durante o dia, o que estava me matando, porque cada vez mais eu queria ficar perto dela.

Mal o sol apareceu, dobrei meu saco de dormir e fui apressado pra casa.

Foi aí que eu ouvi um assobio. Identifiquei logo a música.

A Marcha Fúnebre.

Meu pensamento foi interrompido por um corpo se jogando em mim e me empurrando contra a pedra.

Rabelo.

Ele colocou o braço no meu pescoço, e eu comecei a ficar sem ar.

Óbvio que o cara veio cercado dos seus genéricos. Só as camisas eram diferentes. A de um era branca e estava escrito "BEAST", com umas letras vermelhas, meio que sangrando. A camisa do outro era cinza e tinha uma caveira branca estilizada, parecendo que tinha uns quatro dentes. Não consegui ver a camisa do Rabelo, porque ele estava colado em mim. Só sei que era preta e tinha uns desenhos brancos.

Enquanto isso, ele falava bem na minha cara um monte de coisas, meio que cuspindo. Comecei a ficar apavorado, pensando que minha vida ia acabar ali mesmo. Acho que foi meio que um refúgio ficar reparando na camisa dos caras. De repente, eu quis consertar as manchas que as letras deixavam e os dentes da caveira, que eram desproporcionais. Mas aquilo era dente mesmo? Eu não conseguia entender o desenho.

— Tá me ouvindo, bolo fofo? Ou tá autista, igual o teu amiguinho lá? Um dos genéricos começou a rir.

— O autista começou a gritar igual a um bebê! Ridículo, deviam proibir um cara desse de ir à escola. Deviam trancar ele numa jaula em casa!

— Deviam trancar esse aqui em casa também — o Rabelo falou. — Você é um bizarro, cara. Hum... O que que é isso? Tô sentindo um cheiro estranho, Marquinho. Tá sentindo?

O outro genérico respondeu, claro:

— Cheiro de bosta?

— Isso aí, é cheiro de bosta. Tá se cagando, bolo fofo? Pode se cagar, porque tu vai sofrer... e muito... pra tua amiguinha aprender a não mexer comigo.

Bom, eu vou morrer mesmo... deixa eu morrer com a minha dignidade intacta.

— O cheiro de bosta tá vindo da tua boca! — retruquei. — Porque você é feito de merda, seu merda. Lava essa tua boca antes de falar da Solara...

Eu ainda falava o nome dela quando tomei o primeiro murro. Foi no rosto, do lado esquerdo, e veio com tanta força que eu dei um mau jeito no pescoço.

— Como é que é, bizarro? Ficou valente? Tem mais alguma coisa pra falar?

Eu recuperei o fôlego e respondi, sentindo um gosto de ferro na boca:

— Tenho. Que o socão que a Solara te deu vai ficar gravado na minha mente...

Tomei mais um soco. Dessa vez, no olho esquerdo.

Se ele deixar meu lado direito intacto, é só eu ficar de lado pra minha mãe.

Mas aí eu tomei um socão na barriga. Caí no chão, morrendo de dor, e quase vomitei, enquanto os três trogloditas riam. Com essa, eu tive certeza de que a morte estava chegando. Me lembrei do sorriso da Solara. Ela ia ser minha namorada pra sempre, mesmo que ela nunca tenha sido.

— Mais alguma coisa, aberração?

Quando consegui recuperar o ar, levantei, reuni minhas forças e continuei:

— Pode fazer o que quiser comigo, pode até me matar, mas nada vai mudar a realidade.

Ele riu de uma forma sinistra, enquanto eu sentia meu olho se fechando e minha cara inchando.

— E o que é, otário?

— Que a garota que você tá a fim não quer nada contigo... e é comigo que ela dorme de mãos dadas toda noite.

O soco veio bem no meio da minha cara. Eu caí pra trás, e tudo se apagou.

Minha cabeça doía incrivelmente.

Abri os olhos e vi pequenos rostos me olhando, curiosos. Podiam ser anjos, mas não eram. Eu os conhecia bem.

— Ciano, eu já te disse pra deixar o Hugo em paz! — Ouvi a conhecida voz da Lumiara.

— Mas por que ele tá diferente? — o Ciano perguntou.

— Ele teve um acidente. Agora vem. Brício, você não terminou o seu leite.

A Lumiara entrou no meu campo de visão, com a bebê agarrada do lado dela. Eu percebi que só enxergava com um olho, o outro não abria.

— Lumiara...

Ela saiu, antes que eu conseguisse dizer alguma coisa. Eu a ouvi falando com alguém lá longe e depois ouvi a porta bater. Depois, senti um afundamento na cama. Ela estava do lado que eu não enxergava, e eu tive que virar o pescoço pra olhar, o que doeu incrivelmente.

— Ai...

— Agora você vai me contar o que aconteceu.

— Tentaram me matar... foi isso! — desabafei.

— Como assim? Foi um assalto??? — ela perguntou, mudando a expressão de brava pra preocupada.

Me arrependi de ter falado. Tentei levantar, mas minha cabeça rodou. Me senti meio enjoado e acabei deitando de novo.

— Não... Ai, meu estômago...

Com isso, a expressão dela voltou para "brava e sem paciência".

— Olha aqui, garoto, você vai me contar tudo agora. O Lúcio te achou na areia, todo estropiado. Fala a verdade, vocês estão usando drogas??? Porque se for maconha, é até ok, mas vocês estão arrumando problema com traficante?

— Não! Peraí, vocês quem?

A cara de impaciência dela só piorava.

— Quem??? Você e minha irmã, claro. Vocês dois estão sempre juntos.

— Não... a Solara nunca... ela é contra isso...

— Verdade — ela me interrompeu. — Minha irmã é caretinha demais. Mas então o que foi? Vai, desembucha. Você não tem cara de quem fica caçando briga na rua.

Eu fiquei em dúvida se devia contar. Eu não sabia se a Solara tinha falado alguma coisa. Achei melhor contar só parte da verdade, a que me cabia.

— Foi o Rabelo e os genéricos...

— Genéricos? Que genéricos? — ela me interrompeu de novo.

— Eu os chamo assim porque eles são iguais... aquele padrão que usa camisa "MAMÃE SOU FORTE", com os músculos aparecendo. Até o corte de cabelo é igual, e se você reparar bem...

— Sei, sei. Prossegue — ela me interrompeu de novo. Eu já estava ficando irritado com isso.

— Foi uma emboscada. Eu sabia que eles iam vir pra cima de mim... quer dizer, eu imaginava... porque...

Merda... falei demais.

— Porque... — ela tentou completar, e eu vi que não ia ter escapatória. Acabei piscando várias vezes, de nervoso, com o olho bom.

— É que a gente teve um problema na escola uns dias atrás.

— Tá falando da suspensão da Solara?

— É.

Ela fez uma cara séria. Meu pescoço estava dolorido, eu mal podia mexer.

Nessa hora, o Lúcio entrou com um cara mais velho. O que mais me chamou atenção foi a roupa do sujeito, que estava toda amassada. A cara era meio inchada e tão amassada quanto a roupa.

— Wolfe, esse é o Benício. Ele é nosso vizinho enfermeiro e atende o pessoal aqui às vezes.

O cara era esquisito, mas, diante das circunstâncias, achei melhor deixar ele me examinar.

De repente, me lembrei da minha mãe.

— Merda... eu tenho que ir...

Tentei levantar de novo, mas minha cabeça rodou e eu senti ânsia de vômito.

— Calma, garoto... Tem uma lesão feia aqui atrás da sua cabeça, deixa eu limpar isso — o tal do Benício falou. Ele tinha a maior cara de bêbado, e bafo também, o que me deixou ainda mais enjoado.

A Lumiara me passou um balde, mas eu não vomitei nada. Claro, não tinha nada no meu estômago... Ou podia ser o fígado. Comecei a cogitar a hipótese de estar com algum sangramento interno. Mas aí eu me lembrei da minha mãe de novo e fiquei ainda mais aterrorizado.

— Minha mãe... ela deve estar louca... eu não dormi em casa...

— Eu vou lá depois, Wolfe... mas tu tem que me dizer o que rolou — o Lúcio falou.

— Essa história tá muito malcontada. Fala logo, garoto! — a Lumiara exigiu, dessa vez mais alto.

Merda...

A essa altura, a irmã da Solara fez uma cara medonha.

— Olha aqui, eu tô perdendo cliente lá no trailer por sua causa! Você tem noção de que a minha vida é contada no relógio? Lúcio, você que vai ficar por conta dele, porque eu ainda tenho que deixar os meninos na escola, e já estou atrasada!

Ela nem me deu tempo de falar e saiu, batendo a porta.

— Vai ter que levar uns pontinhos aqui na cabeça, mas parece que o corte foi superficial. Cabeça sangra muito — o enfermeiro bêbado falou, enquanto apertava meu pescoço.

— Ai!!!

— Dói aqui? Ih, Lucinho, melhor levar pro pronto-socorro. Fazer um raio X da coluna, pode ser sério — o Benício disse.

Só de pensar em levantar, minha cabeça rodou de novo.

— Não foi nada, é que eu dei um mau jeito quando tomei o primeiro soco — soltei.

O Lúcio me olhou, preocupado.

— Quem fez isso, Wolfe?

— O Rabelo. — Demorei um pouco, mas acabei revelando.

Ele fez uma cara mais séria que de costume.

— O cara que a Solara socou semana passada?

— É.

— Por que ele fez isso?

— Porque... bom, foi vingança. Eu meio que sabia. Quer dizer, eu imaginava.

Ele ficou pensativo e deu uma volta no quarto, enquanto o Benício limpava meu rosto com gaze e uma coisa lá que ardia até na alma.

— O que que rolou entre ele e a Solara? — ele perguntou, meio que do nada.

— É... ai, tá ardendo... não tem uma coisa que arde menos, não? — Eu tentei ganhar tempo, mas não ia funcionar. Fiquei apavorado quando vi o tanto de sangue na gaze que ele usou pra limpar meu olho. Tentei me virar na cama, mas meu corpo todo doía. Eu gemi mais um pouco.

— Wolfe...

— Ai, meu Deus... Lúcio... acho melhor você perguntar pra Sol, é coisa dela.

— Obviamente não é coisa só dela!! Olha aí como você tá!

— Mas...

— Já perguntei um milhão de vezes, mas ela não quis me contar. Agora você vai abrir o bico, porque a coisa tá ficando séria! Minha irmã é de boa, pra ela bater em alguém deve ter sido muito sério... e depois ela ficou aí pelos cantos, sem falar nada... nem na praia ela foi. Isso nunca aconteceu, Wolfe, nunca... Vai, desembucha!

O Benício movimentava meus braços e minhas pernas, acho que pra ver se tinha alguma coisa quebrada.

— Tá bom, tá bom. Mas só vou fazer isso porque acho que você pode ajudar a Sol.

Acabei contando tudo que aconteceu. Foi pior ainda quando eu tive que contar o que o Rabelo falou dela e da família. Enquanto eu narrava os acontecimentos nefastos, o Lúcio mal parecia me ouvir. Teve uma hora lá que ele ficou muito sério e se apoiou na parede, de costas pra mim. Depois de um tempo, se virou e me olhou com uma cara meio sinistra.

— Ok, Wolfe. Tô indo lá na tua casa falar com a tua mãe.

— Lúcio! A Sol vai me matar...

Ele passou a mão na minha cabeça.

— A gente vai resolver isso, *bro*. Pode deixar que a gente vai resolver tudo.

E saiu, me deixando sozinho com o Benício.

Solara

Estava um burburinho perto da diretoria.

Tinha uma multidão ao redor da sala, e eu fiquei na ponta dos pés pra tentar ver alguma coisa. O Mesquita e a Sílvia estavam lá, tentando dispersar a galera. De repente, eu ouvi uns gritos de uma voz bem familiar.

— Eu estou indo na polícia agora mesmo, tá me ouvindo??? Na polícia!!!!

— Calma, dona Sheila... A Fabiane vai cooperar, não vai? — Era a voz do meu irmão.

Eu entrei em pânico. Saí empurrando todo mundo e consegui chegar na porta, mas o Mesquita me segurou.

— Sai, sai!!!! Meu irmão tá aí!!!! Lúcio! Lúcio!!!!!

Três caras surpresas me olharam. Bom, duas caras surpresas e uma cara de ódio. A mãe do Hugo me ignorou completamente e voltou a atenção pra diretora.

— Seu filho é um assassino!!! Psicopata!!! O lugar dele é atrás das grades!!! Eu vou acabar com a vida dele, tá me ouvindo?

— É a palavra dele contra a do meu filho! — a diretora respondeu, gritando também.

Só aí que eu vi o Rabelo no canto da sala, com cara de culpado.

Eu gelei.

Eu ainda não tinha visto o Hugo hoje... O que era estranho, porque eu sempre o via antes da aula.

Cansei de ser ignorada e resolvi gritar, como a Sheila. Quem sabe assim iam me dar atenção.

— O Hugo? O que aconteceu? O que você fez com ele, seu merda????

O Lúcio veio na minha direção, e o Mesquita acabou me deixando entrar. A Sílvia conseguiu fechar a porta com o pessoal pra fora.

— Calma, Solara, ele tá bem! — meu irmão falou.

— Que bem, nada!!! Meu filho está politraumatizado numa cama de hospital!!!!! E tudo por causa dessa garota!

— Você não vai falar assim com a minha irmã! — o Lúcio respondeu, falando mais alto.

Assassino... politraumatizado... cama de hospital...

Eu mal ouvia o que eles estavam falando agora. A única coisa que consegui fazer foi olhar pro Rabelo. O filho da mãe parecia que estava se cagando de medo. Nesse momento a Sílvia abriu a porta, e o Marquinho e o João Vítor, os amigos fortões do Rabelo, entraram, com cara de assustados.

— Foi ele... ele e os puxa-saco dele... eu quero dar parte dele... eu vou na polícia também!!! Onde ele tá, Sheila?? Eu quero ver o Hugo! Eu vou acabar com você, Rabelo... Eu vou acabar com a tua raça!!!!

O Lúcio me segurou e me levou pra fora. A Sílvia tinha conseguido dispersar o pessoal, mas alguns alunos ainda olhavam de longe.

— Lúcio!!! Tá louco??? Eu tenho que fazer alguma coisa... Eu tenho que ver o Hugo...

— Ele tá no Santa Gertrudes, em observação. O Beni tá lá com ele.

— Mas... o que aconteceu??? — perguntei, chorando e com a voz trêmula.

— Bateram nele. Eu o achei na praia e levei pra casa. O Beni viu que ele não tinha nada, mas a Sheila quis levar pro hospital pra ter certeza, porque ele podia ter tido um traumatismo craniano ou alguma coisa.

— Traumatismo craniano???

— É... ele estava com uma ferida atrás da cabeça. A gente acha que ele bateu numa pedra, porque ele desmaiou.

— Meu Deus...

Meu irmão me puxou pra um banco.

— Solara, ouve bem... Isso não vai ficar assim... Esses caras vão ver. E tem mais: eu e você vamos ter uma conversa depois... sobre o Laércio.

Não consegui esconder minha cara de terror. Pela expressão do meu irmão, ele sacou tudo na hora.

— Aquele desgraçado... — ele falou, com uma cara de dar medo.

— Irmão... depois... agora eu quero ver o Hugo... Por favor, me leva pra ver o Hugo... assina pra eu poder sair... — Eu mal conseguia falar, de tanto que eu chorava.

Meia hora depois, a gente entrava no quarto do Hugo.

capítulo 8

Hugo

O cheiro do hospital estava me deixando nauseado. Na verdade, tudo estava me deixando nauseado. Quase vomitei enquanto o médico dava os pontos na minha cabeça: cinco, pra ser mais exato. Até rasparam uma parte da minha cabeça, porque estava cheio de sangue coagulado no cabelo.

Isso foi antes de eu começar a enxergar tudo em duplicata e entrar em pânico. Graças ao meu escândalo, o médico veio correndo.

— A ressonância mostrou um leve traumatismo. Você deve ficar em observação por 24 horas, pra gente ter certeza de que não tem nada de errado. Numa escala de um a dez, qual o nível de dor que você está sentindo agora?

— Onze e meio.

— Isso tudo?

— É...

Aquele médico devia ter uns vinte anos, no máximo. Me perguntei se ele sabia o que estava fazendo.

— Tem certeza que não houve lesão interna? Eu não vou morrer por sangramento interno? — perguntei, apavorado.

O médico riu.

— A tomografia não mostrou nada. Você vai melhorar com isso aqui que eu vou te dar.

Pelo menos ele me encheu de remédio pra dor, e eu fiquei numa boa... até meio grogue.

Foi quando eu a vi entrando... minha namorada.

Foco, Hugo.

— Sol...

Ela veio correndo e me abraçou. Senti aquele cheiro típico do cabelo dela, de maresia misturada com um aroma de xampu de coco. Aquilo era o céu pra mim.

— Meu Deus... O que fizeram com você?

— Tá de boa — respondi, segurando uma mecha do cabelo dela e olhando pra ele.

— Como assim???

— Valeu a pena... — Me senti sorrir feito um bobo.

A enfermeira entrou e checou alguma coisa na minha papeleta.

— Hugo... examinaram sua cabeça? — Sol perguntou, séria demais.

Eu ri.

— Claro. Olhaí o curativo. Parece que eu tô num daqueles desenhos animados, que o cara fica com a cabeça engessada. Mas, na verdade, eu tô é desmanchando... e é tão bom...

— Ele tomou um medicamento bem forte pra dor. Euforia é um dos efeitos colaterais — a enfermeira falou. Depois, contou pra Solara tudo que tinha acontecido, enquanto eu meio que dormia e acordava. — ... traumatismo leve... pancada na cabeça... nível de dor muito forte... mecanismo de ação... lesões internas... visão dupla...

Eu comecei a achar engraçado. Parecia que estavam falando de outra pessoa, porque eu estava numa boa. Aliás, eu nunca estive tão bem na minha vida...

Depois que a enfermeira saiu, a Solara pegou na minha mão, e eu não me contive.

— Tudo que eu queria era ver o meu sol hoje... — eu disse, olhando pra ela. Ela me olhou, meio sem entender.

— Hugo, você precisa descansar. Vou embora, agora que eu sei que você vai ficar bem...

— ... meu sol é você, Solara — continuei. — Meu sol, meu céu, meu mar... meu tudo é você. — Eu quis explicar de uma vez por todas.

— O quê?

Ela me olhava, meio chocada.

— É... é isso aí. Eu não tenho mais medo... porque valeu a pena apanhar por você. Eu apanharia tudo de novo, só pra jogar na cara do Rabelo que a gente dorme junto...

— Como é que é???

— ... e que você é a primeira coisa que eu penso quando acordo e a última que eu penso antes de dormir...

— Hugo, você não tá bem... Você falou isso mesmo pra ele???

— Falei o quê, Sol?

— Que a gente... que a gente dorme junto???

— Falei só verdades... falei tudo na cara dele. Eu não amarelei, Solara. Eu enfrentei. Eu não tenho mais medo...

— Não acredito!

Ela saiu correndo do quarto, me deixando sozinho e meio bêbado. Acordei com a cabeça latejando.

Ainda demorei um pouco pra me situar, de tão pesado que eu tinha dormido.

Eu apanhei hoje de manhã. Devo estar no hospital.

Ah, sim.

Abri o olho direito, porque o esquerdo só abria um pouquinho, e vi meu pai. Vi também que já era noite.

— Pai... você veio.

— Hugo... meu filho, como você está se sentindo?

— Ótimo, Nelson... Ele está ótimo, você não tá vendo? — minha mãe provocou. Eu nem tinha visto que ela estava aqui.

— Mãe, tem água?

— Claro, meu amor... Vou buscar pra você.

Ótimo. Só assim posso conversar com meu pai em paz.

— Pai... eu sinto sua falta... — falei, assim que ela saiu. Meu pai me olhou, com lágrimas nos olhos.

— Não vamos falar nisso agora... você precisa descansar, se recuperar. Tá sentindo dor?

— Um pouco. Minha cabeça está latejando.

— Foi uma pancada forte, pelo que parece.

— Mas eu os enfrentei, pai. Os três. Com dignidade.

— Você quase morreu por causa daquela hippie. Essa menina não é boa coisa, eu vi assim que coloquei os olhos nela. — Minha mãe voltou rápido demais.

Ela e meu pai começaram a discutir.

Mas, assim que ela falou na Solara, eu comecei a me lembrar da conversa que a gente teve horas atrás, que na verdade parecia um sonho.

"Você é meu sol, Solara... meu sol, meu céu, meu mar... meu tudo é você."

Ah, meu Deus...

Eu me lembrava da Solara ficando indignada e com raiva. Mas, por que mesmo?

Eu tinha que falar com ela.

Minha mãe aproveitava para responsabilizar meu pai por não me dar atenção suficiente, enquanto ele dizia que ela que não queria que ele ficasse perto de mim.

— Mãe... pai... vocês viram a Solara? — Tive que interromper.

Minha mãe me olhou com uma cara de má vontade.

— Quando eu cheguei, ela ia saindo com aquele irmão dela, com uma cara de poucos amigos.

Ah, meu Deus...

O que você fez, Hugo? O que você conseguiu estragar?

Tentei levantar, mas minha mãe teve um ataque.

— Hugo, fica quieto!

— Mas, mãe, eu tô bem! Eu preciso ver a Solara, é um caso de vida ou morte!

— Você não vai ver ninguém! O médico mandou você passar a noite aqui pra se recuperar!

Eu olhei pro meu pai como se ele fosse minha tábua de salvação:

— Pai...

— Filho... eu estou com a sua mãe nessa, você precisa descansar. Olha, vou chamar a enfermeira pra te dar alguma coisa pra dor. E você precisa se alimentar, eu fiquei sabendo que você não comeu nada o dia todo.

— Mas, pai...

De repente, eu vi o Benício no corredor. Ele colocou a cara pra dentro da porta.

— Benício! Benício!

Meu pai e minha mãe olharam pra porta ao mesmo tempo.

— Ah, Benício. Obrigado por tudo que você fez pelo meu filho — meu pai falou, cumprimentando-o. — Prazer, Nelson Wolfe.

— Foi ele que prestou os primeiros socorros, Nelson — minha mãe disse. — E ficou aqui com ele enquanto eu ia à escola. Aquela diretora vai pagar até o último centavo...

O Benício foi entrando, com uma cara meio assustada. Claro, minha mãe não parava de praguejar.

— Mãe, pai... posso falar com o Benício em particular?

Meu pai saiu numa boa. Minha mãe saiu contrariada, sem graça porque o Benício estava ali, e disse que voltava com meu jantar.

— E aí, Campeão? Como você está se sentindo? — ele perguntou, com uma cara menos amassada que de manhã.

— Uma dor chata aqui atrás... Pelo menos agora eu tô enxergando só um de cada... Mas eu queria te pedir um favor... quer dizer, eu queria agradecer primeiro, por tudo que você fez por mim.

— Nada a agradecer, Campeão. Não fiz mais que minha obrigação. Na verdade, eu que tenho que te agradecer.

Eu estava me preparando pra abordar o assunto da Solara, mas fiquei intrigado com o que ele disse. E também porque ele estava com uma cara de gato que comeu um passarinho.

— Como é?

— Um dia te conto. Mas... você ia dizendo?

— Hã... Bom... Será que você podia... Você mora perto da Solara, né?

— Positivo.

— Então... você podia falar com ela... ou pedir pra ela vir aqui... quer dizer...

Me compliquei todo, porque, no fundo, eu não sabia o que dizer. Eu só sabia que tinha que falar com ela.

— Olha... você mandou mal, Campeão.

— Como é?

— Mandou mal. Até um momento, eu achei que tu tava mandando bem, com aquela declaração de amor meio poética...

— V-você tava aqui?

— Hum, hum.

— Onde?

Ele apontou pro leito ao meu lado, que estava vazio e agora tinha a cortina aberta.

— Você que estava aqui?

— Digamos que eu estava um pouco... alcoolizado. Achei melhor me recompor, assim eu seria um melhor acompanhante.

Sabia.

O cheiro de álcool da boca dele não mentia.

— Mas... como te deixaram ficar aqui?

— Eu conheço quase todo mundo aqui, rapaz.

Concordei com a cabeça, como se estivesse entendendo alguma coisa. Mas meu pensamento estava na Solara, então eu não quis render conversa.

— Mas... o que eu fiz de errado?

— Eu tenho pra mim que ela não gostou quando você disse que... que você dormia com ela — ele foi falando devagar.

— Mas o que tem isso?

Ele deu de ombros.

— Como disse Oscar Wilde, "as mulheres existem para que as amemos, e não para que as compreendamos". Mas, também, vocês não têm idade pra isso. Era conversa tua, né? — Ele ficou me olhando.

— Não... é sério. A gente sempre dorme junto!

Ele ficou meio abismado. Só então a ficha caiu pra mim.

— Quer dizer... peraí... a gente só dorme... mesmo!

Na mesma hora, o Benício fez uma cara de quem estava entendendo tudo. E as coisas começaram a fazer sentido na minha cabeça... O Rabelo tinha falado que ela transava com o namorado da mãe... e ela ficou daquele jeito...

Mas eu não quis dizer... Ah, meu Deus... Será que o Rabelo entendeu outra coisa???

— Bom... ele, eu não sei. Mas eu entendi coisa a mais... — o Benício respondeu. Só aí eu percebi que tinha pensado alto.

Ótimo, Hugo. Melhor do que isso, impossível.

Solara

Todos iguais.

Os homens são todos iguais, não importa a idade. E nenhum deles presta.

Mentalmente, eu refiz meus passos desde que saí correndo do hospital, querendo vomitar.

O Lúcio estava me esperando lá embaixo, porque a gente não podia demorar. Aparentemente, a Lumi estava tendo um ataque porque tinha ficado o dia todo sozinha no trailer e tinha pedido pra vizinha buscar o Ciano na escola. O Brício ficou por conta do Claudinho. Os dois eram tarefa minha, mas eu quis ver o Hugo. O hospital era em Limeira, e a gente teve que pegar um ônibus.

O que foi uma péssima ideia.

Solara, você é uma idiota.

Ele só é mais do mesmo.

— Mana, o que houve? — o Lúcio perguntou, vindo atrás de mim, mas eu apertei o passo.

— Nada, Lúcio. Você também é igualzinho.

Meu irmão me olhou, confuso.

— O Wolfe não estava lá?

— Estava.

— E tava bem?

— Estava. Mas era melhor que tivesse morrido! Quer dizer, melhor seria se eu nunca tivesse conhecido ele! — Acabei falando alto demais.

O Lúcio riu da minha cara, mas, quando viu que eu não estava achando graça, ficou quieto. A gente voltou calado no resto do caminho.

Assim que chegamos no trailer, minha irmã ficou enchendo minha cabeça, mas eu não ouvia metade. Eu só pensava nas coisas que o Hugo tinha me falado.

Igual a todos...

Eu estava me sentindo péssima. Enganada. Como eu não tinha visto, meu Deus??? Ele nunca quis ser meu amigo... Era puro interesse, porque eu tenho essa maldição em cima de mim... E eu nunca vou namorar, nunca!

— Nunca!

— Como é que é? — A Lumi deu um tempo na falação.

— O quê, Lumi?

Ela fez uma cara de impaciência.

— Nunca o quê, garota? Tô falando aqui que ninguém me ajuda nessa casa! Mãe não aparece há duas semanas, ninguém sabe dela. A grana tá fazendo falta, e a gente já tá devendo do trailer!

— Pode ir, Lumi — o Lúcio falou. — Os meninos já devem estar em casa. Eu fico aqui com a Solara.

Ela riu, irônica.

— Ah, bonitinha... não vai ficar aqui, não! Eu preciso de ajuda com os meninos, estou morta de cansada e ainda tenho que fazer janta. E você, Lúcio, vai ter que dar conta do trailer sozinho... Pode esquecer o surfe hoje! A casa tá virada de pernas pro ar... Hoje vai sobrar pro Claudinho também! E tudo isso por causa desse namoradinho da Solara que arrumou encrenca...

— Namoradinho??? Do que você tá falando??? — Eu quase surtei. O Lúcio riu da minha cara, mas a Lumi estava séria.

— Do Hugo, né? Vocês não estão juntos?

Eu senti meu rosto ficar quente e vermelho.

— Eu e o Hugo??? O Hugo e eu??? Não! Nunca!!!! Ele é meu amigo só... era!!!

— E tá surpresa por quê? Aquele garoto anda de quatro por você, só você que ainda não percebeu... Você é muito tapada mesmo, Solara... Em que planeta você vive? — Ela debochou.

Em Marte. Ou no mundo da lua.

Diante dos risinhos debochados dos meus irmãos, me toquei que o tempo todo o interesse do Hugo por mim era mais que óbvio.

Eu sou mesmo uma idiota.

Fui embora com a minha irmã e passei o resto do tempo com meus sobrinhos. Isso até me distraiu um pouco da traição que o Hugo tinha me feito. E ainda tinha falado pro Rabelo que a gente dormia junto!!! Como um cachorro, mijando na parede que lhe pertence, pra demarcar território! Isso tinha sido péssimo também, mas o Rabelo não tem nada a ver com a minha vida, não mesmo. Aliás, nem minha mãe quer saber de mim. Minha reputação já estava mais que manchada. Tinham feito *tie-dye* dela, com tinta permanente: primeiro o Rabelo, depois, o Hugo. O próprio.

Apesar de tudo, na hora de dormir, eu ainda senti falta dele. Porque a gente se dava bem. Ele me conhecia, me entendia. A gente se divertia junto. Eu nunca me dei tão bem com alguém. Devia ter imaginado que não ia durar, parecia muito bom pra ser verdade. Pior ainda, eu devia ter imaginado que era tudo falso. Nossa amizade, nossa cumplicidade, tudo era uma grande mentira.

Zion se aconchegou em mim no saco de dormir. Ele, pelo menos, não me abandonava.

E agora eu não tenho dúvida: vou ficar sozinha pra sempre.

capítulo 9

Hugo

Fui liberado do hospital na manhã do dia seguinte, mas minha mãe me fez ficar em casa dois dias... o que significava o resto da semana.

O lado bom disso tudo era que meu pai estava com a gente. Eles até deram um tempo nas discussões, parecia um milagre.

Minha mãe estava menos chata e mais atenciosa. Não no sentido de me sufocar, mas no cuidado mesmo. Ela fazia as comidas que eu queria, não reclamava do meu peso, ou se eu estava comendo rápido, ou se eu ficava só nos eletrônicos. E meu cachorro devia saber que eu estava triste, já que não saía do meu lado.

Eu passava as tardes jogando *Doom* on-line com meu primo Flávio, mas, incrivelmente, aquilo não me preenchia mais. Sentia saudade da Solara, das ondas, de estar do lado de fora, até da água de coco e dos sanduíches esquisitos.

No sábado, resolvi dar uma escapada enquanto minha mãe estava no supermercado.

Eram 17h30. A essa hora, Solara estaria pegando onda ou no trailer.

Eu tinha que vê-la. Mesmo que ela me desse um murrão na cara, como ela fez com o Rabelo.

Meu pai cochilava no sofá e nem me viu sair. Mas eu tinha certeza que ele não ia embaçar meu lado se tivesse me visto.

Peguei minha prancha e fui andando pra praia da Pedra Grande. Minha cabeça ainda doía um pouco, mas era por causa do corte. Eu sabia que a água do mar ia fazer arder até a minha alma, mas isso ia até me ajudar a curar. Pelo menos era isso que eu justificava pra mim mesmo. Porque, pela Solara, eu fazia qualquer coisa, até mergulhar meu corte recém-costurado em água salgada.

Cheguei na beira da praia e avistei o Lúcio pegando onda, mas não vi a Sol. Passei perto do trailer, tentando não ser visto, mas só a Lumi estava lá.

Larguei minha prancha perto do trailer e fui pra casa dela pelas pedras.

Na mosca.

Sol estava lá, olhando o mar com uma expressão de quem não estava realmente ali.

— Oi.

Ela me olhou como se estivesse saindo de um transe. Em um primeiro momento, ela me estranhou. Também, eu estava com o olho roxo e completamente careca, porque minha mãe tinha terminado de raspar meu cabelo. Percebi o choque nos olhos dela. Mas, no momento seguinte, ela fez uma cara de tanto faz e desviou o olhar.

Sentei do lado dela.

— Tudo bem?

— Mais ou menos.

— E o Rabelo?

— Não sei dele. Aliás, ninguém sabe. Dizem na escola que ele já tá lá na América.

Ela respondia meio que automaticamente.

— Putz! Pelo menos a gente tá livre dele. E os genéricos?

— Tomaram suspensão.

— Meu pai achou melhor não registrar queixa. Eles falaram com os pais deles e tudo. Os caras tremeram na base e prometeram que iam entrar na linha.

Ela não respondeu.

A gente ficou quieto por um tempo. Eu não sabia bem o que dizer, e sabia que ela não queria falar nada mesmo. Acabei falando o que estava na minha mente o tempo todo:

— Solara... me perdoa?

— Perdoar de quê? — ela rebateu, como se reagindo forte a uma pancada. — De ter me enganado esse tempo todo? Ou de ter feito exatamente a mesma coisa que o Rabelo fez? Ah, não, peraí... — Ela riu, ironicamente. — Pode ser também porque você quis marcar território pra cima dele, tentando fazer ciúme nele comigo! De uma coisa que a gente nunca teve, Hugo!

— Peraí... Sol, você tá entendendo tudo errado...

— Meu nome é Solara! — ela gritou, com os olhos arregalados. Aquilo foi como um balde de água fria na minha cara.

— Tá bom. Solara... eu tenho culpa, mas não foi minha intenção. Só depois que eu vi o que eu tinha feito, que o contexto podia ser alterado...

Ela riu, sarcástica.

— Você quer que eu acredite agora que você não tinha a intenção de dizer pro Rabelo que a gente tá transando???

— Eu juro!!! Eu não tinha essa intenção...

— Ah, mas se isso é verdade mesmo, você é muito lerdo!!!

Ela parou de falar abruptamente, vendo que me feriu. Mas ela até estava no direito dela.

— Olha, Hugo, deixa pra lá — ela falou, se levantando. — Eu vou ficar numa boa. Até a abuso eu já sobrevivi, não vou sobreviver a isso aqui também? — Ela apontou pra nós dois e começou a descer da pedra.

Eu tinha que parar aquilo.

— Solara... não vai ainda, a gente tem que se acertar...

— Se acertar por quê?? — Ela se virou, com quatro pedras na mão. — Você acha que vai rolar alguma coisa entre a gente? Vou falar olhando bem pra tua cara, olha bem: nunca! Tá ouvindo? *Nunca!*

Aquilo foi como um golpe forte no meu estômago, muito mais forte do que o que o Rabelo tinha me dado.

Claro, seu idiota. Você achou que uma menina linda como a Solara ia prestar atenção num imbecil como você?

Nunca.

A voz dela ecoava na minha mente repetidas vezes, num momento que parecia se prolongar pela eternidade. Eu a olhava com cara de pateta, e ela me olhava com raiva... muita raiva, e decepção também.

Foi aí que eu me lembrei do que ela disse primeiro.

— Peraí, te enganar? Como assim, eu te enganei???

— Você me enganou, Hugo, esse tempo todo!!! — ela gritou, até cuspindo um pouco. — Você me fez achar que era meu amigo, e que a nossa amizade não tinha interesse nenhum, mas tinha! Você é igual aos outros!!! Você só quer, sei lá... só quer se aproveitar de mim!

Aí eu tive que levantar.

— Não!!! Peraí, você tá sendo injusta! Eu nunca quis te enganar... e me aproveitar de você??? De onde você tirou isso?

— Você mesmo disse lá no hospital... você tá... *apaixonado*... — Ela pronunciou a palavra como se eu fosse um portador de uma doença altamente contagiosa e incurável.

— Mas isso não quer dizer que eu quero me aproveitar de você! Nunca! E a nossa amizade é de verdade, eu sou teu amigo... só que...

Minha língua meio que travou, e minha ferida latejou. Eu tive que tomar fôlego pra falar o que eu ia falar.

— É verdade, Solara. Eu tô apaixonado por você. Mas o que a gente tem... Fala a verdade, nunca passou pela tua cabeça? Nem quando a gente dormia de mão dada?

Ela me olhou como se eu fosse um E.T.

— Não!!! Eu não tenho ninguém, Hugo... Tudo que eu queria era alguém que me entendesse, que pudesse ser meu amigo, sem interesse nenhum...

— Mas eu não tinha interesse nenhum! Minha amizade é real, eu sou e sempre fui sincero... e eu não quis te esconder nada, só nunca falei sobre isso com você. — Eu engoli em seco. — O que a gente tem... eu te entendo, você me entende. Você me ajuda quando eu preciso... e eu quero acreditar que te ajudei também! Só que... aconteceu que...

Sem querer, eu falei essa última parte olhando pra boca dela.

Porque eu queria saber que gosto ela tinha.

Claro que ela reparou, porque deu um passo para trás, assustada.

— Sem interesse... Eu sei... Olha, eu que não tô interessada nisso aqui. — Ela saiu andando. Eu fui atrás.

— Verdade, você já deixou bem claro... até demais! — falei, alterado, porque ela estava me magoando com força. — Agora, se eu tenho que acreditar que você nunca foi a fim de mim, você também precisa acreditar que eu não tive a intenção de dizer pro Rabelo que a gente estava transando!

Ela parou e se virou pra mim, meio surpresa, me sondando com os olhos.

— Eu não sei como é fazer sexo, Solara... mas sei que o que a gente tem é muito maior do que isso.

Uma lágrima saiu do meu olho.

Sua expressão se suavizou por um segundo, mas a dor voltou. Eu me senti culpado, porque eu não queria causar aquela dor nela.

— *Tinha*. — Ela falou mais baixo dessa vez. — O que a gente tem, não, Hugo; o que a gente tinha. Só que era tudo falso... não existiu, na verdade. Foi tudo uma grande ilusão... um grande engano.

E foi embora, me deixando meio desesperado.

capítulo 10

Solara

— Solaraaaaa! Teu namorado chegou! — a Lumi gritou lá da sala.
Eu peguei minha mochila e corri pra porta.
— Oi, Lindeza.
— Oi, Thi.
Ele quis me beijar na boca, como todos os dias dessas duas semanas, mas eu não deixei. Em vez disso, eu o beijei no rosto e dei a mão pra ele.
Na verdade, a gente ainda não tinha se beijado na boca.
E eu nem sabia se a gente ia um dia.
O último mês tinha sido de muitas mudanças pra mim. Começou com a traição do Hugo e o vazio que eu senti nos dias posteriores, que acabou culminando com a minha decisão. Eu tinha que tentar preencher o vazio que ele tinha deixado de qualquer maneira, e o que eu tinha ao meu alcance era o Thiago.
Eu estava, sim, usando o meu amigo. Mas eu tinha esse direito, não tinha? E ele não estava nessa totalmente inocente. Fui transparente naquela tarde, eu me lembrava claramente.
O sol se escondeu atrás das nuvens, e chegou a ficar frio. Senti um arrepio percorrer minha espinha e quis sair da água. Já tinha um tempo que os dias não eram mais perfeitos, sempre tinha uma coisa pra estragar: o vento muito forte, as algas que insistiam em aparecer, as águas-vivas. As marés *flat*. Os dias de chuva, que nem deviam ser tão frequentes nessa época do ano.
— Thi, já deu! Vou pra areia! — gritei.
Enquanto eu tentava me aquecer na toalha dele, ele pegou mais uma onda e eu pensei pela milésima vez no Hugo. Eu não sabia por que não conseguia simplesmente deletá-lo da minha memória.
Eu também estava preocupada com a minha mãe. Há mais de um mês ela não aparecia nem dava notícia. O Laércio também não, mas

isso era bom. O Lúcio acabou arrumando um emprego na loja de surfe do Caíque, em frente à praia. Era bom que ele estava arrumando mais alunos lá, mas agora as aulas de surfe eram só no fim da tarde. A situação apertou tanto que a gente estava com uma dívida sinistra, mas os fornecedores do trailer conheciam a gente e parcelaram.

Quem estava sofrendo mais com isso era a Lumi, que ficava o dia todo no trailer. Eu buscava o Ciano na escolinha e o Brício na creche, e ficava no trailer até a hora de fechar. Quando eu chegava em casa, ela estava estourada de tanto cozinhar, fazer biscoitos e sanduíches e ainda cuidar das crianças. O Claudinho acabou se mudando pra lá temporariamente, pra ajudar com as crianças depois do trabalho. Ele até queria ficar com ela, mas ela, não. E minha irmã estava certa: se não tinha dado certo uma vez, por que daria agora?

Eu já estava considerando largar a escola e arrumar um emprego no Hotel da Costa do Coral. Eu podia ser arrumadeira, ou assistente de cozinha, ou qualquer coisa que eles me oferecessem... mas meus irmãos estavam resistentes. Argumentei que nunca ia virar uma empresária de sucesso ou uma executiva chique, mas não adiantou. Eles também achavam que a mãe ia aparecer a qualquer momento e tirar a gente da pindaíba, mas no fundo eu tinha minhas dúvidas. Eu não queria pensar no pior... mas minha mãe estava nas drogas e andava com o Laércio, que não era boa coisa e estava envolvido com o tráfico em Limeira.

A chance de ela estar morta era alta.

Quanto a isso, eu não sabia bem o que pensar ou sentir. Eu amava minha mãe, mas o que ela fez comigo encobria esse amor, assim como as nuvens que encobriam o céu no momento. Me senti arrepiar mais uma vez e acabei me cobrindo mais com a toalha, enquanto o Thi vinha na minha direção.

— Tá tudo bem? As ondas estão ótimas, e você não costuma perder quando tá assim.

— Tô bem.

— Solara, você sabe que pode contar comigo pro que precisar, né? É a falta de grana? Porque eu tenho um dinheiro guardado...

O pai do Thiago era superbem de vida e mandava uma grana pra ele e pra mãe todo mês.

— Não, Thi. Bom, é isso também, mas não é só isso. E obrigada, mas não posso aceitar seu dinheiro.

Ele passou a mão no meu cabelo, tentando afastar do meu rosto.

Foi aí que eu resolvi. Foi um impulso, mas, pra ser sincera, já tinha me passado pela cabeça algumas vezes. Eu peguei na mão dele. Ele ficou surpreso, mas continuou de mão dada comigo. Depois de um tempo, ele chegou mais perto e me abraçou.

Foi totalmente estranho sentir a pele dele na minha, mas eu gostei do calor do corpo dele. Acabei me aconchegando mais e deitei a cabeça no seu ombro. A gente ficou assim um tempo, até que ele puxou meu rosto e tentou me beijar.

Por um breve momento eu pensei em deixar, mas meu instinto falou mais alto e eu acabei virando o rosto.

— Thi... eu não sei... ainda não. — Tentei me afastar, mas ele não deixou.

— Calma, calma... tudo bem, Solara. Isso aqui com você pra mim já é o paraíso na Terra.

Eu fiquei encucada com aquilo.

— Por que eu, Thiago?

— Como é?

— É... por que eu?

— Por que eu sou apaixonado por você? Você não tem espelho em casa? — ele respondeu, rindo.

— Porque eu sou bonita... mas é só isso?

— Claro que não... — Ele acariciou meu rosto. — Você é diferente das outras meninas que eu conheço, você é única. Você é legal, amiga, tá sempre de boa, é inteligente, divertida... O que tem aí pra eu não gostar?

— Não sei... eu só queria entender. Olha, vamos esquecer que isso aconteceu, eu não quero estragar nossa amizade. — Eu acabei me separando, mas ele não soltou minha mão.

— Me dá uma chance, Solara. Vamos ficar juntos — ele falou, me olhando com uma cara de apaixonado.

— Thi... eu não sinto nada por você... Bom, não é verdade, eu gosto de você, e muito! Mas é como amigo, sabe? Eu não estou agindo direito contigo.

— Mas quem disse que eu quero que você aja direito comigo? Eu não tô te pedindo em namoro. A gente não precisa definir nada. Eu só queria passar mais tempo com você, é isso. Isso aqui já tá muito bom pra mim.

Eu olhei pra ele, meio desconfiada.

— Depois, com o tempo, se rolar, rolou. Eu não vou te pressionar, mas eu sei que você vai gostar de mim, Solara — ele falou, sorrindo. O sorriso dele era lindo, mas era só isso. Uma beleza estética.

Diferente do Hugo...

Sufoquei rapidamente o pensamento.

A verdade é que eu precisava desesperadamente de alguém. E o Thi sabia onde estava se metendo. Na verdade, foi ele mesmo quem definiu os termos.

No dia seguinte, o Thiago foi me buscar em casa e me acompanhou a pé pra escola. Isso porque ele morava longe e tinha que acordar cedo pra chegar lá em casa a tempo. A gente ficou de mãos dadas na escola, e às vezes ele me abraçava.

Lembro bem do olhar do Hugo quando nos viu juntos. Era uma expressão de choque, mas eu não fiquei olhando muito. Depois de uns cinco minutos, dei uma espiada e ele ainda estava olhando pra gente, meio sem acreditar. O Durval estava do lado dele e olhava na nossa direção também.

Meia hora depois, o Thi me deixou na casa do Durval. Nos despedimos e a gente acertou que ia tomar sorvete mais tarde, antes de eu ir render a Lumi no trailer.

Eu me sentia culpada por ter abandonado o Durval, mas ele era o único que o Hugo tinha. Às vezes eu ia na casa dele depois da aula, ou no fim de semana, como agora. Meu amigo não falava muito, mas a gente sempre assistia a uns filmes ou tomava sorvete junto.

Ele já tinha me ensinado a fazer alguns origamis, mas mandava bem melhor que eu: enquanto eu tentava fazer uma simples estrela ninja, ele já tinha feito altas coisas.

O Durval me deu uma flor multicolorida. Ou melhor, ele a colocou na minha frente.

— Ah, obrigada! Ficou lindo... Você é ótimo com origami!!!

Ele se agitou um pouco, se balançando pros lados e fazendo uns barulhos que eu não entendia. A mãe dele, dona Márcia, estava entrando na hora. Ela era dona da pousada Quatro Ventos, e a casa deles ficava ao lado da pousada.

— Você sabe que não é bem origami, né, Solara? — Durval diz, nervoso. — É *kusudama*.

— Ah, perdão... mas eu achei que fossem a mesma coisa.

— Nãããão... — o Durval falou, como se eu fosse uma completa ignorante. A mãe dele interveio.

— Durval... ela não tem obrigação de saber. Algumas pessoas consideram o *kusudama* como um estilo de origami. Os japoneses acreditam que tem poder de acalmar e ajudar na concentração. Desde pequeno, o Durval ama tudo relacionado. Filho, mostra o seu quarto pra ela!

Na mesma hora, o Durval levantou e me puxou pela mão. Eu fiquei surpresa, porque ele não gostava de contato físico.

Quando eu entrei no pequeno quarto, fiquei encantada...

Um milhão de *kusudamas* pendurados por todos os lugares, lindos. Eram esferas, flores, estrelas, diferentes formas geométricas, vazadas ou não, de vários tamanhos e em várias cores. Diversos pássaros, de diferentes tipos, de asas abertas ou fechadas. Até a luminária do quarto era revestida de origami.

— Meu Deus! Você que fez isso tudo?

Ele contorceu as mãos e fez que sim com a cabeça.

— Antes, eu comprava papel próprio pra isso, mas já tem um bom tempo que a gente só usa papel reciclado. Vem de vários lugares, porque eu sempre peço pros meus clientes, pros hóspedes, até pros fornecedores da pousada. Também vêm alguns da escola. A gente guarda tudo numa salinha ali atrás, no quintal — a mãe dele explicou.

Eu fiquei mais encantada ainda.

— E é tudo por sua causa, Solara.

— Como é, dona Márcia?

— Um dia, o Durval veio da escola nervoso e começou a rasgar todos os papéis. Depois de um tempão tentando acalmá-lo, ele contou que você tinha falado na escola que era importante reciclar papel.

Nesse momento, o Durval me mostrou dois origamis. Um parecia um lobo com várias cores, apoiado na janela. O outro era um pássaro em diferentes tons de amarelo, laranja e vermelho, com as asas abertas, pendurado por um fio de náilon na janela. Parecia que o lobo estava olhando para o pássaro em cima.

— Você — ele disse, apontando pro pássaro que estava voando.

— Eu? Sou eu, ou você fez pra mim?

— Você.

Eu cheguei mais perto, examinando melhor o origami. Tudo era perfeito: as dobraduras, a simetria, a gradação das cores.

— Eu amei... amo pássaros. Aliás, todos os animais.

Ele se agitou um pouco. Depois, me olhou nos olhos.

— É fênix. Fênix renasce das cinzas.

Fiquei me perguntando o quanto o Durval sabia. Meu amigo parecia sempre alheio, mas eu tive a sensação de que a percepção dele era extremamente aguçada. E ele era um artista, disso ninguém podia ter dúvida.

— Mas é maravilhoso, dona Márcia... Vocês já pensaram em expor o trabalho dele? Quem sabe na pousada!

— Todos os seis quartos têm alguma coisa dele pendurada, os hóspedes adoram. Dá licença, Solara, que eu ainda tenho que começar a aprontar a janta.

A mãe dele era fora de série, uma guerreira. Dona Márcia tinha herdado o casarão da família e aos poucos ajeitou tudo e construiu mais um andar, tudo com o próprio trabalho. E sozinha, porque o pai do Durval foi embora quando ele tinha quatro anos. O pessoal dizia que era por causa do problema dele, mas eu não sabia o quanto era fofoca. O que eu sabia era que o Durval tinha obsessão por origamis, porque ele sempre estava com um na mão.

— Esse é você? — perguntei, apontando para o de baixo.

Ele fez que não com a cabeça várias vezes e chegou até a rir. Eu acabei rindo também.

— É o Hugo. Olha as cores! — ele respondeu, me deixando perplexa.

Eu olhei de novo para a fênix voando.

Linda. A mais linda de todas, na verdade.

Mas o foco do quarto parecia ser o lobo.

capítulo 11

Hugo

Justo quando eu acho que minha vida não pode piorar, ela piora.

Você já devia estar acostumado.

Só que não. Porque a Solara me acostumou mal todos esses meses.

Começou com meu pai indo embora de novo.

Ele tinha falado que ia trabalhar remotamente "até as coisas se ajeitarem", mas eu não entendi bem ao que ele estava se referindo e também não quis perguntar. Se era ao casamento com a minha mãe, ele caiu do cavalo, porque dois dias depois nossa casa voltou a ser um campo de batalha e ele foi embora de novo.

A essa altura, eu já tinha voltado pra escola e a Solara estava me dando o maior gelo. Eu esperava com todas as minhas forças que a raiva dela passasse e a gente pudesse pelo menos se falar de novo, mas não era o que estava acontecendo. Eu passava os dias falando nela com o Durval, que me ouvia com toda a paciência do mundo. Às vezes meu amigo respondia com monossílabos ou falava coisas ininteligíveis, de forma que eu me sentia compreendido.

Meu mundo caiu mesmo no dia que ela começou a namorar o Thiago.

Eu já devia saber. O cara era *afinzaço* dela e o maior boa-pinta... Por que ela não teria nada com ele?

E pensar que um dia eu achei que ela poderia gostar de mim.

Minzinho. Pffff...

Nesse dia, eu quase quis morrer. Minha vista até escureceu temporariamente... Isso acontecia às vezes, talvez por alguma sequela de ter batido com a cabeça.

Fui pra casa arrasado, decidido a me enterrar de vez nos meus eletrônicos e não colocar a cara pra fora nem pra pegar onda no fim da tarde. Na verdade, eu resolvi desistir do surfe. Eu ia voltar a ser o velho Hugo de sempre, aquele que só se deixa levar pelas ondas. Eu tinha tentado desafiá-las, mas no fim o mar venceu e me expulsou com tudo. A maior "vaca" da minha vida, da qual eu nunca ia me recuperar.

Pra completar, as férias estavam chegando e eu comecei a entrar em pânico, porque pior do que ver a Solara com o Thiago, era não vê-la. Eu poderia vê-la na praia, claro, mas ia me sentir como um *voyeur*... um *stalker*, como se eu não tivesse o direito de estar lá, olhando pra ela.

Também, do que adiantava vê-la e não poder ficar perto?

Resolvi ser prático e apelar pra minha mãe. As chances eram remotas, mas eu tinha que tentar de tudo.

Ela estava na cozinha fazendo uma comida macrobiótica vegana, alguma coisa assim. Eu tinha me acostumado a comer o que ela mandasse, sem reclamar, porque depois eu comia melhor na casa da Solara ou no trailer — o que obviamente não estava acontecendo nos últimos tempos.

— Mãe... quero ir morar com meu pai no Rio.

— Sem chance — ela respondeu na lata, sem nem olhar pra mim.

— Mas, mãe... eu não tenho voz nessa casa?

— Não, meu filho. Você só tem treze anos. Quando você for maior de idade, vai poder resolver sua vida.

— Mas, mãe, eu sinto falta da figura masculina do meu pai. — Tentei justificar.

Dessa vez, ela me olhou, preocupada.

— Hugo, meu filho... Você sabe que pode conversar qualquer coisa comigo... até aqueles assuntos mais delicados. Lembra que fui eu que conversei sobre sexo com você pela primeira vez?

Eu a interrompi:

— Não, não é nada disso, mãe!!!... É só que... Ele é meu pai...

Ela voltou a fazer aquela cara de irritação que eu conhecia bem.

— Infelizmente teu pai não é bom exemplo pra você. Ele sabe o que eu penso. Que ele vá na Justiça e gaste todo o dinheiro do mundo com advogado... Eu vou pra cima com tudo, e a ironia é que eu vou pagar com o dinheiro da pensão dele.

Me bateu um desespero.

— Peraí, mãe... Não vai ter guarda compartilhada?

— Não, meu filho. Você estava se tornando outro Nelson.

Eu fiquei chocado. Meu pai era um cara dez... Estava sempre trabalhando, era um cardiologista conceituado, bem de vida... Por que ela desdenhava tanto assim dele?

Eu me senti revoltado.

— Mas meu pai não é ruim! Pelo menos, não o dinheiro dele, né???

— Hugo! Você vai apanhar se não retirar o que disse agora!!!!

Eu não esperei pra sair dali e subi a escada correndo.

— Pois eu espero que ele ganhe na Justiça! — eu gritei.

Me fechei no meu quarto e fiquei lá o resto do dia.

No dia seguinte, fui pro meu calvário de cada dia: a escola.

Encontrei o Durval no recreio. Ele parecia ansioso, mais do que nunca. Eu logo me toquei do que era.

Tinha um folheto pregado por todos os cantos da escola.

FESTA DE PRÉ-FORMATURA DO 9º ANO!

DATA: 30 DE JUNHO
HORÁRIO: DAS 20H ÀS 24H
LOCAL: PARQUE DA ANTIGA SUDAL — ESPAÇO GENTILMENTE CEDIDO PELA PREFEITURA.

INGRESSOS À VENDA POR R$ 10. ENTRE EM CONTATO COM UM ALUNO DO 9º ANO PARA ADQUIRIR O SEU!

Eu sabia que a prefeitura tinha reformado tudo lá pra tentar afastar os usuários de drogas e vagabundos que viviam por ali. Seria a reinauguração do espaço, que estava sendo esperada já há um tempão pela cidade inteira.

Ótimo. Melhor que isso, impossível.

O Durval entrou no meu campo de visão e falou alguma coisa baixinho, apertando as mãos.

— O quê?

Ele repetiu, sem olhar pra mim. Me senti mal por não conseguir entender, mas tive que ser sincero.

— Du, na boa... pode falar mais alto?

— Vamo?

Eu fiquei chocado. *O Durval queria ir à festa???*

— Tem certeza que você quer ir? Vai ter som alto, pelo que parece...

— Vamo? — ele repetiu mais enfaticamente.

Ótimo. Melhor que isso, impossível.

Eu resolvi argumentar, porque minha miséria só aumentava.

— Mas eu não quero exatamente ir... A Sol vai estar lá com o Thiago, e eu... Ninguém fala com a gente... O que a gente vai fazer lá? Ficar sozinho o tempo todo?

Ele ensaiou falar algumas vezes, até que saiu.

— Tem eu e você.

Demorou um pouco, mas eu entendi.

Fiquei tocado com aquilo. O Durval era importante pra mim, por mais que a gente não interagisse muito. E eu provavelmente era tudo o que ele tinha... porque a Solara tinha se afastado geral dele também, o que eu tinha achado péssimo da parte dela.

Meu amigo continuava esfregando as mãos, claramente nervoso.

— Claro... você tem a mim e eu a você. Mas, olha, eu nunca vou me recuperar se eu vir a Sol dançando com o Thiago, se divertindo com ele, feliz da vida. Não é que eu não quero que ela seja feliz, é só que eu não sou masoquista, entende?

Ele ficou agitado e deu umas duas voltas perto de mim. De repente, ele fez um contato visual perfeito comigo. Meu primo fazia isso bem mais que ele.

— Ela te ama. Eu sei. Eu sei que é você. É você.

Eu fiquei tão chocado que comecei a rir, e alto. Ele ficou bravo. Colocou a mão na nuca e não sabia o que fazer, até que foi andando na direção da escada. Eu achei que ele ia embora.

Ótimo. Consegui espantar meu único amigo.

Mas aí ele voltou e repetiu o que tinha falado, mais alto e impaciente:

— Ela te ama! Eu sei que é você. Ela te ama. É você! — ele disse, apontando pra mim. — Hugo! Você!

— Du, na boa. Não tem graça.

— É você, é você... é você, é você, é você...

Ele começou a repetir sem parar, cada vez mais alto, até que todo mundo ao redor começou a olhar e debochar.

Claro que nessa hora a Solara tinha que se aproximar... e do nada, porque eu nem tinha visto ela ali.

— Durval, tá tudo bem? — ela perguntou, sem nem olhar na minha cara.

— É ele! É ele, é ele, é ele... eu sei, é ele... — ele falava, apontando pra mim.

— Ele o quê? — ela perguntou de novo. Eu já estava ficando tenso, com medo de ela sacar o que ele queria dizer.

— É ele, é ele, é ele! Eu sei.

Ela finalmente me olhou, irritada.

— O que você fez com ele?

— Eu? Nada...

— Mas por que ele está agitado assim???

Ele continuava falando que era eu, apontando pra mim, até que a inspetora Sílvia chegou.

— Tá acontecendo alguma coisa?

— Não... — Expliquei rápido, antes que sobrasse pra mim: — A gente estava conversando sobre a festa... ele disse que queria ir... aí começou a ficar agitado, porque eu não concordei com ele numa coisa...

Nessa hora, ele falou:

— Eu e você. Eu e você. Eu e você!

Ele repetiu isso algumas vezes, mas depois tirou uma estrela ninja do bolso e começou a se acalmar. A inspetora Sílvia perguntou se ele queria ir embora ou ir pra outro lugar, e ele acabou indo com ela. E eu fiquei sozinho com a Solara. Só por um momento, porque ela logo se virou pra ir embora.

— Solara! Peraí!

Ela se virou, mais fria que a água da praia da Costa do Coral.

— Aqui diz que eu posso comprar ingressos com os alunos do nono ano. Você é do nono ano. Eu quero comprar dois ingressos com você. Pra festa do nono ano.

Mais prolixo que isso é impossível.

Ela me olhou, meio surpresa, mas tirou um carnê de ingressos do bolso da frente do macacão e arrancou dois. Eu dei duas notas de dez pra ela, todo o dinheiro do meu lanche da semana. Depois eu me virava com isso.

Ela pegou as notas da minha mão muito rápido e foi saindo.

— Você vai? — perguntei.

Ela se virou de novo, mais irritada.

— Não sei ainda. Por quê?

— Por nada. S-solara, eu sinto sua falta.

Nem sei por que eu disse isso.

Na verdade, eu queria ser mais sincero com ela, porque ela me acusou de ser falso. Talvez esse fosse o passo inicial pra gente se reconciliar.

Ou porque simplesmente vazou... Porque o que eu sentia por ela estava me consumindo e eu tinha que colocar alguma coisa pra fora.

Eu vi um conflito interno no rosto dela, enquanto ela olhava pro chão. Aí ela me encarou. Eu sustentei meu olhar, tentando não pensar nas coisas que meus olhos gritavam.

Eu nunca quis me aproveitar de você.

Me tira dessa miséria... me dá mais uma chance.

Porque eu te amo, e eu acho que é pra sempre.

Eu achei que ela ia dizer alguma coisa, mas ela simplesmente foi embora.

No dia da famigerada festa, eu estava com os nervos à flor da pele.

Acordei de manhã e alguma coisa dizia pra eu resolver a roupa que eu ia usar, porque já tinha meses que eu não vestia uma calça. E meu pai sempre me disse que pra festa a gente tem que ir mais arrumado — isto é, de calça.

Eu tinha duas calças: uma jeans e uma preta.

As duas ficaram um saco em mim.

Eu devia ter imaginado. Da última vez que me pesei na farmácia do Niquinho, eu estava com treze quilos a menos... Resultado do cardápio macrobiótico natureba paleodiet da minha mãe e de ter ficado sem lanche por duas semanas. Isso além das ondas que eu pegava há cinco meses, praticamente todo dia, das caminhadas e de ficar quase o dia todo sem comer.

Vesti um dos meus shorts de elástico e corri na casa do Durval. Ninguém atendeu. Sorte que a mãe dele estava na pousada.

— Oi, dona mãe. Preciso falar com o Durval, cadê ele?

Eu não lembrava o nome dela, mas não dava tempo de pedir desculpa. Ela me olhou meio intrigada, mas respondeu:

— Deixei ele na terapia há quinze minutos. Olha, eu queria mesmo falar com você, Hugo.

— Ah, não... — Eu não consegui conter minha decepção.

Quem faz terapia sábado às nove da manhã?

Enquanto ela falava sobre como estava feliz de o filho ir na festa e pedia pra eu tomar cuidado com isso ou aquilo, eu resolvi apelar pra ela mesma.

— Claro, claro... não é nada, o prazer é meu. O Durval é dez. Vai dar tudo certo, a senhora vai ver... Mas eu tô com um problema: minhas calças não cabem mais. A senhora tem uma pra me emprestar? Q-quer dizer, o Durval?

Ela olhou pro meu corpo. Eu fiquei com vergonha.

— Januária! Toma conta aí, que eu já volto! — ela gritou, me assustando.

Eu ouvi uma voz feminina lá de dentro.

— Já vai buscar o Durval???

— Não! Falei que já volto, segura as pontas! — ela gritou de novo. Depois se dirigiu a mim. — Vem comigo.

Ela me levou pra casa dela, que na verdade estava destrancada. Eu ainda não tinha me acostumado com isso, porque isso simplesmente não existia no Rio de Janeiro.

Eu a segui até o quarto do lado direito, que devia ser o do Durval. Tive certeza quando vi os milhares de origamis pendurados em todos os lugares — o que não me incomodou, porque existia uma ordem quase perfeita na disposição deles. O quarto estava incrivelmente arrumado, e até tinha uma camisa dobrada em cima do travesseiro dele.

Será que foi o Durval que dobrou?

Foco, Hugo.

A mãe dele abriu um armário, também impecavelmente arrumado, e tirou duas calças lá de dentro.

— Essas devem caber, são as maiores que ele tem.

O Durval era um varapau. As más línguas dizem que ele era gordinho antes, mas cresceu muito e o peso se distribuiu.

Fiquei olhando para as calças, sem ação. As duas eram sociais, uma preta e uma bege. Eu não tinha nada pra combinar. Eu tinha pensado em ir com minha camisa do Havaí ou com a preta do *Doom*, que era a mais nova que eu tinha.

— Vai, experimenta! — ela disse.

— É que... dona...

Ficou um vácuo.

— Márcia.

— Márcia! Perdão. É que eu não tenho nenhuma camisa pra usar com elas.

— Veste as calças primeiro, depois a gente vê.

Eu comecei a tirar o short, mas ela me interrompeu:

— No banheiro, Hugo!

— Ah, tá.

Tu é um sem noção mesmo.

Solara, o que você me obriga a fazer...

A preta ficou apertada, mas a bege serviu bem. Só que estava curta.

Eu saí do banheiro, morrendo de vergonha.

A dona Márcia mergulhou do meu lado e pegou na barra da calça.

— Tem costura... Se soltar um ou dois centímetros, vai ficar perfeito. Leva pra sua mãe ajeitar.

— Minha mãe não sabe costurar — revelei, com uma cara de sofrimento.

— Mas é só uma bainha...

— Mas ela não faz isso, não, senhora... Pode deixar que eu vou dar outro jeito.

— Não. Olha, me dá aqui que eu vou ver se a irmã da Janu pode fazer isso rapidinho pra mim. Agora, a camisa.

Ela tirou do cabide uma camisa de botão quadriculada. Era branca, mas o quadriculado era vermelho-escuro e azul. Maior chique.

— Essa deve dar. É de ir à igreja no domingo.

Quando eu vesti a camisa, quase não me reconheci no espelho.

Na verdade, tinha um bom tempo que eu não me olhava no espelho. Até minhas espinhas tinham melhorado, talvez por causa do sol. Meu cabelo tinha crescido um pouco, mas eu continuava sem cabelo na parte onde havia levado pontos na cabeça.

— Ficou ótimo. Gostou, Hugo? — ela perguntou, me passando um cinto marrom.

— Demais. Nem tenho como agradecer, dona Márcia. E esse pano, é tão macio...

— Cem por cento algodão. É o único tecido com que o Durval se sente confortável.

— Entendi. Ele tem razão! — falei, abotoando o cinto. Ela fez uma cara de aprovação.

— Sapato você tem? Sapato social?

— Não, mas vou com meu All Star mesmo. Vai ficar legal.

— Ok, agora eu tenho que voltar pra pousada. Me entrega lá! — ela falou, saindo apressada.

Dez minutos depois, eu deixei a calça lá com ela.

— Dona Márcia, e se o Durval não gostar disso?

— O Durval gosta muito de você, querido. Não tem erro, não, pode deixar que eu falo pra ele. E, olha, vou deixar a camisa passadinha, você se veste aqui antes de irem pra festa. Hugo... eu só quero te pedir... não deixa o Durval desacompanhado, tá?

— Pode deixar, dona Márcia!

A gente chegou na festa às 20h30, nem muito cedo, nem muito atrasado. Até que o som estava maneiro, e não estava muito alto. O Durval parecia meio ansioso, mas feliz. Ele ria de tempos em tempos.

Peguei logo um refri, pra ter o que fazer com a mão. A outra, eu acabei enfiando no bolso.

Estava todo mundo lá, menos a Solara. O Thiago também não.

Claro, seu idiota. Eles vêm juntos.

Ou nem vêm.

Até que umas nove da noite ela chegou.

Quase não a reconheci... se não fosse a aura de luz que a envolvia...

Ela estava com um vestido preto, curto e justo, que tinha um zíper prateado de cima a baixo, nas costas. Simples, mas linda. Uma sandália de salto alto de uma tira só, com a tira envolvendo o tornozelo. E o cabelo dela estava liso, mas com uns cachos largos. Tinha um brilho prateado nos olhos, e a boca brilhava também.

E com o Thiago pendurado no braço dela, com uma cara de quem tinha ganhado na Mega-Sena.

E tinha mesmo. Eu que estava na pior.

— Você e ela, Hugo. É você que ela ama. É você.

Ah, não... de novo, não.

— Du, vamos combinar uma coisa: melhor a gente não falar sobre isso hoje. Vamos nos divertir!

Ele fez que sim com a cabeça e foi pra pista de dança.

Eu, mais que sem graça, fui com ele. Eu tinha que ir.

O professor Sérgio, de Literatura, estava lá dançando com a namorada, além da Dulcinha, professora de Música. Além deles, ninguém estava dançando. Eles gostaram de ver o Durval lá e ficaram mais animados. Mais professores foram chegando, e alguns alunos também. Eu tentava dançar do jeito que eu tinha visto nos filmes. Era só não fazer movimentos muito bruscos ou exagerados.

É balançar o corpo pra lá e pra cá só um pouquinho, no ritmo da música.

Mesmo assim, eu me sentia ridículo.

Até senti uns formigamentos esquisitos na perna direita, de tão nervoso que eu estava.

A gente ficou um tempo, mas meus olhos cismavam em procurar pela Solara. Ela não estava em lugar nenhum.

Depois de um tempo, tive que ir ao banheiro, porque eu já tinha tomado uns três copos de refri — só pra não ficar de mão abanando.

— Du, fica aí. Eu tenho que tirar água do joelho.

Ele fez que sim com a cabeça.

Eu fui o mais rápido que eu pude.

Quando voltei, o Durval ainda estava no mesmo lugar, mas acompanhado. Dançando com a Solara... uma música lenta.

Eu nem sabia que o Durval sabia dançar, muito menos música lenta... Estava meio bizarro, mas ele até que estava mandando bem. No ritmo, pelo menos.

E nem sinal do Thiago.

Eu diminuí o passo, mas ele me viu e me chamou:

— Hugo!

Solara virou a cabeça pra me olhar, mas não sorriu. Como eu sentia falta do sorriso dela...

— Oi.

— Oi — ela respondeu friamente.

A música acabou e o Durval largou a Solara, como se tivesse levado um choque. Ele pegou a minha mão e a dela e juntou as duas.

— Vocês, agora. É você, Hugo!

Eu tremi na base, mas ele parou por aí.

Fiquei mais surpreso ainda quando ela me deu a mão e colocou o braço no meu ombro. De salto, ela ficava ainda mais alta do que eu.

Eu a envolvi pela cintura e senti seu calor. O aroma de coco dos cabelos dela teve um efeito estranho em mim... era como se eu voltasse pra casa depois de um longo pesadelo.

Estava tocando uma música do Jota Quest.

"E voe por todo o mar... e volte aqui... pro meu peito..."

Parecia que eu ia acordar daquele sonho bom a qualquer momento.

Depois do primeiro choque, eu consegui relaxar um pouco. Eu queria falar com ela, mas não sabia o quê. Acabei falando uma coisa totalmente randômica:

— Eu nem sabia que o Durval sabia dançar.

Ela demorou, mas respondeu:

— A gente treinou na casa dele algumas vezes, porque ele disse que queria dançar comigo hoje.

Eu fiquei surpreso. O Durval, hein... estava ganhando de dez a zero de mim.

— A gente treinou até a intensidade do toque. Foi difícil, mas a gente encontrou um meio-termo — ela completou.

Eu fiquei feliz por ela estar falando normalmente comigo de novo.

"Levou os meus sentidos todos pra você... mudou a minha vida, e mais... Pedi ao vento pra trazer você aqui..."

Ela se aconchegou mais, meu rosto mergulhando no seu cabelo. Eu engoli em seco e fechei os olhos, desejando que o tempo simplesmente parasse. Ela apertou minha mão levemente. Em resposta, eu trouxe a cintura dela pra mais perto.

"Vento, traz você de novo... vento, faz o meu mundo novo... e voe por todo o mar... e volte aqui... pro meu peito... pro meu peito... pro meu peito..."

Quando a música acabou, ela se afastou de mim com a mesma rapidez com que o Durval tinha se soltado dela e foi embora, me deixando anestesiado.

capítulo 12

Solara

Eu tinha que sair dali. Correr o mais rápido que podia.

Eu estava apavorada.

Passei pelo Durval, depois pelo Beto, Marquinho e companhia num cantão lá, e depois pelo Thiago. Quando o vi, acelerei. Sorte que ele não me viu, ele estava conversando com as meninas. A Rica foi a única que me viu, mas ela era a fim do Thiago e queria mesmo era me ver pelas costas.

Eu queria ficar sozinha. Pulei o cordão de isolamento e entrei na fábrica abandonada. Ninguém ia me achar ali, pelo menos eu esperava que não.

Um turbilhão de sentimentos me confundia.

Comecei a suspeitar por que estava difícil superar a separação. Acho que eu já sabia o tempo todo, mas não queria admitir.

Logo nessa área da minha vida, que era a única bem-resolvida... Eu nunca sabia o que ia fazer no dia seguinte, onde ia dormir ou que profissão seguiria. As regras eram muito chatas. De repente, eu me toquei que tinha quebrado a única regra da minha vida, e que eu me segurava nela como se fosse minha âncora. Sem ela, eu ia navegar totalmente às cegas num mar que eu não conhecia. Pior, aquele mar, eu temia.

— Solara!

Meu pensamento foi interrompido pelo Durval.

Enxuguei uma lágrima que caía de desespero.

— Oi, Du. — Solucei, logo depois que falei. O Durval percebeu que eu estava chorando, apesar de estar meio escuro.

— Solara... — Ele se agitou, colocou as mãos no bolso e ficou andando em círculos.

— Tá tudo bem, Durval. Tá tudo bem.

— Fui eu... Fui eu... Fui eu!

— Não! Não diz isso. Olha, tá tudo bem. Eu só estou um pouco confusa, é só isso. Vamos voltar.

— É ele, Solara. Eu sei, é ele. É ele que você ama. O Hugo. É ele — Durval falou, segurando forte o próprio cabelo.

De alguma forma, ter ouvido aquelas palavras do Durval me deixou mais leve. Naturalizou um pouco as coisas.

— É, Du. É ele. O Hugo — confessei, me sentindo aliviada. Mas isso não tirou o meu desespero.

O Durval riu algumas vezes e andou em círculos de novo, falando coisas que eu não entendia. Do jeito que ele ficou empolgado, me arrependi de ter confessado. Eu precisava conter aquilo.

— Mas, olha... me escuta! — Eu gritei, sem querer.

Ele se assustou e me olhou nos olhos por um momento.

— Eu não sei o que eu vou fazer — continuei. — Não faz nada, por favor. Eu preciso... Olha, sabe quando você não está à vontade? Tipo quando a música tá muito alta, ou quando alguém te segura muito forte? É assim que eu tô me sentindo.

Ele fez que sim com a cabeça, com uma cara preocupada.

— Então eu preciso pensar... Eu preciso de tempo, tá? Senão vou ficar nervosa, como você fica quando não está confortável. Entendeu?

Ele concordou de novo, mas ainda falou "é ele" algumas vezes.

— Por isso eu preciso que você não fale nada pro Hugo. Não ainda. Você pode fazer isso por mim?

Ele pareceu contrariado, mas concordou com a cabeça.

A gente ainda ficou lá por um tempo, mas ele começou a ficar ansioso.

— Vamos voltar, vem.

Eu peguei a mão dele e o guiei pra onde tinha luz. Eu o fiz passar pelo cordão de isolamento primeiro, quando avistei alguém vindo.

— Hugo. Hugo! É o Hugo — o Durval falou.

Ferrou.

Eu não acreditava mesmo que o Durval não ia falar nada, então prendi a respiração e me preparei pro que vinha. Meu coração acelerou.

— Graças a Deus... Du, eu prometi pra sua mãe que não ia te perder de vista... Eu fiquei louco...

Ele parou de falar assim que me viu.

— Solara... que bom que ele tava com você. Procurei até no banheiro. O que vocês estavam fazendo?

— Nada. Só conversando e dando um tempo.

O Durval ficou meio agitado, mas ficou na dele.

A gente voltou pra festa, e dessa vez o Thiago me viu.

— Oi, lindeza. Tava te procurando. — Ele me deu a mão. — Vamos dançar?

Eu só queria sair de perto do Hugo, por isso concordei.

Depois de umas duas músicas, eu vi o Thiago fazendo um sinal pro Anderson, o DJ, que começou a tocar uma série de músicas lentas.

Saquei qual era a dele na hora.

Meu namorado me abraçou e me puxou pra si. Eu me deixei levar.

Enquanto isso, eu só lembrava do Hugo. A mão dele na minha tantas vezes, e principalmente nessa noite. O carinho que ele fez no meu cabelo, disfarçado, mas que eu senti. A respiração ofegante. A forma como ele me segurou. E como eu tinha me encaixado bem nos braços dele, até demais.

Coincidentemente, o Thiago fez tudo muito parecido, mas eu sabia que estava tudo errado.

Deitei minha cabeça no ombro dele. Eu sabia o que ele queria; tinha tentado me fazer olhar pra ele algumas vezes, mas eu não estava pronta. Eu sabia que ia rolar, porque tinha que rolar... Porque eu estava apavorada demais, e a saída mais fácil era ficar com o Thiago.

Só que estava tudo errado...

Mesmo sabendo disso, eu acabei olhando pra ele.

Meu primeiro beijo foi estranho. Não éramos só nós dois: a presença do Hugo era forte demais.

capítulo 13

Hugo

Meu cérebro se recusava a registrar o que os meus olhos estavam vendo, e meu coração entrou em pane. De repente, era só eu, ela e o Thiago ali. E o beijo.

Eles formavam um casal lindo, eu tinha que admitir.

Meu coração ia ter que conversar com meu cérebro em algum momento, porque eu insistia em ter esperança de que alguma coisa fosse dar certo na bosta da minha vida, mas só levava porrada.

O Durval me deu a estrela ninja que ele carregava no bolso pra segurar quando estava estressado. Chegou a esse ponto.

De repente, eu resolvi que ia parar de sofrer. Simples assim.

— *Vambora*, Durval? Já deu.

— Mas é você, Hugo. É você. Eu sei, é você.

— Tá bem, Du, mas vamo embora. Eu tenho que sair daqui, entende?

Ele concordou devagar com a cabeça.

Quinze minutos depois, eu o deixava em casa. A dona Márcia tentou puxar assunto, mas eu comecei a ir embora antes mesmo de ela parar de falar.

Os outros quinze minutos de caminhada, eu quase nem senti. Tudo que eu pensava era naquele beijo. Um beijo de novela, por sinal. Perfeito.

Incrível como um acontecimento pode estraçalhar com uma pessoa.

Mas eu ia ser forte, eu tinha que ser. A qualquer custo.

Houve um grande clarão no céu, segundos antes do barulhão do trovão. Ia chover a qualquer momento, e muito. Mas eu não me importava de me molhar por fora, porque dentro de mim a tempestade já tinha começado, sem previsão de acabar. Por dentro, eu já estava encharcado.

Você vai acabar se desidratando de tanto chorar, disse o diabinho do meu lado esquerdo, sem se importar com a minha dor. O anjinho do lado direito estava calado, com pena de mim.

Entrei em casa e fui recebido pelo Feroz, meio apavorado com os trovões, mas não vi minha mãe.

Estranho ela não estar em casa, mas melhor assim. Se ela visse minha cara de miséria, não ia me deixar em paz.

Tirei a roupa do Durval e vesti meu pijama. Rolei pra um lado e pro outro, por momentos que pareciam horas, mas não consegui dormir. Minha cabeça insistia em relembrar tudo o que tinha acontecido nos últimos meses, tentando encontrar sentido em alguma coisa.

Resolvi jogar um pouco pra ver se eu conseguia parar de pensar, mas o wi-fi não estava funcionando. A rede do Nando era péssima, e claro que nada tinha que dar certo pra mim nessa noite.

E pensar que, por um momento ínfimo, eu achei que estava no céu.

Levantei e fui ao escritório dele para reiniciar o roteador, como eu sempre fazia. A parte dele da casa ficava aberta o tempo todo, assim como a de todo mundo nessa cidade.

Quando eu cheguei à porta, quase tive uma síncope.

Meu cérebro se recusava a processar o que meus olhos viam, pela segunda vez na noite. A essa altura, meu coração nunca ia se recuperar.

Minha mãe e o Nando.

O Nando e a minha mãe.

Juntos. Se agarrando. E com umas peças de roupa faltando. Ali mesmo, na mesa do escritório.

Eu voltei devagar, com cuidado pra não ser notado. Não sei o que eu teria feito se eles tivessem me visto. Eu ia ter que reagir... e tudo que eu queria era que essa noite acabasse.

Fechei a porta com o Feroz dentro e saí correndo pela praia, e claro que começou a chover pra caramba.

Sério, Deus... tem mais alguma coisa pra acontecer comigo? Ser atingido por um relâmpago, talvez???

Talvez isso nem fosse tão ruim.

Minha mãe tinha falado que era loucura minha achar que ela estava interessada no Nando. Na verdade, eu até ganhei um tapa na cara... Mas eu devia ter confiado nos meus instintos.

Eu corri, corri e corri. Minhas pernas formigavam, e em determinado momento elas pediram arrego e eu quase tive uma câimbra.

"Eu quero mais da vida, Hugo. Estou amarrada num casamento que não me preenche. Eu só vivo pra você e seu pai, eu não vivo pra mim."

Basicamente, eu e a vida que eu conhecia éramos um erro, o maior erro da vida da minha mãe. Talvez fosse por isso que ela odiava tanto meu pai. E eu, de quebra.

Quando fui ver, estava perto da casa da Solara. E eu nem tinha planejado ir pra lá, eu só fui indo.

Ouvi o Zion latindo lá dentro, mas a porta estava fechada. Tinha luz no quarto da Lumi, mas não na garagem, onde o Lúcio dormia. Considerei ir pra lá, porque eu tinha que passar a noite em algum lugar... e pra casa eu não podia voltar. Eu nem podia pensar nessa possibilidade, me dava náusea só de pensar.

O pior é que, quanto menos você quer pensar numa coisa, mais você pensa.

A imagem das mãos do Nando no corpo da minha mãe passava repetidamente na minha cabeça, como um filme de *streaming* que fica carregando.

Pelo menos agora eu tinha outra coisa pra pensar, além do beijo da Solara e do Thiago.

— Tá fazendo o que na chuva a essa hora, Campeão? — Ouvi a voz do Benício atrás de mim.

Ótimo. Tudo que eu preciso agora é de espectadores.

— Nada. Eu... eu vou pra casa.

— Peraí, peraí... Espera a chuva passar, vamos lá em casa.

Eu acabei indo.

Nós chegamos numa casa mais que derrubada, que mais parecia um barraco. Apesar disso, foi bom sair daquela tempestade.

A sala tinha poucos móveis. Tinha um sofá de couro de dois lugares rasgado e puído, num tom que já tinha sido marrom algum dia. Em frente tinha um caixote que, aparentemente, funcionava como mesa. Em cima dele havia um controle remoto, uns jornais e uma caixa de pizza. Na parede estava pendurado um diploma de enfermeiro pela USP, o que me deixou surpreso. Na parede maior, havia um guarda-roupa que não tinha uma das portas e a outra não fechava. Tinha uma goteira num canto, mas um balde segurava a água.

O Benício foi lá dentro, trouxe uma toalha mais do que gasta e me envolveu com ela.

— Vou fazer um chá pra gente, vem.

Ele me levou pra microcozinha e me fez sentar num banquinho de madeira, ao lado de uma mesa de plástico. Fiquei olhando enquanto ele pegava uma chaleira de alumínio daquelas que tinha na casa da minha avó, enchia de água e colocava no fogo. Não tinha acendedor automático, era com fósforo mesmo. Eu observava tudo, apático. Extenuado, na verdade. Eu só queria conseguir não pensar mais.

— Tá tudo bem, Campeão? — o Benício perguntou.

Campeão... campeão de derrotas, só se for.

Ele puxou outro banquinho de madeira e sentou na minha frente.

— Quer conversar?

Eu não respondi. Em vez disso, me enrolei mais na toalha. Não estava frio, mas eu tremia. Era como se todo o meu calor tivesse ido embora.

— Olha — ele disse. — Minha mulher me largou já faz uns anos, mas eu ainda sei ver quando alguém tá sofrendo de dor de amor.

— Se fosse só isso... — respondi, rindo da minha desgraça.

Ele pegou uma lata e umas caixinhas de chá no armário em cima da pia.

— Quer de ervas ou de frutas?

— Qualquer um.

— Cidreira, então. Pra acalmar.

Meu problema não eram meus nervos, era minha alma. Incrível como você sabe identificar esse tipo de dor, mesmo sem nunca ter sentido.

Enquanto fazia a infusão, ele começou a falar:

— Meu filho se chamava Leandro. Ele morreu com quatro anos. Se afogou aqui mesmo, na Prainha, enquanto eu cochilava. Eu tinha dado plantão de trinta e seis horas naquele mesmo hospital que você ficou internado. Minha esposa estava pra Costa do Coral, dando faxina. Eu me lembro bem de quando eu dei a ela certeza que estava bem pra olhar o menino.

Eu fiquei chocado.

Ele contou essas coisas com naturalidade, mas eu podia ver a dor nos seus olhos.

— Eu achava que as coisas não podiam piorar, mas eu estava só no início da minha jornada. Enterrei meu filho e depois me enterrei no trabalho pra tentar esquecer. Dois meses depois, matei um paciente.

O quê???

Meu Deus!... E eu pensando que tinha um problema.

Que vergonha, Hugo.

— Como assim, Benício?? — tive que perguntar.

Ele me passou uma xícara. Era branca com uns detalhes cor de laranja, e tinha uma lasca na borda. A dele era vermelha e tinha um escudo do Flamengo.

— O médico prescreveu uma dose de insulina, mas eu li errado e dei uma dose dez vezes maior. Na hora até achei estranho, mas eu não estava sóbrio. Comecei a beber no dia do enterro do Leandro.

— Meu Deus... — deixei escapar. — Você foi preso?

— Não. O diretor do hospital, dr. Rodrigo, sabia da minha história. Antes eu era um funcionário exemplar, sabe? Mas a morte do meu filho me tirou dos eixos. O dr. Rodrigo me chamou no escritório e explicou que o paciente estava muito descompensado, e os médicos nem sabiam se ele ia sobreviver... Acabaram abafando o caso. Mas ele também me fez pedir demissão. Ele disse que eu tinha que parar de beber e que só ia me admitir de novo assim.

Ele suspirou.

— Só que *eu* sabia da história toda. Eu tive e tenho que conviver com essa verdade todos os dias, que eu matei uma pessoa por negligência. A Maísa me largou dois meses depois, as coisas já não estavam boas entre a gente mesmo. Claro que ela me responsabiliza até hoje pela morte do Leandro. E daí, filho, eu fui só afundando na cachaça... perdi tudo que eu tinha. Fazia uns bicos aqui e ali, mas não tinha como arrumar emprego fixo porque eu bebia todo dia, o dia todo. Pessoal aqui da comunidade que me ajudou. Tudo que você vê aqui em casa é ganhado, inclusive minhas roupas. Eles sabiam dos boatos, mas eu não tinha nada a esconder. Ninguém me julgou. Pelo contrário, quando tem alguém doente, sou eu que eles chamam, assim como aconteceu com você. A carência aqui é tanta que ter um enfermeiro bêbado e estragado chega a valer a pena.

Eu engoli em seco. Era muita coisa pra assimilar.

— Por que eu tô te falando isso tudo? É o que você deve estar se perguntando, né? O que você tem a ver com tudo isso?

Eu olhei pra ele, intrigado.

— Eu não conseguia nem chegar perto do hospital, mas, no dia que você apanhou, tive que fazer isso. O Lucinho me pediu, e ele é como um filho pra mim. Eu não tinha como negar. Antes de entrar, claro que eu me senti um trapo, um verme. Até tremer, eu tremia. Mas, quando entrei, me senti parte. Acho que foi o cheiro de desinfetante hospitalar, misturado com álcool-éter, ou as paredes azuis, ou os uniformes verdes. Os aparelhos, as coisas com as quais trabalhei minha vida toda... Entrar ali fez com que eu despertasse. Me *ressignificou*. Naquela noite, eu joguei todas as garrafas no lixo e jurei que nunca mais ia colocar um gole de álcool na boca. Por enquanto, tô mantendo minha promessa.

Uau. O que a gente faz com a gente mesmo!

— Mas por que você não entrou lá antes, então?

Ele deu de ombros.

— Sei lá. Eu tenho pra mim que eu tinha um bloqueio. Ou estava me punindo. Mas minha autopunição terminou.

Fazia sentido, mas não tanto.

— Mas... o que mudou?

Ele respirou fundo.

— Por incrível que pareça... acho que foi você. Qual a tua idade?

— Vou fazer catorze mês que vem.
— Meu Leandro faria catorze em novembro, se estivesse vivo. Você me lembra ele.
— Ele era loiro e gordo, tipo eu?
Ele riu.
— Não sei se você já se olhou no espelho, mas você não é gordo. E não, meu filho tinha o cabelo escuro, igual ao meu. Não foi isso, Hugo, foram várias coisas. Você tem o mesmo olhar dele, cheio de inocência, uma pureza... E tem mais: eu vejo em você questões... você quer mais da vida. Você não quer o que está aqui, você quer achar o seu lugar nesse mundo. São pessoas assim que mudam o mundo, que fazem ele ser melhor.
— Ninguém nunca me falou isso, Benício — respondi, meio emocionado.
— Mas você sabe que é amado, né?
Eu ri da minha desgraça.
— Acabei de ver minha mãe se agarrando com o cara que aluga a casa pra gente. Ela e meu pai estão se separando, porque ela "cometeu um grande erro e quer mais da vida", nas palavras dela. Meu pai simplesmente aceitou a separação e foi embora. Eu pedi pra ele me levar, mas ele disse que minha mãe precisava de mim. E, pra completar, a Solara acabou de beijar o Thiago na minha frente. Eu sabia que eles estavam juntos, mas isso acabou de enterrar minhas esperanças de pelo menos a gente ser amigo. Então, não, Benício... Eu acho que você está muito enganado. Acho que o meu cachorro é o único que gosta mesmo de mim.
Ele me olhou por um tempo, tentando absorver tudo.
— Olha... o fato de seus pais se separarem não significa que eles não te amam. E a Larinha... eu tenho pra mim que as coisas não são bem assim como você pensa.
— É, não são... — Eu ri, sarcástico. — Olha, minha mãe fez de tudo pra me convencer que não estava a fim do Nando. Ela passou a vida tentando me mudar, mas diz que me ama. E a Solara disse

na minha cara que nunca ia ficar comigo, mas, mesmo assim, eu tive esperança. Então, não, obrigado, mas vou ficar com as minhas impressões mesmo.

— Por outro lado, o Lucinho sempre diz que você é muito talentoso pro surfe. Que ele nunca viu alguém fazer tanto progresso em tão pouco tempo, e que a sua técnica é quase perfeita e que você é elegante pegando onda. Eu vejo como a Solara te olha, você é muito importante pra ela. E a dona Márcia da pousada é muito grata por tudo que você faz pelo Durval. Sabe há quantos anos aquele menino não tinha ninguém pra conversar? O tamanho da carência dele?

Eu parei pra considerar o que ele estava falando.

Só que eu estava tão ferido que não podia pensar nisso agora.

— Eu não sei. Olha, Benício... você se importa se eu ficar aqui essa noite? Eu não quero... eu não posso voltar pra casa... não depois do que eu vi.

Ele me olhou com pena.

— Tem certeza que você viu o que acha que viu, Campeão?

— Absoluta. Vi mais do que eu queria. Na verdade, eu queria "desver", se fosse possível...

Ele pensou um pouco.

— Mas ela vai ficar preocupada.

— Ela tá mais preocupada em se agarrar com aquele cara! — eu gritei, meio sem querer.

— Campeão, não julgue a sua mãe. A gente não deve julgar ninguém.

— Tá bem. Mas pra lá eu não volto. Se não for aqui, eu vou dormir no Lúcio, mesmo escondido. Ou então vou ficar vagando por aí, sei lá. Sem pressão, Benício. Você não tem obrigação...

— Tá ok, então. Mas só com uma condição: amanhã nós vamos na sua casa, juntos, conversar com a sua mãe.

Eu fiquei contrariado, mas acabei concordando.

O Benício forrou o sofá da sala com um lençol manchado e me emprestou o travesseiro dele, que cheirava a cachaça. Eu fiquei sem jeito, mas ele fez questão. Ele também me emprestou uma camisa de propaganda política que cabiam dois de mim.

    Deitei no pequeno sofá e fiquei um tempão escutando o barulho da chuva no telhado. O barulho era incrivelmente alto, mas de alguma forma reconfortante. Ou talvez fosse a história cabeluda que ele me contou.

    Fechei os olhos, irritado com a assimetria dos pedaços de tinta que despencavam do teto, sentindo um cansaço imenso. Pensei no meu cachorro, com medo da tempestade. Mas aqui estava eu, enfrentando a minha própria... Ele ia sobreviver, eu sei. Mas e eu?

    Ainda chorei bastante, mas em algum momento acabei pegando no sono.

capítulo 14

Solara

Thiago e eu corremos pra tentar fugir da chuva, que já caía em pingos bem grossos. Pra isso, eu tive que tirar os sapatos de salto alto da Lumi. Eu sabia que isso não ia dar certo, mas minha irmã tinha insistido.

Aliás, a produção foi toda dela. Me lembro de ter olhado no espelho e não me reconhecer.

Quem eu estava querendo agradar?

A Lumi, que estava projetando o conto de fadas que ela queria viver na irmã mais nova?

O Thiago, que desde o início queria levar uma princesa pra festa?

Ou talvez o Hugo...

Tentei não pensar.

Assim que chegamos à porta de casa, o temporal começou a cair. O Thiago sacudiu a cabeleira escura meio molhada, rindo.

— Por pouco... Pelo visto, vou ter que ficar aqui por um tempo.

— Claro... vamos entrar... — eu disse, segurando a maçaneta.

— Calma aí, lindeza.

Ele me puxou e me beijou de novo, segurando minhas duas mãos, uma de cada lado do meu corpo.

Eu só me deixei levar.

Depois de um tempo, ele se afastou de mim.

— O que foi?

— Que foi o quê?

Ele me olhou sério, franzindo os olhos.

— Não parece que você está realmente aqui... Aliás, parece que você não estava muito presente a noite toda. Aconteceu alguma coisa?

Não adiantava esconder o que meu coração gritava. Eu só não ia falar do Hugo, porque ele não tinha nada a ver com isso.

— Aconteceu, Thi. Aconteceu que eu me toquei que só quero ser sua amiga mesmo.

Ele se distanciou e soltou minhas mãos, surpreso. Tudo que eu senti foi um alívio.

— Uau... por essa eu não esperava. Quer dizer, pelo menos não hoje.

Meu instinto seria de me desculpar, mas eu não fiz isso. Ficou um silêncio, e por um momento não consegui olhar pra ele.

— Por que você me beijou, então? — ele perguntou, com uma cara de quem estava se esforçando pra entender.

— Porque você queria. — A resposta veio naturalmente.

Eu pensei em quantas vezes a gente faz as coisas só pelos outros, ou por causa do que esperam de nós.

— Mas você não queria???

— Não. Na verdade, não.

Ele sorriu um pouco, mas deu pra ver a decepção nos seus olhos.

— Ainda acho que valeu a pena esse tempo que a gente ficou junto. Mas agora... eu já vou, ok?

Eu me senti mal por ele.

— Thiago...

— Sem problema. — Ele não me deixou falar. — Amigos?

— Claro. Sempre?

— Sempre. — Ele colocou as mãos no bolso e foi andando de costas. — Boa noite.

E saiu na chuva mesmo.

Entrei em casa sob os latidos do Zion, que queria afugentar quem quer que estivesse comigo, e dei de cara com o Lúcio e a Lumi. Os dois estavam cercados de papéis, com umas caras sérias demais.

Minha irmã olhou direto pro relógio da sala.

— Quinze pra meia-noite??? Estava com medo de virar abóbora?

— Engraçado, muito engraçado. O que vocês estão fazendo?

Ela voltou a ficar séria. Meu irmão nem tirou os olhos do que estava fazendo.

— Contas, maninha... A coisa tá feia pro nosso lado.

Eu joguei as mãos pra cima.

— Eu já disse que posso arrumar um emprego no hotel, mas vocês não querem me ouvir...

— Mas você acha que é assim, garota? Chegar lá e exigir um emprego, e ele vai cair de paraquedas pra você?

— Eu sei que não é, Lumi... mas eu quero tentar. Me deixa tentar, gente...

Finalmente o Lúcio olhou pra mim. Ele meio que se assustou.

— Solara... tá linda... Como foi a festa?

Eu me deixei cair no sofá.

— Tem como a gente não falar nisso? Vamos falar de um assunto melhor, como dívidas?

Ele fez uma cara de surpresa, mas mudou de assunto.

— Vai ser o jeito, Lumi. Solara pega um trabalho nas férias, e depois a gente vê como fica.

Os dois me olharam como se eu fosse um cordeiro indo pro matadouro.

— O que foi??? Só faltam seis meses pra eu me formar no fundamental! Até lá, a gente vai levando...

— Mãe vai voltar, eu sei — Lumi falou, com um olhar grave. — Eu sinto. Isso é temporário, *Bem*.

Minha irmã raramente me chamava de Bem. Senti que aquilo era mais um consolo pra ela mesma do que pra mim. Lumi arrastou a cadeira e levantou subitamente.

— Vou dormir, tô acabada. Lúcio, termina aí.

Eu fiquei sozinha com meu irmão. Hoje não ia rolar dormir na praia por causa da chuva, então eu ia ter que me contentar com o velho e bom sofá — porque, na cama que a minha mãe dormia com o Laércio, eu não dormiria nunca.

Não que eu fosse realmente dormir, mesmo que eu quisesse. Eu tinha muita coisa pra pensar, e não seria nada fácil.

— Agora fala. — O Lúcio me tirou dos meus pensamentos.

— Falar o quê?

— O que rolou nessa festa. Wolfe tava lá?

Só de ouvir o nome, tive sentimentos mistos. Raiva. Medo. Saudade. A música que a gente dançou ainda tocava na minha cabeça... Era demais pra mim.

— Eu achei que tinha te pedido pra não falar mais nele...

— Maninha, eu não sou burro... nem cego. Tu é a fim dele, confessa. Tudo bem que eu não entendi nada quando tu apareceu com o Thiago, mas mulher é complicada mesmo...

Era inútil negar. Eu me senti desesperar, mais uma vez, e me perguntei se o que eu sentia era tão óbvio assim. Só que estava difícil me abrir com o meu irmão, porque, na verdade, eu nunca tinha feito isso com ele... aliás, com ninguém.

— Não sei o que tá acontecendo, Lúcio. Eu achei que isso não era pra mim... mas não tô me reconhecendo... porque tá tudo diferente, e eu... pra falar a verdade, eu não sei o que fazer...

Ele me interrompeu:

— Peraí, peraí, mana... devagar... não entendi metade. Do começo: o que não era pra você?

Eu fiquei mais nervosa ainda, e comecei a suar frio.

— E-essa coisa de gostar de alguém... — fui falando devagar. — Sério, eu me preparei pra isso nunca acontecer!

Ele riu da minha cara, literalmente. Soltou uma risada alta.

— Aí, tá vendo por que eu não queria falar nada???

— Irmãzinha, você é muito ingênua... Isso acontece mais cedo ou mais tarde, pra todo mundo...

— Mentira! Pra você não, Lúcio!

— Como não?? Você que não sabe.

— Mas a gente nunca conheceu nenhuma namorada sua...

— Mas eu tenho uma vida, Solara! Eu tô sempre com alguém, mas nunca fiquei apaixonado, apaixonado mesmo... Pra que eu vou trazer alguém que eu não gosto aqui?

Eu continuava contrariada, irritada, não sei se mais com ele ou comigo mesma. Eu tinha que dar um jeito de sair daquela conversa.

— Na verdade, Lúcio, eu não quero ouvir sobre a sua vida sentimental.

— Mas eu quero saber da tua.

— Deixa pra lá, eu vou dormir...

— Dormir nada. Continua, Solara.

Eu soltei um suspiro alto, fazendo questão de demonstrar minha irritação. Ele não se incomodou nem um pouco, estava se divertindo com a minha tragédia. Olhei pra ele com uma cara de sofrimento, enquanto ele abria um sorrisinho besta.

— Peraí... tô entendendo tudo agora: tu tá apaixonada mesmo... É pra valer, né???

— Eu não sei, Lúcio! Não quero falar nisso!

— ... e tá assustada, porque foi pega de surpresa... Você não queria se apaixonar pelo Wolfe porque ele é meio bizarro, mas aconteceu...

— Não!!!

— ... aí tu ficou com o Thiago pra esquecer, mas não rolou...

— Cala a boca, Lúcio... por favor!!! — eu falei, tampando os ouvidos.

— ... e na festa rolou alguma coisa que te fez se tocar que não tinha jeito... Tu tá apaixonada, irmãzinha!!!

— Não foi nada disso! E não chama o Hugo de bizarro!!!

Ele colocou a mão na boca, de uma forma teatral que me deixou furiosa.

— E ainda tá defendendo o cara com unhas e dentes... O caso é sério mesmo.

— Não é nada disso! Logo você, fazendo *bullying* com ele??? Já não basta todo mundo, você também? Eu não esperava isso de você!

Ele finalmente ficou mais sério.

— Modo de falar. Tem razão, o Wolfe é gente boa. Mas, olha, isso tudo é muito natural. E você ter medo também é natural, tendo em vista o que você passou.

Eu não entendi, num primeiro momento. Mas, vendo a intensidade no olhar dele, logo saquei do que ele estava falando.

— Lúcio... não.

Sem querer, eu abracei a mim mesma. O Lúcio me olhou, muito sério.

— Não precisa contar se não quiser, Solara. Mas eu sei que rolou alguma coisa entre você e o Laércio, e que não foi de comum acordo.

Eu tive vergonha e não consegui falar mais nada.

Meu irmão veio me abraçar. Eu acabei chorando um pouco no seu ombro, enquanto ele acariciava meu cabelo.

— O filho da mãe vai ter o que merece, só te digo isso... Mais cedo ou mais tarde, pode escrever. Mas, olha, mana... isso tem que ficar pra trás. Não pode te definir, não pode atrapalhar tua vida. Os homens não são todos assim, sabe?

Eu fiz que sim com a cabeça.

— Tem muita gente boa no mundo, e o Wolfe é um deles. Eu não o vejo maltratando nem uma mosca, você não tem o que temer com ele. E vocês são tão novos... Tem muita água pra rolar na tua vida ainda, irmã.

Eu me separei dele e acabei rindo, meio sem graça.

— Não acredito que tô tendo esse papo com você... — falei, revirando os olhos.

— Nem eu... mas eu te quero bem. — Ele enxugou meu rosto com as costas da mão, como se eu fosse uma criança. — Olha... você só tem que naturalizar. Amor, paixão... isso não dá em árvore, dá em gente mesmo. E você não é diferente de ninguém. Logo você, que abraça tudo que a vida tem pra dar... Continue sendo essa menina, ou melhor, essa mulher... — Ele apontou para a porta. — Porque quando eu te vi entrando aqui hoje é que eu me toquei: é o que você é, Solara, uma mulher. Sinto muito que a mãe não esteja aqui pra te ajudar nesse momento.

— Minha mãe é você, Lúcio — respondi, séria. — Você e a Lumi, vocês são minha mãe, meu pai, são tudo que eu tenho. Quanto à mãe... quando você não espera nada de alguém, é muito fácil.

Ele estranhou um pouco, mas eu não fui adiante. Ele não precisava saber dos detalhes.

— Quer que eu durma aqui contigo hoje? — ele ofereceu, tirando o cabelo do meu rosto e colocando atrás da minha orelha.

— Não. Tá de boa. Eu vou ficar bem.

Meu irmão beijou minha cabeça e começou a arrumar a bagunça da mesa. Depois de um tempo, saiu.

Eu troquei de roupa e me deitei, mas fiquei pensando no que ele me disse:

Amor, paixão... isso não dá em árvore...
Você não é diferente de ninguém...
O Wolfe não faria mal a uma mosca...
Logo você, que abraça tudo que a vida te traz...

Não deixa isso te definir...
Você só tem que naturalizar...
Mas eu ia ser capaz disso?

Tum tum, tum, tum, tum!
Alguém bateu na porta forte, várias vezes. A impressão que eu tive foi que eu tinha acabado de pegar no sono. Levantei de primeira, com o susto, e vi que estava amanhecendo.
— Quem é? — perguntei, meio zonza.
— Sheila, mãe do Hugo. Abre, Solara. Eu quero falar com meu filho!
O Hugo não tinha ido pra casa depois da festa?
Hugo, onde você está?
Provavelmente na casa do Durval.
— Ele não está aqui, dona Sheila — respondi sem abrir a porta, ainda meio dormindo.
— Quero ver com meus próprios olhos — ela falou, depois de ficar calada um tempo.
— É sério... a gente estava na festa, mas ele e o Durval foram embora mais cedo. Foi a última vez que eu o vi.
A Lumi veio lá de dentro, esfregando os olhos.
— O que é isso, gente?
— Se ele não está aí, por que eu não posso entrar? — a mulher perguntou, mais alterada.
— Já falei que ele não está aqui, dona Sheila...
— Abre essa porta, garota! — ela gritou, me interrompendo.
— Essa mulher é louca??? — a Lumi perguntou.
— Talvez... melhor abrir.
Eu já ia abrir a porta, que estava só encostada mesmo, mas a Lumi segurou minha mão.
— Não, Solara. Do jeito que ela está, é capaz até de te agredir... Deixa comigo. — A Lumi nos trancou. — Olha aqui, dona Sheila... Aqui é a irmã da Solara. Ela tem família, ouviu? Meus filhos estão dormindo, e você está perturbando a paz... Vou chamar a polícia se você continuar fazendo esse escândalo!
Na mesma hora, a Cris começou a chorar.

— Aí, tá vendo? — minha irmã falou. — Esse garoto só traz problema, gente... E você, não me abre essa porta!!!

Ela foi lá dentro ver a Cris. O estrago estava feito, porque o Ciano veio pra sala correndo e o Brício chorava no quarto.

— Dona Sheila, você precisa se acalmar... o Wolfe não está aqui. — Eu ouvi a voz do Lúcio lá fora.

— Olha aqui, garoto: tudo que eu queria é que vocês todos *sumissem* da vida do meu filho... No início estava até ok, ele se enturmou, começou a se exercitar, ficou mais saudável... mas aí começou a me desrespeitar, a me responder... até a não dormir em casa! Ele só tem treze anos, ele é uma criança!!! O que vocês estão fazendo com meu filho? Eu não quero ele nesse lugar imundo, cheio de drogas, traficantes, criminosos!

Num impulso, eu abri a porta. Alguns vizinhos estavam nas portas e janelas, querendo saber o que estava acontecendo.

— Olha aqui, dona Sheila, você acha que quem mora em comunidade é sujo e criminoso??? Isso é preconceito! Aqui tem muito mais gente boa que você, que tá aqui fazendo escândalo de madrugada!

Ela começou a falar ao mesmo tempo que eu:

— Você é uma péssima influência pro meu filho, garota! Eu tentei acabar com isso, mas ele tá com a cabeça virada!

O Lúcio se meteu entre a gente.

— Dona Sheila, minha irmã não é nada disso, e eu não vou permitir que você fale assim com ninguém da minha família! Você precisa se acalmar!

— Você é um pirralho, garoto! Cadê sua mãe, hein? Cadê sua mãe? Eu quero falar com ela!!! Eu quero falar com alguém responsável!

— Minha mãe não está, mas você pode falar comigo mesmo! — A Lumi veio, segurando a Cris. Ela a amarrou rápido na cadeirinha de alimentação.

— Quantos anos você tem, garota? — ela falou, analisando a Lumi de cima a baixo.

— Sou "de maior", se é isso que você quer saber! Eu sou a responsável aqui! — A Lumi voltou e a encarou de perto. A mulher acabou dando um passo para trás.

— Claro que vocês não têm mãe, né? Olha aqui, tudo que eu quero é entrar aí e pegar meu filho! — ela falou, como se o Hugo fosse um bebê.

— Não vai entrar em lugar nenhum! — A Lumi cruzou os braços e bloqueou a porta.

— Hugo! Hugo!!! — a mulher começou a gritar.

A essa altura, só juntava mais gente. Eu tinha que tentar dominar a situação... Pra isso, acabei entrando no jogo dela.

— O Hugo não é mais meu amigo! A gente nem se fala mais, se você quer saber!

Nessa hora, ela sorriu e me olhou com uma cara arrogante.

— Ótimo! Graças a Deus ele percebeu que tipo você é.

— Por que você não gosta de mim, hein, dona Sheila? Você nem me conhece! Isso tudo é preconceito porque eu moro em comunidade? Isso é crime, sabia?

— Você é baixo nível, garota. Você não é da nossa classe. Eu tenho que proteger meu filho, porque ele não sabe das coisas ainda, ele é muito ingênuo!

Meu irmão tentava acalmar todo mundo, sem sucesso.

Eu nem vi quando o Benício chegou, mas ouvi quando ele começou a falar:

— Dona Sheila, calma, o Hugo tá na minha casa!

De repente, todo mundo ficou calado.

Eu fiquei surpresa. Por que o Hugo tinha ido pra lá?

A mulher meio que ficou com a cara no chão e começou a se acalmar.

— Ah, graças a Deus... graças a Deus... Mas por que ele veio pra cá? O que aconteceu?

O Beni coçou a barba rala e grisalha e pensou um pouco antes de responder:

— Digamos que ele estava chateado e não quis voltar pra casa. Aí choveu e ele acabou ficando por aqui, mas eu ia levá-lo pra casa assim que amanhecesse.

Ela não se contentou com a explicação.

— Mas ele deixou o celular em casa... não é do feitio dele fazer isso...

— Ok, vocês podem ir conversar em outro lugar agora, porque minha casa não é *point* de fofoca de madame! — a Lumi provocou.

— Baixo nível... só comprova o que eu disse — a mulher falou, olhando pra minha irmã com desprezo.

— Você que é baixo nível! Fazendo escândalo e acordando a vizinhança toda, olha aí!

— Eu estou protegendo o meu filho, ok? Eu tenho esse direito!

O Beni colocou a mão no ombro dela.

— Dona Sheila, vamos ver o Hugo. Eu estou voltando da padaria, nós podemos tomar um café.

— Eu vou aceitar, Benício. Você é diferente dessa gente, logo se vê! — ela provocou, já indo embora com ele.

— Diferente... — o Lúcio falou, meio indignado. — Ele é branco, essa é a diferença.

— Você acha, irmão?

Ele deu de ombros.

— *Bora* entrar, irmã.

Fiquei pensando no Hugo pelo resto do dia. Eu queria saber o que estava acontecendo e como ele estava, apesar de ter consciência de que eu era a razão pela qual ele estava arrasado. Eu só não sabia por que ele tinha ido procurar o Beni. Fiquei tentando montar um quebra-cabeça mental, tentando encaixar as peças, mas a história não fazia sentido. Ele devia ter deixado o Durval em casa e continuado pra casa, mas acabou vindo pra cá...

Será que ele quis me procurar?

Se ele quis me procurar, o que ele tinha pra falar comigo?

Eu queria realmente saber?

Eu estava curiosa... mas eu devia correr o risco de descobrir?

capítulo 15

Hugo

— Hugo! Hugo! Acorda...

Era a voz do Benício. Demorei um pouco pra me situar, mas os acontecimentos de ontem caíram como uma bomba na minha cabeça, e ela latejou.

— Que horas são? — perguntei, tentando proteger meus olhos da luz.

— Seis e pouco. Sua mãe tá aí fora.

Foi como um balde de água fria na minha cara.

— Não acredito... Peraí, você chamou ela?

— Não... ela estava na casa da Solara — ele foi falando devagar. — Fui buscar pão pra gente e a encontrei lá na volta.

— Ah, não, na casa da Solara, não... Eu devia ter imaginado... — Levantei rápido.

— Calma, Campeão. Eu expliquei alguma coisa.

Eu arregalei os olhos e coloquei as mãos na cabeça.

— Você explicou o quê, meu Deus???

— Calma, Campeão! Só falei que você estava chateado e que a gente ia lá hoje assim que você acordasse. Até consegui convencê-la a esperar aí fora pra minimizar seu choque.

— Ok. — Assenti, apesar de estar surtando. Minha conversa com a minha mãe ia ser pesada, mas eu não tinha como fugir.

De repente, eu me toquei de algo.

— E como você sabia que minha mãe estava na Solara? Vocês se encontraram do lado de fora?

Ele fez uma cara tensa.

— Bom, ela estava bem alterada.

Eu coloquei as mãos na cabeça de novo.

— Como assim, alterada? Minha mãe fez um escândalo na casa dos outros? — Eu olhei pro relógio da Brahma pendurado na parede. — Às seis da manhã???

— Filho, você precisa entender o lado dela... Você não voltou pra casa...

— Meu Deus, quando eu acho que não pode piorar... — desabafei, sem prestar atenção no que ele dizia e já procurando minha roupa.

Eu me vesti apressado, na frente do Benício mesmo. Minha roupa ainda estava úmida.

— Campeão... vai com calma. Lembra do que eu te falei, a gente não sabe o que sua mãe está passando — ele disse, quando eu já ia saindo.

— Obrigado, Benício. Obrigado pela força ontem, pelo chá, pelo teto... mas agora eu tenho que me resolver com a minha mãe, e ela tem muita coisa pra me explicar.

— Sem problemas — ele respondeu calmamente.

Saí da casa pra encontrar umas cinquenta pessoas do lado de fora, olhando, curiosas. Solara não estava entre elas, e não sei se achei bom ou ruim. Minha mãe estava com os olhos vermelhos e umas olheiras enormes, o cabelo meio desgrenhado. Assim que me viu, ela começou a chorar.

O Benício começou a mandar as pessoas embora.

Graças a Deus. Sem público, Deus, por favor...

— Hugo... por que você fez isso... Por que você não me avisou??? A gente bota um filho no mundo pra ele fazer isso com a gente... Você não tem noção da noite que eu passei...

Tenho, sim... Mas preferiria não ter.

O pensamento me deixou mais irritado ainda.

— Mãe... O que você fez na casa da Solara? — eu a interrompi, alterado.

— Tá tudo bem agora, Campeão. Foi um mal-entendido. — O Benício tentou acalmar os ânimos, mas eu não queria me acalmar.

— Não, não tá nada bem!!! O que te dá o direito de bater na casa dos outros de madrugada, sendo que você nem sabia se eu estava lá????

— O que você queria??? Onde mais você poderia estar? Você só anda atrás daquela garota, Hugo! — ela falou, quase gritando.

— Mãe... para com isso... Olha a vergonha que você tá me fazendo passar...

— Ok, então vamos embora *agora*. Você me explica tudo em casa. *Em casa.*

De repente, as cenas dela com o Nando vieram à minha cabeça.

— Não! — respondi, alto demais.

Eu não ia entrar naquela casa de novo.

Ela me olhou como se eu tivesse jogado uma bomba na frente dela, com um misto de irritação e desespero.

— Quê? Não o quê?

— Eu não vou, mãe! Simples assim!

Ela olhou pro Benício, querendo explicações. Ele ficou claramente sem graça.

— Olha, por que vocês não entram e conversam? — ele sugeriu. — Eu preciso sair mesmo.

Ela o ignorou.

— Olha aqui, meu filho, você não tem escolha! Você é menor de idade! Sabia que eu posso até processar o Benício por ter te hospedado? — ela falou, apontando pra ele — Vamos embora agora mesmo, senão...

Aí ela foi longe demais.

— Processar o Benício??? — eu interrompi. — A única pessoa que me ajudou nessa bosta toda??? Olha aqui, eu tenho toda escolha do mundo a partir do momento que vi minha própria mãe se agarrando com outro homem que não é meu pai na minha própria casa!!! Que juiz vai ser a favor de me deixar com você? Hein???

A essa altura, o Benício resolveu sair fora.

— Vou na casa do Lucinho e volto em uma hora. Vocês ficam à vontade.

Minha mãe me olhava, chocada. Depois eu vi vergonha. Ela olhou pra baixo e começou a chorar um pouco.

— Eu vou aceitar entrar — ela respondeu baixinho.

Ainda tinha umas pessoas olhando de longe. Eu ia ficar feliz de estar entre quatro paredes de novo, porque minha vida estava ali, sendo exposta na vitrine pra qualquer um ver.

Assim que entrou, minha mãe ficou olhando tudo como se a gente estivesse num outro planeta. Eu me perguntei se eu também olhava assim pra casa dos outros.

Sentei no sofá. Depois de um tempo, ela arrastou um banquinho de madeira pra perto de mim e sentou, tentando não encostar em nada.

— Hugo...

— Por quê, mãe? Por que você não foi sincera quando eu falei de você e do Nando? Eu até levei um tapa na cara por isso!

Ela me olhou, meio desesperada.

— Naquela época não tinha nada, Hugo! Mas depois... acabou acontecendo...

Eu me senti enojado.

— ... e como eu e seu pai não estamos mais juntos...

— Mas vocês estão juntos no papel!

— Não, meu filho... nós já demos entrada nos papéis... — Ela tentou se defender.

— Não importa, mãe! — gritei, sem querer. — Como você pôde fazer uma coisa dessas com o meu pai??? Depois de ter vivido catorze anos com ele???

Ela me olhou, mais desesperada ainda.

— Meu filho, eu não vou discutir minha vida pessoal aqui com você... mas eu preciso que você saiba de uma coisa: não aconteceu muitas vezes... é muito recente... eu... o Nando...

Meu estômago embrulhou só de ouvir o nome.

— Na verdade, eu não quero saber... — eu disse, me levantando. — Não quero nem ouvir falar nesse sujeito... Ele conheceu meu pai, mãe!!! Esse cara não pode ser boa coisa!

Minha mãe ficou calada um tempo. Eu aproveitei e coloquei minhas cartas na mesa.

— Eu não quero mais morar com você, eu quero ficar com meu pai. Se precisar, eu vou contar o que vi pro juiz, mas ninguém quer isso, né?

Ela arregalou os olhos e me olhou como se eu fosse um inimigo. E eu era: naquela hora, eu era.

— Meu filho, você não pode fazer isso... — ela disse, se levantando também.

— Eu não vou fazer, tá mãe? — Dei uns passos para trás, porque eu queria distância. — Não vou fazer, mas por causa do meu pai... Porque eu não quero magoá-lo. Só vou fazer se eu precisar. E você... você não está respeitando minhas escolhas... Eu já te disse que quero ficar com ele!

Minha mãe acabou acatando. Eu me senti estranhamente poderoso, mas nada daquilo estava me fazendo bem. Meu coração estava acelerado, e eu sentia uma pulsação no meu corpo todo. Percebi que estava apertando tanto minhas mãos que estava quase ferindo minha pele.

Há muito tempo isso não acontecia.

Mais precisamente, desde que eu conheci a Solara.

Ela tinha me ajudado em tantas coisas... Eu me perguntei como tudo foi se estragando sem que eu nem percebesse.

— Olha... eu vou cortar o mal pela raiz. — Minha mãe me fez voltar ao assunto. — Na verdade, já cortei. Você pode voltar pra casa sossegado, que eu vou conversar com o Nando ainda hoje.

Eu tive que interromper de novo.

— Meu Deus, olha o que você tá falando... Eu não quero ver a cara do sujeito... Tá claro pra você agora??

Ela me olhou desesperada de novo.

— Mas então como a gente vai fazer? Nós podemos nos mudar...

— *Eu* vou me mudar, mãe. Vou ficar com meu pai, vou ligar pra ele depois. Enquanto isso, vou ficar por aqui mesmo, com o Benício.

Ela fez que não com a cabeça algumas vezes.

— Não, Hugo... A gente nem conhece esse Benício direito, aqui nem deve ser seguro...

Eu olhei bem pra ela enquanto ela falava dos perigos de morar em uma comunidade e olhava as coisas ao redor. Quando ela acabou de falar, eu disse o que estava preso na minha garganta:

— Fico impressionado com como os seus valores são deturpados. Como você pode falar que a Solara é suja, ou que ela não é da minha classe, ou que a comunidade é perigosa, ou que a gente não conhece o Benício??? Pra mim, essa gente tem muito mais dignidade do que você.

Minha mãe se enfureceu, mas eu já esperava por isso.

— Meu filho, você está passando dos limites!!! Não é porque você viu o que viu, e eu nem sei o que você viu...

— Vocês se agarrando na mesa, a mão dele em lugares proibidos e você fazendo sons...

— Tá bem, tá bem... — Ela ficou vermelha e me interrompeu: — Você fez o seu ponto... Mas eu que sei da minha vida, meu filho... E eu sei também que você não pode me desrespeitar desse jeito!

— Se dê ao respeito, então.

— Você não vai falar assim comigo! — ela gritou, colocando o dedo na minha cara.

— Vai me bater de novo? Dizer que eu sou sem noção?

Ela se calou. Eu também. Acabei indo em direção à janela, porque eu mal podia encará-la.

— Incrível como todas as coisas têm seu lado bom e seu lado ruim, né? Antes eu ficava tenso porque você nunca estava satisfeita com o meu jeito de ser. Agora, de repente, parei de sofrer com isso — falei, lembrando das coisas que o Benício me falou e das vezes que meu pai e eu nos divertíamos, sem cobrança nenhuma. — Pois eu acho que finalmente estou pronto pra achar meu lugar no mundo... Palavras de quem mostrou que me ama com atos, e não com palavras vazias. Você diz que me ama, mas não me aceita. Meu pai me ama e me aceita. E o Benício... Ele me admira, até.

— Mas, Hugo, você acabou de conhecer essa pessoa...

Eu me virei pra ela.

— Pra você ver, mãe... Pra você ver... Olha, não quero mais brigar, eu tô muito cansado... Vai pra casa, vai dormir um pouco também.

Ela me olhou, muito séria. Eu vi quando ela finalmente se deu por vencida.

— Mas você vai ficar aqui assim, sem roupa, sem nada seu?

— Vou buscar mais tarde. Mas você me entrega no portão. Coloca umas mudas de roupa, minha escova de dente e meu celular, por favor. E a roupa que eu peguei emprestada com o Durval também. Essa é a única coisa que eu quero de você agora.

Ela acabou concordando.

Eu me virei pra janela de novo. A vida acordava lá fora, normalmente. Na comunidade "indigna", mães passavam com os filhos. Dois caras passaram de bicicleta, com a roupa toda suja de tinta e materiais de pintura na garupa. Uma senhora estendia roupas no varal. A vizinha da Solara abria a vendinha que tinha na frente de casa.

Era pra ser um dia normal, como outro qualquer. Mas, pra mim, não era.

Minha mãe chegou perto e pegou na minha mão. Eu não pude segurar uma lágrima.

— Um dia você vai crescer, vai amadurecer... E, quem sabe, você vai me compreender, meu filho.

Eu não respondi.

Ela soltou minha mão e saiu, fechando a porta. Eu a acompanhei com os olhos até onde pude, e voltei a me deitar.

Estranhamente, eu me sentia melhor agora. Eu nunca tinha sido tão sincero com ela, e nem comigo mesmo. Respirei um pouco aliviado, já que, por causa disso tudo, eu ia poder ficar com meu pai.

Por outro lado, eu ia embora pro Rio. E isso significava ficar longe da Solara.

Vida, por que você é tão difícil?

O cansaço bateu com força e não me deixou pensar por muito tempo. Antes de pegar no sono, o rosto da Solara veio à minha mente, e eu dormi com a presença dela.

Solara

Eu estava lá fora brincando com os meninos, quando ouvi a voz do Beni. Fiquei em dúvida se devia ir lá falar com ele... tentar saber o que aconteceu com o Hugo, tentar saber como ele estava.

Achei melhor só tentar escutar.

Mas ia ser difícil, por causa do barulho dos meninos.

Eu ouvia pedaços aqui e ali.

— ... o pobre quase não dormiu... chegou ensopado... — Era a voz do Beni.

— Aquela mulher é uma esnobe... bem diferente dele... — Era a voz do Lúcio.

O Ciano passou fazendo um barulhão, fingindo que era um carro ou uma moto, e eu perdi o resto. Quando ele diminuiu o barulho, eu consegui ouvir de novo.

— ... muito carente... amor-próprio... se ele soubesse do próprio potencial... — Era a voz do Beni.

— Eu tentei, Beni! Aquele garoto me surpreendeu em todos os sentidos... — Era a voz do Lúcio.

O Brício veio me trazer um caracol, rindo, e eu não ouvi o resto. Peguei meu sobrinho e dei um beijo nele, mas não ouvi o resto de novo. Tentei focar mais uma vez.

— ... tem uma diferença muito grande de berço... — Era a voz do Beni.

— ... fala sério... tu tá falando de grana ou de criação?... não fica atrás, de jeito nenhum... — Era a voz do Lúcio.

— Sai, Brício!!! Você tá estragando minha pista de motocross! — o Ciano gritou, e claro que eu não ouvi o resto.

— "Tissolara"!... — O Brício começou a fazer um escândalo.

Eu o peguei no colo e tentei fazê-lo parar de chorar, mas não teve jeito. O Lúcio veio lá de dentro.

— Ah, você tá aqui com eles.

Eu olhei pro Beni com cara de assustada, como se tivesse sido descoberta tentando ouvir a conversa. Ele me olhou com uma expressão que eu não consegui decifrar.

— É, eu tô aqui... porque eu sou a única que brinca com eles, né, tio Lúcio? — respondi, irritada, e entreguei o menino na mão do meu irmão.

— Credo... que humor... — ele respondeu, virando o menino de cabeça pra baixo. O Brício começou a rir.

A essa altura, eu estava tão curiosa que desisti de ser discreta.

— Beni, posso falar contigo?

— Claro, Larinha. O que você manda? — ele respondeu, me olhando com um sorrisinho esquisito.

Não consegui pensar em nada pra falar. *Nada.* Minha cabeça travou.

Eu queria saber o que tinha acontecido, pura e simplesmente, mas não queria dar nenhuma informação em troca. Claro que ele deve ter percebido minha luta interna, porque me chamou pra dar uma volta na Prainha. Meu irmão, convenientemente, foi pegar um picolé pros meninos no freezer de trás.

Enquanto o Beni tentava puxar assunto, eu pensava em quê e em como ia dizer.

— Entrou de férias, né? Tá animada?

— Muito. Vou fazer uma coisa diferente cada dia.

— Tipo o quê?

— Tipo... tentar novas receitas... passear com o Durval... trabalhar...

O que eu falava não fazia sentido algum.

A gente chegou nas pedras, e o Beni sentou numa sombra. Eu sentei numa pedra quase na frente dele. Ele ficou me olhando por um tempo que me pareceu meia hora, mas foram só alguns segundos, com uma cara de interrogação.

Desisti de queimar meus neurônios e fiz a pergunta que estava na minha mente o tempo todo:

— O Hugo tá bem?

Ele pensou um pouco, e eu já fiquei alarmada.

— Essa pergunta é complicada, Larinha, eu não estou dentro dele pra saber. Por que você mesma não pergunta pra ele?

— A gente não é mais amigo — soltei, olhando pra minha mão.

— Que pena. Mas, então, por que você quer saber?

É, Solara. Por que você quer saber?

— Porque ele é um ser humano. Só por isso. Curiosidade também.

— Sei. — ele riu.

Se a Lumi e o Lúcio sabiam que eu gostava do Hugo antes mesmo de mim, provavelmente o Beni e toda a torcida do Flamengo já sabiam também.

— Tá bom, Beni. Eu me preocupo com ele, tá?

— Tá bem, menina. Eu acho bonito isso — ele respondeu, sorrindo.

— Isso o quê? — perguntei, contrariada.

— Isso! Amizade. Um se preocupar com o outro. Você sabe, brigas e discussões acontecem, mas a verdadeira amizade resiste. Por que você não vai falar com ele?

Eu pensei um pouco. Eu não queria dar muita informação.

— Porque... É que eu não sei o que dizer...

— Eu tenho pra mim que você vai saber o que dizer no momento certo. Você só precisa dar o primeiro passo.

Eu me perguntei se o que ele estava dizendo tinha sentido duplo. Era bem capaz. Mas aí eu fiquei sem graça e precisei desviar o assunto.

— E a dona Sheila?

Ele piscou uma vez, e eu me perguntei se ele percebeu que eu tinha mudado de assunto de propósito.

— O que tem ela?

— Os dois foram embora ou estão na sua casa? Ela fez escândalo lá também? — Claro que ela não tinha feito escândalo nenhum lá, porque a gente não ouviu nada... mas eu não conseguia parar de perguntar: — Como o Hugo sabia onde era sua casa? Por que ele foi pra lá e não voltou pra casa?

— Calma, calma... — ele me interrompeu. — Uma pergunta de cada vez. Quando eu saí, eles estavam conversando. Não sei se já foram embora, mas o Hugo sabia que eu ia estar na sua casa.

Eu parei pra pensar naquilo.

Será que ele ia procurar o Beni lá em casa?

Eu queria estar lá?

— A mãe dele não fez escândalo nenhum lá em casa. Você tem que ver, menina, que ela é mãe e estava preocupada com o filho adolescente, que passou a noite fora. Vamos dar um desconto, né?

Verdade. Uma mãe dominadora, que sufoca e quer moldar o filho.

— Ele não sabia onde eu morava. Eu o encontrei na chuva, parado, perto da sua casa.

Meu coração acelerou com essa nova informação.

O Hugo veio me procurar???

O que ele queria?

E se ele tivesse ido lá em casa?

— Agora, por que ele veio... eu até sei de alguma coisa, mas não é minha história pra contar.

Ele mudou de posição na pedra, enquanto eu tentava imaginar mil e uma coisas.

— Olha, menina. Não quero me meter nos assuntos de vocês, mas me sinto na obrigação de falar alguma coisa. Te conheço desde que você nasceu, né? Ainda fico surpreso que vocês tenham crescido tanto. Seu irmão ainda é uma criança pra mim, imagina você... Mas eu não posso fechar os olhos pro fato de que você já está uma moça. Sua mãe provavelmente já te disse isso...

Duvido. Esse é um papel que ela faz questão de não desempenhar.

— ... mas adolescência é cheia de altos e baixos. A gente sente muita coisa num dia e não sente nada no dia seguinte. Nada é escrito em pedra... Vocês são tão novos... Mas eu tenho pra mim que a essência não muda. Você é uma menina especial, que ama muito e tem muita alegria. E o nosso amigo Hugo, pelo pouco que pude conviver com ele, sei que é um garoto dez. Se eu pudesse arriscar um palpite, apostava que ele ainda vai ser um grande homem. O que eu tô querendo dizer com isso é: existem amizades e amizades, mas uma como a de vocês, não se joga fora por pouca coisa. Entende? — E se levantou.

— Mas... eu não sei o que eu quero. — Baixei meu olhar, com vergonha.

— Acho que as respostas estão aí dentro. Por exemplo... Você quer bem a ele, né? Você se preocupa com ele? Tem sido difícil ficar longe?

— Mais do que eu queria.

Ele sorriu muito discretamente, mas eu percebi.

— Então... aí está sua resposta. Agora, eu não posso agir por você. Só te digo uma coisa: ele está sofrendo também. Eu tenho pra mim que ele está respeitando a sua vontade. Mas se a sua vontade é conversar com ele, pra que ficar longe?

E foi embora, deixando a pergunta no ar.

Enquanto ele se distanciava, minha mente ia longe.

"*Você vai saber o que dizer na hora certa. Você só precisa dar o primeiro passo.*"

capítulo 16

Hugo

Dormi até as três da tarde e acordei com gosto de cabo de guarda-chuva na boca. Escovei meus dentes com o dedo mesmo e procurei o Benício. O lugar era um ovo, e eu gastei só um minuto pra ter certeza do que eu já sabia: ele não estava em casa.

Eu tinha que falar com meu pai.

Mas isso implicava ir em casa e correr o risco de encontrar o Nando lá.

A essa altura, minha roupa tinha terminado de secar. Eu me vesti e abri a porta, e o Benício estava lá, sentado num banquinho do lado da casa.

— Boa tarde, Campeão! — Ele sorriu pra mim.

— Benício... você estava aí fora o tempo todo?

— Tem uns quarenta minutos que eu cheguei. Tive umas coisas pra resolver lá em Limeira.

Era domingo, e eu duvidava que ele tivesse realmente coisas pra fazer lá.

— Por que você não entrou?

— Eu queria que você descansasse.

— Obrigado. Mas eu preciso falar com meu pai. Beni... posso te chamar assim?

— Claro, Campeão.

— Eu quero te pedir um favor. Combinei com a minha mãe que vou ficar com meu pai, mas não sei quando ele vai poder vir me buscar... Será que, até lá, eu podia ficar aqui?

Ele me olhou, preocupado.

— Mas e a sua mãe?

— Ela está de acordo. Pelo menos estava... até sair daqui.

Me lembrei da chantagem que fiz com ela e me senti um criminoso. Sem querer, pisquei os olhos várias vezes. Isso quase não acontecia mais.

Mas aí me lembrei do que ela tinha falado também.

"Se eu quiser, posso processar o Benício por te dar guarida. Você é menor de idade."

O que eu menos queria era prejudicar o Benício. E ele tinha todo o direito de recusar me hospedar, porque ele também tinha ouvido aquilo. Pela cara dele, era nisso que ele estava pensando também.

— Pode ficar, Campeão. Se ela estiver mesmo de acordo, claro — ele respondeu depois de um tempo, com um sorriso no rosto.

— Vou ser eternamente grato, Beni... Juro que nunca vou esquecer isso.

Ele se levantou e colocou a mão no meu ombro.

— Eu acredito, Campeão. Eu acredito. Mas não tô fazendo isso pra reconhecimento, você sabe.

Ele acabou indo comigo até a Casa Amarela. Feroz veio me receber, como sempre. Na porta, senti um nó no estômago e quis me machucar pela terceira vez em seis meses. Rasgar minha própria carne, pra ver se a dor diminuía.

Minha mãe e o Nando. O Nando e a minha mãe.

— Tudo bem, garoto? — o Beni perguntou.

— Vai ficar.

Minha mãe saiu segurando minha mochila, com o rosto borrado de maquiagem e umas olheiras ainda maiores do que de manhã.

— Oi, meu filho. Benício.

— Boa tarde, dona Sheila. Só vim acompanhar o Hugo.

— Tá tudo certo. Hugo, meu filho, eu preciso falar com você, vamos entrar.

Eu dei um passo para trás, nervoso.

— Não, mãe. Eu fui muito claro, não fui? — respondi, mais alto do que deveria. Meu cachorro latiu, parecendo perceber minha tensão.

O Beni se distanciou um pouco, nos dando privacidade. Minha mãe ficou sem jeito, mas não se deu por vencida.

— Eu também estou arrumando minhas coisas. Vou voltar pro Rio, pra ficar perto de você.

Com isso, me bateu um desespero. Eu acabei não respondendo.

— Fica comigo, filho? — ela pediu, com voz de choro.

— Não, mãe. Meu pai vem me buscar! — Eu tirei a mochila da mão dela. — É o melhor agora... eu não quero te magoar, e eu sei que muita coisa que eu te disse hoje de manhã te magoou.

Ela enxugou as lágrimas, que agora escorriam pela face, e fez que não com a cabeça.

— Tudo bem. Eu sei que não está sendo fácil pra você. Mas é que eu pensei bastante no que você me falou... e quero trabalhar no nosso relacionamento...

De repente, o jipe preto do Nando chegou, lá na rua. Meu cachorro saiu correndo naquela direção.

— Depois a gente conversa, agora eu só quero sair daqui — eu falei, já indo em direção ao Beni, mas ele me cortou.

— Só um minuto, Campeão.

Ele e a minha mãe conversaram por um tempo, enquanto eu observava as ondas. O mar estava *flat*, apesar da tempestade de ontem à noite. Incrível como depois da tempestade vem a calmaria — analogias à parte.

Mas eu sabia que aquela calmaria não ia durar muito.

— Vamos? — O Beni tocou no meu ombro, depois de uns cinco minutos.

Liguei pro meu pai assim que cheguei no Beni. Ele estava voltando de um congresso na Costa do Sauípe e ia desviar do caminho pra vir me buscar. Eu entrei em pânico, porque imaginei que nunca mais veria a Solara, e tentei pedir pra ele vir outro dia.

— Mas... não, meu filho, você vem ficar comigo... A gente tem muito que conversar... Chego aí umas dez da noite.

Assim, eu passei as horas seguintes tentando me despedir do lugar onde eu tinha morado nos últimos meses e fazendo um balanço de tudo que tinha me acontecido... de como eu tinha mudado... de como minha vida estava de cabeça pra baixo.

Uma coisa pesava muito forte na balança. Eu seria capaz de ficar sem a Solara?

De qualquer forma, eu tinha que me despedir. E eu sabia bem onde encontrá-la.

capítulo 17

Solara

Era como um encontro marcado, eu sabia.

Mas também não consegui ir até a casa do Hugo ou do Beni com minhas próprias pernas. Não, o Hugo ia ter que me ajudar nisso, porque tudo estava sendo muito difícil.

Quando ele sentou ao meu lado nas pedras, o sol quase sumindo, meu coração começou a bater feito louco. Mas eu não olhei pra ele.

— Sol, eu...

— Terminei com o Thiago — soltei.

Ele ficou mudo. Depois de uns dez segundos, tive que encará-lo. Meu coração bateu ainda mais acelerado.

Como eu podia não saber...

Vi várias coisas no olhar do Hugo. Alívio... sofrimento... dúvida... e aquilo a mais que sempre existiu, que agora eu sabia bem o que era.

— A gente não tinha nada a ver um com o outro, você sabe — completei.

Ele continuou calado.

Ficamos em silêncio por mais um tempo, enquanto os últimos raios de sol incidiam.

De repente, eu comecei a ver as luzes na água. Achei que era impressão minha, porque não estava na época... Era sempre em agosto/setembro que eles vinham. Mas eu sei que as tempestades podem trazê-los, e estava fazendo muito calor, o que não era comum nessa época do ano.

Maldito aquecimento global.

Mas eles estavam lá, os micro-organismos bioluminescentes. Infinitos pontos lilás iluminavam o mar, como se ele fosse um grande céu. Isso acontece porque algumas espécies de plâncton são capazes de produzir uma luz como resultado de umas reações químicas. A noite sem lua facilitava enxergá-los.

O Hugo se levantou pouco depois, chocado.

— Sol... tá vendo o que eu tô vendo???
— Sim. Acontece todo ano aqui. Eu não te contei?
— Não!!!
— Vem. Vamos na Prainha, lá dá pra ver melhor.

Hugo

Solara e eu descemos as pedras juntos, de mãos dadas. Lembrei vividamente da primeira vez que desci aquelas pedras, morrendo de medo de cair e me machucar. Mas eu não tinha mais medo, e conhecia cada pedra como se elas fossem os móveis da minha própria casa.

Em menos de cinco minutos, a gente estava na Prainha.

Incrível como os mais belos espetáculos acontecem sem público, sem que ninguém perceba. Na verdade, eles não precisam de espectadores para ser lindos.

Chutei meu tênis pra longe e entrei na água. As ondas lilás batiam na minha perna, mas eu não sentia nada diferente. Tentei pegar, mas não consegui.

Solara mergulhou de roupa e tudo.

Eu mergulhei também.

A gente ficou ali brincando, jogando água um no outro, boiando no mar lilás.

Eu tinha tanta coisa pra falar... inclusive que em algumas horas eu ia embora pra sempre. Mas eu estava adiando, com medo de estragar tudo. Aqueles eram nossos últimos momentos juntos... que eles fossem bons, como todos os outros.

Em alguns momentos, achei que ela queria dizer alguma coisa, mas nada. Seus olhos me diziam que tinha me perdoado. Ela estava mais leve, mas tinha mais... eu só não sabia o que era.

Meus olhos diziam o que diziam o tempo todo: que eu a amava, e que ela sempre seria especial pra mim. Que tinha marcado minha vida pra sempre.

Ela se jogou na areia, cansada. Eu a acompanhei, porque era isso que eu fazia.

Pelo menos até daqui a pouco.
Minha vida está prestes a mudar de novo.
E, em breve, eu vou voltar a ser o meu avatar. Um garoto espinhento, que se esconde do mundo porque se acha pouco pra ele.

A noite estava estrelada, mas eu não vi a lua. Fiquei impressionado com o brilho delas e não conseguia parar de olhar. De repente, eu me senti pequeno demais.

— Minha mãe traiu meu pai... com o Nando — desabafei.

Solara me olhou de um jeito que nunca tinha me olhado. Eu prossegui, porque sentia falta de conversar com ela. Só ela me entendia, só ela me fazia sentir em casa.

— Eu vi com meus próprios olhos. Foi quando eu voltei da festa... e não era a primeira vez. Lembra que ela fez questão de dizer que eles não tinham nada a ver? Pois é... — eu falava, ainda olhando as estrelas. — Eu até apanhei por causa disso naquele dia, só não te contei porque tive vergonha.

De repente, ela entrou no meu campo de visão. Lembro de ter pensado que ela conseguia ser ainda mais bonita que as ondas lilás e o céu estrelado.

Aqueles olhos cor de folha.

De repente, aconteceu o que eu nunca ia imaginar.

Solara encostou os lábios bem de leve nos meus e me beijou. E isso se repetiu algumas vezes.

Mas aí ela se afastou de mim, me deixando querendo mais, e foi pra longe.

Sentei na areia, meio atordoado.

— Sol... isso é tudo pena de mim? — perguntei, meio sem pensar.

— Não, Hugo...

Ela parecia profundamente perturbada e mal olhava pra mim. Automaticamente, passei a mão na boca, mas não senti nada diferente.

— M-mas... então... por quê?

Ela deu de ombros.

— Porque... porque eu gosto de estar com você, mais do que estar com qualquer outra pessoa que eu conheço. Porque você é meu melhor amigo, meu companheiro pra todas as horas, meu consolo quando eu estou triste, meu sorriso quando as coisas estão uma droga, porque é pra você que eu fujo quando as coisas não estão certas... Eu acho... Eu gosto de você também, Hugo.

Ela foi falando essa última parte devagar, como se doesse falar isso.

A Solara... gostava de mim?

Ela me amava???

"Deixa de ser otário, Hugo... ninguém gosta de você, você não é uma pessoa pra se gostar", disse o diabinho no meu ouvido direito.

"É verdade, sim! O Durval falou... o Beni sugeriu...", disse o anjinho, do lado esquerdo.

Mas uma coisa não batia. Ela não me encarava, e parecia arrasada. Eu quis pegar na mão dela e fazê-la me olhar, mas me segurei.

— Mas... por que você está triste? Você tem vergonha, é isso?

— Não, claro que não... Eu nunca tive vergonha de você, Hugo. Você é a melhor pessoa que eu já conheci. Só que... eu nunca... eu não queria gostar de ninguém. Nunca.

Na mesma hora, me lembrei do Laércio.

Claro que ele tinha alguma coisa a ver com isso.

Ela começou a chorar. E eu... eu fiz a única coisa que eu podia fazer... eu a abracei.

Meu corpo traiu minha mente. Meu coração acelerou, eu comecei a suar e a quase tremer. Eu só queria consolá-la, mas minha boca queria mais. Eu queria sentir os lábios dela nos meus de novo.

Foco, Hugo.

— Sol... eu não sei o que dizer... só que eu estou aqui pro que você precisar...

Só que não.

De repente, a realidade bateu com tudo.

Como eu ia dizer que eu ia embora?

E como eu poderia ir embora, agora que ela gostava de mim?

Fica quieto, Hugo... A gente vai dar um jeito.

Eu não sabia mais se era o anjinho ou o diabinho falando. Acho que era eu mesmo.

Enquanto ela chorava e me abraçava forte, eu pensava no que fazer, desesperado.

Eu ia dar um jeito. *Eu tinha que dar um jeito.* Eu ia ligar pro meu pai e implorar pra ele voltar pro Rio sem mim.

Pior que minha mãe também ia pro Rio em poucos dias.

Eu fico com ela na Casa Amarela. Até ela se mudar, eu vou saber o que fazer.

Convencer minha mãe a ficar? Perto do Nando??? Nunca.

Eu podia ir morar com o Beni...

Não, claro que não. Meus pais nunca iam deixar.

Meu Deus, meu Deus, meu Deus... por quê???

— Hugo... é besteira minha... — Ela se separou de mim, enxugando as lágrimas, e eu tive que voltar pro planeta Terra em menos de um segundo.

— Não é besteira, Sol. Eu sei que tem a ver com ele, né? Com o Laércio...

— Não quero falar nisso... — ela me interrompeu. — Eu só sei que você é diferente. Você é muito diferente... Como eu pude pensar o contrário?

Ela passou a mão no meu rosto. Com isso, eu me decidi: eu ia falar com meu pai. Eu ia dar um jeito, eu tinha que dar um jeito de ficar.

— Esquece isso, já passou — respondi, segurando sua outra mão. Ela não soltou a mão da minha, e isso me fez sentir mais amado do que nunca.

— Eu preciso de um tempo, Hugo — ela falou, transtornada. — Eu... a gente volta a ser amigo. Não sei se vou conseguir n-namorar...

Dessa vez, eu a interrompi:

— Eu só quero estar com você, Sol. A gente é muito novo... Isso, com o tempo, a gente decide. O que você acha?

Ela sorriu e demorou um pouco pra responder.

— É... Acho que sim — ela falou, se afastando. — Agora eu tenho que ir, Hugo.

Tudo que eu queria era beijá-la de novo, mas eu tinha acabado de dizer o contrário... Eu não podia fazer isso.

Se ela quisesse, era outra história. Desejei com todas as minhas forças que ela voltasse e me surpreendesse de novo, mas não foi isso o que ela fez.

— A gente se vê amanhã cedo? Tem previsão de ondas boas, por causa da tempestade de ontem — ela falou, já indo embora. A distância quase me doeu fisicamente.

— Combinado. Boa noite. — Minha voz saiu um pouco trêmula.

Mesmo estando escuro e longe, deu pra ver que ela sorriu, e minha noite se iluminou mais ainda.

Solara

Antes mesmo de chegar em casa, percebi alguma coisa diferente. A porta já estava fechada, o Zion não latiu e eu não ouvi o barulho típico das crianças em casa. Mal entrei, vi a porta do quarto da minha mãe fechada. O Lúcio estava agachado de costas e a Lumi sentada na mesa, com a mão na cabeça. Só depois de uns segundos é que eu vi meu cachorro esparramado no chão.

— O que aconteceu com o Zion?? E cadê as crianças?? — eu comecei a me desesperar.

Minha irmã não respondeu, só suspirou com força.

O Lúcio virou pra mim, e eu me assustei com a sua expressão de revolta.

— O Claudinho levou pra casa da mãe dele. E o Zion está machucado.

Zion abanou um pouco o rabo, mas não se levantou. Eu mergulhei do lado dele.

— Por quê??? O que aconteceu???

Meu irmão levantou e suspirou.

— A mãe voltou essa tarde, Solara. Mataram o Laércio lá em Limeira há três dias. Ela chegou transtornada, completamente bêbada. O Zion rosnou e ela chutou ele, que foi cair bem na quina da parede. Parece que tá sentindo dor nas costelas.

Na mesma hora, a Lumi arrastou a cadeira.

— Vocês só pensam nesse cachorro, enquanto vocês tinham que pensar é na mãe! Ela vai precisar de um tratamento, uma desintoxicação...

— Eu já disse que não quero ela aqui, Lumi!!! — meu irmão gritou, fora de proporção, e eu não entendi nada.

— Você não manda aqui, Lúcio! A gente precisa da mãe... não só da grana, mas porque ela é nossa mãe, mesmo com todos os defeitos!

O Lúcio olhou pra ela com uma expressão mais grave ainda.

— Olha aqui, tem coisa que você não sabe e é até melhor não saber...

— Sei, sim! Eu sei de tudo!!! — minha irmã rebateu. — Eu sei que você tem alguma coisa a ver com a execução do Laércio! O desgraçado não prestava, mas como você pôde fazer uma coisa dessa, irmão??? Tá virando bandido???

Pela expressão do meu irmão, tinha verdade naquilo.

— Lúcio... você mandou matar o Laércio??? — perguntei, chocada.

— Não!!! — ele gritou de novo. — Mas a gente pode dizer que eu dei uma ajuda.

— Viu??? Sabia, Solara... nosso próprio irmão...

— Eu não fiz nada, Lumiara, ele cavou a própria cova. Nem os traficantes gostam de pedófilo!

A essa altura, eu tremia da cabeça aos pés.

— Eu só fiz contar pros meus chegados... Vocês sabem que eu puxo um fumo de vez em quando, mas meus chapas conhecem os caras da pesada lá de Limeira. Tudo que eu fiz foi contar o que eu ouvi... e parece que o filho da puta não escondia de ninguém...

Ele disse isso olhando pra mim. Eu vi o exato momento em que a Lumi sacou o que ele estava falando.

— Solara... não...

Eu comecei a chorar.

— Meu Deus... — Ela veio na minha direção. — O que aquele monstro fez com você... Como? Quando???

Eu dei dois passos para trás e encostei na parede.

— Não! Eu não quero falar nisso!!! Nunca...

— Mas você tinha que ter contado pra gente... pra mãe!!! — Ela começou a chorar. — Mãe ia na polícia...

— Ia nada, Lumiara! — o Lúcio a interrompeu, revoltado. — Mal a mãe entrou aqui em casa, eu já fui contando pra ela... Você não tava aqui ainda, tava no trailer. Ela só fazia chorar por aquele filho da puta. Eu falei na maior, contei o que ele tinha feito com a Solara, e sabe o que ela me respondeu??? Que já sabia!!! A mãe também é um monstro, Lumiara! Por isso eu não quero ela mais aqui! Ela vai embora, ou eu ou ela nessa casa!

A Lumi colocou a mão na boca e saiu de perto de mim, como se eu fosse uma inimiga.

— Não acredito nisso, Lúcio... A mãe tá bêbada, você mesmo falou... não pode ser verdade... Solara?

Eu não conseguia falar nada, só chorar e tremer. O Lúcio veio me abraçar, e dessa vez eu deixei.

— Se tem uma coisa que a bebida tem de bom, é de revelar as pessoas. A mãe disse que a Solara contou na época, mas ela não acreditou. Só que ela ficou com a pulga atrás da orelha e acabou confrontando o filho da puta, que disse que era verdade, mas que a Solara tava "pedindo por isso". Nas palavras da mãe, "minha própria filha tava se insinuando pro meu homem. Ele era macho pra caramba, acabou pegando ela. Ela teve o que quis". Me diz, Lumi... você ainda acha que mãe tem que ficar???

A única coisa que eu consegui fazer, depois de ouvir isso da boca do Lúcio, foi sair correndo. Passei a noite nas pedras, tentando esquecer o que agora fazia todo sentido. Minha mãe não me negligenciava, ela *me odiava*. Claro que ela nunca teria tomado nenhuma atitude pra me ajudar.

As luzes no mar e no céu tentavam me consolar. Mais pro fim da noite, eu fui entender que eu tinha que me bastar. Meu irmão me escolheu, e eu sabia que a Lumi também ia. A gente estava sobrevivendo sem a minha mãe há muito tempo, a gente ia ficar bem. Ela tinha que ir embora.

E, por pura ironia do destino, tanto o Hugo como eu estávamos praticamente órfãos de mãe. A gente ia superar junto, ele ia me entender e eu ia poder consolá-lo. Olhando pra aquele espetáculo silencioso, eu só desejava que ele estivesse comigo... mais do que nunca.

capítulo 18

Hugo

Corri pra casa do Beni, louco pra contar a novidade.

— Beni, você não vai acreditar... — falei, abrindo a porta, mas dei de cara com meu pai. Ele se levantou do sofá, com cara de preocupado.

— Filho...

Eu tinha sentimentos dúbios. Por um lado, queria ficar com ele e estava com muita saudade. Por outro, sua presença me deu um desespero. De alguma forma, era sinônimo de não ver a Solara nunca mais.

O desespero acabou falando mais alto.

— Chegou muito rápido, pai...

Ele veio me abraçar.

— A estrada estava surpreendentemente vazia pra um domingo à noite.

Ele olhou pro Beni, que olhou pra nós dois e se tocou que ele queria privacidade.

— Estarei lá fora, se precisarem de alguma coisa. — E saiu.

Meu pai me olhou de novo, preocupado.

— Hugo, o que aconteceu? Você não quis contar pelo telefone, eu fiquei preocupado.

Eu não tinha contado da minha mãe com o Nando. Meu pai não merecia isso.

— E-eu estou com problemas na escola... — falei meio baixo, porque não era verdade.

— Mas aqueles garotos... eles prometeram que iam se comportar. Isso está virando caso de polícia! — ele respondeu, alterado.

— Não, pai... agora tá tudo certo. Mas é que eu não tava feliz. Eu não tenho amigos...

— Mas e a Solara e aquele seu amigo do espectro?

— O Durval.

— É.

— Bom. O Durval é meu único amigo. A Solara...

Como eu ia dizer que ela não era mais minha amiga, se agora eu sabia que ela gostava de mim? Como eu ia mentir assim pro meu pai?

Mas era por um bem maior. Eu me convenci disso.

— A Solara...? — ele perguntou, esperando que eu completasse a frase.

— Ela não é mais minha amiga. Na verdade eu estou apaixonado, mas ela está namorando outro.

Há 24 horas, isso era verdade.

Por isso, não me senti mentindo muito.

Meu pai sentou de novo.

— Ah, meu filho... mas isso não é motivo pra você querer ir embora. Ainda mais que vocês vão entrar de férias agora, você pode fazer novos amigos.

— Pai... você não quer que eu vá morar com você???

O que eu tô fazendo??? Eu quero ficar!

Foco, Hugo.

— Não, filho, não é isso! É claro que eu quero que você venha comigo... mas fugir dos problemas nunca foi uma saída real. Eu estou querendo te ajudar a encarar os problemas e usá-los de uma forma positiva, a seu favor, pro seu crescimento. — De repente, ele fez uma cara de dúvida. — Mas você disse que sua mãe concordou? É verdade?

"É, Hugo... mentira tem perna curta. E é uma bola de neve, só aumenta até te soterrar", o anjinho argumentou, me deixando pior ainda.

— É — confirmei, cheio de culpa. Meu pai me olhou, tentando entender.

— Você brigou com a sua mãe? Por que você está aqui?

— Nós discutimos. Eu...

"A melhor mentira é aquela que se aproxima da realidade, Hugo", o diabinho me instruiu. Eu mesmo tampei a boca do anjinho dessa vez.

— Eu vi a Solara na festa da escola com o namorado e fiquei arrasado, aí eu acabei vindo pra cá. Eu queria conversar com o Benício. Porque eu sinto sua falta, e ele é o mais próximo de um pai pra mim.

Meu pai me olhou com pena. Eu vi que ele se sentiu culpado, ausente.

— Hugo, meu filho... eu não escolhi ficar longe, é que eu tenho o meu trabalho, e preciso sustentar vocês.

— Entendo, pai, totalmente... — Eu quis mudar de assunto, porque, além de mentir descaradamente, eu ainda estava fazendo com que ele se sentisse culpado. — Mas aí, então, eu dormi aqui e a mãe achou que eu tava na Solara, então ela fez um escândalo lá... aí a gente brigou.

Ele fez uma cara de quem não estava acompanhando.

— Mas... eu só não entendo como ela deixou você ficar aqui... e ir embora comigo...

Eu tinha que dar um jeito de mudar o rumo da conversa.

— Mas, pai... no fundo eu me precipitei. Como você mesmo disse, é melhor eu ficar.

A cara do safado do Nando veio na minha mente, e eu me enchi de nojo.

Mas era isso ou ficar longe da Solara.

Meu pai ficou me olhando quase um minuto inteiro. Foi difícil, mas eu suportei aquele olhar o tempo todo.

— Vamos embora, Hugo. Nós vamos agora mesmo conversar com a sua mãe — ele disse, se levantando.

— Mas... pai, por quê??? Eu, olha... desculpa ter te feito vir até aqui pra nada...

— Hugo, você não está me contando tudo, meu filho... — meu pai me interrompeu. — Essa história está muito estranha, e eu não nasci ontem. Pega suas coisas.

— Mas, pai... eu posso ficar aqui com o Benício...

— Ficou louco? Não... se você não vai ficar com a sua mãe, você vai embora comigo! — De repente, meu pai fez uma cara desesperada. — Peraí... você está com problemas com drogas ou alguma coisa assim?

— Não, pai... imagina... claro que não...

— Então o que é? Por que você está mentindo pra mim? O que você está me escondendo, Hugo???

Eu tive vontade de chorar.

Mas, se eu dissesse a verdade, meu pai ia ficar arrasado.

Por isso, eu me calei e concordei em ir com ele.

Arrumei minhas coisas rápido. Me despedi do Benício, meio que pedindo ajuda. Ele captou, mas, no fundo, não podia fazer nada.

No caminho pra casa, eu só pensava em como sair dessa confusão. E como eu ia entrar naquela casa? Pior ainda, e se o sujeito estivesse lá?

A essa altura, meus neurônios estavam se desligando por excesso de pensamento, e, estranhamente, minha mão direita formigava. E cada vez mais eu via menos saída.

Meu pai encostou o carro na porta da casa, ao som dos latidos do Feroz, lá de dentro. O jipe do Nando estava lá, mas a parte dele da casa estava toda escura.

Vai ver que ele saiu a pé.

Ou...

Incrível como as coisas sempre podem piorar.

Meu pai abriu a porta e nós vimos a seguinte cena: o Nando sentado no sofá em frente à minha mãe, com os braços apoiados no joelho e segurando as mãos da minha mãe, que chorava.

Os dois olharam para a porta com cara de culpados.

Não tinha como meu pai não saber, estava muito óbvio. Ele simplesmente congelou.

O cara soltou a mão da minha mãe como se ela tivesse uma doença contagiosa e se levantou.

Covarde.

— Oi! Sheila, agora que eles chegaram, vou embora. Já está mais calma, né?

Minha mãe enxugou o rosto com a mão, e eu vi claramente que ela não sabia o que fazer ou dizer.

— Estou. Obrigada, Nando.

Eu nunca fui agressivo, mas nessa hora tive vontade de dar um murro na cara do sujeito.

Meu pai se moveu pra direita meio de má vontade, e o Nando passou pelo espaço apertado para sair.

— Hugo, meu filho, pode nos dar licença? — meu pai falou, sem deixar de olhar pra minha mãe. Eu nunca tinha visto meu pai tão sério. Peguei a coleira do Feroz e saí com ele, sem falar nada, mas eu sabia o que ia rolar.

Resolvi ir pra praia, pra ficar bem longe, mas nem o barulho das ondas conseguia abafar os gritos dos dois. Ao invés de correr pras ondas, como sempre fazia, meu cachorro deitou do meu lado, parecendo desolado.

Eu acabei perdendo a noção do tempo, pensando na Solara. Meus neurônios se recusavam a trabalhar pra encontrar uma saída pro meu problema. Na verdade, meu problema não tinha solução.

Os gritos cessaram, e pouco depois meu pai sentou do meu lado. Eu tentei fazer o sangue circular na minha mão, que ainda dormia.

— O que você viu, Hugo?
— Pai...
— Pode falar, filho.
— Eu... bom, eu só vi os dois juntos.
— Detalhes, Hugo.
— Não, pai!!! Eu não vou falar, tá?
— Eu só estou preocupado com o que isso te causou...
— Eu não sou mais criança, pai! Eu vou ficar bem! Ok?

Meu pai respirou fundo e passou a mão na cabeça.

— Vamos embora. Eu tinha pensado em passar a noite aqui e viajar de manhã, mas não existe a mínima condição. Vai lá, meu filho, pega suas coisas.

É isso. Acabou.

Não... eu tinha que lutar.

— Pai... olha, eu preciso ficar...

Meu pai me olhou como se eu fosse um louco.

— Hugo, isso não faz o menor sentido! Sua mãe me disse que vai voltar pro Rio! Você não vai ficar com o Benício, meu filho, você tem seus dois pais! Sua mãe, apesar do que fez, ainda é sua mãe!
— Mas, você não entende... a Solara...
— Você vai esquecer essa menina, filho... Você ainda é criança...
— Não, pai... ela gosta de mim...
— Mas você disse que ela está namorando!
— Mas ela terminou... e disse que gosta de mim... Eu preciso ficar!

Ele se levantou.

— Hugo, nós temos problemas muito mais sérios do que esse... vamos embora. Isso é paixonite de adolescente, passa logo...

— Pai, por favor...

— Por favor você, Hugo!!! — meu pai gritou comigo, coisa que ele nunca fazia. — Eu acabei de saber que a sua mãe e esse cara estavam juntos, e a gente mal tinha entrado com o processo do divórcio... e você ainda viu... Meu filho, por favor!!!

Vendo a cara de desespero do meu pai, eu acabei concordando.

Meu pai foi me esperar no carro. Entrei em casa e subi a escada como se estivesse indo pro matadouro. Agora todo o meu braço formigava, sei lá por quê... talvez da tensão. Isso às vezes acontecia mesmo, mas não tanto.

Fui pegar as coisas do Feroz, rapidamente, e me despedi da minha mãe, que ainda chorava. A essa altura, suas malas já estavam na sala. Ela disse que ia pegar o primeiro ônibus da manhã pro Rio e ficar na casa da tia Sandra. Óbvio que meu pai não ofereceu carona, nem mais nada.

Entrei no carro depois do meu cachorro, arrasado. Meu coração estava em pedaços, minha mente estava entrando em colapso e minha perna direita começou a formigar também. Na verdade, eu já não estava sentindo direito minha mão direita, mas isso tudo era menor, diante da minha dor emocional.

Tentei me convencer que, chegando no Rio, eu daria um jeito de voltar pra cá. Depois que as coisas esfriassem, eu podia vir ver a Solara. Mas, no fundo, eu sabia que não. Esse lugar tinha marcado meu pai da pior maneira possível, e eu duvidava que minha mãe quisesse voltar também. Pelo menos não tão cedo.

Feroz deitou a cabeça no meu colo, enquanto eu olhava feito um idiota pra tela do meu celular. Eu não sabia o que ia dizer pra Solara. E minha mão não parava de formigar.

Eu: Sol... tá acordada?

Eu sabia que ela não ia ver. Solara quase não olha celular... aliás, ela não curte mídia nenhuma. Mesmo assim, eu esperei uns cinco minutos, em vão.

Eu: Tive que ir pro Rio com meu pai... depois te conto. Mas eu precisava te avisar que não vou te encontrar na praia amanhã...

Eu: Não sei quando volto pra Pedra Grande... mas sei que vou voltar, assim que eu puder... porque eu te amo, Sol.

Meu lado direito estava todo dormente agora.

Talvez minha mãe não esteja exagerando quando fala que a gente precisa de exercício.

Tentei movimentar minhas mãos e meus pés, mas não melhorou.

— Pai... pode parar? Preciso ir ao banheiro.

Quem sabe se eu andasse um pouco não melhoraria? Mas estava estranho... já tinha um tempo que eu tinha esses formigamentos, mas logo passava.

Meu pai parou uns minutos depois. Eu não quis dizer nada, porque ele não precisava de mais problemas por hoje. Depois, eu ia chegar no Rio e me inscrever numa academia.

Conforme eu andava, o formigamento piorava. Tentei lavar minhas mãos e esfregar bem, mas óbvio que não funcionou. Comecei a ficar nervoso, porque a essa altura eu não estava sentindo mais nada no meu lado direito. Tirei o celular do bolso pra chamar meu pai, mas minha perna falhou, e eu caí no chão. Meu celular voou longe. Eu me desesperei e comecei a gritar, mas ninguém me ouvia. De repente, todo o meu lado direito estava paralisado.

Meu Deus... é um derrame... eu vou morrer...

parte 2

capítulo 19
DEZ ANOS DEPOIS

Hugo

Focado na parede atrás da tela do meu laptop, eu fazia uma verdadeira viagem no tempo.

Já tinha acontecido algumas vezes. A primeira foi quando eu ainda estava no quinto período da faculdade e fui selecionado pra aquela jornada internacional na Alemanha. Naquele dia, eu encontrei com o Durval e a dona Márcia numa situação completamente inesperada. Como parte das atividades da jornada, eu e mais quatro alunos deveríamos escolher três atividades culturais nos quinze dias em que estaríamos lá. Qual não foi a minha surpresa quando vi o anúncio de uma exposição de origamis por um artista brasileiro chamado Durval Dias Ribeiro, numa galeria de arte prestigiada em Frankfurt. Era muita coincidência, tinha que ser o mesmo Durval.

Quando cheguei lá, ele ficou meio nervoso com o choque, mas depois até me abraçou. E ele agora falava mais.

Seus origamis eram gigantes, verdadeiras obras de arte. A dona Márcia até chorou quando me viu. Entre outras coisas, ela contou que tinha deixado a pousada nas mãos da Januária, que era como se fosse da família, e agora viajava pelo mundo com o filho artista.

Claro que teve a famosa pergunta...

— Mas por que você sumiu daquele jeito, meu filho? O Durval sentiu muito a sua falta.

— Senti. — Ele concordou com a cabeça.

Eu respirei fundo e, como sempre, falei a mentira que era mais próxima da realidade. Só ocultei um pequeno detalhe.

— Pedra Grande marcou negativamente a minha família. Foi lá que meus pais se separaram, foi lá que eu tive uma grande decepção com a minha mãe... Nós acabamos nunca mais voltando.

Ela me escrutinava com os olhos.

— Mas você podia ter mantido contato por telefone, mesmo que de vez em quando.

Lá fui eu pra outra mentira disfarçada de verdade.

— Na confusão da viagem de última hora, perdi meu celular com todos os contatos... nunca consegui recuperar.

Agora desvia do assunto, Hugo.

— Mas estou muito feliz de encontrar vocês aqui, hoje... E com o sucesso do Durval! — Coloquei a mão de leve no ombro dele.

— Eu não me importo — ele respondeu.

— Como é? — perguntei, meio sem jeito.

— Com sucesso. Eu só quero continuar. — Ele fazia outro origami enquanto falava.

— Ele ama fazer isso e fica radiante quando acaba algum trabalho. Meu filho está realizado, Hugo, e é isso que importa — dona Márcia comentou.

Minha perna direita falhou, e eu tive que me apoiar na parede por um momento.

— O que foi na perna? — dona Márcia perguntou.

Eu sofro de esclerose múltipla, e meus surtos sempre atacam minha perna direita. Ela nunca voltou ao normal... mas vai voltar, eu pensei, mas não falei.

— Um mau jeito, acho. Peguei pesado no treino, nada de mais.

Mentira número três da noite.

Um possível comprador chegou, e ela pediu licença. Os dois pararam diante de uma obra gigantesca, uma arte abstrata perfeitamente simétrica. O efeito que as cores tinham era de cair o queixo e parecia a expressão de um homem transtornado. A placa dizia: DURVAL — SELF-PORTRAIT (*Durval — Autorretrato*). O Durval acabou tendo que ir lá, meio contrariado.

Eu resolvi dar uma olhada ao redor e comecei a passear pela galeria.

Tinha uma obra do tamanho natural de um homem, só feita de notícias de jornais. Depois, passei por uma flor de origami gigante, pendurada desde o teto. Tinha um nome pra aquilo, que ele dizia que não era origami... ah, sim, a placa dizia Kusudama 32 — 546,452 folds, 2013 (*Kusudama 32 — 546.452 dobraduras, 2013*).

De repente, eu parei diante de uma tela 3D de mais ou menos meio metro de altura e reconheci algumas peças. Não acreditei que ele ainda tinha aquilo: era uma floresta estilizada com vários animais selvagens de diferentes tamanhos, parecidos com leões e tigres. Bem no meio, vi o lobo e o pássaro que ficavam no quarto dele. As cores desses eram vivas, enquanto as cores dos restantes eram mais fechadas. Havia também uma lua chorando, bem no canto.

Eu me aproximei da placa, que dizia:

The Wolfe and the Phoenix — Savage Childhood
2007 — 2012
(*O lobo e a fênix — Infância selvagem*)

Um curador vestido com um terno Armani que devia ser mais caro que um mês de estadia no hotel em que eu estava chegou bem na hora e começou a falar comigo em alemão. Eu avisei que só falava inglês, e ele rapidamente trocou de idioma.

— Maravilhoso, né?

— Sim. Impressionante.

— Mr. Ribeiro disse que é o retrato da infância dele. Não sei se você sabe, mas o nosso artista da noite está no espectro.

— Sim, eu o conheço. Nós somos justamente amigos de infância.

Ele arregalou os olhos, me olhando de forma diferente.

— Mas vocês deveriam consertar. "Wolfe"... está escrito errado — eu disse, apontando para a placa.

Ele riu.

— Foi a mesma coisa que nós dissemos... mas Mr. Ribeiro respondeu que estava tudo certo.

Eu estranhei.

Ao mesmo tempo, uma possibilidade passou pela minha cabeça.

— Qual o preço dessa obra?

— Quinze mil euros. A obra levou cinco anos para ser terminada, é certamente uma peça de valor único... Você trabalha com arte?

Estranho ele pensar isso. Eu estava de camiseta branca, calça jeans, meu All Star costumeiro e um blazer preto improvisado.

— Sou estudante de marketing, mas sou fascinado pelo processo de criação.

— Intrigante, né? Por essa obra, nós podemos ver que a infância dele não foi fácil, o que infelizmente é de esperar para uma pessoa no espectro.

Não só pra quem é do espectro, eu pensei, mas não falei.

Vendo que o Durval estava sozinho, eu pedi licença e fui lá falar com ele.

Meu amigo levantou a cabeça, mas logo voltou a atenção para o que estava dobrando. A coisa tomava a forma de um diamante.

— Durval, aquele Wolfe... sou eu???

Ele focou num ponto atrás de mim e respondeu, como se eu tivesse feito a pergunta mais óbvia do mundo:

— Você e a Solara. — E saiu de perto, me deixando de queixo caído pela vigésima vez na noite.

Quando ele parou na frente da obra, eu me aproximei.

— Você, a Solara... e os colegas da Geremário Dantas. — Ele apontava para as figuras. — Aqui é a escola. Essa é a diretora Fabiane. Inspetora Sílvia... e esse é o Rabelo — ele falou, apontando para um ser medonho.

Fiquei impressionado com o lobo olhando para a fênix. Era como se ele cuidasse dela, olhasse por ela, enquanto ela voava. Por outro lado, parecia que ela protegia o lobo com suas asas, porque a maior atenção era dada mesmo ao lobo, que tinha cores lindas. Ele que estava no centro da tela, no maior destaque.

De repente, uma pergunta me ocorreu:

— E você? Você não está na tela?

Ele apontou pro canto esquerdo, em cima.

— A lua.

E voltou a fazer o que estava fazendo, enquanto eu segurava minhas lágrimas.

Dois dias depois, eu voltava pro Rio com a obra do Durval.

E esse foi o primeiro sinal de que eu deveria revisitar meu passado.

O segundo sinal foi a dona Márcia que me proporcionou. Depois que nos encontramos na Alemanha, eu passei a ligar pro Durval de tempos em tempos: aniversário, Natal, essas coisas. Até que, uns oito meses atrás, ela me contou que o Nando Costa estava de mudança para Catedral de Limeira, e como estava cheio de dívidas, queria vender a Casa Amarela.

Meu sangue ferveu quando ouvi o nome do sujeito. Apesar de saber que ele não tinha sido culpado pela separação dos meus pais, o cara se meteu na nossa vida. Naquela época, eu mal sabia que teria sido melhor eles se separarem mesmo. Mas minha doença acabou fazendo com que minha mãe voltasse pra casa e a convivência dos dois só foi piorando, até acabar com a vida do meu pai, quatro anos atrás. Ele teve um infarto fulminante num dia normal de trabalho, no consultório. Ironia do destino, já que ele mesmo era cardiologista. Certamente eu tinha uma parcela de culpa na morte dele, uma vez que minha saúde sempre foi o centro das atenções... Ele simplesmente não tinha tempo de pensar em si. Por parte do meu pai, ainda rolava uma culpa genética por eu ter esclerose múltipla, porque uma prima e dois tios paternos tinham a doença. Claro que na época minha mãe aproveitou pra colocar nele a culpa disso também.

A verdade era que meu pai tinha me deixado uma grana e eu estava com o dinheiro parado no banco. Meu pai trabalhava horrores e, tendo se tornado um dos principais cardiologistas do Rio, nos últimos anos só atendia clientes particulares. Meu pai quase não parava em casa, não namorava, não saía com amigos, enfim, não tinha vida. Obviamente, ainda gostava da minha mãe.

Foi meio que um rompante quando eu decidi que ia comprar a casa. Apesar disso, eu não sabia bem o que fazer com ela, por causa das más lembranças. Voltar? Depois de tanto tempo, fazia algum sentido? Eu também não a queria igual. Na pior das hipóteses, eu iria reformá-la toda e colocar à venda pra ganhar uma grana, ou fazer um Airbnb. Acabou que eu arrumei um jeito de nem ter que lidar com o sujeito: mandei meu advogado entrar em contato e fazer uma oferta. Ele só ficou sabendo que eu era o comprador na hora de assinar a venda, mas meu advogado me representou e eu fiz questão de não estar lá. Depois, foi só contratar um arquiteto. Os engenheiros praticamente colocaram a casa abaixo, e agora ela estava em obras há meses. Em algum momento eu ia ter que ir lá e resolver o que fazer. Mas, por enquanto...

— Wolfe, o que você acha? — A voz do Gustavo, nosso CEO, me trouxe ao presente.

— Hum? Pode repetir?

— A ideia da Aline de estilizar o C da Costa do Coral como se fosse um golfinho mergulhando — ele respondeu, meio sem paciência.

A campainha tocou. Olhei pra tela do computador e vi que a reunião pelo Zoom já durava uma hora e meia.

— Ah, sim. Não sei... tenho minhas dúvidas. Não seria muito lugar-comum? Richardson, alguma ideia?

— Com certeza a gente pode trabalhar nisso, Wolfe — nosso designer gráfico respondeu, reclinando-se na cadeira.

Todos estavam na empresa, menos eu.

Logo eu, o diretor de criação.

— Você consegue trazer uns *sketches* pra reunião de amanhã, Richardson? — o Gustavo perguntou.

— Com certeza... acabando aqui, a gente vai se reunir.

Isso porque já eram oito da noite. Minha equipe da HiTrend era bem *workaholic*, inclusive eu.

— Ok, pessoal, acho que a gente pode fechar isso amanhã. Wolfe, você vem? — o Gustavo perguntou, num tom bem casual.

Nesse exato momento, o Adriano entrou no meu escritório de casa.

— Boa noite, sr. Baumer. Na verdade, ele ainda não está em condições — o Adriano respondeu bem alto e eu olhei pra ele, indignado.

— É falta de educação se intrometer na reunião alheia! — reclamei.

— Pois é, mas vamos terminar essa reunião, que meu horário já começou — ele falou, apontando para o relógio Apple dele.

— Um minuto? Por favor? — pedi, sarcástico. Às vezes, o Adriano era bem inconveniente. Ele saiu, meio que sorrindo.

— Então, Wolfe? — meu chefe perguntou pacientemente.

Eu respirei fundo.

— Pode mandar o Gilberto vir me buscar, vou com meu andador. *Apesar de odiar usar isso.*

— Certeza, garoto? — ele perguntou carinhosamente. Às vezes ele me chamava assim.

— Tenho. Gustavo... por falar nisso, eu preciso conversar contigo...

Ele me interrompeu:

— Wolfe, a gente já conversou sobre isso... você pode continuar remotamente até se recuperar. Eu só quero fechar o projeto do resort, porque o Cris tá no meu pé. Além de ele ser meu amigo íntimo, esse é um dos nossos maiores projetos.

E era verdade. O Cris era nada menos que o Cristiano Reis Ventura, dono do Diamante Atlântico, a principal cadeia de resorts do Brasil. Eles tinham acabado de comprar o Grande Hotel da Costa do Coral, e claro que isso me fez voltar no tempo... Nos dias mais felizes e também mais conturbados da minha vida... antes de tudo acontecer.

— Eu sei, eu sei... mas, olha, eu tenho pensado muito. Minha mãe pode ter todos os defeitos do mundo, mas ela tem razão. Ela, meu médico e até minha terapeuta... eu preciso diminuir o ritmo, Gustavo.

Ele me olhou com pena, e eu fui remetido a um longo tempo atrás, quando me sentia incapaz de encarar o mundo.

— E sua carreira? Olha, a gente conversa amanhã... Eu simplesmente não aceito seu pedido de demissão, Wolfe. Tenho te acompanhado desde a faculdade, você é brilhante. E eu também já investi muito em você, me recuso a não colher os louros.

Ele realmente tinha sido um mentor e tanto.

O Adriano bateu na porta três vezes.

— Ok, Gustavo. A gente conversa amanhã. Abração.

Assim que eu saí do Zoom, o Adriano entrou.

— *Bora*, Wolfe. Vamos levantar dessa cadeira. Deve estar aí desde cedo, né? — ele perguntou, me ajudando a levantar.

— Olha, cara, eu entendo que você só quer ajudar, mas você não pode fazer isso com meu chefe! Só porque você tem a recuperação do Alejandro Guerrero no teu currículo, não significa que pode falar com quem você quiser, do jeito que quiser!

— Claro que posso. Você está em reabilitação e nem devia estar trabalhando. O dr. Marco sabe disso?

— Não. E nem você vai comentar — respondi, contrariado.

— Ótimo, então nós já não temos um problema — ele falou, enquanto eu me apoiava no meu andador. — Na verdade, eu falo também como amigo, cara. Há quanto tempo te acompanho? Tem uns sete anos, já.

Eu não suportava que os outros tivessem pena de mim, nem do meu melhor amigo e fisioterapeuta. Eu quis mudar de assunto de propósito:

— Tá velho mesmo, né?

— Posso estar velho, mas ando que é uma beleza. E é isso que eu quero pra você também, meu irmão.

Na época em que eu tive meu terceiro surto, aos dezesseis anos, meu pai fez questão de contratar o melhor especialista em reabilitação do Rio, talvez do Brasil. Meu pai até montou uma academia lá em casa, que eu trouxe comigo quando me mudei. Adriano e eu nos tornamos amigos, e desde então ele tem me acompanhado, até que eu tive meu quinto surto, pouco mais de dois meses atrás.

A esclerose múltipla é traiçoeira. Quando você menos espera, ela ataca. Quando você está retomando sua rotina, achando que pode viver uma vida normal, ela faz questão de ressurgir, mostrando quem está no controle.

Agora eu lutava pra voltar a andar normalmente, como aconteceu depois do último surto. Mesmo sabendo que, a cada episódio, a recuperação ficava mais difícil.

Entrei na sala de exercícios com sentimentos dúbios. Eu sabia que pela próxima hora e meia sentiria muita dor, mas eu tinha um objetivo e iria atrás dele de qualquer forma. Ainda mais depois do terceiro sinal... que com certeza era um sinal... porque justo a empresa onde eu trabalhava era responsável pelo marketing do novo resort na Costa do Coral. A dona Márcia tinha me contado que a Solara trabalhava lá como barista e cantora. Eu não sabia bem o que esperar desse reencontro... Eu era uma pessoa diferente, e claro que ela também. Mas as lembranças do sentimento que eu tinha por ela, mesmo sendo coisa de adolescente, ainda me perseguiam. Claro que eu tinha tido alguns relacionamentos desde então, mas nada chegou aos pés do que eu tive — ou quase tive — com a Solara.

Eu tinha que voltar pra Pedra Grande.

capítulo 20
SEIS MESES DEPOIS

Hugo

Estacionei em frente à Casa Amarela, com sentimentos contraditórios.

Ela ainda estava em obras, mas já bem diferente. De qualquer forma, tudo me era familiar demais. Eu me lembrava claramente do dia em que tinha chegado aqui, há mais de dez anos. Eu era um moleque inseguro, que tentava se encaixar nos padrões e nos moldes do que esperavam de mim.

Nesse sentido, ter ficado doente acabou me ajudando. Depois de dois anos de depressão, lutando para me adaptar à minha nova realidade, comecei a me refazer. Ou melhor, comecei a me conhecer. A terapia foi chave nesse processo, mesmo minha mãe não tendo gostado muito do resultado. Mas quem deu o pontapé inicial pra que eu acordasse pro mundo foi a Solara. Ela foi a primeira pessoa que me enxergou, me valorizou, que me amou como eu era. Eu também tinha uma dívida de gratidão com o Benício, e mal podia esperar para vê-lo.

— Vai ficar aí parado, Wolfe? Descoordenou de novo? — o Adriano zoou.

— Só você mesmo pra fazer piada com a desgraça alheia, cara.

Ele riu.

— Amigo é pra essas coisas. Você sabe que entre a gente não tem frescura. O que está rolando dentro dessa cabeça?

— Essa casa... — Eu apontei com a cabeça. — É minha, eu comprei um ano atrás.

Ele fez uma cara de quem estava surpreso, mas não tanto.

— Sério? Mas você não tá pensando em ficar aí, né? Teu chefe pagou pra você ficar no resort, você está me pagando pra te acompanhar, e é pra lá que eu vou. Depois que estiver pronta, eu venho passar férias aqui o tempo que você quiser.

— É a Casa Amarela. Já te contei, né?

— Contou. Apesar de a gente estar bêbado e eu não saber exatamente o que era verdade e o que era delírio da tua cabeça... Foi aí que tua mãe meteu o pé na jaca, né?

Eu tive que olhar pra ele.

— Sensibilidade zero, né, compadre?

— Zero, uma vez que sensibilidade não é coisa de macho. Mas por que tu comprou a casa, se te traz péssimas lembranças? — ele perguntou, agora mais sério.

— Porque eu tinha que mudar essa história. Porque agora eu quero fazer uma memória boa aqui — respondi, abrindo a porta do carro e saindo.

Minha perna direita estava totalmente recuperada, e eu rezava dia e noite pra não ter outro surto. De qualquer forma, a fisioterapia era imprescindível no meu caso. Eu precisava de exercícios pra fortalecimento e equilíbrio. Além de fisioterapeuta, o Adriano era meu *personal trainer*. Nossos treinos incluíam muay thai, musculação e ioga. Meu condicionamento físico nunca esteve melhor, e, por isso, enfiei na cabeça que ia surfar de novo. Na época, uns meses atrás, eu ainda estava em reabilitação. O Adriano, ou Negão, como eu o chamava, com toda a sensibilidade que lhe é peculiar, riu da minha cara e disse que eu podia sonhar. No final, contra todas as previsões do meu neurologista, da minha terapeuta ocupacional e dele próprio, em vez dos 18 a 24 meses previstos, eu voltei ao normal em 9 meses.

Tudo isso porque eu tinha um objetivo.

Talvez fosse loucura da minha cabeça, mas eu queria a Solara de volta. Ela ia ser minha de novo. E ela sempre me deu forças, mesmo quando não estava comigo. Lembro das longas sessões de ressonância magnética, nas quais me enfiavam dentro daquele tubo por horas, e eu sem saber o que seria de mim. Lembro das noites em que eu mal conseguia dormir, com meu lado direito formigando, sem poder andar.

Nesses momentos, eu só conseguia me acalmar quando pensava nela. Às vezes eu fingia estar com ela de novo, olhando as ondas lilás e as estrelas, naquela noite sem lua.

— E a Solara?

Eu saí do meu transe.

— O que tem ela?

— Você vai vê-la?

— Não, Negão. Ainda não. — Bati a porta do carro e me encaminhei pra parte de trás da casa, por fora. O caminho ainda era o mesmo, mas o paisagista tinha desenhado um jardim pra ele, além de uma casa de cachorro, pra um cachorro que eu ainda nem tinha. — Ainda tenho algumas coisas pra fazer.

— Cheio dos segredos. Cara, aproveita que você tá bem... a vida é curta.

Verdade. Mas tudo tem que ser perfeito, eu pensei, mas não respondi.

Na parte de trás da casa, as espreguiçadeiras tinham ido embora, assim como a cerca de madeira estragada. No lugar dela havia uns tapumes de madeira, mas aquilo ia virar uma cerca baixa e branca. No espaço de trás, eu tinha planejado ter uma área externa, com churrasqueira e piscina.

Entrei na casa, enquanto o Adriano admirava a vista da Praia das Princesas.

Ainda tinha a escada que levava para a parte de cima, mas ela estava bem diferente. Quase todas as paredes tinham sido derrubadas, pelo menos as que não comprometeriam a estrutura. E nada de casa nos fundos, a casa toda ia ser uma só.

Subi a escada e entrei no meu antigo quarto. Ali seria meu estúdio, porque eu ia continuar trabalhando, nem que fosse como *freelancer*. Não pude deixar de contemplar a vista da Pedra Grande, me lembrando dos dias em que eu me escondia atrás do meu laptop, com as cortinas fechadas para a vida. Nada seria o mesmo. As paredes da minha nova casa seriam janelões de vidro. Eu queria uma casa iluminada, onde o sol pudesse entrar em qualquer lugar.

— Tô vendo por que você tem fixação por esse lugar — o Adriano falou, atrás de mim. — Aquele lado é paradisíaco — ele completou, apontando para a Costa do Coral.

— Não sei se te admiro ou tenho pena de você, Wolfe. Pelo menos tu sabe nadar, né?

— Sei.

— Cara... eu não te entendo. Você acha que a garota só vai te dar bola se você puder surfar?

— Não, cara... é por mim também. Eu quero sentir que não tem nada me segurando. Eu quero ser capaz de fazer o que eu fazia antes... Tem algum mal nisso?

— Você já passou dessa fase há muito tempo, garoto. Lembro de quando você ainda tava na negação... É verdade que você não pode se entregar à doença, mas precisa respeitar os novos limites do seu corpo.

Eu parei, me virando pra encará-lo.

— E quais são os limites, Adriano? Como eu vou saber se eu não testar?

Ele ficou um pouco surpreso.

— Cara... você é louco. Trabalhou feito um atleta pra se recuperar esses meses, chegou lá... Eu sou o primeiro a incentivar meus pacientes, sempre fui... mas daí a forçar... Você pode colocar tudo a perder e acabar tendo outro surto.

— Não vai acontecer. A água tá gelada, apesar do calorão... Eu sei que não vou ter nada. Eu sei porque eu creio nisso com todas as minhas forças — respondi, caminhando perto da água.

— Meu amigo... se fé fosse suficiente...

Eu tive que parar e olhar pra ele de novo.

— Cara... Você tá só se contradizendo... Você vive dizendo que eu preciso ter fé! Garanto que você fala isso pra todos os seus pacientes. Mas na hora do "vamo ver", você não acredita no que você mesmo prega?

Ele fez uma cara de quem tinha sido pego na mentira.

— Essas coisas a gente tem que falar, né... pra incentivar.

Eu dei duas batidinhas no ombro dele.

— Vai dar certo, *bro*. Se não der, tu tá aqui comigo.

Ele riu.

— Ótimo. Se der errado, eu chamo a ambulância e te arrasto pela areia.

— Isso aí.

Uns quarenta minutos depois, eu estava perto da Praia das Princesas, entrando na água com a minha prancha, depois de olhar as ondas. O Adriano ficou me olhando da areia. Ele estava uma figura, com óculos escuros espelhados e uma bermuda cor de laranja. Um negão bem discreto.

Remei pro fundo, sentindo um frio na barriga. De repente, eu era aquele moleque inocente de novo, cheio de medo, mas enfrentando meus limites. Tudo por causa da Solara. Por ela, porém mais ainda por mim. Se a vida é imprevisível, vamos abraçar isso. E eu ia viver intensamente enquanto pudesse. Ninguém ia me convencer do contrário.

Tinha uns gatos pingados pegando onda ali. Eu achei ruim porque, se eu tomasse uma vaca, tinha público. Veio uma onda, e eu peguei ela deitado. Podia ter dropado, mas achei melhor ir devagar. Ainda peguei algumas deitado, mas depois tomei coragem. Remei mais pro fundo e fiquei esperando. Lembrei do Lúcio falando que eu só pegava onda perfeita, e era por uma que eu estava esperando. Eis que ela veio... eu remei, dropei e senti a velha conhecida descarga de adrenalina. Até consegui fazer umas manobras, mas estava totalmente fora de forma.

Algum tempo depois, o inesperado aconteceu.

Bom, não tão inesperado.

Eu sabia que mais cedo ou mais tarde ia acabar esbarrando nela, mas aqui e agora? Justo quando eu ia testar meus limites?

Se a vida é imprevisível, vamos abraçar isso.

Solara pegou a onda em que eu estava de olho. Eu não pensei duas vezes e fiz como eu sempre fazia... peguei a onda dela. Porque era isso que eu fazia, e era isso que eu ia fazer sempre, se pudesse.

Solara

Enquanto o sol se punha num espetáculo maravilhoso, eu esperava as ondas. Nessa tarde elas estavam perfeitas... ou o mais perto do que se pode chegar disso. Como não era alta temporada, eu estava praticamente sozinha na praia. Eu e algumas pessoas de sempre, como o Thiago, o João Henrique e a Rica, mas eles estavam mais pra lá. Eu gostava de ficar mais longe. Não era o melhor *point*, mas eu tinha uma razão especial pra ficar ali.

Era na frente da casa, a única que ficava na areia, na Praia das Princesas. Ela tinha ficado fechada por muito tempo e agora estava em obras, mas eu sempre dava uma olhada, perdida nas minhas memórias, desejando voltar no tempo.

Resolvi remar mais pro fundo, já que a maré estava baixando. Houve uma calmaria. Deitei na minha prancha e fechei os olhos, porque eu gosto de me sentir assim, livre, solta. Foi o suficiente pra lembrar dos olhos dele no dia em que eu o beijei. A surpresa, a vulnerabilidade, a verdade. E o sorriso... o sorriso que veio depois...

A água sacudiu, anunciando umas ondas chegando. Resolvi parar de pensar nele e em tudo que poderia ter sido, porque não dá pra ficar vivendo no passado. Porque, PQP, eu tenho vinte e cinco anos e a vida pela frente... já vivi várias coisas depois disso, mas por que minha mente sempre voltava pra aquela época? Eu tinha quinze anos, ele treze. Era a inocência? Talvez. Depois de tudo que eu vivi, um pouco de inocência não faz mal pra ninguém.

Bota a cabeça no lugar, Solara. O cara cresceu e deve ser como os outros. Nem você é mais a mesma... e ele sumiu do mapa.

E se ele não tivesse ido embora?

Dizem que o primeiro amor a gente nunca esquece.

Mas é normal ficar obcecada por isso?

Melhor abstrair.

Acabei remando de volta em direção aos meninos; afinal de contas, eu estava ali pra pegar onda, e elas são muito melhores do lado de lá. Enquanto remava, fiz uma anotação mental pra esquecer aquela casa, aqueles dias, e olhar pra frente.

Foi aí que eu vi um cara lá arrasando, pegando uma onda perfeita. A Rica tentou cortar a onda dele, mas o cara não deixou.

Bem feito.

Ele deu umas rasgadas, mas logo perdeu velocidade. Parecia meio sem prática, mas mandou muito bem. Quem era aquele? A cabeleira loira, cacheada. Nas costas uma tatuagem enorme, que eu podia ver de longe. Parecia um lobo, com uma lua atrás.

Turista nessa época?

O estilo dele quase me lembrava...

Solara, não. Abstrai.

Uma onda boa começou a vir. Olhei pro Thiago e ele fez um sinal pra mim, dizendo que era minha. Eu remei. Ela veio com tudo e eu dropei, sentindo a adrenalina e a brisa no rosto. Dei umas rasgadas. De repente, eu vi o cara pegando a minha onda.

Como o Hugo.

Com isso, eu levei uma vaca. Às vezes eu me deixava levar de propósito, porque eu gostava de perder o controle. Sentir o mar me levando não me deixava tensa... pelo contrário, às vezes acreditava que tinha nascido no mar e que morreria nele.

De repente, senti alguém me puxando e emergi.

— Solara? Solara???

Os olhos mais azuis que eu já tinha visto me olhavam com desespero.

O olhar estava mais velho, mas era o mesmo... Os olhos que eu sonhei ver por tantos anos.

O corpo, não, esse estava bem diferente. Maior, definido, pelos dourados e os cabelos cacheados mais perfeitos que eu já tinha visto.

Eu fiz a única coisa que poderia fazer: me joguei nele com tudo que eu tinha... e o beijei.

capítulo 21

Hugo

A Solara sempre teve o poder de me surpreender.

Eu tinha imaginado várias reações dela quando me visse: raiva, desprezo, alegria, surpresa, indiferença, indignação. Ou ela também podia não me reconhecer, ou mesmo ter se esquecido de mim. Mas eu nunca imaginei uma recepção tão calorosa.

Depois do primeiro choque, que durou segundos, correspondi ao beijo. A saudade de tudo o que a gente nunca tinha sido falou alto. Eu a puxei pra mais perto e saboreei a boca dela, como eu queria ter feito dez anos atrás. Pensando bem, na época eu não teria feito isso. Eu era muito inocente, não sabia nada da vida.

As coisas acontecem na hora certa? Ou será que eu tinha perdido um tempo precioso?

Minha doença era do tipo surto-remissão, mas a estatística de que ela evolui para a secundariamente progressiva em dez anos me assombrava. Na melhor das hipóteses, eu ainda tinha alguns anos de vida com alguma qualidade.

Por isso mesmo, eu tinha que viver. Viver como se não houvesse amanhã, sem arrependimentos.

Eu pensava em todas essas coisas enquanto a beijava, e ao mesmo tempo meu corpo respondia intensamente ao corpo dela colado ao meu. Me surpreendi um pouco com a nova diferença de altura: na festa da escola, anos atrás, ela era um pouco mais alta do que eu, mas agora eu tinha que me abaixar pra beijá-la. Ou então... eu a segurei pela cintura e a tirei do chão, querendo tê-la mais perto, como se fosse possível. Na verdade, o que eu queria mesmo era carregá-la pra margem, deitá-la na areia e beijá-la por mais uma hora e meia, até que a minha saudade toda tivesse passado.

Mas claro que tinha que vir uma onda e nos derrubar.

Solara caiu em cima de mim e se levantou, rindo, e o meu mundo pareceu se iluminar. Automaticamente, eu ri também.

Eu ainda precisava me acostumar com essa nova Solara. O corpo estava diferente, mais desenvolvido. O contorno anunciava seios fenomenais, mesmo escondidos no macacão. O cabelo tinha milhões de trancinhas e estava bem comprido. Uma coisa não mudou: os olhos cor de folhas secas, alegres e cheios de expressão. E eles me diziam que ela estava feliz em me ver.

Obrigado, Deus.

Essa mulher tem que ser minha.

Só aí eu percebi que os outros surfistas estavam perto da gente, assistindo a tudo. Imediatamente eu me lembrei que o Adriano estava na praia e olhei pra lá. Meu amigo tinha tirado os óculos e nos olhava de longe. Eu quase podia ver o queixo caído.

— Thi, é o Hugo! — ela disse.

Tava bom demais pra ser verdade.

O cara se aproximou, com toda a arrogância que lhe era familiar e eu conhecia bem.

— Turistando, Hugo?

Solara olhou pra mim, esperando uma resposta. Eu não sabia bem o que dizer, então tive que improvisar.

— Vim a trabalho. E também de férias. Um misto dos dois. Uni o útil ao agradável.

E, como num passe de mágica, o Hugo sem jeito estava de volta, aquele prolixo que se explicava demais. Mas por pouco tempo. Me dominei, respirei fundo e fiz cara de confiante.

— A dona Márcia comentou que você trabalha com marketing, né? — Solara perguntou.

— Sim. Trabalho na HiTrend, que fez a campanha do Diamante Atlântico da Costa do Coral.

— "Reencontre-se", né? Ficou da hora, virou até jargão entre a gente que trabalha lá.

— É — respondi sem jeito.

O sem jeito tava voltando com tudo.

"Reencontre-se" foi a campanha de marketing que a gente tinha feito pro eco-resort. Eram várias chamadas com pessoas em cenas maravilhosas do resort, e "Reencontre-se" era a palavra que aparecia no final de cada *sketch*, além do novo logo que a minha equipe tinha feito. Eu tive essa ideia pensando no quanto aquele lugar tinha mudado minha vida, e no quanto eu queria me reencontrar. Com a Solara, mas principalmente comigo, com meu verdadeiro eu.

Minha terapeuta, a Alessa, sempre vinha com essa pergunta. *Quem eu era.*

Quem é você, Hugo? Aquele garoto assustado, com baixa autoestima e tentando se adaptar a tudo e a todos? Ou você é esse artista bem-sucedido, que estala os dedos e consegue status e coisas materiais?

Ela falou isso porque eu tinha me dado ao luxo de importar um Tesla dos Estados Unidos. O Tesla é um automóvel totalmente elétrico que tem piloto automático, muito importante pra quem tem a perna direita fodida, como a minha. Mas o que falou mais alto quando eu comprei o carro foi um certo orgulho. Feliz com o resultado da campanha do resort, o Cris Ventura me deu um bônus generoso e ainda me deu estadia grátis permanente. Meu ego nunca tinha sido tão bem alimentado.

Ou você é aquele cara esclerosado, que sente pena de si mesmo e acha que o mundo tem uma dívida com você?

Ela se referia ao meu quinto surto, que me tirou dos eixos.

Como eu disse, a esclerose múltipla é traiçoeira. O surto veio sem aviso, na época em que eu estava rendendo mais no trabalho. Eu praticamente não dormia e trabalhava nos fins de semana. Empolgado, porque eu estava bem, eu queria produzir, dar o melhor de mim, já que eu amava o que fazia. E demorei pra desacelerar, mesmo morrendo de dor. Eram espasmos na perna, e eu já não conseguia coordenar os movimentos do braço direito. Quando admiti que era um surto, fui obrigado a ir pro hospital. A pulsoterapia fez o resto da desaceleração, porque me deixava prostrado por dias.

— Vamos pra areia? — Solara me tirou dos meus pensamentos.

— Vamos — respondi, olhando pro mar e prometendo pra mim mesmo que eu ainda ia surfar muito na minha vida.

Eu meio que procurei a mão dela, mas ela foi andando na frente.

O Negão nos olhava de boca aberta, sem disfarçar. Assim que chegamos na areia, Solara começou a abrir o macacão. Ela estava com um biquíni de cortininha por baixo, branco com umas margaridas, que contrastava perfeitamente com a pele morena.

É. Seios fenomenais.

Parece que o Adriano pensou a mesma coisa, porque não parava de olhar pra ela. Como já estava ficando estranho, achei melhor apresentar os dois.

— Sol, esse é o Adriano, um grande amigo.

Ela sorriu e se aproximou.

— Prazer. Solara.

O Adriano continuava olhando pra ela, meio embasbacado.

— O prazer é todo meu, Solara.

Ela deu dois beijos nele, enquanto o Negão colocava a mão na cintura dela. Olhei direto pra lá, e ele tirou mais que rápido.

— Vocês trabalham juntos? — ela perguntou.

— Eu trabalho *pra* ele — o Adriano respondeu.

— É, ele é da minha equipe — respondi em cima.

Ele me olhou, surpreso. Solara não devia ter percebido, já que estava soltando as trancinhas da liguinha que as prendia juntas.

Eu queria sentir essas trancinhas passeando pelo meu corpo todo...

O pensamento me surpreendeu. Eu não estava acostumado a ter esse tipo de sentimento pela Solara... mas era inevitável.

Enquanto ela terminava de tirar o macacão, o Adriano fez "gostosa" com a boca, sem falar. Eu dei outra olhada pra ele, repreendendo-o. O Thiago estava vindo, e não sei se ele viu alguma coisa.

— Valeu, turista. Te vejo por aí. — Ele me deu um *high five*.

— Falou, Thiago. Até mais — respondi, tentando ser light. O sujeito se despediu da Solara com um abraço. Ela ficou na ponta do pé e o abraçou, enquanto ele falava alguma coisa baixinho pra ela.

— Tá de boa — ela respondeu. O cara me deu outra olhada de rabo de olho e saiu fora.

Ela sentou na prancha e tirou uma barra de cereal de uma bolsa impermeável que estava dentro do macacão.

— Senta, gente. Adriano, já tinha vindo aqui em Pedra Grande?

O Adriano fez que ia sentar, mas eu fiz que não com a cabeça.

— Não, é minha primeira vez. Lindo, aqui. Olha, eu encontro vocês mais tarde... lembrei que eu tenho... uma coisa.

Claro que ela reparou que ele estava caindo fora por minha causa e riu.

Eu sentei ao lado dela, na minha prancha. A gente ficou olhando o mar.

— Pra variar um pouco, né? — ela falou.

— O quê? — perguntei, meio perdido.

— Pra variar um pouco. Toda vez que eu me lembro daqueles dias, lembro da gente olhando o mar. Aqui, vigiando as ondas. Na praia de Pedra Grande. Na Prainha. Nas rochas.

Nas rochas.

Foi lá que ela me deu a mão pela primeira vez, pra me ajudar a subir com o coco. Foi lá que ela brigou comigo. Foi lá que eu tomei a surra. Eu ainda tinha a cicatriz pra contar a história, mas o cabelo tinha crescido em volta e agora escondia a marca.

— Verdade.

O resto do tempo, a gente ficou relembrando o passado. Rimos de muitas coisas. Deixamos muita coisa no ar. Falamos sobre como as nossas vidas estavam. Ela contou da Lumiara e dos filhos, e de como o Lúcio agora era um pequeno empreendedor. Depois ela contou da mãe. Como sempre, sua expressão mudou.

— Minha mãe voltou na noite em que você foi embora. Ainda ficou com a gente por um ano, antes de tomar vários comprimidos e tirar a própria vida.

Eu fiquei chocado e não soube o que dizer, mas não tinha problema. A gente se falava muito só com o olhar.

— Nem disso ela poupou a gente. Foi a Lumi que a achou no quarto, já sem vida. Estava há meses em depressão porque o Laércio tinha sido assassinado.

— Ele nunca foi boa coisa, né? — comentei depois de um tempo, tentando assimilar a notícia.

— Nunca. E seus pais? — ela perguntou, querendo mudar de assunto. Devia ser muito doloroso falar sobre esse capítulo da vida dela.

— Meu pai morreu há quatro anos de um infarto fulminante. Ele nunca mais foi o mesmo depois daquela noite... porque ele descobriu o que a minha mãe fez, e também o que eu tinha visto entre eles. Depois disso, meu pai nunca ficava em casa, só vivia pra trabalhar... fazia de tudo pra evitar minha mãe.

— Mas eles não se separaram?

Conversar com a Solara sempre tinha sido muito fácil, tudo simplesmente fluía da minha boca. Se eu quisesse mentir pra ela, eu teria que me policiar melhor.

— Sim. Mas continuaram morando na mesma casa, comigo. Por minha causa.

Mentira vestida de verdade. Parabéns, Hugo, você está se superando. Mentindo até pra Solara.

Me lembrei de quando tinha um diabinho e um anjinho falando no meu ouvido, anos atrás. Agora, eu não tinha dúvida de que os dois eram parte do mesmo Hugo. Infelizmente, é isso que acontece quando a gente cresce.

Solara me olhou, tentando entender.

Deflete agora, Hugo.

— Mas teria sido melhor se tivessem se divorciado. A vida deles era um inferno, e, consequentemente, a minha também.

Eu me lembrava bem das primeiras noites, em que eu mal dormia por causa das sensações esquisitas por todo o meu lado direito. Quando eu conseguia pegar no sono, acabava acordando com os gritos e as discussões entre meus pais, às vezes de madrugada.

— E o Lúcio? — Eu quis mudar de assunto.

Ela ficou mais séria. Se eu não a conhecesse tão bem, não teria reparado.

— Está bem... tem seis meses que comprou a loja do Caíque... continua dando aulas de surfe, que é o que ele ama fazer. Agora está morando com a namorada, na Costa do Coral. — Ela suspirou. — Minha mãe deixou a gente com um monte de dívidas, só há pouco tempo a gente conseguiu se reerguer.

Ela deixou a frase no ar. Eu também não perguntei mais.

Depois, ela contou dos sobrinhos, que já eram adolescentes. A Lumiara tinha tentado ficar mais uma vez com o Claudinho, pai do Brício, mas não deu certo. Nessa época, a Solara se mudou pra um apartamento perto da comunidade, e a Lumi ficou com a casa — o que me fez lembrar do Benício.

— E o Beni? Como ele está?

Ela fez uma cara triste.

— Ele está com cirrose. Consequências da bebida... Da última vez que ele foi internado, o médico disse que a única chance era um transplante.

— Oh, não...

Eu me lembrava das minhas conversas com o Benício e de como ele foi importante numa fase em que eu não tinha meu pai comigo. Perdê-lo seria como perder um segundo pai.

Por um momento, me arrependi de não ter voltado antes. Mas, quando eu era criança, eu não podia mesmo. E eu tive minha própria parcela de problemas de saúde. Depois, entrei na faculdade e já comecei a trabalhar na HiTrend. Minha ascensão a diretor de criação tinha sido meteórica, graças ao Gustavo, que sempre apostou na minha capacidade.

O sol terminou de se pôr, e agora estava tudo escuro.

De repente, Solara deu um pulo.

— Que horas são? Ah, meu Deus... vou me atrasar — ela falou, já vestindo o macacão.

— Sol... peraí. Eu posso te dar uma carona — eu falei, como que saindo de um transe.

— Não, não precisa, Hugo, eu vou direto pro trabalho — ela respondeu, já pegando a prancha.

— Por isso mesmo, eu posso te levar! Tô hospedado lá...

— Um carro vem me buscar, mas valeu — ela me interrompeu, sem me encarar, e saiu andando.

Fiquei sem reação. Eu quis correr e perguntar quando eu a veria de novo. No mínimo esperava que ela me desse um beijo, ou que ela marcasse alguma coisa, nem que fosse só uma tarde de surfe. Em vez disso, eu a acompanhei com os olhos enquanto ela sumia rapidamente do meu campo de visão.

capítulo 22

Hugo

— Quarto 1209, por favor — pedi, meio desligado, ainda pensando no meu encontro com a Solara. O recepcionista me entregou o cartão que abria a porta do quarto, mas o gerente veio correndo.

— Senhor Wolfe, o senhor Alex chegou de viagem e perguntou pelo senhor. Ele está te esperando no Estrela do Mar.

— Ah, sim, obrigado.

O Alex era o filho do Cris Ventura. Quando o cara soube que eu estava vindo, mandou que o gerente me desse um quarto com vista pro mar, e todos os dias me mandavam uma garrafa de Prosecco de cortesia.

Tomei um banho rápido e escrevi uma mensagem pro Adriano, avisando que tinha um encontro de negócios. Depois, eu estava disposto a tentar encontrar a Solara. O resort tinha cinco bares, e ela devia estar em algum deles.

Mal pressionei o botão de ENVIAR, o Adriano me ligou.

— Fala, Negão.

— *Meu compadre, o que era aquilo?*

— Aquilo o quê?

— *Que mulher era aquela, cara? Parecia uma sereia saindo do mar. Aquele gingado, aquela cor de pele, aqueles olhos... O que foi aquilo, mano?*

Eu tive que rir, apesar de ele estar basicamente descrevendo minha reação quando eu vi a Solara pela primeira vez. O uso da referência "sereia" para ela era bem apropriado, me remetendo a uma velha canção do Lulu Santos que quase ninguém conhecia.

— Tinha como eu esquecer essa mulher, cara? Me responde?

— *Não. Inclusive, eu não entendo como você demorou tanto pra voltar aqui. Cara, você sabe que casamento não tá na minha lista, mas pra ter essa mulher, eu casava.*

Entrei no elevador e a ligação começou a falhar. Quando cheguei lá embaixo, o Adriano continuava falando.

— ... *e aquele biquinizinho branquinho, velho... e como ela é simpática. E você ainda me dispensou.*

— Tira o olho da Solara, cara. Essa mulher vai ser minha, escreve isso — falei mais baixo, porque dois funcionários passaram perto e alguém podia escutar.

— *Ela merecia era um negão forte, um cara mais velho, entendeu? Aquela mulher é muita areia pro teu caminhãozinho... Eu, por exemplo, ia ficar feliz de dar conta do recado dela.*

— Inveja pura... Tu não viu o beijo que ela me deu? — retruquei, tentando me localizar no lobby principal.

— *Quem vai entender as mulheres... um cara lindo como eu, macho até morrer, e ela vai olhar pra um loirinho metido a besta com cara de criança igual a tu. Esse mundo não é justo.*

— Ah, tá... E a Janaína? Ela vai gostar disso? — eu provoquei, enquanto tentava entender as placas na saída que dava pra praia.

— *Jana tá acostumada, ela sabe que eu não nasci pra ser monogâmico. E ela também não.*

O Adriano tinha uns quarenta anos e não queria nada com nada. Apesar disso, o cara fazia sucesso com a mulherada. Quando a gente saía junto, ele sempre ia embora acompanhado. Eu, só às vezes, quando queria uma companhia só por uma noite, sem compromisso.

Quando eu estava em surto, não ficava com ninguém. A exceção tinha sido a Roberta, da faculdade, e eu acabei me arrependendo depois, porque ela meio que grudou no meu pé. Eu não sabia se era por pena ou se ela de fato gostava de mim. Mas a verdade era que eu nunca tinha sentido por ninguém o que eu senti pela Solara. Passei anos da minha vida pensando que eu era um babaca por ainda pensar num amor de infância, achando que era isso que me travava, mas o beijo que a Solara me deu há poucas horas acabou com minhas dúvidas a respeito disso: meu sentimento por ela ainda era tão forte quanto na adolescência. Eu queria passar mais tempo com ela, conhecer a fundo a mulher que ela tinha se tornado.

Atravessei o bar molhado da piscina e olhei as placas de novo. Tinha um caminho que levava a dois bares: o Pérola do Mar e o Estrela-do--Mar. Peguei o caminho da direita e avistei o bar à distância, enquanto o Adriano continuava contando da vida íntima com a namorada.

— ... *às vezes eu acho que ela sai com outros caras só pra me irritar, mas não tô a fim de pagar pra ver...*

— Sei. Qualquer hora essa mulher vai deixar de ser otária e vai te largar. Espera só aparecer um cara realmente interessado!

— *Hum. Falou quem nunca quis nada sério com ninguém!*

— Porque tinha que ser a Solara. Você vai ver, Negão, eu vou atrás dela até no inferno, se precisar.

— *Boa, bro. Vai mesmo. Vai ser feliz, que tu merece.*

Já próximo do bar, o barulho ficou muito alto.

— Vou desligar, meu camarada. Aparece aí depois pra gente beber umas. Minha reunião com o cara não deve demorar muito... acho que ele só quer mesmo é agradecer pessoalmente.

— *Falou. Até.*

Desliguei o telefone, impressionado com o bar. Ficava ao lado de uma piscina enorme e literalmente na areia, já perto da arrebentação. Era todo de madeira, cercado de paredes de vidro.

Na porta, eu quase tive uma síncope. Tinha um cartaz com uma foto maravilhosa da Solara, num vestido vermelho todo brilhoso, parecendo uma atriz e escrito embaixo "Sol Martins e banda Brasileirinhos".

Parece que eu vou te encontrar mais cedo do que eu pensava.

Uma recepcionista toda de preto me abordou na porta.

— Pois não? Quantas pessoas?

— Hã... só eu. O Alex Ventura está me esperando.

— Ah, sim! — ela disse, checando uma lista. — Você é...?

— Hugo Wolfe.

— Ok. Por favor, me acompanhe, senhor Wolfe.

Ela pegou alguns menus e falou alguma coisa no fone *bluetooth*, enquanto eu a seguia. O bar era tipo um lounge e estava lotado. Garçons iam e vinham e as pessoas conversavam alto, animadas, enquanto uma banda tocava música instrumental. Passei pelas mesas, muito aconchegantes, até chegar numa área VIP. De lá, a visão para o palco era perfeita. Mal cheguei, um cara boa-pinta, de cabelo e olhos escuros que devia ter uns trinta e poucos anos, se levantou, sorrindo.

— Hugo Wolfe, prazer te conhecer pessoalmente! — ele falou, batendo nas minhas costas de forma sonora e me estendendo a mão.

— Prazer é meu, Alex. — Eu apertei a mão dele forte.

— Bom ter você na nossa mesa de amigos essa noite. Te apresentar... esse aqui é o Alfredo Rivera, dono do Portinari Picasso, e a esposa dele, Luciana.

Eu cumprimentei o casal, que parecia meio arrogante.

— E esse é o meu grande amigo André Leventhal. A gente fez faculdade de Administração junto.

— Leventhal... do grupo Leventhal? — perguntei, curioso.

— Esse mesmo — o cara respondeu amigavelmente.

— Grande coincidência! Há uns meses, eu importei um Tesla com vocês.

O cara abriu o maior sorrisão. Esse era bem simpático.

— Cara... os Teslas são minha nova paixão. Eu importei um S pra mim, acredita?

— Acredito! Eu estou gostando muito do meu.

— Qual é o seu modelo? — o Alex perguntou. O André respondeu antes de mim.

— Por enquanto a gente só tá importando o 3, mas vamos começar a trazer uns S e uns X. E aí, o que você está achando, Hugo?

A gente passou a meia hora seguinte conversando sobre carros. Até a Débora, esposa do tal do André, muito simpática, entrou no assunto. O Alex era uma simpatia só, um cara que sabia conversar sobre tudo e era super-relax. O menos simpático ali era o dono do restaurante. Eu tinha lido em algum lugar que o Portinari Picasso do Rio tinha fila de espera de dois anos, de tão exclusivo. Até onde eu sabia, eles tinham restaurantes em três cidades brasileiras, além de Nova York, Miami, Buenos Aires e Milão. A esposa do cara também tinha o nariz meio empinado.

— Boa noite!

Reconheci a voz e olhei imediatamente pro palco.

Solara estava lá, num vestido prateado mais que colado, todo brilhoso. O vestido delineava todo o seu corpo, com uma fenda e uma cauda que arrastava no chão. O Alex levantou e começou a aplaudir, e o resto da plateia fez o mesmo, inclusive eu. O cabelo dela estava preso em cima e as trancinhas, que chegavam na cintura, caíam pro lado. Seu rosto brilhava. Na verdade, ela toda brilhava.

— Obrigada, obrigada... Essa é a banda Brasileirinhos, aplausos pra eles — ela anunciou, já aplaudindo.

Todos aplaudiram e ovacionaram.

Em determinado momento, ela olhou diretamente pro Alex e sorriu. Só aí ela me viu do lado dele. Eu sorri, mas achei que ela ficou meio desconcertada.

— Então é isso! — ela disse, desviando rápido o olhar. — Aceito pedidos de músicas, vou fazer o possível para cantar todas.

Ouviram-se assobios e mais alguns aplausos. O Alex sentou, seguido das outras pessoas. Solara caminhou até o pianista, e só aí eu vi as costas nuas. Era um decote profundo que ia quase nos quadris, revelando as curvas perfeitas. O pianista falou alguma coisa para os outros membros da banda, que ensaiaram o tom. Solara aprovou com a cabeça. Fiquei impressionado com o silêncio do público, porque geralmente em bares de música ao vivo as pessoas continuam conversando, mesmo nos shows.

Solara voltou pro centro do palco e fechou os olhos, enquanto o pianista fazia a introdução de uma música lenta.

Ela começou cantando com uma voz bem suave. Sua voz era soprano, mas parecia mais grave nessa noite. Talvez fosse a voz impostada dela.

— *... Só quero te lembrar... de quando a gente andava nas estrelas... nas horas lindas que passamos juntos...*

Ela olhou pra mim, bem discretamente. Acho que só reparei porque não conseguia tirar os olhos dela.

— *... A gente só queria amar e amar... e hoje eu tenho certeza... a nossa história não termina agora...*

A letra parecia familiar, mas eu não me lembrava de onde. De repente, eu me toquei que nunca tinha ouvido aquela música. A letra era familiar, porque eu tinha *vivido* aquilo... com ela. Com isso, eu me arrepiei todo.

De repente, a banda começou a tocar o que parecia ser a parte principal. Ela começou a cantar mais forte, com uma voz potente, que me deixou ainda mais arrepiado.

— ... *Pois essa tempestade um dia vai acabar... quando a chuva passar... quando o tempo abrir... abra a janela e veja, eu sou o sol... eu sou céu e mar... eu sou céu e fim... e o meu amor é imensidão...*

A letra da música me transportou imediatamente para o dia no hospital, quando eu me declarei pra ela.

"Meu sol é você, Solara. Meu sol, meu céu, meu mar... meu tudo é você."

— Maravilhosa, né? — Ouvi a voz do Alex, meio de longe.

— Maravilhosa é pouco, ela é deslumbrante. Sempre foi... — Deixei escapar, sem desviar meu olhar. Solara tinha uma presença de palco incrível, uma voz forte e cheia. Agora eu sabia por que a plateia estava tão silenciosa: ela parecia uma diva.

— Vocês se conhecem? — o Alex perguntou, mas eu acabei não respondendo, maravilhado com a repetição do refrão.

— *Quando a chuva passar... quando o tempo abrir... abra a janela e veja, eu sou... eu sou o sol... eu sou céu e mar... céu e fim... e o meu amor é imensidão...*

Ela abriu os olhos por um momento, e nossos olhares se encontraram. Vi o mesmo olhar de quando ela me beijou, anos atrás. O beijo que ficou na minha boca por tantos anos, tão inocente, mas o beijo da minha vida... Ainda melhor do que o beijo de hoje. Nesse momento ínfimo, eu achei que ela ainda me amava. Porque essa era a única definição que eu conseguia encontrar pra um sentimento que resistiu ao tempo, à distância e a tudo mais.

A música acabou e o público aplaudiu com força, e eu também. Solara jogou um beijo na nossa direção, mas não exatamente pra mim... Eu olhei pro Alex do meu lado. De repente, o cara se encaminhou para o palco com uma rosa na mão e a estendeu na direção dela. A Solara pegou a rosa, e ele beijou sua mão. Algumas pessoas assobiaram.

— Lindos, né? O casamento já é mês que vem... — a Débora Leventhal comentou com a Luciana Rivera.

Enquanto os aplaudiam e os ovacionavam, eu mal podia acreditar no que tinha ouvido. Meus olhos foram direto na pedra mais que brilhante na mão direita da Solara, mas que não estava lá mais cedo. Para que não restasse nem uma sombra de dúvida na minha cabeça, o Alex subiu no palco e a beijou na boca.

Eu tive um *déjà-vu*. De repente, estava de volta à festa da escola, dez anos atrás, assistindo ao beijo de novela que o Thiago deu na Solara.

"O casamento já é mês que vem..." A voz da Débora ecoou na minha mente.

Solara estava noiva do Alex Ventura, um dos principais clientes da HiTrend.

capítulo 23

Hugo

Solara cantou e encantou a plateia por uns quarenta minutos. Eu estava presente, mas ao mesmo tempo não estava. Flashes do passado voltavam à minha memória de tempos em tempos. De repente, me senti abafado e tive medo que as alterações na minha visão voltassem.

Por alguns momentos, me transformei de novo no garoto inseguro de anos atrás.

E você achando que podia ser feliz. O que você tem pela frente é só doença e morte, uma vida vazia, sem amor e sem perspectiva. Não existe cura pro que você tem. Seu destino é acabar numa cadeira de rodas, como um lobo solitário, esquecido pela matilha, deixado pra morrer.

Mas aí eu me lembrei das palavras da Alessa.

Quem é você, Hugo? Um coitadinho? Um cara que acha que o universo deve a você?

Pessoas como você podem mudar o mundo. Você é especial pra muita gente. A voz do Benício também me lembrou.

Lembrei das próprias palavras da Solara, anos atrás, na noite que ficou gravada na minha mente como palavras em pedra: *Você é a melhor pessoa que eu já conheci, Hugo. Eu sempre quero estar com você.*

E da voz do Durval: *Eu e você. É você, Hugo. É você que ela ama.*

E teve o beijo que a Solara me deu mais cedo. Mais que isso... eu tinha certeza que ela estava falando comigo através daquela música. E ainda teve aquele olhar. Não podia ser coisa da minha cabeça.

Eu tinha que lutar por ela. Eu tinha que lutar por quem eu queria ser, mesmo ainda sem saber bem quem era essa pessoa.

O público aplaudiu mais uma vez, enquanto ela terminava de cantar uma música do Djavan. Num rompante, eu me levantei.

— "O vento", do Jota Quest! — gritei bem alto.

A expressão que a Solara fez foi indescritível. Depois, ela pareceu contrariada, mas virou pro pianista e repetiu o nome da música, falando o tom. Com meu olhar, eu deixei evidente que ia lutar por ela. O dela quase pedia que eu fizesse isso. A gente sempre se entendeu pelo olhar, mesmo.

Ela cantou a música toda de olhos fechados. Já no final, pareceu se emocionar, mas sorriu e disfarçou.

— Obrigada! Com vocês, banda Brasileirinhos! — E saiu, mais que rápido.

Eu estava pronto pra ir atrás, mas o Alex sentou do meu lado. Ele tinha ficado a maior parte do tempo visitando outras mesas da área VIP, cumprimentando amigos.

— Mas, então, de onde você conhece a Solara? — ele perguntou, intrigado.

— Nos conhecemos muitos anos atrás. Eu morei em Pedra Grande por seis meses — respondi, meio evasivo.

— É mesmo? — Ele soou surpreso. — A Solara nunca mencionou seu nome.

— Porque nós perdemos o contato — expliquei rapidamente, já me levantando. — Olha, Alex, foi um prazerão. — Eu estendi a mão. — Preciso encontrar o meu amigo.

— Eu, você quer dizer. — A voz do Adriano veio de trás de mim. *Não acredito.*

— Ah! Oi, tá por aí? — Me virei e respondi, meio sem graça.

— Acabei de chegar. — Ele estendeu a mão pro Alex. — Adriano Miranda, prazer.

— Alexandre Reis Ventura. Como vai? — O Alex o cumprimentou.

— Ah, você que é o nosso anfitrião, né? Eu queria agradecer pela cordialidade estendida à minha pessoa. Nunca fui tão bem tratado em um hotel.

— Imagina. O Hugo merece. Hugo, você e o Gustavo podem ter certeza de que eu vou indicar a HiTrend pra vários amigos. O Leventhal mesmo tá procurando uma agência de marketing nova pra alavancar o negócio, e eu já te botei na fita. Agora, com licença, que eu vou ver minha noiva. Fiquem à vontade! — ele falou, já saindo.

O Adriano se recostou na cadeira, empolgado.

— Cara legal esse, hein?

— Cara... você nem imagina quanto. Mas adivinha só quem é a noiva dele — comentei, sarcástico.

— Não faço ideia. Gisele Bündchen? Não, peraí... pelo tom, deve ser uma broaca. Deixa eu pensar...

— Solara.

A cara dele mudou na hora.

— Não... não brinca, meu chapa... — ele respondeu, estupefato.

— Verdade. Mas por pouco tempo. — Levantei, mais do que ansioso. Eu tinha que sair dali e fazer alguma coisa. No caminho, acabei esbarrando no arrogante do Alfredo.

— Ah, Wolfe... Vou mandar meu assistente te contatar. Minha esposa tá com uns projetos aí... Vocês fazem marketing digital também, né?

— Fazemos, sim. — Tirei meu cartão do bolso e o entreguei. — Vai ser um prazer. Até mais.

O cara pegou o cartão e ficou me olhando como se eu tivesse que me ajoelhar e agradecer a ele pelo resto da minha vida.

Do jeito que as coisas vão, é a minha carreira que vai pro espaço daqui a pouco.

Principalmente se eu conseguisse roubar a Solara do Alex.

Roubar, não, porque na verdade ela sempre foi minha. Eu só tinha que fazê-la enxergar isso.

Fui em direção a uma parte menos iluminada da praia, tentando entender o que estava acontecendo.

— Cara... espera... aonde você vai? — O Adriano veio atrás de mim.

— Eu não entendo, Adriano... Será que eu li os sinais errado? — pensei alto.

— Que sinais, meu velho? Do que você está falando?

Eu me virei pra ele.

— Anos atrás... eu encontrei um amigo da gente em comum na Alemanha, cara. Na Alemanha! — Eu estava gesticulando muito. — Ele... ah, deixa pra lá, você não vai entender.

Ele demorou um pouco pra responder:

— Não, cara... Me explica, quem sabe eu posso te ajudar.

Eu enxuguei o suor de tensão que brotava na minha testa.

— Nosso amigo em comum... — tentei resumir — ... ele fez um quadro, agora ele é um artista famoso. O quadro que está no meu escritório? O lobo e a fênix? Sou eu e a Solara.

Ele fez uma cara de surpresa.

— Aquela coisa feita de origami?

— Isso.

— Hum. Ok. Mas o que isso tem a ver?

Eu suspirei, irritado porque não estava me fazendo entender.

— Tem a ver, cara, que ela gostava de mim. Um dia, ela me amou. Foi muita coincidência encontrar o Durval depois de anos em Frankfurt e ver aquele quadro. Foi a primeira vez que eu tive notícias da Solara em anos. Eu considerei isso como o primeiro sinal de que eu devia voltar.

Ele fez uma cara de quem estava se esforçando pra entender.

— Depois teve a casa. A mãe do meu amigo, do Durval... a gente se falava de vez em quando... Ela me contou que a Casa Amarela estava à venda. Aí eu peguei o que eu herdei do meu pai e coloquei naquela casa. Pra mim, esse era o segundo sinal.

O Adriano me olhava como se eu estivesse louco, perdendo o juízo. E agora, me ouvindo dizer todas essas coisas, eu estava começando a achar que era isso mesmo.

— E, pra completar, meu time ficou responsável pelo marketing do eco-resort. A dona Márcia me disse que a Solara trabalhava aqui. Logo aqui... Negão, me diz se eu estou ficando louco...

Minha cabeça rodou um pouco, e minha visão escureceu. Isso sempre acontecia quando estava muito calor, ou quando eu ficava mais nervoso.

— Cara... não sei se tô acompanhando, mas... você tá querendo dizer que planejou isso tudo? E baseado nesses sinais? Quem tá mandando esses sinais pra você?

Eu joguei minhas mãos pro alto, porque não era esse o ponto.

— Não sei, cara... Deus... a vida... o universo... eu só sei que eu tinha que vir. Pode não fazer sentido pra você, mas faz pra mim.

Ele me olhou e falou, meio devagar:

— A pergunta é... faz sentido pra ela? Quem é a Solara, Wolfe? Vocês se reencontraram hoje, mas ficaram separados por mais de dez anos. As coisas acontecem, a vida muda! Quem te disse que vocês estão na mesma página?

Eu tentei respirar mais devagar, e minha vista foi voltando ao normal.

— Você não viu, mas a música que ela cantou... os olhares... e aquele beijo...

Ele riu e sacudiu a cabeça pros lados, negativamente, cruzando os braços.

— Cara... e se você estiver imaginando isso tudo?

Eu estava com medo disso também, mas não podia negar o meu instinto.

— Não é verdade... e eu vou provar isso agora mesmo — respondi, apontando pra ele.

Voltei pro bar, apressado. Ainda ouvi o Adriano me chamando, mas não dei atenção. Ninguém ia me parar. Eu tinha que resolver essa situação, pra minha própria saúde... física e emocional.

Dei de cara com a recepcionista de novo e perguntei pela Solara. Ela não quis me ajudar de primeira, mas eu usei o nome do Alex e disse que a Solara era minha amiga pessoal. Após relutar um pouco, ela acabou me apontando uma parte que era acessível só a funcionários. Passei por uma porta e cheguei em um corredor com vários escritórios. Quase no fim, tinha uma sala com o nome dela. Eu bati e esperei. A essa altura, eu suava frio. Coloquei meu ouvido na porta e tentei ouvir algum barulho. Nada. Bati de novo e esfreguei minhas mãos de ansiedade. E se a porta não estivesse trancada? Tentei girar a maçaneta, mas não consegui.

De repente, a porta se abriu e eu dei de cara com o Alex.

Claro, seu idiota. Ele disse que vinha pra cá. E o cara é noivo dela.

— Wolfe? Tudo bem? — Ele me olhou, surpreso, enfiando a camisa pra dentro da calça. Eu me forcei a não imaginar o que estava rolando ali dentro.

— Oi, Alex. Eu só queria dar um oi pra minha amiga — justifiquei, olhando pra dentro. — A Solara tá aí?

— Ela está... trocando de roupa — ele respondeu, evasivo.

Eu quis entrar, mas ele estava no caminho.

De repente, a Solara saiu do banheiro usando um vestido preto curtinho e descalça, mas ainda maquiada e com o cabelo arrumado.

— Hugo... tudo bem? — Ela me olhou, surpresa.

— Tudo bem. Eu só queria te dar os parabéns. Você canta divinamente. — Eu me virei pro Alex, sem jeito: — Ela nunca tinha cantado. Quer dizer, não quando a gente era adolescente... Eu nunca te ouvi cantando, né, Sol? — Me compliquei todo.

Solara olhou pra mim e pro Alex, antes de responder:

— Tem uns cinco anos que eu canto. O antigo dono... o filho dele era amigo do Thiago. Eu era barista aqui, e ele me deu uma chance. Quando o hotel foi vendido, o Alex apostou em mim.

Ela olhou pra ele com gratidão. Ele olhou pra ela com devoção. E eu fiquei cego de ciúmes.

— Entendi. Solara, posso falar com você em particular? Perdão, Alex, é que tem muito tempo que a gente não conversa.

O Alex me olhou sério, mas eu o encarei. Eu não tinha nada a temer. Eu bem podia ser só um amigo querendo se reconectar.

— Está bem. Vou indo, linda. Te espero.

— Hoje não, Alex. Eu tenho que voltar, você sabe — ela respondeu, com uma expressão meio de dor.

— Nem um pouquinho? Um drinque na minha *penthouse*, pra gente terminar a conversa.

Ele olhou pra ela com desejo. Ela pareceu retribuir. Eu sabia que estava empatando o lado deles.

— Claro — ela respondeu. — Me espera, então.

Óbvio que, antes de sair, o cara tinha que agarrar ela ali, na minha frente. Ele a puxou pra si, com a mão bem mais abaixo da cintura. Solara o envolveu com os braços e o beijou. Eu precisei olhar pro outro lado, mas fiz questão de ficar ali.

Finalmente o cara saiu, deixando a porta aberta. Solara me olhou, séria.

— O que você quer, Hugo? — ela perguntou, depois de algum tempo.

— Como assim, o que eu quero, Solara? — eu explodi. — Primeiro você me dá aquele beijo, depois você canta aquela música e no final eu fico sabendo que você está noiva desse cara?

— Shhhh!!!!! — ela falou, com a cara mais irritada do mundo. Depois de ir até a porta e olhar pelo corredor, ela fechou a porta com força.

Não era exatamente o que eu queria dizer nem como eu queria começar a conversa, mas o ciúme falou mais alto. Foi uma tortura ver os dois se agarrando daquela forma. Ela me olhou como se eu estivesse falando um monte de bobagens, mas eu vi que ela captou a mensagem.

— Como é que é??? Peraí, Hugo... você se acha no direito de me cobrar alguma coisa? Escuta aqui, você desaparece por dez anos e acha que pode simplesmente voltar e exigir coisas? Eu nem te conheço mais, cara. Se toca, você não sabe de nada da minha vida! — ela falou, me encarando de perto.

— Não sei mesmo, mas sei o principal: que você ainda sente alguma coisa por mim... porque aquele beijo...

— Não significou nada! — ela me interrompeu, falando mais alto. — Foi só porque eu fiquei feliz em te rever. Eu acabei de beijar o meu noivo também... e aí?

Com isso, eu fiquei sem resposta.

— E tem mais... — ela continuou. — Aqui é o meu local de trabalho, não é lugar pra gente ficar discutindo esse tipo de coisa. E eu preciso ir embora, Hugo, porque eu tenho uma vida!

Não, não pode ser. Ela só pode estar mentindo... Será que eu estava ficando louco?

Eu coloquei a mão na cabeça, tentando entender.

— Solara... peraí... você cantou aquela música de propósito, eu sei...

— Que música, Hugo?? — ela me interrompeu. — Eu cantei um milhão de músicas esta noite!

— Aquela das estrelas... eu sou céu e mar... e das estrelas...

Ela me interrompeu de novo, rindo sarcasticamente.

— Eu canto essa música em quase todas as minhas apresentações! Olha aqui, eu não sei o que você se tornou, mas o mundo não gira em torno de você, Hugo... Você costumava ser bem mais humilde!

Ela começou a guardar as coisas na bolsa e sentou no sofá pra colocar o sapato.

Eu estava atônito. Tudo que eu podia fazer era tentar me explicar.

— Eu não voltei antes porque eu não podia... — justifiquei, meio evasivo. Ela me esperou completar a frase, mas eu não consegui pensar em nada e deixei a frase no ar.

— Sei. Não tem problema, Hugo. Era coisa de criança. Passou.

Eu me ajoelhei, precisando olhar nos olhos dela.

— Não passou, Solara... é a mesma coisa pra mim. Na verdade, é muito mais agora.

Ela me olhou, meio surpresa. Se eu tinha que me arrastar pra ela, eu ia fazer isso. Mas, aí, ela me olhou com revolta.

— Muito fácil falar essas coisas depois de anos sem mandar nem uma mensagem, ou um e-mail, ou uma carta que fosse!

— Eu não podia... você não entende...

— Eu entendo, Hugo. Sua mãe não gostava de mim, e você fazia tudo o que ela queria. E você voltou lá pra sua vida perfeita, no Rio de Janeiro. Eu não passei de uma amiga de temporada. Sabe quando você faz amigos em outra cidade, mas a amizade acaba ali e você volta pra sua vida e esquece até que a pessoa existia? Fala a verdade, foi isso o que aconteceu...

— Não...

— ... aí você coincidentemente faz uma campanha de publicidade pro eco-resort que fica naquela cidade e lembra que teve uma paquera lá, e resolve tentar tirar uma casquinha...

— Você nunca foi uma paquera qualquer... eu lembrei de você quase todos os dias da minha vida! — Eu tentei falar, mas ela falou junto comigo.

— ... mas a garota cresceu e tem uma vida... e tem uma carreira pela frente, contas a pagar, uma criança pra criar...

Ela parou de falar, de repente.

— Criança? Você tem um filho?

Ela sorriu, sarcástica.

— E se eu tiver? Por acaso isso estraga seus planos de se divertir comigo?

Com isso, eu fiquei chocado.

— Solara... eu não estou te reconhecendo. Você nunca foi assim, reativa... Você não está sendo justa comigo... me ouve...

— Então tá, Hugo — ela falou, irônica. — Senta aqui. Vamos conversar.

Eu me sentei na cadeira em frente a ela. Ela se recostou no sofá, cruzou as pernas e ficou me olhando, calada. Eu pude ver a raiva nos seus olhos.

— Então, Hugo? Sobre o que você quer falar?

Acabei contando mais ou menos o que aconteceu com meus pais naquela noite, e como eu fui obrigado a ir embora. Contei de como o casamento dos meus pais acabou e como tudo foi tão difícil. Falei que tinha perdido meu celular com todos os contatos, o que era verdade. Eu só ocultei a parte do surto, e da minha doença.

Depois, contei do meu encontro com o Durval na Alemanha, de como eu comprei o quadro dele, e da campanha, mas não quis falar da casa. Ainda não era hora.

Quando acabei, ela continuou me olhando, tamborilando os dedos no sofá.

— Que história — ela falou, cínica. — Romântica, até. Eu não sabia que você era um cara tão romântico.

— Não é romantismo, Solara. Eu não devia, mas vou te dizer mais uma coisa: eu nunca senti por ninguém o que eu sinto por você. — Apontei pra porta. — Nunca consegui me relacionar com ninguém mais profundamente, porque você sempre foi meu referencial de amor. E quando você me beijou lá na praia ontem... tudo que eu sinto aflorou de uma forma tão intensa que eu nem sei explicar...

Alguma coisa pareceu mudar no seu olhar, mas ela disfarçou rápido.

— Pois eu tive vários relacionamentos, Hugo. Primeiro, com o Thiago. Foram anos, a gente chegou até a morar junto por um tempo.

Então ela tem um filho dele.

Eu lembrava de ter visto uma notícia na internet, quando o Thiago teve uma lesão grave e precisou sair do surfe profissional.

— Eu vi a foto de vocês na internet — falei, sem graça.

— Ah, viu, né... Pois é. Mas, infelizmente, as coisas não deram certo. Depois, eu fiquei um tempo sozinha, mas o Alex apareceu. E ele é um cara incrível, como você deve ter visto. Então, meu conselho pra você é: desencana. O passado não existe mais. Vira a página, porque eu já virei há muito tempo.

Ela se levantou e abriu a porta pra eu sair.

Eu me levantei, ainda tentando processar tudo aquilo. Quando cheguei perto, ela se esforçou pra não me olhar. Claramente, a Solara não estava imune a mim. Por isso eu parei na porta, bem perto dela.

— Eu realmente não sei pelo que você passou. E eu também, minha vida não tem sido fácil... mas o Beni me disse uma coisa, quando você ficou sem falar comigo. Ele disse que as tempestades podem vir, mas, quando a base é sólida, a casa resiste. E que as tempestades não podem mudar a natureza de uma pessoa. Eu sei quem você é, Solara... e eu sei o que a gente tinha. Como você mesma cantou agora há pouco: a nossa história está longe de terminar.

Ela continuou olhando pra baixo, mas o que eu disse mexeu com ela. Acabei indo embora, porque não adiantava falar mais nada. Se eu tinha muita coisa pra pensar, ela tinha também.

Solara

Mal o Hugo saiu pela porta, eu desabei.

Por que tinha que ser tão difícil?

Por que ele tinha que voltar logo agora, que a minha vida parecia que ia finalmente se desenrolar?

Tranquei a porta preventivamente. Chorei mais um pouco, mas logo enxuguei minhas lágrimas, porque eu não tinha tempo pra isso. Tirei a maquiagem. Talvez o Alex percebesse, mas talvez não.

Peguei minhas coisas e fui pra *penthouse*. Cobertura. Eu ainda tinha que buscar o Rafa na Lumi, porque sem chance de ele dormir lá.

Quando o Alex abriu a porta, eu tentei caprichar na minha cara de paisagem.

— Oi.

— Oi, minha linda.

Ele fechou a porta e me beijou. Eu correspondi. Ele começou a se empolgar, querendo terminar o que a gente tinha começado antes de o Hugo interromper.

O Hugo.

Aqueles olhos azuis intensos, com a mesma inocência de sempre, evidenciando tudo o que pensava ou sentia. Isso não tinha mudado nada.

O Alex me empurrou pra parede e começou a abaixar a alça do meu vestido.

Incrível como eu não sentia nada por ele. Mais incrível ainda como eu consegui sentir tudo com o beijo do Hugo mais cedo. Meu corpo todo acordou de um jeito que me surpreendeu, e isso nunca tinha acontecido.

Parece que eu não sou fria, afinal de contas.

Agora eu estava nua, nos braços do Alex. Ele provavelmente estava me levando pra cama, ou pro sofá. Não vi bem, porque ele não parou de me beijar. E eu não queria abrir os olhos e vê-lo... se isso acontecesse, talvez eu não fosse capaz de ir até o fim. E eu tinha que ir até o fim.

Ele me colocou na cama e se deitou sobre mim. Como sempre, eu alcancei o abajur e desliguei a luz.

— Só um pouco... deixa eu te ver — ele pediu, entre beijos.

Eu não respondi, só o ajudei a se livrar do short. Ele pareceu satisfeito com isso.

Meu pensamento voltou pro Hugo.

"*Quando você me beijou, tudo que eu sentia veio à tona de uma forma que me surpreendeu.*"

Eu sei. Porque comigo também foi assim.

Por um momento eu quis fingir que era o Hugo ali, me tocando intimamente. Por um momento eu me deixei levar, mesmo sabendo que era errado e que o Alex não merecia isso. Mas nada nesse dia tinha sido típico, então acabei me deixando levar.

— Solara... meu amor... — o Alex falou, percebendo minha empolgação repentina, e eu o beijei.

"*Eu te conheço, Solara. As tempestades não mudam as pessoas. Eu sei que a nossa história não acabou.*"

O Alex começou a se mover em mim, e por um momento eu achei que seria capaz de chegar lá. Ele falou umas coisas no meu ouvido, mas a única coisa que eu ouvia era a voz do Hugo.

"Meu sentimento por você não mudou. Eu não consegui me relacionar com ninguém mais profundamente."

Nem eu.

Lembrei das músicas que me faziam lembrar dele e que eu era obrigada a cantar quase todos os fins de semana. Eu sempre o imaginava ali, na plateia, me olhando. Às vezes eu imaginava que nós dois estávamos ali sozinhos e que eu cantava só pra ele.

Mas hoje, que esse delírio se realizou, eu só consegui afastá-lo de mim.

— Você me deixa louco... — o Alex sussurrou no meu ouvido.

Pelo menos uma pessoa aqui é feliz.

Volta pra Terra, Solara. Esquece o Hugo.

Mas ele tinha explicado... ele perdeu o celular com os contatos.

Só que eu sabia que ele não estava falando toda a verdade, eu o conhecia demais pra isso. E enquanto eu não entendesse tudo...

Tá louca? Teu lugar é com o Alex. Ele é o único que pode te ajudar. Ele já está te ajudando.

O Alex parou subitamente, tentando se controlar. Eu me movi nele, querendo apressar as coisas. Momentos depois, ele se rendeu e gemeu, me agarrando forte. Às vezes eu tinha inveja do prazer dele.

Ainda ficamos abraçados por um tempo, até que o que eu temia aconteceu.

— O que o Hugo queria? — ele perguntou, já mais recomposto.

— Nada. Só mesmo me parabenizar... e perguntar de amigos em comum — respondi rápido demais.

— Acho que você tem um fã — ele falou, mexendo no meu cabelo.

— O Hugo? Imagina... ele ficou anos fora — respondi, como quem não quer nada.

— Mas eu vi o jeito como ele te olhou... e aquele olhar não é coisa de amiguinho, não... — Ele me agarrou e me puxou pra cima dele. — Só que você é minha... só minha... minha diva...

Ele me beijou, e eu correspondi. Quando o beijo acabou, levantei da cama. Claro que ele protestou, como sempre.

— Minha querida... dorme comigo. — Ele tentou segurar minha mão.

— Você sabe que eu não posso, Alex...

— Mas ele está com a sua irmã, não está? — Ele entrelaçou os dedos nos meus.

— Está. Mas você não entende... eu sou tudo o que ele tem.

— Ok.

Meu noivo suspirou, decepcionado, mas me deixou ir. Eu me fechei no banheiro. Dei de cara com o espelho e, por um momento, mal pude me reconhecer. Parei pra pensar em como eu não tinha tido escolhas reais na minha vida. Eu simplesmente estava fazendo o que eu tinha que fazer, pro meu bem e pro bem de quem eu amava. E isso, obviamente, não deixava espaço pro Hugo na minha vida.

capítulo 24

Hugo

Aos sábados, eu tomava meu remédio. Era uma caneta que aplicava dentro do meu músculo um hormônio que ia controlar meu sistema imune, um tal de interferon beta. Eu já tinha passado por diferentes fármacos, com os mais variados nomes: acetato de glatirâmero, teriflunomida, vitamina D. Minha doença era considerada "benigna", já que eu não tinha muitas sequelas; então o dr. Marco sempre preferia fazer um tratamento mais conservador, com drogas imunomoduladoras. Mas eu sabia que, se eu tivesse um novo surto, ele ia me prescrever os tais imunossupressores, que eram drogas mais potentes.

Minha doença era basicamente uma rebelião que meu corpo estava fazendo comigo mesmo. Meu sistema imune, que existe pra me defender de organismos invasores e cânceres, por algum motivo, aprendeu a atacar meu próprio corpo — mais especificamente a mielina, uma substância protetora que envolve meus nervos. Sem ela, meus nervos não funcionam bem. Num primeiro momento, eu não entendi o que isso tinha a ver com a minha perna, ou com meus olhos. O dr. Marco então me explicou que são os nervos que comandam os músculos e que eles são os responsáveis pelas sensações. Se os nervos estão danificados, as sensações ficam loucas. Por isso eu tinha espasmos, dormência, descoordenação de movimentos e paralisia nos surtos. Pior que isso, qualquer parte do meu corpo podia ser afetada. Até agora, tinham sido só meu lado direito e meus olhos, mas nada me garantia que no próximo surto não seria o lado esquerdo, ou minha bexiga, ou os músculos da minha face, por exemplo.

Coloquei a agulha no músculo do meu braço e girei a caneta. Era bem cedo, porque eu queria aproveitar bem o dia, e só tinha 24 horas até os calafrios e o cansaço extremo me atacarem. Era assim que eu passava meus domingos, e eu já estava acostumado. O dr. Marco disse que algumas pessoas não sentem nada, outras ficam até pior do que eu, e outras param de ter efeitos colaterais em algum momento da vida. O fato é que há anos eu não tinha um domingo que prestasse. Eu chamava de gripe de domingo. Quando a reação era fora de proporção, eu tomava um analgésico mais forte.

Mandei uma mensagem pro Negão, já sabendo que ele não ia levantar tão cedo. Desci e escolhi meu café da manhã com cuidado, apesar de estar louco pra cair nos doces. Isso porque minha dieta também era estrita. Eu tinha acompanhamentos mensais com uma nutricionista e uma endocrinologista. Apesar de não haver na verdade uma dieta que ajude no controle da doença, meus médicos me aconselharam a evitar alimentos industrializados, muita gordura de origem animal (a não ser peixes) e açúcar refinado. Bebida alcoólica também estava na lista vermelha, mas uma vez ou outra podia rolar. Na maior parte do tempo, eu respeitava as regras e não abusava. Em casa, eu tinha uma cozinheira. No resort era fácil manter a dieta, uma vez que eles tinham cinco restaurantes, dois deles com bufê.

Depois que terminei meu café, resolvi ligar pro Adriano. Ele atendeu só na terceira ligação.

— *Porra, Wolfe... que horas são?*

— Oito e meia já, Negão. Esqueceu do muay thai?

— *E você diz já??? Eu achei que tu tava de férias!*

— EU estou de férias, você não.

— *Ah, cara, não f...*

— Tô te esperando no Caminho das Ondas. — E desliguei.

Meia hora depois, o Negão apareceu com a cara inchada e óculos escuros. Pelo jeito, tinha bebido todas.

— Salve — ele disse, arrastando a cadeira.

— Já vi que teve noitada. Sozinho ou acompanhado?

Ele riu.

— Arrumei uma companhia no fim da noite, fui dormir já amanhecendo... E tu? Se acertou com a sereia?

— Nada. — Suspirei. — Ela continua noiva... mas não por muito tempo.

O garçom veio servir o café, e o Adriano ficou estranhamente calado.

Eu tinha demorado pra dormir na noite anterior, lembrando de tudo o que tinha acontecido. Quanto mais eu analisava, mais eu achava que eu tinha chance com a Solara. Não que devesse ser fácil... Eu precisava de tempo, além de oportunidades de estar sozinho com ela.

Quando o garçom saiu, o Adriano falou baixo:

— Tem noção do que tu tá fazendo, né? Tu não disse que o pai do cara é o dono da cadeia inteira de resorts e é assim com o Baumer? — Ele fez o gesto com dois dedos juntos.

— Verdade.

— E tu vai pegar a mulher do cara?

Eu tive que rir.

— Você fala como se ela não tivesse nenhuma escolha, como se ela fosse uma mercadoria!

— Tá bom, tá bom... Eu sei desse negócio de politicamente correto, mas sou de outra geração. Na prática, é isso aí mesmo!

— Ela vai vir pra mim, Negão, porque ela quer. A garota me deu o maior gelo o tempo todo, mas eu tive certeza disso no fim da conversa. Fora que ela ficou toda nervosa quando eu cheguei bem perto.

Ele tirou os óculos, interessado.

— Proximidade física, hein? Tu deu umas encoxadas nela?

— Não, cara!!! Fala direito! — respondi, indignado. — Vê se eu ia ficar com ela, sendo noiva!

Ele fez uma cara cínica.

— Mas quando ela te beijou, ela já era noiva, né?

— É. — Tive que concordar. — Mas ela disse que só fez isso porque ficou feliz em me ver, e que não significou nada.

Ele deu uma risada alta.

— Se aquele beijo não significou nada, se foi por puro altruísmo, eu também quero um.

Eu chutei a perna dele por baixo da mesa.

— Ai! Que é isso, Wolfe? Tu é um ingrato...

— Tá ficando muito assanhado pro lado dela. Mas, e aí, me conta da companhia de ontem.

Ele passou os próximos dez minutos contando da noitada. Vez ou outra eu me desligava, pensando em como fazer pra me aproximar da Solara.

Depois do café, eu e o Adriano treinamos muay thai na academia do resort por uma hora, sem contar o treino funcional de antes. No final, eu estava esgotado.

— Bom treino, Wolfe. Agora, se me der licença, eu vou pegar uma praia, porque hoje é SÁBADO! — ele falou a palavra mais alto.

— Vai lá, cara. Vou tomar um banho e sair pra rever um amigo querido — respondi, enxugando o suor com a toalha.

Além de matar saudade do Beni, eu sabia que podia contar com o conselho dele. E se ele e a Solara conviveram durante esse tempo todo, ele poderia me contar alguma coisa de importante que tivesse acontecido na vida dela.

Solara

Eu olhei pro Rafa dormindo ao meu lado, tranquilo. Resolvi deixá-lo dormir mais, porque ontem a gente tinha ido dormir muito tarde.

Era mais de meia-noite quando eu cheguei pra buscá-lo. Ele me esperava na janela, como sempre, e, quando me viu, abriu a porta e veio correndo ao meu encontro. Deu pra ouvir o som da televisão alta do lado de fora.

— Oi, Pequeno. Tudo bem?

Ele fez que sim com a cabeça, mas não me largou.

— Ei, ei... vem cá.

Mesmo assim, ele não quis me largar.

— Ok... vamos entrar assim mesmo. — Eu o peguei do chão, pensando que, em pouco tempo, eu já não seria capaz de pegá-lo no colo.

Assim que entrei, senti cheiro de pipoca. O Ciano assistia a um filme com os amigos, e eles nem tiraram os olhos da tela. O Brício estava no celular, como sempre, e a Cris e a Lumi já deviam estar dormindo.

— Oi, tia. Tá tudo bem, só que ele não quis comer — o Ciano falou.
Coloquei o Rafa no chão e me ajoelhei, pra ficar mais da altura dele.
— Não acredito... você ama pipoca!!! Por que você não comeu, Rafa?
Ele só fez que não com a cabeça.
— Já sei... vou comprar sushi pra você no caminho de casa.
Ele fez uma cara feia e fez que não com a cabeça.
— Não? Mas sushi não é sua comida preferida?
Ele fez cara de vômito. Eu ri.
— Então você prefere pipoca? Ou quem sabe um bife com arroz e feijão?
Ele fez que sim com a cabeça, devagar.
— Toca aqui. — Eu dei um *high five* nele. — Você precisa comer, você já sabe disso, né?
Ele segurou o caminhão de brinquedo com força.
— Principalmente se quiser ser motorista de caminhão. Já viu algum motorista que não come muito? Eles têm uma fome danada e sempre sabem quais são os melhores restaurantes na estrada pra comer. E eles precisam comer bem, porque não podem dormir no volante... e pra ficar atentos no trânsito.
Ele fez que sim com a cabeça.
— Então, vamos pra cozinha?
Ele me seguiu. Eu esquentei o arroz e o feijão e passei um bife pequeno. Coloquei dois pedaços de tomate no prato dele. Quando eu ia colocar o terceiro, ele segurou minha mão.
— Não? Tomate é bom pra saúde.
Ele fez que não com a cabeça e começou a comer. Como sempre, fiquei feliz ao ver a cena.
Desde pequeno, ele não comia bem e mal se comunicava. Nós o levamos a vários médicos, desde pediatras até neurologistas, e também a fonoaudiólogos e terapeutas. Todos disseram que, fisiologicamente, não tinha nada de errado com ele. O Rafa era inteligente, mas não se relacionava bem com as pessoas, nem com crianças. No início nós achamos que era autismo, mas esse diagnóstico nunca se encaixou no caso dele.

Ele só se relacionava bem com uma pessoa: eu. Talvez porque eu nunca tenha desistido dele. Mas ele se apegou demais e agora não queria ficar sem mim. Eu tinha explicado várias vezes que precisava trabalhar à noite, que ele tinha que ficar com os meninos, mas ele sempre sofria com isso. Ele não gostava dos barulhos e da agitação da casa cheia. Foi por isso que eu me mudei com ele, apesar de todas as noites ter que deixá-lo na Lumi. Mas isso ia mudar... quando eu me casasse com o Alex, tudo isso ia mudar.

De primeira, eu aluguei um barracão lá na comunidade mesmo, com a dona Marisa. Quando eu e o Alex nos conhecemos, ele fez questão de pagar um apartamento pra gente. Acabei aceitando, já que o barracão estava em péssimas condições. Escolhi um apartamento próximo da Lumi, de um quarto, porque eu não queria abusar da boa vontade do meu noivo.

No início, eu e o Alex éramos só amigos... mas as coisas não são simples assim. Minha família tinha uma dívida astronômica e impagável, a gente devia ao banco e ao cartão de crédito. Os juros eram enormes... o banco ia acabar tomando o trailer e a nossa casa. Até que o Alex propôs me ajudar. Eu não me arrependia de ter aceitado, se fosse preciso eu pagaria minha dívida com ele até o fim da vida. Mas aí ele me pediu uma chance... e eu não tive como dizer não.

O Alex era bem generoso. Em dois anos de namoro, reformou a casa da Lumi, ajudou o Lúcio a comprar a loja do Caíque e ainda alugou o apartamento pra mim. Eu tinha um salário razoável, mas minha família ajudava o Beni, que não podia trabalhar e tinha remédios caros pra comprar. E eu não achava justo colocar mais isso na conta do Alex.

Meus pensamentos foram interrompidos pelo Rafa, que me mostrou o prato vazio. Eu logo tirei o celular da bolsa. Chamei um Uber, e em pouco mais de dez minutos a gente estava em casa. Ele já estava quase dormindo, e desabou na cama. E eu... eu passei a maior parte da noite pensando no meu encontro com o Hugo e nas coisas que ele me disse, mesmo depois dos foras que eu dei nele.

No início, quando eu comecei a namorar o Alex, entrei em conflito comigo mesma. Eu sabia que a Lumi tinha engravidado da Cris por interesse e achava completamente errado. Mas, diante da nossa situação, minha moral foi cedendo aqui e ali... a verdade é que a gente nunca ia ter uma chance de melhorar de vida. E que mal há em alguém querer sair do buraco e viver honestamente, poder comprar o pão de cada dia sem ter uma fila de credores pra tirar o sono? O Alex era um cara legal, e dinheiro não era problema pra ele. E eu tinha meus sonhos... quem sabe um dia eu poderia fazer uma faculdade, ou um curso técnico? E eu ainda tinha o Rafa pra cuidar.

Acariciei o cabelo do meu Pequeno, mas ele continuou apagado.

Por essas e outras, eu tinha que prosseguir com meus planos. Muitas pessoas dependiam de mim, e o meu próprio futuro dependia desse casamento. Eu simplesmente não podia ser egoísta e chutar tudo pro alto, só porque, faltando um pouco mais de um mês pro meu casamento, o Hugo resolveu aparecer.

capítulo 25

Hugo

Resolvi ir pra casa do Beni pelo caminho que eu mais conhecia, aquele pelo qual eu andei em alguns sonhos nos últimos anos. Incrível como a mente não guarda os principais detalhes... era tudo meio enevoado nos sonhos e nas lembranças, e de repente andar por ali era como se eu estivesse voltando no tempo. As sensações, os sentimentos, tudo me voltou. Senti como se o próprio tempo entre antes e agora tivesse sido só um intervalo na minha vida e eu realmente tivesse que estar aqui.

Subi pelas pedras e não resisti a parar no nosso mirante, meu e da Solara. Porque era assim que eu pensava naquele espaço, como nosso. Um paraíso particular, e eu não entendia como as pessoas ainda não tinham descoberto aquele lugar.

Melhor assim.

Chegando na Prainha, me lembrei de coisas boas e ruins. Lembrei do dia sinistro em que levei a surra do Rabelo e seus genéricos, mas que também foi o dia em que eu conheci melhor o Beni. Lembrei de quando a Solara brigou comigo e do dia em que ela me beijou. Os sentimentos eram mistos, mas eu entendi que era feliz, muito feliz de poder ter aquelas lembranças. Minha infância foi complicada e minha adolescência conturbada, culminando na descoberta de uma doença grave, mas viver era suficiente. E como eu era feliz por estar vivo e poder estar aqui de novo...

A comunidade tinha crescido bastante, mas eu ainda sabia meu caminho até a casa da Solara. De longe, até que a casa parecia estar em melhores condições, mas evitei chegar lá perto. A do Beni, pelo contrário, estava mais decadente do que nunca. Bati na porta algumas vezes e ouvi um resmungo lá dentro. Minutos depois, um homem de cabelos grisalhos e bem mais escassos, com a pele meio amarelada e o rosto ainda mais enrugado, abriu a porta.

Os olhos, não... esses estão bem vivos.

E a novidade é que eu tive que olhar pra baixo pra vê-lo, o que não era o caso anos atrás.

— Pois não?

Eu sorri pra ele.

— Eu sabia que você tava ficando velho, mas tá ruim das vistas também?

Vi a ficha caindo nos olhos dele.

— Hugo... — Ele me olhou de cima a baixo. — É você... mas tá um homem...

Eu o abracei, rindo. Ele riu também, e a gente ficou abraçado por um tempo. Claro que eu tinha que chorar... Chorei mesmo, e não queria largá-lo. Acho que ele sempre foi especial pra mim porque me enxergava, me dava valor... porque, pra ele, eu sempre fui alguém.

— Não sei como não reconheci logo... porque os olhos são os mesmos... mas a mente engana a gente... porque, depois de tantos anos, não fazia sentido ser você — ele disse, meio emocionado.

Eu finalmente me afastei dele. Ele continuava olhando pra mim, como se tentasse perceber os detalhes novos e reconhecer os antigos.

— Eu nunca esqueci deste lugar, Beni. Eu nunca esqueci você. Olha... eu tenho que te agradecer... você marcou a minha vida.

— Tem que agradecer nada, não, Campeão. Mas vamos entrar... vou fazer um café. Você toma café? — Ele terminou de abrir a porta e me deu licença.

— Tomo qualquer coisa que você queira me oferecer, mas não vim pra dar trabalho. Vim pra rever meu amigo querido — respondi, já entrando.

— Que honra! Mas, olha, não repara a casa. Deixa eu arrumar aqui pra você — ele falou, tirando várias coisas de cima da mesa. Tinha vários remédios, um copo de água, seringas, umas receitas e várias contas. — Não sei se você sabe, mas eu tenho andado um pouquinho doente.

— Não precisa tirar nada do lugar, Beni! Eu me viro aqui — respondi, puxando a velha cadeira de plástico.

Ele parou de repente e me olhou.

— A Solara... ela sabe que você está aqui?

Eu fiz que sim com a cabeça.

— Eu a encontrei ontem na praia. E, depois, no bar do hotel.

Ele percebeu a intensidade do meu sentimento com relação a isso.

— Sei. E como foi esse encontro? — Ele sentou com dificuldade no sofá, que era o mesmo, mas estava ainda mais estragado.

Eu ri, meio sem graça. Nem eu mesmo sabia definir o que tinha sido meu encontro com a Solara.

— Primeiro ela ficou feliz de me ver... tanto que se jogou em mim, no mar mesmo, e me beijou.

Ele fez uma cara de espanto e ao mesmo tempo de alegria, rindo.

— Mas depois... eu fiquei sabendo do noivado. E ela foi bem dura comigo. Eu... Beni, eu nunca esqueci vocês, mas eu simplesmente não podia voltar, entende? E eu perdi meu telefone com todos os contatos naquela noite que, você deve imaginar, foi uma das mais difíceis da minha vida...

Ele me interrompeu:

— Calma, Campeão. Você não me deve satisfações...

— Devo, sim! — continuei. — Minha família não podia nem ouvir falar desse lugar... e eu era criança... depois fui pra faculdade, me formei e já comecei a trabalhar. Foi há pouco tempo que algumas circunstâncias me fizeram entender que eu precisava voltar... mas eu sempre tive um grande carinho ao me lembrar de você e dos momentos que eu passei aqui contigo, e com a Solara...

— Eu entendo, eu entendo. A vida é corrida mesmo. Tão corrida que às vezes a gente não tem tempo nem pra pensar nela... a gente só vai vivendo um dia depois do outro, mecanicamente.

— É... é mais ou menos isso mesmo.

Ficou um silêncio. Eu me calei, porque tinha coisa que eu não estava falando. Ele, não sei por quê. Talvez tenha percebido.

— Mas vamos lá na cozinha. — Ele quebrou o silêncio, se levantando. — Rever bons amigos é bom... e tomando um café é melhor ainda.

Passamos a tarde conversando. Ele me contou de como voltou a trabalhar no hospital como auxiliar de enfermagem e que se sentiu um pouco redimido com isso. Depois, me contou como a doença foi descoberta já tardiamente, durante um exame de rotina, e que teve que parar de trabalhar por causa disso. Ele já tinha tido duas internações, seguia uma dieta bem restrita, mas estava sempre cansado e inchado. Eu entendia bem o que era ter uma doença incurável... era como se o meu relógio estivesse correndo mais rápido que o dos outros.

O assunto acabou voltando pra Solara, porque eu não pude deixar de perguntar sobre ela. A princípio, meu amigo foi evasivo, dizendo que a história não era dele, mas acabou deixando escapar umas informações.

— Eles passaram por um momento muito difícil, financeiramente falando. De repente, chegou esse tal de Alex, que estava sempre querendo ajudar. Eu tenho pra mim que a Larinha tem é gratidão por ele.

— Mas gratidão é motivo pra se casar com alguém? — questionei.

Ele fez uma cara de dúvida.

— Isso aí é relativo, meu campeão. Já conheci gente que se juntou por amizade, ou porque precisava de uma companhia, ou porque precisava de alguém pra cuidar ou pra ser cuidado... Existem muitas razões para alguém se casar... Eu mesmo, se pudesse, arrumava um cobertor de orelha.

— Eu entendo, Beni... Mas isso não funciona se você gosta de outra pessoa.

Ele cruzou os braços e me olhou, curioso.

— Você está certo disso, Hugo? Que a Larinha gosta de você?

Eu me levantei.

— Tenho certeza... o beijo que ela me deu... a música que ela cantou... a forma como ela me olhou e como a gente se despediu ontem... Beni, eu preciso me reaproximar dela.

Meus argumentos eram tanto pra ele quanto pra mim. O Beni desencostou da parede e reclinou sobre a mesa.

— E você? Tem certeza do que sente? Você acabou de chegar.

Eu passei a mão na testa, pensando um pouco em como explicar minha situação.

— Foi tudo muito rápido mesmo. O que eu sei é que nunca consegui me relacionar sério com ninguém. Ao mesmo tempo, eu nunca esqueci o beijo que ela me deu naquela noite. Confesso que, até chegar aqui, eu não sabia como seria... achava que podia ser coisa da minha cabeça, ou um sentimento que tinha ficado lá atrás e que tinha acabado, tipo uma memória boa. — Sentei de novo e me reclinei em cima da mesa, na direção dele. — Mas quando ela teve aquela reação ao me ver... ela literalmente se jogou em mim e me beijou... Eu nunca tinha sentido nada parecido, Beni. Eu quero conhecer a mulher que ela se tornou, mas já te digo com toda a segurança... eu a amo. Eu amo a Solara.

Ele colocou a mão em cima da minha, deu uns tapinhas e sorriu.

— É, Campeão... se é assim, você tem que lutar por ela... — ele me chamou pra mais perto e eu me reclinei mais. — ... e eu vou te ajudar.

Solara

Apesar de eu nunca ter gostado de rotina, minha vida tinha virado uma.

Todo dia eu acordava às 6h e ajudava o Rafa a se vestir pra escola, dava café da manhã e preparava o lanche. Às 7h eu o deixava lá e corria pra lanchonete. A gente tinha vendido o trailer velho da minha mãe e usado o dinheiro pra reformar um galpão que o Caíque tinha ao lado da loja, que virou a nova lanchonete "Sereinha do Mar". Quisemos manter o nome pra manter a clientela que vinha nos feriados, fins de semana e férias. Claro que o dinheiro do trailer não deu nem pra saída. Eu, a Lumi e o Lúcio usamos nossas poucas economias, e o Alex entrou com o resto. Ele tinha literalmente oferecido nos dar a soma toda e não queria nem uma parte nos lucros, mas eu não aceitei. Fiz questão de a gente entrar com um montante e que fosse um empréstimo. Então esse valor foi somado à quantia que o Lúcio já estava devendo da compra da loja, e a gente ia pagar pra ele em prestações ridiculamente baixas e a perder de vista. Apesar de ser uma soma alta, pelos menos a gente não tinha mais que pagar juros. Ver nossa dívida diminuindo, mesmo que de pouco em pouco, era um alívio enorme.

E acabou que foi um bom investimento, porque a nova Sereinha do Mar era agora um *point* na cidade. Empolgado, o Alex resolveu construir um shopping aberto em parceria com a prefeitura, e eles reformaram toda a calçada da praia. Pedra Grande nunca tinha sido tão próspera e, em consequência, nossa comunidade.

Ao meio-dia, eu tinha que correr pra pegar o Rafa e a Cris na escola e os trazia pra lanchonete. Por volta das cinco da tarde, o Lúcio começava com a aulas de surfe e a Taty, namorada dele, chegava do trabalho e ficava na loja até o pôr do sol. No mesmo horário, os meninos da Lumi voltavam da escola e buscavam o Rafa e a Cris, e esse era o único momento que eu tinha pra surfar ou fazer qualquer outra atividade física. O pôr do sol sempre me energizava, eu simplesmente precisava disso pra me manter sã da correria dos dias. Depois disso, eu corria pro resort. Segunda era minha folga. De terça a quinta, eu era só bartender no Estrela-do-Mar. Sextas e sábados era show com os Brasileirinhos, e domingo eu me apresentava com o Wagner Bittencourt, um pianista fenomenal, no Pérola do Mar. O resultado é que eu tinha que me contentar com cerca de seis horas de sono por noite. Quando podia, eu tirava o atraso no fim de semana... mas ficar com o Rafa era minha prioridade. Eu o levava numa das piscinas do resort, ou à praia, ou pra tomar sorvete. Quando o Alex estava por aqui, a gente passeava pelas cidades ao redor. O Rafa não gostava muito dele, mas acabou se acostumando. O Alex fazia tudo pra conquistar o Pequeno. Sempre que podia, ele nos levava no parque de diversões em Ituitiba, ao cinema em Catedral Limeira e no zoo do Rio.

Hoje eu tinha saído da lanchonete mais cedo pra minha primeira prova do vestido de noiva. Saí de lá e vim direto pra escola, esperar os meninos.

Mas, quando deu o horário, só a Cris veio.

— Tia Solara, o Rafa tá na enfermaria.

Eu já fiquei alarmada.

— O que aconteceu, senhor Geraldo? — eu perguntei pro inspetor novo na porta da escola.

Ele coçou a barba e cruzou os braços.

— Já na saída, um dos meninos o provocou, o filho da Jeruza do açaí. Você sabe... a gente faz de tudo pra inibir o *bullying*, mas ainda acontece. Acredito que ainda vamos levar anos pra mudar isso aí, talvez até uma geração inteira...

— Desculpa, senhor Geraldo, mas posso ir lá? — eu o interrompi. O sr. Geraldo era um doce, mas falava bastante.

— Claro. Vem comigo.

Ele fechou a porta da escola e continuou discorrendo sobre a gravidade do *bullying*, enquanto eu me lembrava da minha própria infância dentro daqueles mesmos muros.

Assim que entrei na sala, o Rafa veio pra mim, mancando.

— Oi, Pequeno. O que aconteceu? — perguntei, acariciando o cabelo dele.

Ele simplesmente olhou pra baixo.

— Minha colega disse que o garoto colocou o pé pra ele tropeçar e chamou ele de doente mental — a Cris contou.

O Rafa pareceu envergonhado.

— Ei, ei... olha aqui... — Eu puxei seu rosto e o fiz olhar pra mim. — Você é um dos melhores alunos da turma. E, mesmo se você tivesse alguma doença mental, não é assim que se fala com as pessoas. Esse menino está errado! Você não tem que ficar com vergonha de nada, levanta a cabeça!

Ele fez o que eu falei, mas continuou triste.

— Apliquei gelo no local e dei um anti-inflamatório infantil. Talvez ele ainda sinta dor por alguns dias — a enfermeira falou.

— Obrigada. Vamos, meu amor?

O sr. Geraldo nos acompanhou, falando sobre como lares estruturados formavam crianças mais equilibradas. Eu fiquei me perguntando se ele sabia alguma coisa da minha família. Apesar de eu e meus irmãos termos tido uma infância louca, nós três estávamos batalhando por uma vida melhor, lutando com as armas que tínhamos.

Quando fui ver, já passava da uma da tarde. Eu imaginei a Lumi sozinha na lanchonete, no horário do almoço, e resolvi pegar um Uber.

Assim que cheguei, quase tive um choque.

O Hugo estava trabalhando no caixa. O Adriano, seu amigo, estava no balcão, atendendo. Sentei os meninos na mesa de costume e coloquei o pé do Rafa pro alto. Eles tiraram o material da mochila pra fazer o dever de casa e eu corri pra cozinha. Passei direto pelo Hugo, que me deu uma olhada.

— Lumi... o que é isso??? — perguntei, nervosa. Ela estava fazendo três sanduíches e uma vitamina ao mesmo tempo.

— Isso o quê? Ah, o Hugo voltou e tá ajudando — ela respondeu, tirando os hambúrgueres da chapa.

— Mas por quê???

— Por que ele voltou, eu não sei. Por que ele tá ajudando... você não voltava nunca mais... ele chegou aí, falando que era ele, apresentou o amigo... eu tava atolada e mal consegui olhar na cara do sujeito, avisei que não tinha tempo pra ficar de papo. Aí ele perguntou se eu queria ajuda e eu aceitei — ela falou, checando os pedidos presos na parede.

— Eu demorei porque teve uma confusão com o Rafa na escola, *bullying* de novo... Mas, irmã, ficou louca? O cara chega do nada e você simplesmente entrega o caixa pra ele??? — perguntei, enquanto ela fechava um dos sanduíches e colocava numa embalagem pra viagem, junto com uma porção de batata frita que tinha acabado de sair da fritadeira. Depois, apertou a campainha e colocou o sanduíche e a vitamina na janela.

— Louca por quê? Ele era esquisito, mas parece que tá mais normal agora. Eu avisei que não podia pagar... mas ele quis ajudar assim mesmo. E ele nunca roubou a gente!

O Adriano colocou a cara na janela.

— Valeu, minha deusa. Sai um açaí turbinado e uma laranja com acerola. — Ele deu uma piscada pra Lumi. Ela sorriu de leve. — Fala, Sereia! — ele disse, olhando pra mim, e foi embora.

Deusa? Sereia??

— Não acredito, Lumi...

Ela fez uma cara de irritada e limpou as mãos no avental.

— Solara, ou você bota o avental e vem me ajudar ou vai pro caixa! Resolve, não dá pra ficar de papo agora! — ela falou, lavando o liquidificador.

Ainda chocada, eu fui ao banheiro. Lavei as mãos e o rosto, coloquei o avental, prendi o cabelo e respirei fundo. Me olhei no espelho, mas só por um momento. Eu tinha que correr, focar no trabalho.

— Obrigada, Hugo. — Eu o tirei do caixa. — Não sei o que você está fazendo aqui, mas pode ir agora.

— Calma, Solara... só tô dando uma mão pra Lumi.

— E obrigada por isso, mas pode pegar teu amigo e ir.

O motoboy entrou, tirando o capacete.

— Ah, Jazão — o Hugo falou, pegando três sacolas. — Três entregas pra Costa do Coral. Coloquei essa aqui junto porque é pro resort — ele falou, entregando mais uma sacola que estava separada.

Eu parei, embasbacada.

— Há quanto tempo você está aqui???

— A gente veio almoçar. Eu vi que a Lumi estava assoberbada e ofereci ajuda. Próximo!

— E por que vocês não almoçaram no resort? — perguntei, irritada, enquanto ele dava atenção pro cliente.

— Porque eu não quis. Eu tenho direito de almoçar onde eu quiser, né? — ele respondeu, irônico, mas sorrindo.

— Hugo... eu sei o que você está fazendo, e não vai funcionar.

Ele parou e me encarou. Eu senti um arrepio.

— Por enquanto eu não tô fazendo nada, Solara. Só ajudando pessoas amigas. Lembra de quando eu te ajudava no trailer? — ele perguntou, numa boa. Com as defesas totalmente abertas, porque era assim que ele era.

E isso me desarmou.

Eu acabei indo lá pra dentro ajudar a Lumi.

Duas horas depois, o movimento diminuiu. A Lumi agradeceu aos dois e ofereceu almoço, mas o Hugo fez questão de pagar. Ele pegou um natural de salpicão de frango e pediu um suco de abacaxi com hortelã. O Adriano comeu um *cheesetudo* e tomou um chope.

Eu acabei me distraindo com uns pedidos pelo telefone. Quando desliguei, vi o Hugo abaixado na mesa da Cris e do Rafa.

— Dividir fração é mais fácil do que parece... vou te ensinar um macete: pega o número de cima, multiplica pelo de baixo e coloca o resultado em cima. Aí você multiplica o número de baixo da primeira fração pelo de cima da segunda e põe onde sobrou... que é...

— Embaixo — a Cris completou.

— Isso! Toca aqui. — Ele deu um *high five* nela. — Agora, aqui dá simplificação... porque deu dezoito terços... e dezoito é múltiplo de três... Quanto dá, então?

— Seis? — a Cris perguntou, meio insegura.

— Isso aí. Você é fera nos fatos, hein?

Ela sorriu.

— Meu pai que me ajuda — ela disse, se referindo ao Claudinho.

— E você, Campeão? — Ele voltou a atenção pro Rafa.

Claro que ele não respondeu, mas o Hugo não pareceu se incomodar.

— Desenho maneiro... Você gosta de carros?

O Rafa fez que sim com a cabeça.

— Eu diria que esse é um... um Cherokee?

O Rafa sorriu e concordou. Provavelmente era o Cherokee do Alex.

— Também amo carros. Conheço todos. Não tem ninguém que sabe mais de carros que eu... né, Adriano? — ele perguntou, mais alto.

— Verdade — o Adriano respondeu da mesa dele, recostando na cadeira com o chope na mão. — O Hugo é louco por qualquer coisa que anda em quatro rodas. Aí, tem que mostrar o teu pro moleque, ele vai se amarrar.

O Hugo tirou o celular do bolso.

— Vou te mostrar meu carro — ele disse, mas recolheu o celular. — Mas qual é o teu nome, Campeão? Você tem que me dizer primeiro.

O Rafa ficou calado.

— É Rafael. Ele não fala — a Cris respondeu. O Rafa olhou pra ela, irritado. — Você *conhecia eu*, mas não conhecia ele, tio?

Com isso, eu achei melhor intervir. Dei a volta no balcão, enquanto ouvia a resposta do Hugo.

— Não... é que eu fui embora quando você era uma bebezinha.

— Por quê? — a Cris perguntou.

— Por que eu fui? Porque meus pais foram embora pro Rio e eu tive que ir com eles... — ele explicou, olhando pra mim. — Eu era um pouco mais velho do que você é agora — ele disse, olhando pra ela de novo.

— Meu pai também foi embora... Meu pai de verdade, o Henrique Souto. Ele agora tá lá *no* São Paulo — ela respondeu.

— Ok, ok — eu falei, interrompendo. — Rafa, o dever tá pronto? Ele fez que não com a cabeça.

— Ah, mas você tem que terminar antes de desenhar... Dá licença, tio Hugo, que eles têm que terminar o dever.

— Eu já acabei, tia Solara! Eu quero ver o carro dele! — a Cris falou, empolgada. O Rafa fechou o caderno, levantou e deu a mão pro Hugo. Eu fiquei chocada com isso.

— Só um minuto, Solara. Não vai demorar... — ele disse, já indo lá pra fora com os dois. — Aposto que vocês não adivinham qual é meu carro...

Eu olhei pro Adriano, que estava me olhando.

— Seu filho vai ficar louco com o carro dele, Sereia... Os adultos ficam, imagina as crianças.

Eu nem respondi, e fui até a janela. O Hugo estava parado na frente de um carro branco diferente, e o Rafa sorria, mais que empolgado.

Com isso, eu me senti sorrir também.

A Lumi tinha razão. O Hugo era o mesmo de sempre, e eu confiava nele plenamente. O telefone tocou e eu voltei pro caixa, mais desencanada.

Quase uma hora depois, o Hugo voltou com os dois. A Cris veio direto falar comigo:

— Tia Solara, o carro dele é movido a eletricidade... e tem um computador de *bordon* incrível, que mostra quantos graus está fazendo, quanto que o carro tá gastando de energia, o rádio e até o caminho!!!!! A gente foi lá na Costa do Coral. O carro nem faz barulho pra andar! E as poltronas são brancas... eu nunca andei num carro com poltrona branca! E ele comprou picolé pra gente...

Eu estranhei que o Rafa não veio pra mim, como sempre.

— Nossa, meu amor! Muito legal! E você, Rafa, gostou?

Ele fez que sim com a cabeça, sorrindo com vontade, ainda de mãos dadas com o Hugo.

— Ok, agora o senhor vai lá terminar o dever!

Só aí ele veio — sem mancar — e me abraçou. A Cris foi lá dentro, provavelmente contar a aventura para a mãe.

O Hugo parou do meu lado e tirou o celular do bolso.

— Tirei várias fotos, olha só.

Eu mal conseguia focar. Ele estava usando um perfume delicioso, que não estava fraco nem forte, e a proximidade me deixou tensa. Numa das fotos, o Rafa estava no volante, com um sorriso inigualável. A Cris também tirou foto ao volante. Tinha uma foto com os dois sentados dentro do carro e em cima do capô, além de várias selfies dos três. Depois, várias fotos dos três tomando picolé na barraca do Elmo. Cris sempre deixava o picolé derreter, e o Hugo tirou uma foto dela toda suja. Em todas as fotos, os dois estavam mais que sorrindo... na verdade, os três. O sorriso do Hugo era incrível.

Há anos eu não via o Rafa feliz assim... nem quando o Alex levava a gente ao parque.

— Me passa seu número que eu te mando.

Eu olhei pra ele, mas ele não me encarou, só continuou passando as fotos.

Num impulso, tirei o celular da mão dele, saí do aplicativo de fotos, entrei no telefone e digitei meu número. Liguei pra mim mesma, salvei com meu nome e devolvi o aparelho. Tentei evitar, mas acabei olhando nos olhos dele, que não pareceu surpreso, pelo contrário. Parecia que estava esperando aquilo.

— Teu amigo tá lá dentro com a Lumi. Acho que tá rolando um clima — eu disse, tentando fugir daquele olhar.

Ele riu alto.

— O quê, o Adriano??? Cara de pau, ele!

Eu acabei rindo também, até que entraram uns adolescentes. Eu fui atender, e o Hugo voltou pro caixa.

E, assim, ele acabou passando o dia com a gente.

Hugo

Reconheci o Ciano e o Brício assim que os dois chegaram à lanchonete. Pelas minhas contas, o Ciano devia ter uns dezesseis anos e o Brício catorze, apesar de os dois parecerem ter a mesma idade. O Ciano parecia com a Lumi, era moreno de olhos claros e tinha o cabelo raspado dos lados e com uns *dreads* em cima. Já o Brício parecia mais com o Claudinho, era mais claro e tinha os olhos bem escuros. Mais alto que o irmão mais velho, o cabelo estava preso de uma forma caótica, o que me fez lembrar da minha fase de não querer cortar cabelo. Eu cheguei perto e conversei um pouco com os dois, que obviamente não se lembravam de mim. Pouco depois, a Cris e o Rafa foram embora com os dois, mas não antes de uma longa despedida entre o Rafa e a Solara.

— Quer carona? — ofereci, enquanto ela colocava a mochila nas costas.

— Não, obrigada.

Ela saiu pela porta, sem nem se despedir. Eu a segui para fora e a acompanhei com os olhos, enquanto ela se distanciava rápido. Eu não podia reclamar, a gente já tinha feito bastante progresso pra um dia só.

Tirei meu celular do bolso e olhei o contato dela.

Agora eu só tenho que arrumar uma boa desculpa pra manter contato.

— Deixou a Sereia escapar? — A voz do Adriano veio de trás.

— Por ora. — Mostrei o celular e sorri. — Agora eu tenho o número dela.

Ele começou a bater palmas.

— Muito bem. A estratégia de ajudar a irmã foi interessante.

Eu parei pra pensar no que ele estava falando. Parecia uma estratégia fria e calculista, mas não era.

— Não foi estratégia nenhuma, Negão, foi tudo muito natural. Eu conheço essas pessoas há muito tempo, simplesmente fiz o que faria com qualquer amigo... você, por exemplo — argumentei, abrindo o carro com o celular e indo pra lá. O Adriano me seguiu.

— Sei... especialmente se essa pessoa for uma morenaça de olhos claros e curvas perfeitas.

Eu acabei rindo, e tive que concordar.

— Aí é melhor, né?

O Adriano sentou no carona, passando os óculos escuros pra cima da cabeça.

— E aquela irmã, cara... tão linda quanto, só que mais gostosa. Do jeito que eu gosto, com mais carne, e cheia de personalidade... Onde essas mulheres estavam se escondendo???

Dei a partida e engatei a ré, saindo da vaga.

— Cara, não acredito que tu tá dando em cima da Lumiara.

Ele parecia nas nuvens.

— Rolou uma química, que eu sei — ele disse. — Ela ficou o tempo todo rebatendo minhas cantadas, mas estava gostando.

Peguei a faixa da esquerda, tentando me livrar de um caminhão que estava na nossa frente, e acelerei mais.

— Olha lá o que você vai fazer com a irmã da Solara. Ela teve vários relacionamentos, mas nenhum deu certo. Tudo que ela não precisa é de mais um FDP pra se aproveitar e ir embora...

Ele me olhou, cínico.

— Que é isso, meu camarada??? Vê se eu sou um FDP...

— FDP não, mas tu não quer nada sério... Você sabe que ela tem três filhos, né? A menina é filha dela.

— Tô sabendo de tudo, *brother*. Ela foi soltando as informações, achando que ia me espantar, mas não funcionou. Cara, a mulher tem que ser muito forte pra criar três filhos sozinha e ainda dar duro no trabalho, igual ela dá aqui. Isso é que é mulher de verdade.

Eu tive que olhar pro cara. Ele olhava pra frente, com uma cara de paspalho.

— Ué, Negão... tô te estranhando... logo tu, que geralmente faz triagem de mulher pelas curvas?

Pareceu que ele voltou à realidade.

— Isso é mais uma coisa, cara... Você viu a bunda daquela mulher???

— Ok, ok... não tô estranhando mais. Me poupe desses detalhes.

Saí da via da praia e peguei a estrada pra Costa do Coral.

— E agora? Qual a próxima jogada? — ele perguntou.

Me senti mais ou menos como ele estava falando: um jogador. O Beni tinha me contado por alto a rotina da Solara, e eu sabia onde e como encontrá-la. Passei boa parte dos últimos dias pensando no que fazer, e eu e o Beni tínhamos até uma viagem em vista — se tudo desse certo, porque ia depender de um único detalhe.

— Não é como você tá pensando, Negão. Como eu já disse, eu costumava ajudar a Solara quando ela ainda tinha um trailer lá na praia. E, por incrível que pareça, me identifiquei muito com o filho dela, mesmo sem ele dizer uma palavra. A gente foi tomar sorvete, e a Cris me contou que ele sofre *bullying* na escola... Eu sofri *bullying* minha vida inteira, cara. Conversei com o moleque e até passei minha experiência pra ele. Mas, já que tu perguntou, a próxima etapa é ajudar um velho amigo em comum.

Eu resolvi tentar falar com o dr. Marco de novo. Ele era muito ocupado, e eu só ligava pro celular dele em caso de emergência, como era o caso do Beni. No terceiro toque, meu médico atendeu. A voz soou alta e clara no *wireless* do carro, apesar do barulhão de buzinas e tráfego do outro lado.

— Fala, Huguinho. Tudo bem?

— Oi, dr. Marco. Comigo tá tudo bem... não vou tomar muito seu tempo.

— Vi que você tentou ligar umas três vezes, mas ontem tive duas emergências... Hoje eu tive a turma de medicina e agora estou aqui, engarrafado na Linha Amarela. Algum problema?

— Um grande amigo meu... pra encurtar a história, ele está com cirrose causada por alcoolismo.

— Sei — ele respondeu, meio indiferente.

— Eu queria ver se você conhece algum bom hepatologista... porque a única chance seria um transplante, mas ele é bem carente.

O dr. Marco respirou fundo.

— Bom, teríamos aí umas três ou quatro opções, que eu posso pensar agora. Todos trabalham parte do tempo em hospital público. Mas, olha, vou ser bem sincero: pessoal não empolga muito em fazer transplante em alcoólatra, não. Tô falando isso aqui em off... mas vocês podem tentar.

O Adriano me olhou, meio chocado.

— Sei. Mas a circunstância pela qual ele começou a beber é triste... o filho morreu sob os cuidados dele, depois de um plantão longo no hospital... Você certamente se identifica, né?

O Negão me olhou, mais chocado ainda com a história. O dr. Marco pediu licença e disse que me ligava em seguida.

— Quem é esse, velho? — o Adriano perguntou.

— Benício. O cara foi muito importante na minha vida... infelizmente, tá sem perspectiva de melhorar, só definhando... sendo tratado em hospital público, esperando meses por uma consulta... já que o dr. Marco era muito amigo do meu pai, eu esperava que ele pudesse ajudar.

— Mas ele não me pareceu muito empolgado com o caso, não — o Negão falou, com uma expressão séria.

Segui pelo longo caminho que levava ao resort, olhando a vista maravilhosa da praia e pensando na diferença de oportunidades. Enquanto eu tinha sido diagnosticado cedo e desfrutado dos melhores médicos e tratamentos do Rio, o Benício tinha recebido um diagnóstico tardio, que veio junto com uma sentença de morte. Pra piorar, ele dependia do serviço público de uma cidade pequena e, pelo jeito, sua única chance era uma questão de boa vontade.

O telefone tocou, me tirando das minhas reflexões.

— Perdão, Theresa me ligou aqui com um problema.

— Então, dr. Marco... eu precisaria que você falasse com eles... Esse cara... ele é como um pai pra mim. Se precisar, eu pago a consulta particular.

Eu ouvi outra respirada forte do outro lado.

— Ok, Huguinho. Vou ver o que posso fazer e mando a Theresa te avisar.

— Dr. Marco, muito obrigado, mesmo.

A ligação acabou quando eu terminei de estacionar na vaga pra carros elétricos. Saí do carro e fiz a conexão pra carregar a bateria, o que ia demorar uns quarenta minutos.

— Vamos tomar uma no bar da piscina? — Acionei o aplicativo que ia me avisar quando o carro estivesse carregado.

— Só... finalmente vou dar um mergulho. Melhor que isso, só se a minha deusa estivesse aqui — o Negão respondeu, todo sorridente. — Mas fala a verdade... tu tá ajudando o cara só por causa da Sereia?

— Claro que não, velho... Eu comentei que conhecia alguém que poderia ajudar, mas avisei que ele ia ter que ir ao Rio. Foi o Beni que me sugeriu chamar a Solara pra ir com a gente, porque parece que ela tá mais por dentro do caso que ele mesmo... A gente só vai unir o útil ao agradável.

— Se ela for, né... Pelo que eu vi, a morena é dura na queda.

Verdade. Mas eu conhecia a Solara, e ela amava o Beni. Pelo que ele próprio me contou, ela e os irmãos praticamente o estavam sustentando. E isso porque eles mal tinham como se sustentar.

Eu precisava tentar ajudar o meu amigo. Eu não podia simplesmente sentar e assistir enquanto ele definhava.

capítulo 26

Solara

Entrei na casa do Hugo, no Rio, tentando imaginá-lo vivendo ali dez anos atrás. Eu sabia que o apartamento não era o mesmo em que ele morava com os pais, mas era no mesmo prédio.

Era um espaço bem amplo, com vista para a enseada de Botafogo. Muito iluminado, com móveis sofisticados, que pareciam ter saído da vitrine de uma loja cara. A sala tinha dois ambientes, um de jantar e um de estar. Nem parecia que alguém morava ali, de tão arrumado que era.

Como se ouvisse meus pensamentos, o Hugo justificou.

— Eu quase não fico aqui, passo o tempo todo no meu estúdio. Vamos lá? — Ele apontou pra escada de madeira, em cima da sala de jantar.

O Beni começou a subir, e eu o segui.

Na parte de cima ficavam o estúdio, uma sala de ginástica e um terraço com uma piscina pequena. O estúdio tinha um janelão que ia de uma parede a outra. Do lado oposto ao da janela, tinha um sofá branco que parecia ser bem confortável, com umas almofadas pretas e cinza. Fiquei surpresa quando vi a obra do Durval, que o Hugo tinha comprado anos atrás, na parede em cima do sofá. Era incrível mesmo. Eu até fiquei um tempo admirando a obra.

Perto da janela ficava a mesa dele, excessivamente organizada. Era toda de vidro e tinha dois desktops da Apple. Tinha uma xícara chcia de ícones de aplicativos de redes sociais e outros programas, e vários documentos num organizador de acrílico de três andares. Na parede ao lado da mesa, havia uma montagem com vários anúncios de publicidade, de diferentes tamanhos, mas simetricamente dispostos. Eram fotos de campanhas publicitárias que ele tinha feito. Algumas eram muito famosas, como a do Preçobom, da Quintessência e até da Plexus. O tamanho dos *portraits* não parecia ser de acordo com o tamanho da empresa.

— Você fez todas essas campanhas? — perguntei, enquanto admirava o da Quintessência.

— Foi. Bom, a maioria foi a minha equipe, mas algumas eu tive a ideia quando ainda era assistente de produção. Essa, por exemplo.

Ele veio até mim e apontou pra um *portrait* enorme da Cacau Craving.

— Fui eu que pensei no nome e no logo da companhia. O CEO de lá até hoje é um grande amigo meu, o Fernando Bourguignon.

Ele estava um pouco atrás de mim, e eu senti aquele perfume dele mais uma vez. Acabei saindo de perto, porque só o fato de estar dentro da casa do Hugo, depois de ter viajado ao lado dele por duas horas e meia, já estava me tirando dos eixos. Eu ia ter que me controlar muito nesses dois dias.

O Beni e ele começaram a conversar sobre as outras campanhas, enquanto eu admirava a vista. Eu já conhecia o Rio, de algumas viagens que fiz com o Alex. Na última, eu e o Rafa passamos uns dias aqui com ele, mas ficamos hospedados na Barra da Tijuca. Mesmo assim, eu estava encantada com o contorno da enseada, o ritmo frenético de carros indo e vindo, a vida acontecendo lá fora a toda. Ao mesmo tempo, quase nenhum barulho penetrava por aquela janela. Era como um caos silencioso.

Lembrando do Rafa, me preocupei com ele pela décima vez. Automaticamente, tirei meu celular do bolso e chequei minhas mensagens. Tinha uma ligação perdida e algumas mensagens do Alex, além de uma do Lúcio. Eu olhei essa primeiro.

Lúcio: Tudo bem com o Rafa. Está encantado com o Garfield... foi pra escola sem maiores problemas.

Fiquei aliviada. Resolvi olhar as do Alex.

Alex: Chegaram bem?

Alex: Reunião chata no resort de Salvador. Preferia estar com você.

Alex: Te amo.

Pedi licença e fui lá fora retornar a ligação. Ele atendeu no primeiro toque.

— Linda.

— Oi! — Tentei parecer empolgada. — Chegamos bem. E a reunião chata, terminou?

— *Graças a Deus, mas já vou entrar em outra... Mal posso esperar pra te ver semana que vem.*

— Eu também. — Tentei parecer empolgada de novo.

— *E o Rafa?*

Suspirei.

— Fiquei com o coração na mão... mas ele vai ficar bem. Eu espero.

— *Vai, sim, linda, você vai ver. Tá na casa do Hugo?*

— Hum-hum. — Tentei parecer leve. — Tô aqui, admirando a vista da enseada de Botafogo.

— *Legal. Ele está se comportando?* — ele perguntou, do nada.

Fiquei nervosa, porque eu não esperava. O Alex nunca foi ciumento.

— Alex... que coisa pra você dizer. O Beni está com a gente... e você sabe que essa viagem é pela saúde dele, eu nunca...

Ele me interrompeu:

— *Calma, minha linda, calma... eu estava só brincando. O cara tá de olho em você, mas eu confio em você totalmente. Eu sei que ele não tem nenhuma chance.*

Eu tive que ficar calada, porque minha mente dizia uma coisa, mas meu coração dizia outra. Eu tinha aprendido a mentir e a fingir, mas até pra isso havia um limite.

— *Solara?*

— Oi. Falhou aqui, não te ouvi bem. — A mentira saiu fácil dessa vez.

— *Eu disse que sei que ele não tem nenhuma chance.* — Alguém falou alguma coisa com ele. — *Ok, minha linda, tenho que ir. Olha, vai se distrair, fazer um pouco de turismo. À noite a gente se fala.*

— Tá bem.

— *Te amo.*

— Eu também... beijos.

Essa parte eu já estava acostumada a falar.

Meu pensamento voltou pro Rafa. Eu o tinha deixado com o Lúcio e a Taty porque lá era mais silencioso do que na casa da Lumi. Automaticamente, me lembrei da reação do meu irmão ao ver o Hugo.

— Grande Wolfe! Lumi falou que você tava de volta, mas eu imaginei aquele molequinho esquisito de uns anos atrás... tá mais alto que eu agora... que prazerão!!! — Ele abraçou e deu um tapa bem sonoro nas costas do Hugo, que reciprocou correspondeu.

— Sabe que falando isso você dá atestado de velhice, né? — o Hugo tentou provocar meu irmão, que continuou rindo.

— Não importa, cara. Tô felizão de te ver. E aí, pegando umas ondas boas no Rio? Qual o melhor lugar pra surfar lá?

Como sempre, o papo preferido do meu irmão era o surfe.

— Cara... tinha anos que eu não pegava onda. Peguei outro dia lá nas Princesas, perto de vocês. No Rio eu quase não surfo... vida corrida.

Eu vi que ele estava meio escorregadio. O Hugo não sabia mentir, mas eu não entendi qual era o problema.

— Mas as melhores são as pra lá da Barra ou da região oceânica de Niterói, essas são lindas e menos *crowded* — ele acrescentou, passando a mão na nuca, clássico sinal de que estava desconfortável. — Mas um dia você vai lá me visitar, e eu faço questão de te levar — ele completou, olhando pra baixo, meio sem graça.

Eu me abaixei perto do Rafa, que estava emburrado.

— Meu amor, ouve bem: a Taty vai fazer seu achocolatado de manhã. E ela vai mandar banana e os wafers que você gosta, ok? E o Lúcio vai te levar pra escola e vai te buscar na lanchonete... quando você se der conta, eu já estou voltando...

Ele segurou o caminhão de brinquedo com força.

— A gente vai assistir filme junto, não vai? — A Taty tentou ajudar. — Hoje à noite, vou fazer pipoca doce e salgada, e a gente vai assistir aos Minions.

Ele fez uma cara menos pior.

— E quer saber o que mais? Você vai dormir com o Garfield — ela falou, como se fosse segredo.

O Garfield era um gato gordo, preto e branco que eles tinham. Na mesma hora, o bicho passou correndo pelas pernas do Lúcio e se enfiou na casinha.

— Ele não gosta quando tem muita gente, mas você vai ver... ele vai querer dormir com você.

No final, eu fiquei com o coração na mão quando o Hugo deu a partida e o Pequeno fez cara de choro. Eu dei tchau pra ele pela janela, enquanto ele segurava na mão do Lúcio.

Senti a mão do Hugo no meu ombro.

— Vai ficar tudo bem, Solara. São só dois dias.

Guardei meu celular e voltei lá pra dentro.

— Querem tomar um banho e descansar? Ou passear um pouco? — o Hugo perguntou, assim que eu entrei. Achei melhor deixar o Beni responder.

— Eu poderia dormir um pouco. Mas não se prendam por mim, você e a Larinha podem ir.

O Hugo me olhou, com uma expressão de interrogação.

Eu não devia... mas o próprio Alex disse pra eu sair e fazer turismo.

Eu sei que ele não tem nenhuma chance. A voz do Alex ecoou na minha mente.

E não tem mesmo. Claro que não tem.

Ou tem?

Tentei abstrair e tomei a decisão baseada no que eu queria fazer.

— O que você sugere? — perguntei.

Ele pensou um pouco e checou o celular. Depois, sorriu e olhou pra mim. Eu fiquei arrepiada pela vigésima vez no dia.

— Trouxe biquíni?

Concordei com a cabeça.

— Ótimo. Depois do almoço vou te levar num lugar que eu tenho certeza que você ainda não conhece.

Algumas horas depois, a gente passeava de carro pela orla do Rio, o lugar mais bonito que eu já tinha visto na minha vida. Minha cidade e os arredores são lindos, mas o Rio tem uma magia que é difícil de definir. O jeito das pessoas, a bagunça misturada com a beleza, as montanhas que praticamente mergulham no mar... O Hugo foi me dizendo onde era onde e o que era o quê, lugares que a gente só ouvia falar nos programas de televisão ou nas matérias da internet. Eu tinha conhecido alguns daqueles lugares com o Alex, mas a gente tinha passado rápido demais por tudo. Fiquei chocada com a beleza da Lagoa Rodrigo de Freitas, e depois quando a gente subiu a Niemeyer e o elevado do Joá. A gente foi até o fim da praia da Barra, da Reserva, passou pela praia do Recreio, Pontal, Prainha... e finalmente chegamos à praia de Grumari, conhecida como uma das praias selvagens do Rio. O Hugo me contou que aquela praia era mais conhecida por surfistas e que não tinha transporte público pra lá, e que no passado a estrada ficava fechada na maior parte do dia. Em todo o percurso, a gente só falou sobre essas coisas. Mesmo assim, há muito tempo eu não me sentia tão à vontade com alguém. O Hugo foi até o final da praia, onde as famílias preferiam ficar porque as ondas eram mais fracas, e estacionou por ali.

Uma coisa que eu ainda não tinha me acostumado era com o calorão dessa cidade, mas tinha uma brisa maravilhosa vinda do mar. Assim, não pensei duas vezes e fui dar um mergulho.

Hugo

Sereia.

A palavra, na voz do Adriano, ecoava na minha mente desde que a gente saiu de Pedra Grande.

Solara tirou o vestidinho lilás meio transparente e o jogou na areia. Por baixo, ela estava com um top transpassado e uma calcinha bem decente. Era um biquíni mais branco em cima e mais preto embaixo, que mexia com minha tendência de querer que tudo fosse perfeitamente simétrico. Eu não conseguia parar de olhar e tentar consertar os desenhos geométricos e a gradação das duas cores. Mais do que isso, as linhas e retas da estampa contrastavam intensamente com as curvas do corpo dela. Era uma visão caótica, que me desafiava.

Eu não me sentia assim o tempo todo. Anos de terapia me fizeram entender que meu TOC se manifestava mais nos momentos em que eu me sentia inseguro. E era exatamente assim que eu me sentia agora.

Tirei a camisa e a bermuda e a segui.

A água estava mais que gelada, mas, por causa da minha doença eu não podia sentir muito calor mesmo. Solara também não pareceu se incomodar. A gente nadou e brincou um pouco na água, mas estava difícil conversar alguma coisa mais profunda. Talvez porque eu já estivesse muito grato por estar perto dela, ou porque eu tinha medo de estragar aquele momento. Melhor que isso, só se eu pudesse tocá-la, beijá-la, sentir seu corpo no meu.

Melhor parar de pensar nessas coisas.

Meia hora depois, a gente saiu da água. Solara esticou o vestidinho na areia e sentou em cima. Eu sentei do lado dela, na areia mesmo. A gente ficou olhando o mar, acompanhando as ondas. Dois meninos tentavam pegar jacaré nas ondas pequenas, e ela os observava com atenção.

— Pensando no Rafa, né?

Ela suspirou e fez que sim com a cabeça.

— Ele é um menino bom — eu disse.

De repente, uma coisa me ocorreu. Em vez de ficar com o pai, o menino tinha ficado com o tio. Eu imaginei como devia ser difícil para ele sofrer *bullying* sem ter um pai muito presente pra ajudá-lo.

— Como é o relacionamento dele com o pai? — perguntei, meio sem pensar.

Ela me olhou de um jeito estranho, e por um momento eu não consegui lê-la. Isso acontecia às vezes. Na maior parte do tempo ela era a Solara que eu conhecia, mas às vezes alguma coisa parecia perturbá-la profundamente.

Grande erro, Hugo... devia ter ficado nas amenidades.

Mas uma hora a gente ia ter que conversar sobre a nossa vida.

— O pai dele morreu.

A resposta me chocou, enquanto ela voltava a olhar pro mar.

Eu fiquei mais do que sem graça, e por um momento não soube o que dizer. De qualquer forma, eu tinha que dizer alguma coisa e falei o que estava na minha mente:

— Ah, perdão... achei que fosse o Thiago.

Ela ficou calada.

Mas essa nova informação meio que não encaixava...

Eu fiz as contas. A Cris disse que o Rafa tinha nove anos.

Isso queria dizer que a Solara teria engravidado na época em que a gente se conhecia... um pouco depois, talvez.

Mas se o menino não era filho do Thiago, de quem poderia ser?

"Minha mãe entrou numa depressão profunda quando o Laércio morreu. Ele foi assassinado."

Meu Deus...

— Solara... o Laércio... é ele o pai? — perguntei, horrorizado.

Ela me olhou com uma expressão sofrida e fez que sim com a cabeça. Isso me causou uma revolta profunda. Ao mesmo tempo, me veio uma profunda admiração por ela. Mas aí a expressão dela se suavizou.

— Ele não é meu filho, Hugo — ela falou, percebendo meu erro, e eu fiquei ainda mais confuso.

— Não???

— O Rafa é meu irmão. Como eu te contei, minha mãe voltou na noite em que você foi embora. O Lúcio teve uma discussão horrível com ela... incluindo na conversa a informação de que eu tinha sido estuprada pelo Laércio... o que não foi novidade pra ela.

Eu tentava assimilar tudo, chocado. Era a primeira vez que a Solara falava o que tinha sofrido com todas as letras, e ainda com detalhes.

— Meu irmão tentou expulsá-la de casa depois disso, porque a gente estava se virando sozinho aquele tempo todo. Mas ela mergulhou numa depressão profunda e acabou ficando... Só depois de meses a gente descobriu a gravidez dela.

Então a Solara criava o irmão... que era filho do abusador dela com a mãe, que supostamente sabia de tudo.

— Minha mãe sabia, Hugo. Eu contei, mas na época ela não acreditou em mim. Foi por isso que ela me mandou pra casa da minha bisavó em Turmalina. Eu só voltei pra Pedra Grande porque a minha vó morreu, porque não tinha outro jeito. Foi o ano em que eu perdi a escola. — Ela falava sem me encarar, mas nesse momento se virou pra mim com revolta nos olhos. — Além de não acreditar, minha mãe me puniu. Bom, isso era o que eu pensava... porque ela teve a coragem de falar pro Lúcio que descobriu que era verdade. Claro, porque aquele filho da puta não fazia questão de esconder nada. E sabe o que ela fez? *Nada*. Me deixou longe, por ciúmes. Ele conseguiu convencê-la de que eu o provocava. Só não sei como, porque eu até quis mostrar minha roupa suja de sangue daquela noite... Que tipo de mãe faz isso com a própria filha, Hugo???

— Eu sei, eu sei... — Tentei acalmá-la, chocado com tudo que eu estava ouvindo. Ela mal me ouviu, continuou falando.

— Minha mãe se matou quando o Rafa não tinha nem dois meses... Não era justo deixar a Lumi ficar responsável por mais uma criança... Eu cuidei dele o tempo todo, desde que ele nasceu. Dizem que as crianças sentem as coisas mesmo recém-nascidas, até no ventre. Eu me pergunto dia e noite se o problema do Rafa é por causa da depressão e da rejeição da minha mãe, ou se a culpa é minha... porque eu simplesmente odiava ter que cuidar dele.

Enquanto ela falava, lágrimas escorriam dos seus olhos. De repente, ela sorriu, mesmo em meio às lágrimas.

— Mas é incrível como uma criança cura tudo... Ele foi crescendo, e a cada sorriso, a cada avanço, eu o amava mais. Um dia, eu descobri que não era um peso cuidar dele. Um dia, eu agradeci a Deus por tê-lo. Porque, na minha cabeça, eu nunca ia me envolver com homem nenhum, e o Rafa seria meu companheiro pra sempre. — Ela desviou o olhar pro mar de novo e enxugou as lágrimas com as costas da mão. — Eu ainda tentei com o Thiago, mas não deu certo. Depois, fomos só eu e o Rafa por alguns anos. Claro que o Lúcio e a Lumi sempre me ajudaram; aliás, todo mundo da comunidade, de uma forma ou de outra.

"Eu acho... eu gosto de você também, Hugo... Só que... Eu nunca... eu não queria gostar de ninguém. Nunca."

A frase de dez anos atrás me veio à cabeça, e eu me questionei se meu sumiço contribuiu pra que a Solara nunca mais quisesse se envolver com alguém, a ponto de se segurar numa suposta maternidade para ter uma companhia. Ela sempre tinha sido só, como eu.

— O Alex foi rompendo minhas barreiras aos poucos, com pequenos agrados, com atenção. Foi ele que nos ajudou a sair da dívida impagável que a gente tinha, que estava rolando desde o desaparecimento da minha mãe. E o resto, você já sabe — ela falou, sem me olhar. — Mas nem sei por que estou te contando isso tudo, Hugo — ela acrescentou, enxugando mais o rosto e se levantando.

— Não... Sol... — Eu me levantei também, peguei a mão dela e a puxei pra mim. Ela se deixou ser abraçada.

E, assim, eu me lembrei das vezes em que a gente se consolava desse jeito, mesmo sem falar nada.

Nós dois ficamos abraçados ainda por um tempo. Ter a Solara nos meus braços era como um sonho, apesar de eu saber que ela estava sofrendo horrores por ter revivido tudo aquilo. Só que meu corpo foi acordando... porque eu não podia evitar. Eu não era mais aquele garoto de antes. Eu era um homem, e eu a desejava.

Não sei se ela percebeu, mas se afastou de mim de repente, como se tivesse levado um choque.

— Vamos embora? — ela perguntou, com um ar indiferente. — O Beni tá lá sozinho.

Antes que eu respondesse, ela pegou o vestido do chão, sacudiu pra tirar a areia e começou a ir em direção ao carro. Eu peguei minha camisa e a segui.

Solara não falou nada no caminho de volta. Ela havia tentado achar sinal de celular na praia, mas não conseguiu, e começou a trocar mensagens com alguém. Podia ser o Lúcio, mas podia ser o Alex também.

Ela só levantou os olhos quando eu estacionei.

— Chegamos? — ela perguntou, tentando reconhecer o lugar.

— Não. Mas eu queria te trazer num lugar antes da gente ir pra casa. — E saí do carro.

— Hugo... — ela protestou lá de dentro, mas eu fechei a porta, fingindo que não tinha ouvido. Ela não teve escolha senão sair do carro.

— Hugo... — Ela tentou de novo, mas eu a peguei pela mão e comecei a andar com pressa.

— Vem, a gente tem que correr.

— Aqui é Copacabana?

— Arpoador. A gente vai assistir ao pôr do sol das pedras.

capítulo 27

Solara

Hugo e eu subimos as pedras ainda a tempo de sentar e esperar o sol baixar por trás das montanhas.

— Ali é o morro Dois Irmãos, e aquela lá atrás é a Pedra da Gávea. — Ele apontava, enquanto uma pequena multidão se juntava a nós. — Não é tão privado quanto as pedras da Prainha, mas é tão lindo quanto.

O sol estava se pondo atrás do morro, que ficava no fim da praia do Leblon. Maravilhoso era pouco. As pessoas ao nosso redor fotografavam e filmavam, mas eu fiz questão de curtir tudo sem me preocupar com isso. Só depois de um tempo, eu percebi que o Hugo estava filmando.

— Vem, vamos tirar uma selfie — ele falou, me puxando. Eu recostei no seu peito, e ele fez a selfie. A luz ficou melhor do que eu imaginei que fosse possível.

— Quer que eu tire? — uma menina ofereceu. O Hugo entregou o celular pra ela.

— Tá no modo de noite, então vai demorar um pouco... — ele falou, me abraçando.

A menina tirou algumas fotos e pediu pra gente tirar dela com as amigas no lugar em que a gente estava. O Hugo foi supersimpático e paciente, porque elas fizeram várias poses. Quando as meninas finalmente se deram por satisfeitas, a gente sentou de novo. Agora o céu tinha nuances de lilás e rosa, e a cena estava ainda mais linda.

— O pôr do sol sempre foi seu momento, né? — ele perguntou.

— É. Eu sentia muita falta do pôr do sol na Prainha quando morei com a minha avó, no interior de Minas. Depois que voltei, resolvi que nunca mais ia perder nenhum — respondi, olhando pra ele.

Eu não tinha planejado me abrir daquele jeito, mas as coisas estavam simplesmente fluindo. O Hugo sempre tinha sido meu amigo, era muito fácil desabafar com ele. Pela vigésima vez no dia, me toquei que estava brincando com fogo. Eu tinha que fazer alguma coisa.

— Quanto tempo mesmo você vai ficar em Pedra Grande? — perguntei, olhando fundo nos seus olhos, tentando tomar as rédeas da situação.

Ele não esperava a pergunta. Ficou sem graça, pensou um pouco no que ia falar, até que finalmente respondeu:

— Tenho duas semanas de férias. Mas, como eu trabalho remotamente, posso mudar de ideia e ficar mais — ele disse, agora me olhando de forma sincera.

Depois, começou a contar do trabalho. Parece que o atual chefe o tinha conhecido durante um estágio na HiTrend. O cara apostou no Hugo e em dois anos o promoveu a diretor de criação.

— O Gustavo mesmo tinha só vinte e seis anos quando abriu a firma, e sempre quis incentivar os jovens. Era meio que pessoal pra ele. Eu acabei mergulhando no meu trabalho, já que eu amava o que fazia... mas acabou ficando muito pesado.

Ele ficou calado um tempo, como se pensasse no que ia dizer.

— Então comecei a trabalhar à distância. A gente tem reuniões pelo Zoom, e quando eu preciso vou lá. Minhas férias estavam acumuladas... Era a situação perfeita pra eu voltar a Pedra Grande.

— E o Adriano?

— Ele é meu grande amigo, só veio passar férias comigo — o Hugo respondeu, meio evasivo.

— Mas ele disse que trabalha pra você... e você confirmou.

Ele coçou a cabeça.

— Ele é meu *personal trainer*, mas tá lá de férias também. Acaba que a gente continua treinando junto lá... Acho que foi por isso que ele disse que trabalha pra mim.

E ele se enrolou de novo.

— Entendi.

Eu sabia que ele não estava me contando a história toda. Eu não sabia o que era, só sabia que não estava sendo sincero.

Mesmo depois de eu me abrir com ele.

E isso me deixou irritada.

— Vamos? — Eu me levantei.

Ele levantou também, percebendo minha irritação.

Meia hora depois, a gente chegava em casa. Fui direto ver o Beni, que estava numa boa assistindo televisão no telão.

— Já chegaram? — Ele parou o filme, surpreso ao me ver.

— Já?! A gente ficou a tarde toda fora... — respondi, jogando minha bolsa no sofá.

— Nem vi o tempo passar, Larinha... Dormi até quase agora e comecei a ver esse filme aí. Cadê o Hugo?

— Aqui. — Ouvi a voz atrás de mim.

— Vou tomar um banho, dá licença — respondi friamente.

Mas, na verdade, eu não podia cobrar nada do Hugo... Afinal, a gente não tinha nada.

Depois do banho, eu já estava me vestindo quando ouvi o som de várias mensagens chegando. Corri pra ver se era o Lúcio, mas eram as fotos que o Hugo estava mandando pra mim. Abri uma por uma. Todas ficaram lindas. E o vídeo... a maior parte era de mim, assistindo ao pôr do sol.

Chegou mais uma mensagem dele. Era um link pra um show do DJ Cohen hoje à noite.

Hugo: Vamos?

Eu devia dizer que não, mas não foi isso que eu fiz. Na verdade, eu não respondi.

Em vez disso, tirei meu tubinho branco da mala, coloquei meu salto alto dourado e fiz minha maquiagem especial.

Eu queria saber o que o Hugo estava escondendo, e nessa noite eu ia puxar tudo da boca dele.

Hugo

Solara entrou na sala com um vestido pequenininho, daqueles sem alça e que sobem à medida que a pessoa anda. Como se já não bastasse, ainda tinha uma fenda do lado, na perna direita. Meus olhos desceram pelas pernas perfeitas, chegando num par de saltos altos e brilhantes. Só então eu reparei que meu queixo devia estar caído e tentei me recompor, mas vi um sorrisinho na boca dela.

— Larinha... tá linda — o Beni falou.

— Obrigada, Beni. Você vai com a gente?

— Não... Vou ficar por aqui mesmo. Amanhã a consulta é cedo. Vocês são jovens, vocês vão. Eu vou assistir ao jornal e deitar.

Eu me levantei, tentando agir normalmente.

— A cozinheira deixou o jantar pronto, Beni. É só esquentar no micro-ondas.

— Pode deixar, Campeão. Tô me sentindo em casa.

Eu abri a porta pra Solara, e ela passou bem perto de mim. Com aquele sapato, ela estava quase da minha altura.

O Allaciare estava lotado. Era a primeira vez que eu ia lá, porque o lugar tinha uma fila de espera de um ano. Mas eu usei o passe livre que o próprio Alejandro Guerrero tinha dado pro Adriano, como agradecimento pelos serviços. Só que a gente só conseguiu entrar no segundo espaço, o com telão. Pra mim estava bom, porque eu não dançava mesmo.

— O Bleeding Faith está aqui também? — Solara perguntou no meu ouvido.

— Não... parece que estão numa turnê pela Europa — respondi no ouvido dela. Suas trancinhas estavam amarradas num rabo alto no topo da cabeça. O perfume que ela usava nessa noite era diferente do de sempre: mais sofisticado, meio adocicado.

Solara me deu a mão e foi me conduzindo no meio da multidão, até chegar à porta pro espaço principal. Dois seguranças enormes estavam ali, bloqueando a passagem.

— Sol... a gente tem que ficar por aqui mesmo... aí é área VIP.

— Mas o Adriano é VIP também, não é?

— É... mas tá lotado, foi o que a mulher na entrada falou.

Ela piscou o olho e falou no meu ouvido, mais perto ainda:

— Vem comigo.

Ela chegou num dos caras, que a olhou de cima a baixo, e cochichou alguma coisa no ouvido dele. O cara tirou os óculos e sorriu pra ela. Depois, o sujeito comentou alguma coisa com o colega, que também estava quase comendo ela com os olhos. Esse pareceu chamar alguém pelo fone *bluetooth*. Enquanto isso, ela continuou falando alguma coisa com o armário número um. O sujeito sorriu de novo e sussurrou alguma coisa no ouvido dela, bem mais perto do que o socialmente aceitável. A essa altura, eu já estava arrependido de ter vindo, porque o ar-condicionado não estava dando conta e porque eu mal via lugar pra sentar no meio da multidão do espaço principal.

Finalmente o armário número dois abriu o cordão de isolamento, e a gente passou. Já lá dentro, eu perguntei o que aconteceu. Ela respondeu, com uma cara de criança levada:

— Eu disse que era irmã do Adriano Miranda, amigo pessoal do Alejandro, que estava aqui com meu namorado e que eu era cantora também. Aí ele perguntou meu nome, e eu falei que cantava no Diamante Atlântico. Nisso, ele falou com o colega, que disse que uma tal de Lena tinha liberado a gente.

— E foi tudo?

— Bom, teve mais umas coisas... Ele me fez um elogio... eu perguntei o nome dele... Ele me disse e eu falei pra ele aparecer um dia lá no resort pra me ver.

Se ela tinha algum pudor em relação a isso, não demonstrou... Só saiu se enfiando pela multidão e me puxando junto. Eu já estava preocupado, com medo de ter algum sintoma no meio daquela gente toda. Em determinado momento, minha ansiedade falou mais alto.

— Sol... Sol... — Eu apertei sua mão forte. Ela parou.

— Oi?

— É... eu não danço. A gente podia ficar mais perto do canto, porque... eu tenho um pouco de pânico de multidão.

— A gente vai pro espaço VIP, Hugo. É lá em cima, a gente só tem que conseguir chegar na escada — ela falou no meu ouvido.

O espaço VIP era um lugar todo feito de vidro, tipo um lounge, com sofás e poltronas confortáveis. Mais ao lado tinha uma pista de dança. A gente ficou bem ali, e eu fiquei aliviado, porque tinha muito menos gente.

Solara pediu uma caipirinha pra um garçom, e eu resolvi acompanhá-la.

Quinze minutos depois, o DJ Cohen entrou no palco. Era um show de músicas dos anos 1980 remixadas especialmente por ele. Várias delas já eram velhas conhecidas minhas... Depois do meu primeiro surto, eu demorei anos pra andar direito e fiquei deprimido. Meu pai tentava me alegrar com aquelas músicas.

— Vem, Hugo!

Eu sabia dançar, mas minha perna direita era levemente descoordenada. Eu nunca sabia quando ia ter um surto, mas sabia que eles estavam ligados a momentos de estresse e mais emocionais. Tentei reprimir a ansiedade e relaxar.

Nada vai acontecer aqui esta noite.

E eu não precisava ser muito coordenado. Ela ia pensar que eu não sabia dançar direito, que era a desculpa que eu já tinha dado.

Eu a segurei pela cintura, de costas, e nós dançamos juntos... uma música atrás da outra. Às vezes ela se virava e dançava abraçada comigo. Quando eu cansava e precisava de um tempo, dava uma desculpa e sentava um pouco. De onde eu estava, conseguia vê-la. Ela dançava incansavelmente... sozinha, com outras mulheres ou com outros caras mais desavisados. E ela bebia uma caipirinha atrás da outra, porque o preço era único no espaço VIP.

Começou a tocar uma música sensual da Madonna. Em algum momento, as coisas começaram a sair de controle com um sujeito e eu tive que chegar perto. Solara simplesmente se livrou dos braços dele e se jogou nos meus. Ela movia os quadris sensualmente, de um jeito que eu não precisava olhar pra saber que o vestido estava subindo. Em determinado momento ela se virou de costas e continuou se movendo, ao ritmo da música, e eu me movia junto, segurando na sua cintura. Com isso ela passou os braços ao redor do meu pescoço, ainda de costas. Em resposta, eu segurei no seu ventre e a puxei pra mais perto, dançando bem colado com ela. Depois de um tempo, ela se virou, com uma proposta indecente no olhar.

Nosso clima foi interrompido pela voz do DJ Cohen.

— Boa noite, Allaciare!

O pessoal respondeu com um boa-noite bem sonoro.

— Há muito tempo que a galera me pedia uma noite assim. Eu amo música e confesso que tenho um apreço especial pelas dos anos 1980. Bandas como C+C Music Factory... Vanilla Ice, Snap, Milli Vanilli, Pet Shop Boys, Technotronic...

Conforme ele ia citando as bandas, o pessoal gritava e ovacionava.

— Essas todas influenciam meu trabalho até hoje, e o de muitas bandas que fazem sucesso por aí. Eu acho que vocês estão curtindo... Levanta a mão aí quem tá curtindo!

Nova gritaria, e dessa vez o pessoal demorou pra se acalmar.

— Mas essas que eu vou mandar agora são pra dançar de rostinho colado... Se você tá sozinho ou sozinha, é hora de arrumar uma companhia.

O pessoal gritou de novo.

"Ana... teus lábios são labirintos, Ana..."

A primeira frase de "Refrão de Bolero" começou a tocar. O cara começou uma mixagem animal, num ritmo supersensual. Eu virei a Solara de frente e a puxei pra mim. Ela se deixou levar. Eu a segurei nos quadris, e ela envolveu meu pescoço. Encostei minha testa na dela.

"Teus lábios são labirintos, Ana... Que atraem os meus instintos mais sacanas... O teu olhar, sempre distante, sempre me engana..."

Tudo que eu queria era beijar aquela boca. Me embriagar com o seu perfume, me perder no meio dos seus cabelos e nas curvas daquele corpo perfeito.

capítulo 28

Solara

Eu não sabia bem o que estava fazendo.

Primeiro, eu quis provocar o Hugo. Depois, eu quis aproveitar meus últimos dias de solteira, e por que não fazer isso com ele? Era brincar com fogo, mas eu saberia como sair dessa. Ele não ia ficar muito tempo em Pedra Grande mesmo... Eu não levava fé que ele ia ficar mais, mesmo se pudesse. Ele ia embora, e eu ia voltar pra minha vida.

Só que, no fundo, eu sabia que isso era só teoria. Eu estava mentindo pra mim mesma.

Por isso eu precisava de uma válvula de escape. As músicas, a bebida, aquele ambiente meio surreal... Eu não queria pensar no que estava fazendo, só queria me deixar levar e fingir que minha vida não estava ali atrás da porta, esperando pra me engolir novamente.

E ainda tinha a questão de o Hugo não estar sendo sincero comigo, mas resolvi deixar isso pra depois.

E também, se ele ia embora, que diferença fazia?

Porque hoje eu ia me divertir, como se não houvesse amanhã. Eu nunca tinha feito isso na minha vida. Eu não tinha o direito? E eu ia dar minha vida de mão beijada pro Alex... Uma noite só não ia fazer a menor diferença no resto das nossas vidas.

O Hugo desceu mais a mão e me puxou mais pra si, se é que isso era possível. Eu senti bem o efeito que eu estava causando nele, e também o efeito que ele estava tendo em mim.

De repente, meu estômago embrulhou.

Corri pro banheiro, largando o Hugo sozinho na pista. Foi o tempo de entrar, e eu vomitei tudo. Sujei meu sapato, mas pelo menos eu achava que meu vestido estava intacto.

— Solara! — A voz do Hugo veio do lado de fora, mas eu continuava vomitando. Depois que meu estômago se acalmou um pouco, levantei do chão, ainda tremendo.

— Sol... tá bem?

O Hugo estava dentro do banheiro.

Deus...

Era só o que faltava, você me ver nesse estado.

— Não tem problema... deixa eu te ajudar — ele respondeu, e só aí eu vi que eu tinha falado aquilo.

— Já tô saindo, Hugo.

Eu dei mais uma respirada e abri a porta. Ele me olhou, preocupado.

— Tá tudo bem. Eu tô bem. É que eu não estou acostumada a beber assim — justifiquei.

Ele me deu a mão e me ajudou a ir até a pia. Lá ele segurou minhas trancinhas afro enquanto eu lavava a boca, o rosto, o nariz. Duas meninas entraram e ficaram olhando pra gente, mas ele nem se importou. Me abaixei pra limpar meu sapato com um papel molhado, mas fiquei tonta. O Hugo percebeu e me segurou.

— Já deu... Vou te levar pra casa — ele disse, me apoiando.

Pra quem queria aproveitar a noite...

Hugo

Deixei a Solara sentada no sofá e fui fazer um café.

Repassei a noite na minha cabeça, enquanto esperava a cafeteira. Eu devia ter percebido que ela estava bebendo demais, mas não sabia quais eram os seus costumes.

Aliás, eu não sabia um monte de coisas, começando por tudo que ela tinha me contado à tarde. A Solara tinha passado por coisas terríveis e sofrido anos com isso. Eu comecei a entender um pouco a que ela estava se referindo naquela noite no Estrela-do-Mar, e não pude deixar de me sentir parcialmente culpado. Eu não tinha controle da minha vida quando era menor de idade, mas eu podia ter voltado antes.

O café ficou pronto e eu levei uma xícara pra ela, mas não a encontrei na sala. Fui até o quarto, e nada. O banheiro estava vazio. Tive medo de ela ter saído, no estado em que estava. Desde que a gente chegou, Solara teve momentos de entrega e momentos em que se retirava de forma tão abrupta que eu ficava surpreso. Assustado, até.

Procurei no meu estúdio e na academia, e nada.

Fui encontrá-la no ofurô, de roupa e tudo. As luzes lilás dele estavam acesas, como sempre. Eu olhei pro céu e não pude ver a lua. As estrelas brilhavam pouco, por causa das luzes da cidade, mas a semelhança era incrível. Não resisti e liguei a hidromassagem. Só então ela percebeu minha presença.

— Só faltavam as ondas... pra ficar como aquela noite.

— Que noite? — ela perguntou, mas logo se tocou.

— A última. A noite sem lua... As ondas lilás... — respondi, me aproximando. O vestido branco, molhado, estava totalmente transparente. Eu podia ver o contorno dos seios perfeitos, e ela não tentou se esconder de mim. A música que a gente dançou no Allaciare ainda tocava na minha cabeça.

— Falta mais uma coisa... você. — Ela me surpreendeu.

E ela tinha razão.

Tirei minha camisa e depois a calça. Ela me acompanhava com os olhos, com um olhar mais que convidativo.

Pulei dentro d'água e me aproximei. Ela recostou no ofurô e começou a olhar as estrelas. Fiz o mesmo, já que eu não queria forçar nada. Além disso ela estava meio bêbada, e eu não queria me aproveitar dela nessas circunstâncias.

De alguma forma eu tinha que falar daquela noite. Eu tinha que ser sincero... em parte, pelo menos.

— Naquela noite, quando te encontrei nas pedras, eu já sabia que ia embora. Tudo na minha vida estava desmoronando... Eu tinha visto minha mãe se agarrando com aquele sujeito, e você estava com o Thiago. Se fosse só isso, se eu ainda tivesse a sua amizade... mas você mal olhava na minha cara. Não tinha mais nada ali pra mim. Foi por isso que eu pedi pro meu pai ir me buscar.

Ela me olhou.

— Mas aí você disse que gostava de mim e me deu aquele beijo — eu continuei. — Na minha cabeça, eu tinha que fazer alguma coisa... eu ia fazer qualquer coisa pro meu pai me deixar ficar em Pedra Grande com você, inclusive ficar com a minha mãe. Por isso eu não te contei que ia embora. Mas quando a gente se despediu e eu voltei pra casa do Beni, meu pai estava lá. Ele sabia que tinha alguma coisa errada, mas eu não podia contar da minha mãe com o cara: meu pai ia morrer de desgosto. Insisti que queria ficar, e ele suspeitou. Quando a gente chegou na Casa Amarela, o Nando estava lá com a minha mãe, e meu pai percebeu o clima entre os dois. Foi uma briga horrível, e não teve jeito de eu ficar... Minha mãe também tinha resolvido voltar pro Rio... Até pedir pra ficar com o Beni eu pedi, mas claro que eles não deixaram.

Eu olhei pra ela. Ela me olhava intensamente, como se revivesse o passado.

— Eu nunca quis te abandonar, Solara. Eu tive que ir... e, depois, eu não tinha como voltar. Mas a verdade é que dias e noites eu sonhei com o beijo que você me deu, e pensar em você e nas coisas que você me disse naquela noite me sustentou... em várias situações difíceis, quando meus pais discutiam, quando tudo parecia que ia desmoronar...

Eu tive que desviar o olhar, porque eu não podia falar mais. Ela não podia saber da minha doença, ela simplesmente não podia saber. As razões pra eu esconder isso eram muitas, e ao mesmo tempo não tão claras pra mim. Talvez porque eu odeio que sintam pena de mim, ou por medo de que ela me enxergasse diferente, ou porque com ela eu podia me sentir o Hugo de antes, sem doença. Eu só não queria falar.

De repente, a Solara tirou o vestido e foi pro outro lado do ofurô. Dali, a gente podia ver a enseada e as luzes dos carros e prédios brilhando intensamente. Fui em direção a ela e a abracei por trás. Ela recostou a cabeça no meu peito. Eu acariciei seus seios e comecei a beijá-la no pescoço. Ela gemeu baixinho, e isso me deixou louco.

— Sol... fica comigo... Eu te amo... — revelei, meio embriagado, beijando-a no pescoço e na orelha, ao mesmo tempo que massageava seus seios.

— Como foi, Hugo... — ela falou, mas eu não consegui ver sentido disso.

— O quê... como foi o quê? — Eu desci minha outra mão pelo seu ventre.

— Como você perdeu o celular... Foi naquela noite mesmo? — ela perguntou, com a mão em cima da minha, enquanto eu a acariciava.

Eu não conseguia me concentrar numa resposta, só roçar meu corpo no dela ao mesmo tempo em que a acariciava, tentando matar aquela sede que já durava dez anos.

Ela tirou minha mão e se virou pra mim.

— Vai me responder, Hugo? — ela perguntou, mais enfática. Eu não pude resistir e olhei para os seus seios nus.

— Eu... hã, foi naquela noite... Eu quis ir ao banheiro e pedi ao meu pai pra parar... Perdi meu telefone no banheiro — expliquei, tentando ser o mais verdadeiro possível.

— Como? Você deixou na pia e esqueceu? Ou ele caiu e você não viu?

— É... caiu e eu não vi. — Tentei focar na conversa. — Mas por que você tá me perguntando todos esses detalhes agora, Sol? — Eu tentei abraçá-la, mas ela não deixou.

— Caiu e você não ouviu o barulho? — ela insistiu, e eu vi que não ia escapar.

— Eu ouvi, mas não conseguia achar... porque não enxerguei... estava escuro e eu acabei deixando ele lá... porque meu pai chegou, entendeu? E eu tive que ir...

Óbvio que ela não acreditou, porque eu me compliquei todo. Ela me empurrou e saiu do ofurô. Eu fiquei chocado com a beleza do corpo dela, porque vê-la só de calcinha era bem diferente de vê-la de biquíni.

— Solara... peraí... você acha que eu tô mentindo?

Ela me interrompeu, falando mais alto:

— Acho, não, Hugo... eu SEI que você está mentindo! Várias vezes você mente... ou não me conta coisas. Infelizmente eu te conheço bem demais e sei que você não sabe mentir — ela falou, se abaixando pra pegar o vestido. — E eu, idiota, me abrindo!!! — Ela riu, irônica. —

Contei coisas que nunca tinha contado pra ninguém... É uma questão de reciprocidade, entende? Se você não confia em mim, eu também não quero confiar em você!

— Mas eu te garanto, não tem nada... Esses detalhes não são importantes...

Eu saí do ofurô e tentei ir atrás, mas ela me impediu.

— Não importa, Hugo... Não importa, porque eu só queria me divertir. Eu vou me casar mês que vem, e eu só estava curiosa pra saber como era com você, porque você é uma paixãozinha de infância... mas não vale a pena. Você vai embora, e nada disso vai importar mais, porque isso tudo vai ser só passado muito em breve!

— Sol... por favor... isso não é verdade...

Ela não me deixou terminar, desaparecendo pelo estúdio.

capítulo 29

Hugo

— Como é que é? Tu não quer contar pra ela da tua doença? — o Adriano perguntou, alto demais. Algumas pessoas sentadas ao redor olharam.

— Shhh... Basicamente é isso — admiti.

Ele olhava pra mim com uma cara de quem não estava acreditando.

— Cara... mas por quê?

— Isso não vem ao caso, Negão! — Eu me recostei na cadeira e joguei o guardanapo de pano na mesa do café. — O caso é que a Solara está preocupada com uma besteira, mas não sabe disso!

Ele riu, sarcástico.

— Peraí, peraí... Você não contar que tem uma doença... uma doença importante... é besteira? E se ela... sei lá, e se ela tivesse uma prótese na perna, por exemplo? Você ia querer saber, não ia? — ele argumentou, se debruçando sobre a mesa.

— Não ia fazer questão, porque não faria a menor diferença se eu gostasse dela...

Ele me interrompeu e apontou pra mim.

— Isso aí, cara. Você disse tudo. Se você abrir que tem esclerose múltipla, não vai fazer a menor diferença, porque ela gosta de você. Agora, se você não contar...

Dessa vez eu o interrompi:

— Mas não é esse o caso, Negão... Eu sei que ela não deixaria de gostar de mim por causa disso.

Ele continuou me olhando, tentando entender.

— Então por que que tu não abre o jogo logo de uma vez?

Tive que pensar um pouco. Eu sabia mais ou menos por quê, mas não queria falar sobre isso. O Adriano não ia entender mesmo... e ia dar um trabalhão pra explicar.

Os sentimentos são difíceis de explicar. Toda a sua trajetória influencia em como você ouve e entende a opinião de uma pessoa.

Minha realidade era única e minha, e ninguém estaria apto a me entender tão bem como eu próprio. Anos de terapia me ensinaram isso.

— Porque... porque não. Agora não. Depois, talvez. Bem depois.

Fiquei tenso só de pensar na possiblidade. Ele fez uma cara de impaciência.

— Sinceramente, cara, não entendo — ele respondeu, recostando na cadeira e olhando pro outro lado. O salão do café estava quase fechando, e os garçons passavam freneticamente recolhendo louças sujas e gorjetas.

Eu tenho que ser prático... focar na solução pro meu problema, e não em classificar se o que eu estou fazendo é loucura ou não.

— O negócio agora é eu conseguir fazer ela olhar na minha cara de novo, e convencê-la de que ela está preocupada com detalhes que não importam.

O Adriano cruzou a perna e apoiou o cotovelo na mesa, colocando a mão na frente da boca.

— Cara... tu não entende nada de mulher, né? Mulher gosta de detalhes. Uma conta a vida inteira pra outra, nos mínimos detalhes, sempre...

Eu considerei, enquanto ele continuava falando:

— ... e, pelo que tu me falou, a questão não são os detalhes... ela quer entender por que tu nunca mais entrou em contato. Vai por mim, cara, eu sei como mulher pensa... Na cabeça dela, se tu perdeu o telefone com o contato dela e não conseguiu achar, e foi embora e largou lá, seja por que motivo for, é porque ela não era tão importante assim pra você.

Fazia algum sentido. Mas por que eu tinha que ser punido agora por uma coisa que aconteceu anos atrás? E, se tivesse sido isso, eu não merecia uma segunda chance no tempo presente?

— E olha... — Ele levantou, e eu levantei também. — Mulher fareja mentira de longe. Por isso que eu não minto pra Jana, minha vida é um livro aberto — ele falou, batendo no peito.

Eu tive que rir, enquanto deixava a gorjeta na mesa. A gente foi saindo do bar do café.

— Sei. E você contou pra ela da Lumi? — perguntei, sarcástico. Ele colocou o rabinho entre as pernas rapidinho.

— Ainda não. Ô, por falar nisso, esses dias que eu fiquei substituindo a Solara no Sereinha, rolou o maior clima com a Deusa. Hoje à noite ela vem aí. Valeu, meu irmão, fico te devendo essa.

Ele me deu um soquinho. Eu retribuí.

— Ela vem aí onde, no teu quarto? — Eu zoei. Ele riu.

O sol estava rachando, e eu coloquei meus óculos escuros.

— Primeiro vou tomar uma com ela no bar. Eu pensei que a gente podia ir assistir à Solara, mas se ela quiser fazer outra coisa, tá valendo... tipo pegar uma sauna, ou dar um mergulho na piscina... depois... só Deus sabe... — ele falou com um sorrisão.

— Entendi. Aí amanhã você liga pra Jana e conta tudo, né?

— Sério, Hugo. — Ele parou só pra me explicar: — Eu não tenho que dar satisfação pra Jana, justamente porque nosso relacionamento é aberto. Depois a gente vê como fica. — E voltou a andar.

— E a Lumi? Tá sabendo da Jana e desse relacionamento aberto que vocês têm?

Ele suspirou, irritado.

— Ainda não. Mas tu tá desviando o assunto. Como é que tu vai sair dessa com a Sereia?

Eu olhei pro chão e tentei pensar em alguma coisa, mas nada veio à minha mente.

E pensar que 24 horas antes eu estava no ofurô com ela seminua, achando que a gente ia ter uma noite daquelas e finalmente ficar junto.

— Não sei, velho. Não faço a menor ideia.

Solara

Assim que o Adriano chegou com a Lumi, eu fui lá. Eu ainda tinha um tempo até o show, já que não quis ver pôr do sol nenhum essa tarde. Eu estava muito irritada pra isso.

Pelo menos o Alex ainda estava viajando e eu não ia precisar ficar fingindo.

— Oi, mana. Adriano.

O Adriano levantou e me deu dois beijos.

— Fala, Sereia. Não tá na hora do teu show?

— Daqui a pouco — respondi, puxando uma cadeira e sentando. — E aí, gostando daqui?

— Demais! — Ele sorriu. — Sabe que vocês moram num paraíso, né? — ele perguntou, olhando pra Lumi.

— Paraíso pra quem tá de férias, né? Porque, pra quem rala no dia a dia, isso aqui é um limbo — a Lumi respondeu, mas de boa.

O Adriano concordou com a cabeça devagar.

— Tem verdade nisso aí que você tá falando, deusa... Eu mal tenho tempo de curtir o Rio também.

Era o meu gancho.

— O que você faz mesmo, Adriano?

Ele cruzou a perna e suspirou. Um garçom novato veio entregar as bebidas, e eles agradeceram.

— Sou fisioterapeuta, trabalho principalmente com reabilitação.

— Ele já trabalhou com o Bleeding Faith, mana... — a Lumi começou a falar, mas eu interrompi.

— Eu sei, eu sei... mas que tipo de reabilitação?

Ele estufou as bochechas e deixou todo o ar sair, antes de responder:

— De tudo, na verdade. Injúrias de esporte, outros tipos de lesões...

Ele deixou no ar. Eu não disse nada, só o esperei completar.

— É... eu já trabalhei em hospital antes também, mas era muito desgastante. Depois fui pra uma clínica, fiz minha especialização... aí comecei a atender em domicílio. Um vai falando pro outro, né? Atendi muito atleta, recuperei muito paciente desenganado... e hoje tô aí — ele falou, sem me encarar.

— Entendi — respondi, fingindo interesse. — E você não é *personal trainer*?

Ele demorou um pouco pra responder:

— Depende... posso ser, mas minha praia mesmo é reabilitação.

— Solara... por que você tá perguntando isso tudo... — a Lumi tentou falar, mas eu a interrompi de novo.

— Mas você tá aqui com o Hugo como *personal*, né?

Ele descruzou a perna e apoiou o braço na mesa, depois limpou a garganta.

— A gente tá de férias, né... Eu tinha uns dias pra tirar, o Hugo também... A gente juntou o útil ao agradável.

— Mas você trabalha pra ele, não? — rebati. — Foi isso que você disse naquele primeiro dia, na praia.

— Ok, irmã, já tá ficando estranho. Qual é o problema, hein? — a Lumi questionou, olhando pra mim e pra ele.

— Problema nenhum, mana! Só tô querendo conversar... conhecer melhor o Adriano...

— Tudo bem, minha deusa... — ele respondeu, mais sério. — Olha só, sereia, eu trabalho pra ele há muitos anos. A gente se conheceu quando eu o ajudei a se recuperar de uma lesão... aí a gente acabou ficando amigo, e agora eu sou *personal* dele.

— Mas eu acho estranho, sabia? — Nem dei tempo pra ele pensar, e já fui argumentando: — Olha só, você tem sua clientela, já falou que sua praia é reabilitação, mas sai da sua zona de conforto pra ser *personal trainer* por amizade? E vocês ainda tiram férias juntos???

A Lumi olhou pra ele, esperando a resposta.

— Isso aí — ele respondeu, meio sem jeito. — Só que eu não tô fora da minha zona de conforto. O fisioterapeuta é muito capacitado pra trabalhar como *personal trainer*, inclusive algumas pessoas preferem fazer exercícios com o profissional de fisioterapia, a fim de evitar lesões causadas por exercícios feitos erroneamente. Infelizmente, isso acontece muito — ele completou, dessa vez parecendo mais franco.

A Lumi olhou pra ele com um certo orgulho. Eu achei que ele estava sendo sincero, mas também achei que ele estava meio que me enrolando.

— E essa lesão do Hugo, o que foi? E quando foi? — perguntei, depois de pensar um pouco.

O Adriano me olhou nos olhos, e eu vi que ele titubeou. Eu segurei o olhar dele.

— Foi quando ele tinha uns dezesseis anos. Naquela época eu ainda trabalhava numa clínica de fisioterapia em Botafogo. Ele...

— Foi uma lesão na perna direita, causada por uma queda. — A voz do Hugo veio de trás. Eu nem o tinha visto se aproximar.

— Oi, Hugo. Tudo bem?

— Tudo bem, Lumiara.

Ele se abaixou e a beijou no rosto. Eu continuei olhando nos olhos do Adriano, que sustentou meu olhar, mas depois olhou estranho pro Hugo.

Talvez eu estivesse realmente vendo chifre em cabeça de cavalo. Talvez ele realmente não estivesse escondendo nada, mas essa é a merda de quando você não confia em uma pessoa: tudo que ela fala passa, de repente, a ficar sob suspeita.

— Sol...

O Hugo se abaixou pra me beijar, mas eu me levantei e o ignorei.

— Gente, a conversa tá boa, mas eu tenho que ir. — Olhei no meu celular. — Entro daqui a pouco, e ainda tenho que me arrumar e aquecer a voz.

Virei as costas e saí rápido, mas minha irmã me alcançou e me parou no meio do caminho, tanto que um garçom teve que se desviar da gente.

— Solara, o que foi aquilo??? Que interrogatório... O que que tá rolando que eu não sei?

— Nada, Lumi. Bom... é alguma coisa, sim. O Hugo não tá sendo sincero comigo.

— Mas... em que sentido? Mana, você acha que eles têm alguma coisa? Eles são gays???

Eu não pude deixar de gargalhar. Algumas pessoas olharam, mas eu não consegui me conter.

— Que é isso, Lumi... claro que não. O Adriano tá totalmente na sua, e o Hugo... — Eu parei abruptamente.

— Eu sei... mas hoje em dia você não sabe quem é o que e quando... ninguém é definido mais. Nada contra... — ela respondeu, e eu achei que ela ia deixar por aí, mas não foi o que aconteceu. — E o Hugo o quê, hein? Eu sei que ainda rola muita água embaixo dessa ponte... mas aconteceu alguma coisa entre vocês no Rio??? — ela perguntou, curiosa.

— Claro que não! Você sabe que eu tenho o Alex...

Nem eu mesma me convenci do argumento.

— Sei, maninha. — Ela me olhou, sarcástica. — Vou fingir que sou otária e que não vejo a forma como você olha pra ele e como ele te olha. Só te digo uma coisa: eu sei que rolou alguma coisa lá nesse Rio de Janeiro, pelo jeito que você ignorou ele ali... — Ela apontou pra lá, e eu segurei a mão dela.

— Tá bem, tá bem... mas eu não posso falar agora, ok? Depois a gente conversa, deixa eu correr.

Durante o resto do show, eu evitei olhar pro Hugo, mas era impossível. Ele estava com uma camisa meio social, branca, de manga três-quartos, e uma calça jeans preta, meio rasgada. A camisa evidenciava o peitoral e os braços bem definidos. E pensar que eu estava naqueles braços duas noites atrás... Eu quase podia sentir o cheiro daquele perfume masculino misturado com o cheiro da água da piscina, sua pele na minha... e os beijos e os carinhos... Quantas vezes minha mente tentou completar o que a gente tinha começado ali!...

Não foi de propósito que eu o provoquei. O tempo todo era uma luta interna... Eu sabia o que não devia fazer, mas fiz assim mesmo, e as coisas foram saindo de controle. Só que, na hora H, eu não consegui deixar rolar, pensando no que ele não estava me contando. No auge da minha irritação, eu disse que era só sexo, mas não era. Não é, nunca foi e nunca vai ser.

Por isso a minha frustração. Eu queria que ele fosse sincero comigo.

Talvez fosse melhor assim. No fim dessas férias, o Hugo ia embora, e eu seguiria com meus planos com o Alex, em paz.

capítulo 30

Hugo

Os dias passaram voando.

O Beni tinha se consultado com o dr. Geraldo Ortiz Filho, um hepatologista renomado indicado pelo meu médico. O dr. Ortiz pediu uma bateria de exames, e eu estava correndo atrás de agendamento em clínicas particulares nas redondezas. Fiz um plano de saúde pro Beni, que ficou caríssimo por causa da doença preexistente, mas pelo menos agora ele não dependeria exclusivamente do SUS. Claro que eu ia pagar o plano pra ele.

O Adriano e a Lumiara estavam juntos — o que era atípico, já que o Negão nunca namorava, e ele usou esse termo exato pra descrever a situação. Quando eu perguntei como eles iam fazer quando ele voltasse pro Rio, ele simplesmente respondeu que eram só duas horas e meia de viagem. Eu fiquei chocado com isso.

E a Solara continuava me ignorando. Eu tinha tentado me acertar com ela algumas vezes no bar e na lanchonete, mas ela sempre arrumava uma desculpa e saía fora. Eu estava mais do que desanimado, inclusive considerando voltar pro Rio e desistir de tudo.

Era o meu penúltimo dia de férias, e eu combinei com o Lúcio de pegar umas ondas depois da aula. O Adriano se inscreveu, achando que ia sair dali surfando, e ficou frustrado com a primeira aula na areia. Eu ri da cara dele e comentei que pelo menos ele mandou bem na ioga. Claro que isso tudo me fez voltar no tempo e lembrar da primeira vez que eu tinha visto a Solara. Aquele biquíni lilás, aquele elástico cheio de fitinhas prendendo as ondas do cabelo, a visão dela olhando pro mar, perdida nos próprios pensamentos.

De repente, do nada, ela apareceu. Nem tive tempo pra ficar animado, porque a cara de raiva era evidente.

— O que você disse pro Rafa, Hugo??? — ela perguntou, muito perto do meu rosto. O Lúcio e o Negão pararam de conversar na hora.

— Como é?

— O que você falou pra ele? Mandou ele bater no garoto da sala? — ela perguntou, ainda mais irritada.

— O quê? Não...

— Mas ele disse que foi você! — ela me interrompeu.

— O Rafa falou???

Ela se virou pro Lúcio, revirando os olhos.

— Não... mas ele escreveu o nome do Hugo.

Eu não estava me situando.

— Peraí, Solara. Não tô entendendo... Ele bateu no garoto e disse que fui eu que mandei???

Ela bufou.

— Me ligaram da escola dizendo que ele foi suspenso por briga. Eu fui lá, desesperada, porque o Rafa nunca foi violento. A própria diretora Lurdes só sabia o que tinha acontecido pelo que contaram... parece que o filho da Jeruza do açaí o provocou e ele partiu pra cima do menino. Deu três socos na cara dele, e só não deu mais porque o inspetor separou os dois.

— Aí, Rafinha! — o Lúcio comemorou.

— Sempre tem um dia que a gente dá um basta... — o Adriano comentou. — Ainda me lembro do dia que resolvi que não ia mais ser saco de pancada...

— Meu Deus, vocês estão loucos? — a Solara o interrompeu. — Violência não leva a nada!

— Ah, mas agora quero ver alguém se meter com ele, irmãzinha... O Rafa não vai virar um *serial killer* só por causa de uma briguinha à toa...

O Lúcio e o Negão começaram a rir e a conversar entre si. Ela ficou ainda mais irritada e voltou a atenção pra mim.

— O que você disse pra ele?

— Nada de mais... Bom, eu contei da minha experiência... disse que escolhi apanhar com dignidade... — Só aí que eu me toquei do que tinha acontecido. — Ah, mas peraí... eu contei do soco que você deu no Rabelo, e que eu apanhei por retaliação.

Ela passou a mão no rosto, nervosa.

— Não acredito que você contou isso pra ele...

— É isso aí, Solara. O Rafa fez como você, o que só mostra que você é um grande modelo na vida dele. E vai negar que o garoto não merecia? Foi o mesmo que o provocou da outra vez, não foi?

— Foi. É sempre ele — ela admitiu.

— Então... o menino agora aprendeu a lição.

— Ou não... O Rabelo não aprendeu a dele. — E saiu andando. Eu fui atrás.

— Mas pelo menos ele aprendeu a se impor! Como eu disse, eu apanhei com dignidade, e esse foi meu primeiro passo em direção ao meu empoderamento.

Ela parou e me olhou de forma diferente. Eu aproveitei pra chegar mais perto.

— E essa é uma cicatriz que eu carrego com orgulho — completei, apalpando minha cicatriz atrás da cabeça. — Ela tá aqui até hoje pra me lembrar do divisor de águas que você foi na minha vida, Sol.

O olhar de raiva e desprezo deu lugar à surpresa e a algum sentimento que eu não soube reconhecer bem, um sinal claro de que ela ficou balançada com meu argumento. Mas o momento logo passou, e ela foi embora.

E foi naquele exato momento que eu decidi que ia prolongar minha estadia em Pedra Grande pelo tempo que fosse necessário.

Tudo por causa daquele olhar.

capítulo 31

Hugo

O Pérola do Mar era bem maior que o Estrela-do-Mar. Na verdade, era meio que uma casa de shows, e alguns nomes mais famosos às vezes se apresentavam lá. Isso nos fins de semana. No meio da semana, como hoje, quinta-feira, eles tinham um karaokê.

Isso foi o que me contou o cara do bar, enquanto eu pedia mais um shot de tequila. Minha visão não era nada agradável... eu estava embaixo, no bar. Eles estavam em cima, na área VIP — um lugar privado, mas com paredes de vidro.

E, como tal, eu podia ver tudo o que se passava ali.

Mas parecia que eles não tinham noção disso.

Solara mal tinha olhado na minha cara, no que era meu último dia aqui. Bom, ela achava que era meu último dia, mas eu ia fechar minha conta no resort na manhã seguinte e iria pra pousada da dona Márcia. Só que ela nem me deixou contar isso.

Eu tentava puxar conversa, mas ela não me dava atenção. Por isso eu pedi um drinque. Ela fez. Acabei tomando rápido, já que estava sozinho. O Adriano já tinha se mandado, porque ia se despedir da Lumiara. Acabei tomando três drinques, um atrás do outro.

Meu telefone tocou e me tirou da minha miséria. Era o Gustavo. Eu tive que sair de lá, porque estava um barulhão e também não podia deixar de atender. Eu tinha ligado mais cedo pra avisar que ia continuar remotamente, o que ele não gostou nem um pouco. Justifiquei que tinha trazido meu laptop com os projetos em andamento, mas ele encrencou com as reuniões de sexta. Eu prometi que, se não desse certo, iria ao Rio nesses dias. Ele acabou cedendo.

Desliguei a tempo de ver o Alex entrando no bar. Eu sabia que ele estava viajando, mas não que ia voltar hoje.

Eu devia ter ido embora, mas não foi isso que eu fiz.

E a cena seguinte foi ele beijando a Solara por cima do balcão. Ela falou alguma coisa com o outro garçom e saiu. De onde estava, eu os acompanhei com os olhos até que eles chegaram num canto mais escuro. O Alex a encostou na parede e a beijou. Ela correspondeu.

Depois de um tempo que pareceu interminável, ele disse alguma coisa no ouvido dela. Ela sorriu. Ele deixou que ela passasse na frente e colocou a mão na cintura dela, conduzindo-a por um caminho que chegou numa escada. Os dois subiram e entraram num lugar que eu nem tinha reparado que havia lá.

— Oi! Dá licença. O que é ali em cima? — perguntei a um dos atendentes, apontando com os olhos. Ele sorriu e respondeu:

— Ali é a área VIP. Só pros donos e convidados mais chegados.

— Entendi. Obrigado. Me vê uma coisa mais forte. Tem tequila?

— Tenho, sim. — Ele pegou duas garrafas na prateleira. — 1800 ou Jose Cuervo?

— Qualquer uma — respondi, com os olhos fixos lá em cima.

A essa altura, o Alex tinha encostado a Solara num corrimão e dava uns amassos nela. A mão dele passeava disfarçadamente pelo corpo dela, e aquele beijo não acabava nunca. Depois de um tempo, um garçom chegou lá em cima e eu dei graças a Deus. Os dois pediram alguma coisa e sentaram num sofá metido a besta.

Mas assim que o cara foi embora, a agarração continuou. Solara estava num canto do sofá, e o Alex estava quase em cima dela. Ela chegou a reclinar a cabeça enquanto ele beijava seu pescoço. Eu coloquei o sal na boca e derramei a tequila de uma vez. O garçom da área VIP acabou me ajudando de novo, já que voltou com os drinques. Eu pedi mais um shot.

Nisso, dois casais chegaram lá em cima. O Alex ficou de pé, parecendo que os apresentava. Solara se levantou também e os cumprimentou. Depois, eles sentaram de novo e ficaram conversando animadamente.

A essa altura, eu tinha perdido a conta de quantos shots eu já tinha tomado.

Aquilo era um karaokê, mas todo mundo mandava bem. Eu achei estranho aquilo. Ou então era porque eu já estava meio tonto e todas as músicas pareciam boas pra mim. Quando o último cara terminou de cantar "Faz parte do meu show", eu tive certeza que aquela música ia me marcar negativamente pra sempre, como a trilha sonora da Solara se amassando com um cara que não era eu, mas que eu esperava que nunca fosse ser marido dela.

Pff... tá indo bem com o plano, hein, Hugo.

— Perdão? — perguntou um cara do meu lado.

— Nada, não. Tô falando sozinho.

Eu parei pra contar quantas vezes já tinha passado por isso na minha vida. Primeiro, com o Thiago — grande e primeira decepção da minha vida. Depois, com o Alex. E, agora, com o Alex de novo. É, foram só esses dois. Mas já era mais que suficiente pra uma vida inteira.

Enquanto a próxima caloura escolhia a música, eu me decidi. Reuni toda a minha coragem e me levantei.

Solara

Eu estava mais do que tensa. O Alex estava pra chegar, e por isso acabei sendo mais ríspida do que nunca com o Hugo. Meu noivo não era ciumento, mas estava sempre me perguntando dele. Só faltava agora ele nos ver juntos, o que não ia ser bom.

E os dois não se encontraram por pouco.

Por isso dei um jeito de sair mais cedo. Eu sabia que o Alex tinha convidados, mas eles iam demorar mais. Acabou que eu não vi mais o Hugo e fiquei aliviada.

Por outro lado, não era com o Alex que eu queria estar. E estava cada vez mais difícil demonstrar o que eu não sentia por ele. Antes de o Hugo voltar, não era tão difícil. Eu fiz uma anotação mental pra parar de delirar e voltar à realidade.

O Hugo ia embora mesmo... aí as coisas iam ficar mais fáceis.

E talvez fosse melhor assim, sem despedidas.

Era isso que eu argumentava comigo mesma em pensamento enquanto o Alex me beijava. Ele nunca era tão empolgado em público, mas devia ser por causa da saudade.

Saudade que eu não tinha sentido nem um pouco.

Depois que os amigos do Alex chegaram, ainda tentei me concentrar na conversa, mas em vão. Eu me perguntava se veria o Hugo de novo. Uma das mulheres comentava com a outra sobre alguma blogueira famosa, e eu me perguntei se seria sempre assim. Eu não me encaixava na conversa das dondocas, e nem queria me encaixar.

Quando foi que você aprendeu a fazer essa cara de paisagem tão bem?

Me lembrei da Solara de antes: uma menina leve, que era sincera consigo mesma e com os outros. Há muito tempo eu tinha deixado de ser assim. Tentei imaginar quando foi que ela morreu, e cheguei à conclusão de que o golpe inicial tinha sido dado pelo Laércio. Minha mãe também contribuiu substancialmente, assim como o fato de o Hugo ter ido embora. O resto foi feito pelas circunstâncias.

— Amanhã é show dela, né, linda? — o Alex respondeu a uma delas.

— Que exótico, ser cantora. Eu até tenho uma voz boa, né, querido? — a loira perguntou pro marido, colocando a mão na perna dele.

— No chuveiro todo mundo canta bem, Soraya — o marido respondeu, e ela deu um tapinha na mão dele, fingindo aborrecimento.

De repente, a gente ouviu uma microfonia tão horrível que todo mundo tampou os ouvidos. Olhei imediatamente pro palco e, quando vi o Hugo, tremi da cabeça aos pés. Ele tinha tirado o microfone do pedestal e estava muito perto da caixa de som. Alguém da plateia veio e o orientou. Ele voltou pra perto do pedestal.

— Boa noite. Eu quero dedicar essa música a uma pessoa muito especial.

Ele olhou direto pra mim, e eu não soube onde ia enfiar minha cara.

— Por muito tempo achei que minha vida seria uma noite sem fim, até que alguém lá em cima, eu acho, decidiu me dar uma trégua e me mandou um sol. A luz dela incidiu sobre mim, e, por mais que tenha durado pouco, isso me transformou... porque, uma vez que você tem o sol, você não se acostuma mais com a noite.

Ele falou isso tudo olhando pra mim, e eu não pude deixar de me arrepiar. Senti o Alex me observando, assim como todo mundo na mesa. Eu ainda estava tentando disfarçar, fingindo que não era comigo, mas era como se esconder embaixo de uma mesa de vidro: todo mundo sabe que você está lá.

"Ouvi dizer que são milagres... noites com sol... mas hoje eu sei, não são miragens... noites com sol..."

A voz do Hugo era fraca, mas afinada. Era uma voz barítono, um pouco rouca, e ele cantava com aquele sotaque carioca muito carregado que ele tinha.

O Tom o acompanhava no piano. O Hugo tentava manter o ritmo, mas se atrasava um pouco. Algumas palavras saíam meio enroladas.

"Onde só tem o breu, vem me trazer o sol... vem me trazer amor..."

— Que coincidência... seu nome artístico não é Sol? — a loira sem noção perguntou. A outra a cutucou. O Alex apertou levemente a minha mão.

"Livre serás se não te prendem... constelações... então verás que não se vendem... ilusões..."

Livre. Um dia eu fui livre, mas agora eu estava presa à ilusão de que poderia ser feliz nessa nova vida, nesse casamento de conveniência. Tive que me segurar pra não chorar.

"Vem que eu estou tão só... vamos fazer amor... vem me trazer o sol..."

O Hugo voltou a olhar pra mim. Eu não sabia o que fazer. Ele estava lindo enquanto cantava e devia ter saído muito da sua zona de conforto pra fazer isso.

"Vem me livrar do abandono... meu coração não tem dono... vem me aquecer nesse outono... deixa o sol entrar..."

Não pude mais me conter e me levantei, pedindo licença. Foi a única vez que eu encarei o Alex, e ele estava muito sério. Saí apressada e desci a escada, ainda escutando o Hugo cantar os versos mais que conhecidos de "Noites com Sol". Eu mal conseguia respirar, eu tinha que sair dali.

Sem saber o que fazer, acabei indo pra minha sala no Estrela-do-Mar. Eu precisava ficar sozinha, sem máscaras, sem filtro.

Quando finalmente fechei a porta, tive a sensação libertadora de que estava deixando tudo do lado de fora. Me joguei no sofá e chorei, não só pelo Hugo e pelo sentimento que eu estava reprimindo, mas principalmente por mim mesma. Há tempos eu não me reconhecia, e isso me chocou. O Hugo ter voltado me fez enxergar isso.

Tentei voltar no tempo e entender por que eu tinha seguido por esse caminho. O Alex era uma saída fácil demais. Minha família realmente precisava de ajuda financeira, mas não era só isso. O Alex era a garantia de que eu não me envolveria sentimentalmente com ninguém, e ao mesmo tempo de que eu nunca ficaria sozinha. Com ele eu teria uma família, sem a inconveniência de ter que me dar verdadeiramente pra alguém.

Uma vez o Lúcio comentou que eu mergulhava de cabeça em tudo, mas minha vida tinha virado uma monotonia. Restava saber se eu queria que as ondas da minha vida fossem sacudidas por um furacão, ou se eu ia continuar no marasmo de um porto seguro.

Alguém bateu na porta, e eu enxuguei meu rosto, sem me preocupar com a maquiagem. Mas não tive ânimo pra abrir... quem sabe a pessoa desistiria.

— Solara... abre. — O Alex demandou do outro lado da porta, não muito alto.

Respirei fundo e caminhei devagar até lá, me tocando que agora eu não tinha mais escolha. Os ventos já estavam começando a soprar.

Abri a porta, mas não consegui olhar pra ele. Baixei o olhar, porque naquela hora eu não ia conseguir fingir nada.

O Alex fechou a porta e segurou meu rosto, me fazendo olhar pra ele.

— O que você não está me contando? — ele perguntou, mas não havia cobrança nos seus olhos. Com isso, eu tomei fôlego e considerei contar tudo.

— Senta aqui. — Eu o puxei pela mão e o levei até a cadeira, sentando no sofá à frente dele. — Quando eu tinha quinze anos, o Hugo era meu único amigo. A gente tinha várias coisas em comum... ele não se encaixava, assim como eu. Ele tinha problemas com a mãe... eu me sentia extremamente solitária, e ele também. A gente acabou virando mais do que amigo, a gente estava sempre junto. O Hugo foi meu primeiro... amor, por assim dizer. Apesar de a gente nunca ter namorado.

No olhar do Alex, eu vi a curiosidade dando lugar à preocupação.

— Ele morou aqui por seis meses, bem quando a minha mãe desapareceu. Os pais dele estavam se separando. Um dia, ele simplesmente foi embora e a gente perdeu o contato.

Ao me lembrar daquela adolescente livre e inocente que eu era, minhas lágrimas começaram a sair de novo.

— A volta do Hugo me fez questionar algumas coisas, Alex. Questionar o que eu me tornei, o rumo que eu dei pra minha vida... — Eu enxuguei o rosto com a parte de trás da minha mão. — Na verdade, eu não tive escolha em várias coisas.

Ele me olhava, tentando entender.

— E uma dessas coisas é o nosso casamento? — ele perguntou, direto, e isso me desarmou.

— Não... quer dizer... não o casamento em si, mas coisas anteriores. — Eu não queria explicar muito, mas queria ser o mais sincera possível. — O Hugo me fez olhar pro meu passado e questionar quem eu sou hoje. É isso.

Ele levantou e deu uma volta na sala. Depois, me olhou de onde estava.

— Solara, não sei muito bem do que você está falando, mas eu gosto do que você é hoje. Só que eu gosto bastante de mim também... Por isso, eu preciso que você me responda: você sente alguma coisa por ele?

— Alex, não é essa a questão...

— ... porque ele claramente é louco por você... O cara mal terminou a música e saiu disparado atrás de você. Eu só pedi licença pro Alberto e pro Marcondes e fui atrás dele porque vi que você estava transtornada, e eu... bom, confesso que eu queria esclarecimentos. — Ele colocou a mão atrás da nuca, e esse sinal de insegurança me fez lembrar o Hugo. — Não foi difícil alcançá-lo, o cara tava meio bêbado. Mesmo assim, eu resolvi perguntar o que estava acontecendo... e sabe o que ele teve a coragem de me dizer? — Ele aumentou a voz e apontou pra porta. — Ele disse que o que vocês têm é raro e que tudo que você sente por mim é gratidão. Eu não quis discutir, porque, primeiro... — ele mostrou um dedo — ... eu odeio baixaria. O dia em que eu brigar por mulher, pode saber que eu não estou no meu juízo normal... segundo... — ele mostrou outro dedo — ... o sujeito claramente estava fora de si, porque qualquer cara que tem coragem de falar uma coisa dessas pra outro tá sem noção do perigo. Confesso que até fiquei com pena dele. Mas agora, te vendo assim... — Ele deu um passo para trás. — Eu começo a achar que ele tem certa razão.

— Alex, eu...

— E eu quero que você resolva aqui e agora, Solara. Você quer esse casamento ou não? É uma pergunta simples e direta, e a resposta também é simples: ou você quer, ou você não quer.

— Eu quero...

— ... e se for questão de gratidão, porque eu ajudei sua família... eu te libero de tudo isso, eu fiz porque te amava... — ele falou, com a voz meio alterada e as sobrancelhas muito franzidas. — Porque eu te amo, Solara... mas se você não sente o mesmo por mim, não vale a pena. Eu não quero entrar num relacionamento unilateral e ter que me separar meses depois porque você descobriu que cometeu *um erro*.

Eu tive que me levantar.

— Não é gratidão. Na verdade, eu sou, sim, muito grata, mas não é só isso, Alex. Você me dá segurança, você é um bom companheiro... é o companheiro que eu escolhi pra vida. Eu gosto de estar com você, a gente se diverte junto, e eu sei que depois que a gente se casar vai continuar assim.

Eu me aproximei. Ele parecia confuso, por isso o beijei. Ele me correspondeu com paixão. Eu parei o beijo e, enquanto ele me abraçava forte, adicionei:

— Tem coisas que eu preciso resolver comigo mesma. Coisas minhas, coisas do meu passado... mas isso não tem nada a ver com você.

No fundo, não tinha mesmo. O Alex era um cara ótimo, eu só tinha que conseguir amá-lo.

— Então sugiro que você faça isso logo, Solara... — ele falou, entre beijos e carinhos. — Porque eu não quero ninguém pela metade. Eu quero você inteira, só pra mim, e pra sempre.

Concordei com a cabeça enquanto ele me agarrava mais forte. Fechei os olhos, aliviada, porque parecia estar tudo bem entre a gente. Mas logo me veio a lembrança da noite que eu quase tive com o Hugo na piscina. Como se percebesse, o Alex me soltou de uma vez, me olhando com uma expressão perturbada.

— Melhor eu ir. Amanhã a gente conversa.

Meu noivo foi saindo pela porta afora, mal me dando tempo de responder.

capítulo 32

Hugo

Acordei com uma dor de cabeça terrível, e parte da noite era uma incógnita para mim. Só sei que dormi de roupa e tudo e que o chão do meu quarto estava cheio de areia.

Mas eu me lembrava claramente do karaokê, e do Alex me cobrando explicações. Lembro que me senti como quando me resignei a apanhar do Rabelo, anos atrás — com a diferença de que agora poderia me defender à altura, apesar de meio tonto.

De forma surpreendente, o Alex deixou por isso mesmo. Na verdade, eu nem lembrava direito o que tinha falado pro cara. Lembrava de ter dito que fazia questão de pagar minha estadia e que ia sair do hotel dele na primeira luz do dia, e foi isso que eu fiz.

Se a Solara não queria me ver antes, agora ela ia querer me ver morto.

Depois de fazer o *check in* na pousada Quatro Ventos, fui dar uma corrida na praia, já que eu ia ter que me virar sem o Adriano no meio da semana. Aproveitei e passei na academia, a mesma onde o Rabelo fazia jiu-jítsu, e me inscrevi no muai thay e na musculação.

Na volta, o Negão já estava na pousada, me esperando pra almoçar, antes de voltar pro Rio. Eu queria mesmo era tirar uma soneca, mas não ia rolar, já que eu tinha que levar o Beni pra uma ressonância magnética em Catedral Limeira. Quando meu amigo já estava indo embora, eu bocejei pela décima vez, e ele se pronunciou.

— Cara, tem que pegar leve na bebida... dormir direito... evitar estresse...

— Já sei de tudo isso... Vou ficar bem, papai.

— É sério, Hugo. E olha, resolve tua vida com a Sereia. Abre o jogo, antes que seja tarde. Isso tudo tá mexendo muito com você, que eu tô vendo.

— Tá de boa, Negão.

— O que que tá de boa, me responde? — Ele me olhou mais sério que de costume. — Primeiro, você quer conquistar a garota, mas esconde coisas. Depois, você quase estraga o casamento dela... Essa mulher não vai querer te ver nem pintado. A única coisa que você pode fazer agora é ficar limpo, abrir o jogo... e torcer pra dar certo, meu camarada.

Eu fiquei calado. Ele percebeu e mudou de assunto, dizendo que estaria de volta semana que vem. Eu ainda fiz uma piada, dizendo que era pra Lumi que ele tinha que dar satisfação, mas ele me abraçou forte e bagunçou meu cabelo. Depois disso, entrou no carro e foi embora.

Próxima parada: Beni.

Nós ainda não tínhamos ficado a sós desde a viagem, e ele certamente estava se perguntando por que eu e a Solara não estávamos nos falando. Assim que eu dei a partida no carro, ele perguntou dela. Eu fiz um resumo dos últimos dias.

— E tem verdade nisso aí? — ele perguntou.

— Como é?

— Tem verdade nisso aí? Você não está sendo sincero com ela, ou simplesmente não tem nada pra contar?

É possível as duas coisas serem verdade?

Não consegui responder. Olhei pelo retrovisor e sinalizei para a direita, para pegar a entrada para Limeira. Antes que eu pudesse pensar em alguma coisa, ele completou:

— Tem a ver com a sua condição?

Eu quase morri de susto. Um Corolla não me deu passagem, e eu quase bati nele. Reduzi a velocidade, me certifiquei que estava livre e entrei.

— Como é??? — perguntei, fazendo a curva acentuada.

— Eu perguntei se o fato de a Larinha estar reticente tem a ver com o fato de você ter esclerose múltipla e não ter aberto pra ela... aliás, pra ninguém aqui.

Eu tive que olhar pra ele.

— Como você sabe disso, Beni?

Ele estava com uma cara de gato que comeu um passarinho.

— O dr. Ortiz comentou que era muito amigo do seu neurologista, o dr. Marco, que te tratava desde a adolescência.

Claro...

Onde foi parar o sigilo médico-paciente?

— Eu tenho pra mim que foi sem querer... e como na consulta você enfatizou que eu era como um pai... — ele respondeu, me deixando sem jeito.

Pelo visto, eu tinha pensado alto de novo.

— Perdão, Beni. Pensei alto aqui.

— Não precisa pedir perdão, Campeão. Mas eu tenho pra mim que essa informação seja relevante pra gente.

— Por que todo mundo me diz isso? — Eu surtei. — Isso é só um detalhe da minha vida, isso não me define... mas todo mundo trata como se isso fosse uma característica crucial da minha personalidade, como se eu tivesse que sair avisando por aí... Daqui a pouco vão me forçar a fazer uma carteirinha e mostrar pra todo mundo que eu conhecer!

Ele ficou calado, enquanto eu remoía aquilo.

Realmente, eu não devia satisfação da minha vida pra ninguém.

A gente foi entrando na cidade, e o GPS do carro me mandou entrar à esquerda. Eu parei num sinal que estava levando horas pra abrir.

— Tem razão, Campeão.

Eu olhei pra ele, mas o Beni continuou olhando pra frente.

— Algumas doenças são estigmatizantes. Eu, por exemplo, desenvolvi a minha em consequência do alcoolismo. Esse, por si só, já é estigmatizante. Mas aprendi que quem me ama não me classifica por isso. Quem me ama me enxerga como eu sou. Você não tem obrigação de falar nada pra ninguém, mas quem te ama vai te aceitar como o mesmo Hugo de sempre.

— Eu não...

— E o que me preocupa aqui não é o fato de você não achar importante contar, mas *o esforço* que você está fazendo pra manter isso em segredo — ele continuou. — O que me preocupa é que, apesar de você ter esse diagnóstico há muito tempo, parece que ainda não aceitou. Você ainda está em negação? Ou talvez seja porque *você mesmo* acha que isso te define.

O sinal abriu, e eu fiquei sem resposta. Minha terapeuta tinha tentado me dizer isso, mas não tão diretamente. Ela só tinha me feito pensar sobre quem eu era, e isso era uma coisa que eu ainda estava tentando definir.

Finalmente parei o carro no estacionamento da clínica e desliguei o motor.

— Beni...

— Já sei o que você vai dizer, Campeão. Da minha boca, a Solara não vai saber. Não é minha história pra contar.

— Obrigado — respondi, aliviado. — Essas são coisas que eu ainda estou tentando trabalhar em mim. Agora, finalmente eu sou alguma coisa... não sei se você entende...

Deixei a frase no ar, porque era difícil explicar.

— Você está se referindo a ser esse profissional talentoso, que tem um carro importado bacana e está em excelente forma física? Meu querido, vou te dizer uma coisa: pra Larinha, pro Lucinho, pra mim, nada disso importa... Sinto dizer, mas pra gente você é o mesmo Hugo de sempre. O que você precisa aceitar é que nós te amamos quando você ainda era aquele Hugo, aquele que você até hoje não entende que era, sim, possível de ser amado.

Ele me deu a mão, e eu sorri, emocionado. Me lembrei de como ele sempre me ajudou, de como ele sempre me colocou pra cima.

— Cinco pras duas — ele anunciou, olhando no relógio no painel do carro. — *Vambora*, Campeão, que eu ainda tenho que matar o meu leão de hoje.

Eu respirei fundo.

— Bora, Beni.

capítulo 33

Solara

Quando o Hugo apareceu na lanchonete, eu quase morri de susto.

Não pelo que ele tinha feito ontem, mas porque eu achava que ele tinha ido embora.

Ele focou em mim e veio na minha direção. Pega de surpresa, eu resolvi fugir. Graças a Deus, a lanchonete não estava cheia, então entrei no banheiro e fiquei lá por um tempo. Quando me recompus um pouco, voltei pro caixa. A Lumi estava lá, irritada.

— Dor de barriga, Solara? Ou é por causa do...

Eu a interrompi:

— Dá licença, pode voltar pra cozinha.

— Ok... — minha irmã respondeu, com um sorrisinho sarcástico.

O Hugo conversava com a Cris e o Rafa. Depois de um tempo, ele veio até mim.

— Oi... queria pedir perdão por ontem.

— Hugo... o que você ainda está fazendo aqui?

— Eu te disse, Solara... ainda não tá na hora de eu ir embora.

— Olha, eu não sei o que você quer... Só sei o seguinte: não adianta você cantar, fazer declaração de amor, vir aqui todo dia e ficar conversando com todos os meus parentes... Esse casamento vai acontecer, Hugo.

Declarei com mais certeza do que eu tinha na realidade, mas ele não podia saber disso. Eu estava contando com o fato de ele ir embora e nunca mais aparecer, mas agora...

Bom, isso era uma coisa pra pensar depois.

Por ora, o que eu falei pareceu funcionar. O Hugo me olhou meio desolado, e eu tive que desviar o olhar.

— Como eu ia dizendo, perdão por ontem. Bebi além do que eu devia. Sei que isso não justifica, mas ver você com o Alex...

— Hugo, por favor, eu estou trabalhando.

— Isso não teria acontecido se você tivesse me escutado...

— Eu não tenho que escutar nada! E você não tem que me dar nenhuma satisfação. Agora que a gente está na mesma página, dá licença... eu tenho pessoas pra atender. Próximo!

Ele chegou pro lado e deu licença. Depois que a fila acabou, fui atender no balcão. Uma menina pediu um suco de graviola, mas a polpa tinha acabado. Tive que ir à sala fria e precisei abrir uma embalagem enorme. De repente, quando eu me virei, o Hugo estava lá. Eu tomei um susto.

— Não acredito... — Passei a mão no rosto.

— Eu não vou desistir, Solara. Se eu não estou te contando os detalhes dos detalhes, é porque eles não importam. O que importa é que tudo que eu disse pro Alex é verdade. O que a gente tem não se encontra por aí, em qualquer esquina... Qual amor resiste a dez anos e continua vivo, mesmo quando não é alimentado? — ele disse, se aproximando.

— E quem disse que eu te amo? — respondi, rindo da cara dele.

Ele não se abalou. Em vez disso, chegou mais perto. Sem querer, eu dei um passo para trás.

— Pelo contrário... esse amor só aumentou... E, além disso, tem essa atração louca que eu sinto por você... e eu sei que você sente o mesmo...

— Hugo... não.

Eu senti a parede atrás de mim. Ele parou a centímetros, mas não me tocou.

— ... porque eu vi o jeito que você ficou naquela noite, Sol...

Ele apoiou um braço na parede, e começou a me *cheirar*. Eu virei o rosto, mas acabei expondo meu pescoço pra ele.

— ... e como você tá agora... Porque você é minha, Solara... sempre foi, sempre vai ser. Não importa o que você diz, seu corpo diz o contrário... e seus olhos também.

Eu podia sentir o hálito bem de perto, e aquele perfume irresistível que ele usava, misturado com o seu cheiro natural. Acabei olhando pra ele. Seu olhar de desejo me arrepiou.

— Mas não vou forçar nada — ele sussurrou no meu ouvido. — Quando você estiver pronta, eu estarei te esperando.

Senti sua respiração ainda mais perto. Acabei fechando os olhos, tentando não pensar em mais nada.

Mas o que eu esperava não aconteceu.

E, quando eu abri os olhos, ele já não estava lá.

Hugo

Minha nova rotina era assim: eu acordava bem cedo e ia pra academia. Às 7h30, eu já estava de banho tomado e descia pra tomar um café rápido. Às 8h, eu começava a trabalhar. Às vezes, a gente tinha reunião. Às vezes, eu só tinha que terminar uns projetos no laptop. Às vezes, eu só tinha que pensar, ter ideias. Meu almoço sempre era mais tarde, e na frente do computador. Às quatro da tarde eu desligava meu laptop, mesmo se estivesse no meio de alguma coisa.

Depois de dez dias, o Gustavo promoveu a Leticia Weinberg, que ia dividir a direção comigo. Não me senti preterido; pelo contrário, senti alívio. Eu tinha coisas pra resolver na minha vida, e precisava daquele tempo.

Às 16h15, eu já estava na lanchonete. Eu ajudava a Lumi quando ela precisava, brincava com os meninos quando ela não precisava, e saía junto com a Solara quando ela acabava o expediente. Eu sempre tentava acompanhá-la, mas ela nunca deixava. Então eu ia pra Casa Amarela, checar como estavam os avanços da obra. Nesse horário, os pedreiros já tinham ido embora e eu ficava lá sozinho, tentando imaginar a casa já pronta. Às vezes, da janela, eu via a Solara correndo. Ela sempre parava ali na frente por um tempo: sentava na areia e ficava olhando o pôr do sol, ou fazia Tai Chi Chuan. Enquanto isso eu a olhava, de longe. O pôr do sol era mais lindo com ela. Depois de um tempo, ela se levantava e continuava a corrida, e eu voltava pra pousada.

Hoje era um dia desses.

Todo mundo diz que o pôr do sol é mais lindo quando não há nuvens no céu, mas eu discordo. As nuvens tampam o sol, mas as cores resultantes são lindas. E hoje as cores variavam entre roxo e rosa, com diferentes tons de lilás.

Assim era a Solara. Um sol magnífico, e, mesmo quando nuvens pairavam, ela dava um jeito de brilhar ainda mais forte.

Mal o sol se escondeu pro lado das pedras, ela foi embora e eu me senti mais vazio do que nunca.

Peguei o caminho de casa, lembrando que, no dia seguinte, eu tinha que ir bem cedo pro Rio com o Beni. A gente ia ver o dr. Ortiz, e à tarde eu tinha que passar na firma pra reunião de sexta. A gente estava com três projetos complexos, e eu tinha que fazer uma média com o Gustavo.

Chegando na pousada, não resisti e mandei uma mensagem pra Solara.

Eu: Pensando em você.

Eu: Sei que você só vai ver isso mais tarde, mas nessa hora eu também estarei pensando em você.

Horas depois, já no escuro, meu celular acendeu.

Sol: Acordado?

Eu: Indo dormir... amanhã eu e Beni pegamos estrada às 5.

Sol: Torcendo pra dar tudo certo. Boa noite.

Eu não queria desligar. Eu queria falar com ela a noite toda, mesmo que isso significasse um dia de miséria amanhã. Mais que isso, eu queria passar a noite com ela.

Eu: Lembra das vezes que dormimos de mãos dadas?

Ela visualizou, mas não respondeu. Começou a digitar alguma coisa, mas parou.

Eu: Hoje eu vou dormir assim com você, mesmo que só na minha imaginação.

Dessa vez, ela não visualizou.

Eu já tinha desistido de esperar uma resposta, quando a luz acendeu no escuro de novo.

Sol: Mão esquerda ou direita?

Eu: Direita. Com a esquerda, eu estou te abraçando por trás.

Qual não foi minha surpresa quando recebi uma foto dela deitada, com o braço direito estendido, de camiseta branca e olhos fechados, o cabelo espalhado no travesseiro. Eu queria ver mais, mas não podia.
Sol: Boa noite, Hugo.
Ela mandou um emoji com um beijo feito de marca de batom.
Eu: Boa noite, meu amor.

capítulo 34

Solara

No aniversário do Lúcio, ele resolveu fechar a loja ao meio-dia excepcionalmente. A Lumi fechou o Sereinha também. Não era sempre que a gente podia fazer isso; na verdade, a gente nunca fez. Mas segunda-feira era aniversário de dez anos do Rafa, e o Lúcio sugeriu de a gente fazer um churrasco pra comemorar.

A maior parte dos convidados eram vizinhos mesmo, que iam e vinham durante o dia. Os meninos jogavam futebol na Prainha, enquanto o filho da Vânia, que era churrasqueiro profissional, assava a carne. Eu, a Lumi e a Taty estávamos fazendo os acompanhamentos. Eu terminava de mexer a farofa, quando o Alex, o Claudinho e o Lúcio entraram na cozinha.

— Sai. Nossa vez. — O Lúcio tirou a colher da mão da Lumi.

— Credo... o que é isso?

— Vocês ficam na cozinha o tempo todo. O que está faltando fazer? — ele perguntou.

— Só a maionese e o vinagrete — a Taty respondeu, descascando as batatas.

O Claudinho fez uma cara de desespero e passou a mão no rosto.

— Velho, só o mais trabalhoso...

O Alex interveio:

— Não importa. Vão lá pra fora, tá saindo uma linguicinha da hora — ele falou, me tirando do fogão.

Era a primeira vez que o Alex vinha na comunidade. Eu tinha adiado isso, não por vergonha, mas porque era um mundo muito diferente do dele, mas ele pareceu se encaixar bem. Eu e as meninas fomos lá pra fora, perto da churrasqueira improvisada. A Taty pegou umas cervejas, e a gente sentou numas cadeiras de praia.

De vez em quando eu olhava pro Alex pela janela. Depois do que aconteceu com o Hugo, ele ficou com o pé atrás alguns dias, mas voltou a ser o mesmo namorado amoroso de sempre. A gente não costumava ter ciúme um do outro, não era agora que isso ia começar. Mas nós dois evitávamos comentar sobre aquela noite, e às vezes eu o sentia meio desconfortável.

— Você tem o namorado perfeito, Solara — a Taty falou, como se adivinhasse meus pensamentos. — Pra um cara cheio da grana, ele é supersimples.

— Perfeito... só faltava um detalhe — a Lumi falou, sarcástica, olhando pra garrafa nas mãos.

— Lumi... — Eu a repreendi.

A Taty fez uma cara de quem não estava entendendo nada.

— Falta um cabelo loiro encaracolado e uns olhos azuis...

— Lumi! Por favor! — falei mais alto, irritada.

— Gente... o que está rolando que eu não tô sabendo? — a Taty perguntou, meio rindo.

— A Solara que tem que responder isso pra gente... — Ela apontou pra mim com a garrafa de cerveja. — Abre o jogo, maninha! O Adriano me contou umas coisas aí...

— Lumiara... eu não quero falar sobre isso!

— Ih, me chamou de Lumiara... agora fiquei com medo. — Ela debochou.

O Alex me olhou pela janela e sorriu. Os três até pareciam estar se divertindo. Eu estava curiosa pra saber como ele estava indo na cozinha, porque eu tinha certeza de que ele nunca tinha picado um tomate na vida.

— Gente... por favor, me conta... — a Taty pediu. — É do Hugo que vocês estão falando, né?

— Demorou, Taty... Tá lerdinha, você.

— Lerda, não, Lumi! Ela é do bem. Você é da fofoca!

Minha irmã riu da minha cara.

— O Lúcio me contou, por alto. Amor de infância, né? Mas eu não sabia que você ainda sentia alguma coisa por ele — a Taty falou, surpresa.

— Eu não sinto!

Do jeito que eu falei, não consegui convencer nem a mim mesma.

A Lumi começou a rir alto e as pessoas ao redor olharam, inclusive os três, pela janela.

— Cala a boca, Lumi... tô te pedindo...

Não adiantou. A Lumi começou a comentar de quando o Hugo era adolescente, de como ele era estranho e se transformou de sapo num príncipe, e terminou revelando o que o Adriano tinha contado.

— O Hugo só cantou uma música pra Solara na frente do Alex e dos amigos importantes... Parece que até fez uma declaração de amor antes... A garota aqui ficou tão balançada que saiu correndo... Aí o cara foi atrás, e o Alex foi atrás dele. Se o Hugo não estivesse bêbado, tinha rolado porradaria!

A Taty acompanhava tudo de boca aberta.

— Lumi, por favor... eu não quero remexer nisso, agora que tá tudo bem!

O Lúcio chegou, chorando.

— Caraca... tive que sair de lá... Cortar cebola é sinistro...

— Bem-vindo à minha vida, irmãozinho... mas eu não vou ajudar, não. Você expulsou a gente, agora vai acabar — a Lumi falou, cruzando as pernas pro outro lado.

— Vamos lá, baby. — A Taty o pegou pela mão. — Vou te ensinar um truque, é só você deixar a água correr... e a coisa da cebola que faz a gente chorar vai pra água.

Assim que eles saíram, eu falei baixinho, irritada:

— Lumi... quer estragar meu casamento, é isso???

Ela ficou mais séria, de repente.

— Irmã, agora na boa... você precisa pensar sobre isso. Tá na cara que você gosta do Hugo, eu vejo todo dia lá na lanchonete! Você é uma antes de ele chegar e outra quando ele chega! Você tenta esconder, mas eu te conheço...

— Não sei se eu posso confiar nele, Lumiara.

Ela riu alto e desencostou da cadeira, apontando pra trás.

— No Hugo??? Sério, nem se quisesse, o cara conseguiria mentir... Todo mundo vê a cara de apaixonado que ele faz pra você... Arruma outra desculpa, irmã, porque essa não cola.

— Se tá nesse pé, quero ver o que vai rolar agora: o Hugo e o Beni acabaram de chegar — a Taty anunciou, vindo lá de dentro. — O Adriano também, Lumi.

Minha irmã deu um sorrisão e saiu em disparada.

Eu gelei. Eu sabia que o Lúcio tinha chamado o Hugo, mas não sabia se ele vinha.

Óbvio que ele vinha, Solara.

Tentei me preparar mentalmente pras coisas ficarem estranhas. Eu não sabia como o Alex ia se sentir com o Hugo lá.

O primeiro a aparecer foi o Beni.

— Como foi no médico? — Eu o abracei. — Tá tudo bem? Tudo encaminhado?

— Tudo bem, Larinha — ele respondeu, sorrindo demais.

— Vai fazer então o transplante??? — perguntei, animada.

— Vou, sim. — ele respondeu, mas mal olhou nos meus olhos. — Alguém me arruma uma água de coco que eu estou morrendo de sede, por favor? — Ele desconversou. Um vizinho veio com um coco, e os dois começaram a conversar.

O Adriano chegou, abraçado com a Lumi.

— Fala, Sereia. Parada tá boa, hein! Deixa eu pegar uma carninha aqui, tô cheio de fome! — Ele falou, passando a mão na barriga, em círculos. — O Hugo não quis parar na estrada, pra chegar mais rápido.

Subitamente, o Adriano ficou mais sério e acenou pra alguém. Eu olhei pra trás e vi o Alex sério, olhando na nossa direção.

De repente o Rafa veio correndo, segurando um filhote de cachorro.

— Pequeno... que coisa linda é essa na sua mão??? — perguntei, admirada.

Seu sorriso era indescritível... daqueles sorrisos que vêm da alma. O filhote tinha uma fita azul amarrada no pescoço e uma coleira com um ossinho pendurado, escrito "Loki".

— De quem ele é, Rafa?

Ele pôs a mão no peito.

— Eu o achei parecido com o Zion e não resisti. — A voz do Hugo veio de trás, me deixando arrepiada.

Sem querer, olhei para o Alex na cozinha. Óbvio que ele estava olhando pra gente. Eu me levantei devagar e tentei manter distância do Hugo.

— Você comprou esse cachorro pro Rafa?

— Adotei. Eu já estava olhando o site há algum tempo.

Ele parecia um pouco abatido, mas eu não quis puxar conversa.

— Bom, talvez isso seja um problema... nosso senhorio não aceita animais.

O Rafa me olhou com cara de choro, e isso partiu meu coração.

— Seria um animal de suporte emocional... Você pode pedir um atestado pro médico do Rafa. Nesse caso, o senhorio é obrigado a aceitar — o Hugo falou, colocando as mãos no bolso.

O Rafa me olhou com cara de pidão, enquanto eu fazia um carinho no bicho. Ele realmente parecia com o Zion, a mesma carinha de vira-lata, o mesmo tom de bege.

— Você acha que... que um cachorro pode ajudar? — Apontei pro Rafa com os olhos, tentando ser discreta.

— Tenho certeza, Sol. Acho que você já pode ver o efeito, né? — o Hugo respondeu, olhando pro Rafa abraçado com o cachorro. O bicho lambeu o rosto do Pequeno e ele gargalhou, fazendo um som. Raramente ele fazia isso.

O Alex chegou e me abraçou. O olhar do Hugo foi direto na mão do Alex no meu ombro.

— Hugo — o Alex o cumprimentou, sério demais.

— Alex — o Hugo respondeu, também sério.

Eu percebi um estranho silêncio, como se algumas pessoas parassem de conversar ao mesmo tempo. O Adriano e a Lumi estavam olhando pra gente, assim como o Lúcio e a Taty.

O Rafa mostrou o cachorro pro Alex, que se abaixou pra acariciá-lo.

— Loki... Sabia que Loki é o deus da travessura na mitologia nórdica? — o Alex perguntou. O Rafa fez que não com a cabeça.

— Foi ele que ajudou Thor a recuperar o martelo. Você já viu o filme do Thor, né?

O Rafa fez que não com a cabeça.

— Não??? Então a gente vai ver quando eu voltar. Semana que vem, ok?

O Rafa fez que sim com a cabeça e saiu correndo. Uns meninos que mal olhavam pra ele o rodearam, querendo ver o cachorro. Ele sorria, feliz da vida.

— Terminaram a maionese e o vinagrete? — perguntei pro Alex.

— Tudo em pedaços, Linda, só esperando você dar seu toque final.

Ele me puxou pra si. De alguma forma, eu soube que isso tinha a ver com a presença do Hugo.

— Dá licença, gente. Eu vou... vou falar com o Lúcio — o Hugo falou, colocando a mão na nuca. O Alex só fez um movimento com a cabeça.

O resto do tempo eu fiquei me policiando para não olhar pro Hugo. Depois do que a Lumi disse, era o mínimo que eu podia fazer... Mesmo assim, notei que ele estava muito calado, na dele a maior parte do tempo. A exceção foi quando o Adriano chegou nele com uma cerveja e os dois riram alto durante algum tempo e depois, quando ele brincou de pega com o Rafa, o Loki e os meninos.

Pouco antes das seis da tarde, o Beni veio se despedir.

— Já, velhinho? Parece que vão cantar parabéns aí já, já — o Lúcio falou.

— Cansado da viagem... — ele respondeu, e foi aí que eu reparei as olheiras fundas. O Hugo olhou na nossa direção, e eu me toquei que os dois tinham ficado separados o tempo todo.

— Algum problema na viagem, Beni?

Ele fez uma cara de desentendido.

— De jeito nenhum, Larinha. O Hugo tinha uma reunião ontem no trabalho e hoje de manhã me levou pra fazer uns exames que o médico pediu.

Eu ia perguntar mais da consulta, mas ele foi embora, rápido demais.

Assim que a gente cantou parabéns, foi a vez de o Alex ir embora. Ele tinha um voo pra Flórida, e o jatinho da firma o esperava no aeroporto privado de Catedral de Limeira.

— Já vou, minha Linda. Você vai ficar bem? — ele perguntou, me abraçando.

— Claro.

— Sabe o que eu estava pensando? Três semanas... só faltam três semanas pra você ser minha. Vem cá, que eu quero me despedir direito. — E saiu me puxando pela mão.

Eu pensei no Hugo vendo isso.

Meu noivo me levou pro quarto da Lumi e fechou a porta. De repente, ficou mais sério.

— Eu não gosto da ideia de você ficar aqui com esse cara. Tenho razão pra me preocupar? — ele perguntou, me esquadrinhando com os olhos.

— Não... por quê?

— Ele não tirou os olhos de você a tarde toda, Solara... na minha cara. Esse cara tá abusando da sorte.

— Imagina, nem reparei... e daqui a pouco eu tenho que ir pro resort... — Eu segurei a mão dele. — E, como você mesmo disse, faltam só três semanas. Você precisa confiar em mim, Alex.

— Eu confio, minha Linda... Eu confio.

Ele começou a me beijar, acariciando minha nuca. As coisas começaram a esquentar, até que o celular dele tocou. Ele reclamou baixinho.

— O motorista tá aí, tenho que ir. Vou morrer de saudade.

— Eu também — respondi, menos empolgada que de costume.

Lá fora, nós nos despedimos mais uma vez. O Alex não foi nem um pouco discreto, e eu sabia que era de propósito. Mas, depois que ele foi embora, eu não vi mais o Hugo.

— Ele saiu fora assim que você foi lá pra dentro com o Alex — o Adriano falou, abraçado com a Lumi. — Se despediu do Lúcio e foi em direção às pedras com uma garrafa de Heineken.

O pôr do sol.

Mas eu não podia ir. Eu tinha que ir pro trabalho.

Na volta do Estrela-do-Mar, eu repassava a tarde na minha mente e sorri quando me lembrei do Rafa. Meu Pequeno tinha ficado ainda mais feliz com o Loki do que com o *Xbox* que o Alex tinha dado e que os meus sobrinhos já tinham estreado. Mas a gente ia ter que deixar o Loki na Lumi enquanto eu não arrumasse a tal declaração do médico.

Quando me lembrei do Beni, fiquei preocupada. Ele estava estranho, e o Hugo também.

Depois que o Rafa dormiu, mandei uma mensagem pro Hugo.

Eu: Como foi a consulta?

Eu: Vão fazer mesmo o transplante?

O Hugo nunca demorava pra responder. Ainda mais preocupada, resolvi ligar. Ele atendeu no primeiro toque.

— Sol.

— Hugo. Como foi a consulta?

Ele demorou um pouco pra responder:

— *Você conversou com o Beni?*

— Rapidamente, na festa... ele foi vago e ficou me evitando, tenho certeza.

Ele respirou fundo.

— Hugo, você está me assustando!

— *Não... olha...*

— Negaram o transplante, foi isso?

Ele demorou pra responder de novo, me deixando ainda mais tensa.

— *Tá em casa? Posso ir aí?*

O Hugo vir no apartamento que o Alex alugava pra mim... Se ele ficasse sabendo...

— Por quê? Hugo... por favor...

— *Sol, por favor digo eu. Eu não vou fazer nada... quer dizer... você entendeu, eu só quero conversar. A gente precisa conversar.*

— Você vai me contar tudo da consulta?

Ele demorou pra responder de novo.

— *Vou.*

— Ok.

Hugo

Quando a Solara abriu a porta, a primeira coisa que eu percebi foi o cabelo. Ela tinha tirado as trancinhas e estava com o cabelo bem lisinho, quase escorrido. Eu não sabia como eu gostava mais. Na verdade, eu sabia... eu gostava de como ele era naturalmente... cheio de ondas. Me lembrei da primeira vez em que nós dançamos juntos e de como ele era cheiroso. Agora ela usava um xampu mais sofisticado, doce também, mas o cabelo dela ainda tinha aquele leve aroma de maresia.

Melhor parar de pensar nisso, até porque a conversa não vai ser fácil.

O apartamento era bem modesto, com plantas espalhadas pela casa, móveis práticos e modernos e almofadas aconchegantes e coloridas. Quando cheguei na janela, vi um pedaço pequeno do mar.

— Desde que me mudei, não me canso dessa vista. Ali é a Lagoa Brava. Incrível poder ver a essa distância, e aqui nem é muito alto.

Aquela parte de Pedra Grande tinha mais casas e prédios pequenos, como o dela.

— Hugo... abre o jogo. Não vão fazer o transplante, né?

Agora não tinha mais jeito. O Beni tinha me pedido pra esperar até o fim da festa pra falar, e foi isso que eu fiz, apesar de ter sido muito difícil.

— Não.

— Mas por quê??? Quanto que a gente tem que pagar pra eles fazerem isso? — ela perguntou, alterada. — Eu dou um jeito... Eu peço ao Alex...

— Não é essa a questão, Sol — interrompi. — Parece que o transplante não é indicado no caso dele.

— Mas como, se os médicos anteriores indicaram??? É uma questão de opinião? A gente vai em outro médico, se for isso! — ela falou, com os olhos arregalados.

Eu peguei sua mão e a fiz sentar. Sentei na mesinha de centro, em frente a ela.

— Não é opinião, Sol... A ressonância mostrou um câncer.

Ela me olhou, atônita.

— Câncer... no fígado?

— É comum em casos como esse, infelizmente.

— Mas, então, não é só fazer o transplante? Eles tiram o fígado ruim e colocam o bom! — ela comentou, e eu me lembrei que tinha pensado isso também.

— Não. Segundo o dr. Ortiz, precisam tratar o câncer primeiro e se certificar de que não se espalhou. Só que, pelo tamanho, as chances de ter se espalhado são muitas... e eles não vão transplantar um fígado novo se houve metástase.

Ela tremia.

— Mas não tem que fazer biópsia... pra ter certeza que é maligno?

— Não nesse caso... pelo tamanho... também porque ele já tem uma cirrose avançada... e o exame de sangue detectou um nível enorme de uma proteína que é liberada por tumores malignos.

Ela contorceu as mãos, tensa.

— Então ele vai ter que fazer quimioterapia?

— O primeiro passo é retirar o tumor e confirmar o tamanho e o grau de disseminação pela análise patológica. Mas... o tumor é grande... e o fígado já está bem comprometido... — Fui falando devagar, tentando me controlar. Eu já tinha chorado muito ontem e hoje.

— E o que isso significa?

Suspirei, tentando pegar fôlego.

— Significa que a chance de ele sair dessa é muito baixa... quase inexistente, nas palavras do próprio dr. Ortiz. Se ele se recuperar da cirurgia, ainda vai precisar da quimioterapia... e depois, provavelmente, do transplante...

Lágrimas começaram a escorrer dos olhos dela. Eu não suportei e comecei a chorar também.

— E como ele ficou? — ela perguntou, soluçando.

Eu sorri e enxuguei uma lágrima.

— Você conhece o Beni, né? Disse que estava tudo bem... na verdade, foi ele que acabou me consolando. E isso acabou comigo, confesso... porque não sei como ele está por dentro.

— Meu Deus... Uma pessoa nunca deveria ter que passar por tudo isso... ainda mais com a história dele... O Beni já sofreu tanto... por que mais essa agora??? — ela falou, soluçando, e desabou de vez.

Com isso, eu sentei do lado dela e a abracei, chorando junto. Me lembrei do dia em que ela chorou no meu ombro, anos atrás, por causa do Laércio. Me lembrei também de como ela me entendia e me ajudava quando eu tinha problemas com a minha mãe.

Como eu senti sua falta a minha vida inteira, Solara...

Eu a abracei mais forte, e ela me abraçou também. Nesse momento, eu não queria pensar em doença, nem em casamento, nem em qualquer outra coisa. Nesse momento éramos só eu e ela, e a dor de perder um amigo querido.

Meia hora depois Solara adormeceu no meu peito, enquanto eu lhe acariciava os cabelos. Apesar da dor, eu me senti mais inteiro do que nunca.

capítulo 35

Hugo

Na semana seguinte, eu e o Beni fomos pro Rio. Ele foi internado na quinta à noite e a cirurgia seria na sexta, bem cedinho. Solara ficou arrasada de não poder ir, mas a Lumi e o Rafa precisavam dela. Cortou meu coração ver o Lúcio e ela chorando e o Beni os consolando.

— Estarei com vocês em breve, meus queridos... em breve, eu tenho pra mim que sim... não chora, Larinha. Olha... olha pra mim.

Ela o olhou, com os olhos vermelhos.

— Você é linda. Guerreira. Sempre foi, tá no seu sangue. Você também, Lucinho. Olha a família que vocês têm... estão aí, lutando, ajudando a comunidade... Continuem assim, meus filhos...

— Cala a boca, velho... você falou que vai voltar logo, e isso tá parecendo papo de despedida. Tu também é guerreiro, eu sei que tu vai passar por mais essa. Não é qualquer coisa que te derruba, não — o Lúcio falou, chorando.

A Lumi não aguentou e foi lá pra dentro, a Taty atrás.

— Despedida por agora... daqui a pouco a gente se vê. Hein, Larinha?

Solara não conseguia falar nada, só chorava. Eu quis abraçá-la, mas achei melhor não. Apesar de o Alex estar viajando, eu estava tentando manter distância e respeitar a vontade dela.

— Eu ligo assim que a cirurgia acabar, prometo.

Os dois me olharam, com os olhos vermelhos.

O Beni entrou no carro, e a Solara se inclinou pra beijá-lo mais uma vez.

— Só quero te pedir uma coisa, minha filha. Seja feliz. Seja insanamente feliz... Sabe por quê? Porque você tem o direito. Não se contente com pouca coisa, não, porque viver pela metade é não viver. Você merece tudo, Larinha... você merece todo o amor do mundo. —

E olhou pra mim quando falou essa última parte. — Promete? Me promete, minha flor?

Ela fez que sim com a cabeça, ainda chorando muito. O Lúcio a abraçou, enquanto eu dava a partida no carro.

Já na estrada, eu percebi que o Beni estava emocionado e alcancei sua mão, que tremia.

— Tudo bem? Quer que eu encoste em algum lugar?

— Não, Campeão. Eu sou só um velho sensível. — Ele fungou. — Vai ser o que tem que ser.

Chegando no Rio, a gente deu entrada no hospital Universitário, na Ilha do Fundão. O Beni comeu uma refeição leve e dormiu, depois que eu fiz uma oração. Eu tinha conversado com o pastor da igreja de Pedra Grande, e as irmãs estavam todas orando por nós. Uma delas segurou na minha mão e falou que o Beni precisava de mim, e que eu guerrearia por ele através da oração. Eu não entendi bem e nem sabia se acreditava muito, mas fiz, por via das dúvidas.

No dia seguinte, antes de o Beni ir pra cirurgia, o dr. Ortiz passou no quarto.

— Como vai, Benício? Pronto?

— Tem que estar, né, doutor? A vida é assim, uma luta atrás da outra.

O dr. Ortiz explicou que a cirurgia duraria entre quatro e cinco horas, o tipo de anestesia e o que era esperado da recuperação. Depois de uma pausa, ele perguntou se o Beni tinha alguma dúvida.

— Você está em boas mãos. — Ele desviou os olhos do Beni para mim. — Minha equipe vai cuidar bem do seu querido, Hugo. Vocês dois precisam de um momento?

— Por favor, doutor — o Beni respondeu.

— Claro. — Ele virou pro enfermeiro. — Dá dois minutos pra eles, Toninho.

Os dois saíram do quarto. Eu segurei a mão do Beni, que estava gelada e trêmula.

— Campeão... Ora por mim, como você fez ontem?

— Claro. Senhor Deus e Pai... entrego a vida do Beni nas tuas mãos. Te agradeço por tudo que ele é na minha vida, e na de tanta gente. Eu te peço que abençoe as mãos dos médicos, e que ele possa se recuperar rápido. Nós confiamos em ti, Jesus...

Ele me interrompeu e começou a orar, chorando e segurando minha mão mais forte.

— Quero pedir perdão, meu pai... perdão por ter deixado o meu Leandro morrer, perdão por ter causado a morte daquele homem... Tu sabes, Deus, da minha culpa, da culpa que eu carrego... Eu aceito, meu pai... eu aceito o que você tem pra mim... se é vida, vida... se é morte, morte... Eu estou no lucro, porque, se eu morrer, vou ver meu filho... e agora eu sei que vou ver meu Deus também, porque eu sei que você é Deus perdoador... eu tenho pra mim que sim... Amém... amém...

Por um momento, achei que ele ficou mais leve.

— Campeão... só mais uma coisa. Me promete. Me promete que você vai cuidar da minha menina.

— Beni... ela vai se casar com outro...

— Mas é você que ela ama! Lute por ela, meu filho... lute, como eu nunca fiz... Eu me arrependo tanto de não ter lutado pela Maísa... me rendi, me entreguei ao vício, e olha pra onde isso me trouxe. Seja sincero com a Larinha... Porque a vida passa muito rápido, e no fim das contas isso não vai fazer a menor diferença. A vida está te dando uma chance, agarre ela com todas as suas forças... e se houver arrependimentos, que sejam apenas por não ter tentado antes. Eu te amo, meu filho... meu Campeão.

O enfermeiro entrou e o levou na maca.

De longe, meu amigo fez um sinal de positivo com a mão e sorriu, desaparecendo pelas portas do bloco cirúrgico.

A cirurgia durou mais do que o previsto, mas vieram me informar que tudo tinha ido bem. Eles o manteriam na UTI por um tempo. Depois, a enfermeira veio me dizer que ele estava sentindo muita dor e que fariam uma ressonância nele. Eu passei o dia dando informações pra Sol e pro Lúcio. No fim da tarde, um médico veio conversar comigo.

— Ele está com um sangramento importante, tivemos que reabrir a cirurgia para tentar conter. Não é raro em cirurgias do fígado, ainda mais uma cirurgia desse porte.

Às dez da noite, outro médico veio falar comigo:

— Ele continua sangrando, mas nós estamos tomando todas as providências. Precisamos de doadores de sangue pra repor o que usamos nele. Você pode doar?

— Infelizmente, não, mas vou contatar uns conhecidos.

— Obrigado. Não é obrigatório; na verdade, é só uma cortesia que o hospital pede.

— Entendo totalmente.

Liguei pro Adriano, e ele veio na mesma hora. Depois que doou sangue, veio ficar comigo na salinha do pós-cirúrgico.

— Hugo, vai pra casa. Você precisa descansar, eu fico aqui.

— De jeito nenhum, Negão.

— Eu te aviso qualquer coisa, cara.

— Não. Eu tô bem.

Ele saiu e voltou com uma quentinha.

— Eu queria dizer que é uma comida balanceada, mas não é. Isso é costela com batata, de uma senhora que entrega pros funcionários aqui.

Eu olhei pro meu amigo, tocado.

— Só você, Negão. Obrigado, mas tô sem fome.

— Só um pouco, velho...

Eu fiz o que ele falou.

Às quatro da manhã, um médico entrou na sala. Eu tinha pego no sono sentado, e o Adriano estava meio deitado no sofá.

— Hugo Wolfe?

— Sou eu.

— Você é parente do senhor Benício? — ele perguntou, olhando uns papéis.

— Filho — respondi, cansado.

— Ok. Houve complicações decorrentes da cirurgia... o senhor Benício estava sangrando, e o local era de difícil acesso... Ele quase entrou em choque hipovolêmico, e não é raro os rins entrarem em colapso nesse caso... Nós iniciamos uma hemodiálise, mas ele ainda está com o sangramento.

— E o que isso quer dizer?

— Quer dizer que ele vai continuar na UTI. Se o senhor quiser ir pra casa, pode ir. Nós o informaremos por telefone, caso o quadro sofra alguma alteração.

Eu só pensava em como ia dizer isso pra Solara.

— Bora, Hugo? — o Adriano falou.

— Não, cara... eu prometi à Solara e ao Lúcio que ficaria com ele... pode ir, mas eu vou ficar.

Às oito da manhã, o mesmo médico entrou na sala, muito sério. Eu estava acordado desde as seis, mas o Adriano roncava.

— Senhor Hugo?

— Sim — respondi, me levantando.

Ele colocou a mão no meu ombro. Eu comecei a tremer.

— Sinto muito... O senhor Benício teve uma parada cardíaca. Nós conseguimos reanimá-lo, mas ele teve outra logo em seguida... e não voltou mais.

Eu fiquei chocado. O Adriano levantou rápido e veio até mim.

— Vem cá, meu amigo...

Eu me deixei abraçar por ele, ainda em choque. A lembrança da notícia da morte do meu pai ainda era muito forte em mim... mas foi quando pensei na Solara que eu desabei.

capítulo 36

Solara

Os dias que se passaram foram os mais tristes da minha vida.

A gente nunca sabe quando vai enfrentar uma coisa dessas... Ninguém nunca está preparado pra perder alguém que ama muito.

Quando minha mãe se foi, eu sofri também, mas na época eu estava com raiva. Só depois que os dias se passaram, quando me toquei que não a veria mais, eu chorei. Chorei de pena também... porque ela tinha sido muito infeliz, e nem sempre as pessoas têm culpa do que se tornaram. As circunstâncias influenciam muito, e cada um absorve as pancadas da vida de um jeito.

O Beni já tinha deixado o desejo de ser cremado registrado em cartório depois da primeira internação, há três anos. Ele queria inclusive que suas cinzas fossem usadas pra plantar uma árvore lá na comunidade — provavelmente por minha causa, já que eu sempre fui ecologicamente consciente.

Essa era a beleza do Beni. Ele amava a todos, sem distinção. Não julgava ninguém e, mesmo sem ter condições financeiras, sempre ajudava, da forma como podia.

No dia da cerimônia de cremação, a comunidade foi em peso, assim como os companheiros do Santa Gertrudes. Até a Maísa, sua ex-esposa, compareceu. Ela era uma das que estavam pior, assim como eu e minha família, e o Hugo.

O pastor da igreja de Pedra Grande falou brevemente. Ele contou que o Beni fazia serviços pra comunidade da igreja, coisa que ninguém sabia, e que costumava frequentar a reunião de oração semanal das irmãs. Depois, o Hugo foi lá na frente dar uma palavra. Parecia abatido e drenado, mas respirou fundo e conseguiu falar:

— Na minha vida, eu aprendi muito com o Beni. Apesar de ter estado mais de dez anos longe, carreguei essas lições pra vida... e, nas últimas 24 horas em que estivemos juntos, não foi diferente.

Ele parou de falar por um tempo, tomando fôlego.

— E, como sempre, ele não pensou em si. Me deu conselhos baseados na própria experiência. Me consolou. Mais ainda, aceitou o que a vida lhe deu, de peito aberto, e como eu precisava desse exemplo... Talvez ele soubesse disso também. A verdade é que o Beni tinha tudo pra ficar revoltado... mas não. Ele nunca perdeu a fé em Deus, nunca reclamou e sempre tinha uma palavra boa. Isso é exemplo de humildade, e eu sei que a Bíblia fala que os humildes serão exaltados.

O pastor Eusébio disse um amém alto. O Hugo tomou novo fôlego.

— E ele me disse uma coisa antes de ir pra cirurgia, que eu quero dividir com vocês. Ele disse que não tinha medo, porque, se o pior acontecesse, ele finalmente estaria com o Leandro de novo. Vai em paz, meu amigo... meu pai.

A Maísa chorou alto, e o Hugo foi abraçá-la.

Em seguida, eu cantei "Vento no litoral", uma música que o Beni gostava muito e que eu suspeitava que o fazia lembrar do Leandro, filhinho dele. Foi muito difícil, mas eu tirei forças, sei lá de onde, pra fazer essa última homenagem. Quando eu terminei, o Alex me abraçou e eu me derramei no ombro dele. Pouco depois, uma janela se abriu na parede, e a urna com o corpo entrou nesse compartimento.

No dia seguinte, um domingo, eu, o Lúcio, a Lumi, a Maísa e o Hugo fomos buscar as cinzas, que já vieram misturadas com sementes de salgueiro. Plantamos a árvore perto do barraco dele, na presença de toda a comunidade. A Lumi tinha feito questão de fazer um almoço pra todo mundo, justificando que isso era a cara do Beni. E realmente era... além de uma oportunidade pra todo mundo ficar junto e um consolar o outro.

Mas eu quis ficar sozinha, e pedi licença pro Alex.

Fui pras pedras, tentando tirar sentido do que tinha sido a vida do Beni. Eu mesma questionava por que algumas coisas tinham me acontecido, como ter perdido meu pai tão cedo, o abuso do Laércio e o abandono da minha mãe.

Ver as ondas do mar acabou me consolando... porque, não importa o que aconteça, elas continuam indo e vindo. Eu não podia parar e ficar com pena de mim mesma, eu tinha que continuar cumprindo com meu papel. Mais importante que isso, eu era responsável por várias pessoas, inclusive pela minha família.

De repente, eu percebi o Hugo chegando. Ele tinha umas olheiras enormes e estava muito abatido.

— Eu ainda não tinha vindo aqui, desde que voltei. Na verdade, passei algumas vezes, mas não fiquei. Mas essa era uma boa oportunidade... devia ter imaginado que você estaria aqui.

Eu não respondi, só olhei pro mar de novo.

— Posso sentar contigo?

Eu não tinha cabeça pra me preocupar com o ciúme do Alex, então concordei.

Ele tremia. Eu quis fazer alguma coisa, mas não devia.

— Você está bem? Você parece doente.

Ele olhou pro outro lado e respondeu vagamente:

— Só muito cansado.

A gente ficou calado a maior parte do tempo. Depois ele começou a me contar da primeira impressão que teve do Beni, quando apanhou do Rabelo. Eu acabei rindo, do jeito cômico com que ele narrou as coisas. Eu contei de como o Beni me tratava quando eu era pequena. Ele sempre tinha alguma coisa pra me dar e contava uma história daquele objeto. Eu guardava tudo como se fosse muito importante.

— Uma vez ele me deu uma peça de xadrez de madeira, já muito gasta. Era um peão. Eu não entendia nada de xadrez, mas ele me contou uma história que eu nunca esqueci. Ele disse que o peão, isolado, é a peça mais fraca e menos valiosa do jogo. Apesar disso, os peões representam a linha de frente nos exércitos medievais e por isso, muitas vezes, um peão tem que ser sacrificado pra abrir uma brecha na defesa do oponente. Mas a beleza dos peões é que um só pode proteger o companheiro que estiver ao seu lado, nunca na frente nem atrás. Ali ele me deu, de uma forma lúdica, várias lições: a noção de igualdade, mas ao mesmo tempo que cada um vale muito... solidariedade, vida em comunidade... Como você disse, Hugo, são lições que eu carrego pra vida.

— Você ainda tem essa peça? — ele perguntou, sorrindo um pouco.

— Tenho. Fica guardada numa caixa pequena, onde eu guardo outras coisas, como a única foto do meu pai, um anel que minha mãe me deu, o primeiro dente do Rafa...

Eu não devia falar aquilo, mas acabei falando:

— ... e eu tenho uma coisa sua também.

Ele me olhou, surpreso.

— Uma coisa minha? Nessa caixa?

— Hum-hum. Na verdade, não é sua, sua... é uma foto que a dona Márcia tirou, no dia em que a gente foi tomar sorvete com o Durval na dona Nininha.

Ele fez uma cara de quem estava se lembrando vagamente da história.

— Acho que eu lembro... Bom, pelo menos eu lembro da roupa que você tava. Era uma camiseta lilás e branca, de *Tie-dye*, escrito "Lost at sea", e um short rasgado. Lembro bem da camiseta, porque tinha uma anêmona meio de cabeça pra baixo, e aquilo me incomodava.

Eu fiquei impressionada de ele lembrar daquilo.

— Eu amava aquela camiseta, porque era de uma marca que dava parte dos lucros pra conservação marinha. Usei até acabar.

Ele me olhou, curioso:

— Mas essa foto... a dona Márcia te deu?

Isso acabou me trazendo más recordações.

— Foi. Uns dois meses depois que você foi embora. Ela disse que tinha feito uma cópia pra mim e outra pra você. Eu quis rasgar, mas não consegui.

Ele ficou claramente sem jeito e desviou o olhar. Eu voltei a olhar pro mar.

— Solara, eu...

— Hugo, agora não importa mais — eu o interrompi. — Já passou. Quem vive de passado é museu... e a morte do Beni me fez refletir que a gente não tem que ficar se preocupando com coisas pequenas. Eu estava aqui agora mesmo pensando sobre isso... apesar de tanta coisa acontecer na vida da gente, as ondas continuam batendo como se nada estivesse acontecendo, trazendo essa sensação de que a vida segue. E é isso que eu vou fazer, Hugo. Eu vou seguir com a minha vida, você vai seguir com a sua. O Beni ia gostar disso, eu sei que ele ia.

Eu terminei de falar sem encará-lo, porque, no fundo, eu não queria seguir com a minha vida sem ele. Mas eu tinha que fazer isso... pessoas dependiam de mim. Eu tinha um futuro bem traçado, e ia continuar com meu plano.

— Só que não é verdade, Sol.

Toda vez que ele me chamava de Sol, eu me arrepiava. Acho que porque ele parecia mais o Hugo de anos atrás, aquele em quem eu podia confiar totalmente e que tinha sido meu grande amigo de todos os tempos... mais que isso, meu único amor. Respirei fundo, tentando disfarçar.

— Não é verdade, isso — ele continuou. — Eu tava lá quando o Beni te falou aquilo de viver pela metade, e ele estava se referindo a mim, você sabe muito bem...

— Hugo, eu não...

— ... e, lá no hospital, ele me disse pra lutar por você... ele torcia pela gente, Sol!

Eu me levantei.

— Um absurdo você falar essas coisas, porque ele nem está mais aqui entre a gente!!!

— Mas é a verdade! — Ele se levantou também.

— E como eu vou saber se é verdade mesmo, Hugo? Tem um buraco na nossa história, e você simplesmente não está fazendo nada pra preencher esse buraco!

— O que mais você quer saber, Solara??? — ele perguntou, exaltado. — Eu já te disse, eu não tive culpa... Se eu pudesse voltar atrás, ia achar a porcaria do celular mesmo se tivesse que ir até o inferno, mas eu não posso voltar no tempo! O Adriano até montou uma teoria: que você acha que eu perdi o celular porque você não era tão importante pra mim, mas você é, Solara... Você nunca deixou de ser!

Eu comecei a descer das pedras. Ele me seguiu.

— E, mesmo se você se casar, eu vou continuar te esperando... Sabe por quê? Porque o que a gente tem é único! É especial... Eu não quero mais ninguém, Solara, só você. Eu vou ficar esperando enquanto você voa por esse mar enorme, porque eu sei que um dia você vai voltar pra mim!

Pulei na areia e apertei o passo, querendo chorar, mas o Hugo me alcançou e me virou, e me beijou. Eu não tive forças pra lutar contra, só correspondi. Senti quando uma lágrima dele molhou meu rosto, e acabei chorando também. Ele segurava meu rosto com mãos frias e trêmulas, e enxugou minhas lágrimas. Depois, ele parou de me beijar e encostou a testa na minha. Parecia que ele estava ardendo em febre.
— Sol...
Eu segurei as mãos dele, que ainda estavam no meu rosto, tirei-as de mim e saí correndo. Ele ainda me chamou, mas eu não pude olhar pra trás.

capítulo 37

Hugo

Na véspera do casamento da Solara, eu olhei pela janela da Casa Amarela em construção e a vi quieta, na praia.

Eu precisava dela. E eu precisava fazer uma última e desesperada tentativa.

Eu a tinha visto horas antes, na lanchonete. Ela estava mais calada e pensativa que de costume. E, obviamente, não parecia nada com uma típica noiva, ansiosa por se casar.

Claro. Porque ela me amava.

Mas ela estava me evitando desde o dia nas pedras, quando eu a beijei. Antes disso, eu tinha prometido pra mim mesmo que não ia insistir, que ia esperar que ela viesse pra mim, mas naquele dia eu não estava bem: a dor de ter perdido o Beni me fez temer perdê-la também, como se o Beni fosse uma ponte que nos ligasse. Eu também estava sentindo os efeitos do interferon beta, que tinha tomado no dia anterior. Eu sempre preferia ficar recolhido aos domingos, mas dessa vez não tive escolha.

Eu tinha que fazer alguma coisa... mas não fazia ideia do quê... eu já tinha tentado de tudo.

De repente, ela se levantou e veio andando na direção da casa. Me escondi atrás da parede de cimento, mas consegui ver quando ela entrou pelo tapume que dava pra praia.

Nesse momento, eu soube o que fazer. Era arriscado, mas eu já não tinha muito a perder.

Desci os primeiros degraus da escada muito devagar, com cuidado pra não tropeçar em nada e fazer um barulhão. Ela olhava tudo ao redor, curiosa. Depois de um tempo sentou num canto, enterrou o rosto entre os braços e começou a chorar. Meu coração doeu.

Terminei de descer devagar e fui em direção a ela. Claro que ela percebeu... e se assustou.

— Calma... sou eu.

Ela se levantou rápido e enxugou o rosto. Sua expressão mudou de sofrimento pra vergonha e depois pra indignação.

— Hugo... o que você tá fazendo aqui? Você me seguiu???

— Não... — respondi, colocando as mãos na frente. — Eu já estava aqui.

Ela continuou me olhando, sem entender.

— Eu tava lá em cima. Confesso que eu te vi de longe, antes de você entrar... Aliás, eu sempre te vejo daqui.

— Mas como?...

— É, eu sempre venho aqui, e descobri que você gosta de ficar aí na frente... Mas foi sem querer, eu não planejei isso.

Ela me olhava, confusa.

— São lembranças ruins pra mim, é verdade — eu disse, olhando ao redor. — Os piores dias da minha vida... A separação dos meus pais, ver minha mãe com o Nando... mas também foi aqui que eu comecei a mudar. Eu me posicionei, comecei a ouvir minha voz interna e dar espaço pra quem eu era na verdade. E você me ajudou nisso, Sol. Você me amou, me valorizou, do jeito que eu era. Isso me fez acordar. Foi você, antes do Beni.

— Hugo...

— Deixa eu terminar. Por isso eu venho aqui. Porque estar aqui me ajuda a saber quem eu sou e quem eu quero ser daqui pra frente. Por isso essa casa é minha agora. Comprei há pouco mais de um ano, assim que soube que estava à venda.

Eu podia ver claramente os pensamentos que se passavam na mente dela. Primeiro, ela percebeu que isso tinha sido muito antes de eu voltar. Depois, fez uma expressão de quem tinha sido enganada; mas, no final, percebeu o que eu queria... que minha volta era permanente. Eu só não consegui saber se ela sentiu peso ou alegria... talvez um misto dos dois.

— Você comprou aqui? Você... mas... pra quê... por quê?

Eu me aproximei, mas ela se afastou.

— No início eu não sabia bem... só sabia que tinha que fazer isso. Tentar mudar minhas lembranças, fazer memórias novas... mas eu não sabia como você ia me receber de volta... Na pior das hipóteses, eu ia colocar pra alugar. Mas isso está fora de cogitação desde que eu cheguei. Eu planejei refazer essa casa pra gente, Solara: um lugar aberto, claro, leve, ensolarado... como você. — Eu peguei a mão dela com minhas duas mãos. — Casa comigo? Vem morar aqui comigo?

Ela tirou a mão com força, dando outro passo para trás.

— Tá louco, Hugo??? Eu vou me casar amanhã... como você pode...? Meu Deus!... — Ela colocou a mão na frente da boca, como se estivesse passando mal.

— Mas eu te vi chorando, e eu sei que não é de felicidade...

— Eu não posso me casar com você, Hugo!!! — Ela mal me escutou. — Eu simplesmente não posso! Você precisa parar de me torturar com a sua presença, senão eu não vou conseguir fazer o que eu tenho que fazer...

E começou a chorar de novo. Eu não estava entendendo bem.

— Por que você não pode...

— Porque não! — ela me interrompeu. — Porque eu tenho um compromisso com o Alex! Você sabe o que é compromisso? Ele me ajudou quando eu mais precisava, graças a ele eu tenho minha vida de volta, minha família tem dignidade de novo... uma chance de recomeçar, de sair do buraco que a nossa vida sempre foi...

Quando eu entendi o que ela estava falando, me desesperei um pouco. Coloquei as duas mãos na cabeça, tentando pensar.

— Peraí... você vai casar com ele por dinheiro? Porque, se for isso, eu não tenho tanto, mas posso...

— Não!!! — ela gritou, indignada. — Nunca foi só isso! Depois do Thiago, quando eu já tinha desistido de me relacionar, o Alex veio entrando na minha vida devagar e me conquistou... Apesar de eu não amá-lo, eu gosto dele. Eu confio nele totalmente... A gente se dá bem, a gente é estável! Ele nunca vai embora, Hugo, porque eu sei quanto ele me ama... Ele demonstrou e demonstra isso todo dia, de diversas formas... Ele se preocupa comigo, é apaixonado, é parceiro... ele é tudo que eu preciso agora! E, na pior das hipóteses, eu nunca poderia fazer isso com ele, desistir de um casamento na véspera... O que você acha que eu sou???

Eu me aproximei mais.

— Eu sei bem o que você é... Eu já te disse que seus atos não importam, porque eu conheço a sua essência... E você é apaixonada por mim, Solara... Nunca vai dar certo com ele!

— Vai, sim!!! Vai, porque você vai sumir da minha vida! Vai embora, Hugo... — Ela deu mais um passo para trás, mas chegou na parede.

— Não... eu não vou embora! Essa casa é minha. Se você quiser, *você* pode ir embora... mas vai ser com as suas próprias pernas, e você vai ter que lidar com a sua escolha todos os dias... Porque isso tudo que você falou que vocês dois têm é lindo na teoria... mas, na prática, não é suficiente pra manter um casamento, e nunca vai ser... porque você me ama, Sol. E eu estou aqui de braços abertos. Eu não vou mais embora... E não, não é essa casa que me prende aqui, é você. É só você, meu amor...

Ela olhou pra minha boca, e eu não pude me controlar... e a beijei.

Solara

Era uma loucura o que eu estava fazendo.

O Hugo me beijava sedento. Eu ficava assustada com a intensidade do que eu sentia quando ele me beijava.

Ele me levantou e me colocou apoiada num cavalete de madeira. Várias coisas de construção caíram no chão, fazendo o maior barulho; mesmo assim, ele não me soltou. Eu me agarrava a ele, desesperada. Eu não podia parar pra pensar no que eu estava fazendo. Ele começou a me acariciar, e mais uma vez eu fiquei assustada com a intensidade do que eu sentia.

Então isso é ser apaixonada por alguém.

Tirei sua camisa e ele gemeu um pouco, mas parecia ser de dor. Foi quando eu vi uma tatuagem no peito dele, que parecia recente: um pássaro voando sobre o mar, e a letra da canção do Jota Quest que nós dançamos tantos anos atrás. "E voe por todo mar, e volte aqui..."

— Fiz por você, Sol... você está gravada em mim, assim como essa tatuagem.

Ele me beijou de novo, e eu comecei a imaginar como seria bom tê-lo todos os dias... como amigo e como parceiro. Um relance do que a nossa vida poderia ser... e comecei a gostar disso.

De repente, meu celular tocou.

— Não... não... deixa tocar... — ele pediu, alterado.

Claro que a realidade não ia me deixar ir assim.

— Não posso... tenho que atender...

— Fica aqui, Sol... fica comigo... — ele implorou, entre beijos e carinhos. Eu mal podia resistir.

— Hugo...

Ele segurou meu rosto.

— Olha pra mim... fica comigo...

Desviei meu olhar e alcancei o celular no bolso da legging. Era o Alex.

O Hugo viu também e fechou os olhos, sem acreditar.

Consegui me desvencilhar e caminhei pra perto da janela, de costas pra ele, tentando me recompor antes de atender.

— Alô.

— *Oi, minha Linda! Tá onde?*

— Na praia. Eu tava correndo... quase te perdi.

— *Tudo bem. Meus pais chegaram. Vamos jantar com eles no Pérola?*

Eu quase tive uma síncope.

Como eu ia me refazer do que tinha acabado de acontecer?

Não só agora, mas de agora em diante?

Eu me virei e olhei pro Hugo. Ele me olhava com ansiedade.

— C-claro. Mas vou demorar um pouco... eu preciso... de um banho.

— *Toma aqui, na minha penthouse.*

Eu não tinha como negar. Eu ia ter que colocar minha melhor cara de paisagem... mas duvidei disso, porque eu nunca poderia ser tão falsa assim.

Algumas coisas não têm volta, Solara.

— Ok. Até daqui a pouco.

— *Meu amor... eu estou tão feliz... em menos de 24 horas você vai ser minha esposa... e Seichelles nos espera...*

Nossa lua de mel seria nas Seichelles, um arquipélago no Oceano Índico. O Alex tinha feito tantas coisas por mim... O casamento, que seria como eu queria, num lugar simples, com poucos convidados... Nossa casa, num condomínio na praia das Conchinhas, na Costa do Coral, perto da minha família... todas essas coisas podiam ser só detalhes, coisas materiais, mas que refletiam o carinho e o cuidado que ele tinha comigo.

— *Linda?*

— Oi. Perdão, a ligação falhou — menti.

— *Ok, meu amor, aqui a gente conversa melhor. Te amo.*

— Te amo. — Eu olhei pro Hugo. Ele estava com a mão no rosto, tenso. A essa altura, eu estava tremendo.

Assim que desliguei, ele veio pra perto de mim.

— Sol...

— Hugo... por favor, fica longe... — pedi, colocando as mãos na minha frente.

— Sol, por favor, me escuta...

— Não!!! Você precisa me respeitar... eu tenho que fazer isso!

Ele parou abruptamente. A expressão de decepção no seu olhar quase me matou.

— Meu casamento é amanhã às dez — declarei, destravando meu celular. — Eu estou deletando seu contato... Na verdade, eu estou bloqueando seu número, Hugo, porque eu não vou deixar nada interferir nisso, tá me entendendo??? E, por favor, não me procura mais... Se você quer morar aqui, a vida é sua, mas não espere nenhum contato comigo!

Ele ficou calado, mesmo depois de eu falar todas essas coisas.

Saí da Casa Amarela pelos tapumes.

Ainda olhei pra trás por um momento, pensando que aquela era a última vez que eu tinha estado ali.

capítulo 38

Hugo

Eu ainda estava chocado. A Solara tinha acabado de pisar em mim e de enterrar todas as minhas esperanças.

De repente, meu celular tocou. Era o Gustavo. Eu respirei fundo, segurando o choro. Talvez fosse melhor mesmo ele ter me ligado, só assim eu teria um alívio temporário pro meu sofrimento.

— Alô.
— *Fala, Wolfe! Tudo bem, garoto?*
— Oi, Gustavo. Como você está?
— *Ótimo, já estou por aqui.*
— Como é?
— *Já cheguei! Acabei de fazer meu* check in *no resort. Tá por aqui?*

Meu Deus!

Eu tinha me esquecido completamente que ele vinha pro casamento.

— Ah, sim... Não, eu não estou mais hospedado no resort.
— *Não? Por quê?*

Como eu ia explicar a história toda?

— *Olha, não importa. Chega aí pra gente jantar!*
— Hoje? Olha, hoje não vai dar...
— *Não aceito um não como resposta, ordens do seu chefe. Eu estou no Pérola do Mar, um bar aqui dentro... Como eu vou explicar...*

Eu o interrompi, desanimado:

— Eu conheço.

Muito mais do que eu queria.

— *Ótimo! Tô te esperando no bar!*

Ótimo, Hugo. Pior do que isso, não pode ficar.

Uma hora depois, eu entrava no Pérola do Mar, tentando disfarçar minha miséria.

Pior do que isso, eu ia ter que ficar assistindo o Alex e a Solara jantando alegremente em família, enquanto entretinha meu chefe.

Não o encontrei no bar. Chequei meu celular e vi uma mensagem.

Gustavo Baumer: Na área VIP, sentado com o Cris.

Pode ficar pior, sim... sempre pode ficar pior.

Subi a escada devagar, tentando me preparar pro que vinha.

Avistei o Gustavo sentado numa mesa com um casal, mas não vi a Solara nem o Alex. Por um lado, fiquei aliviado.

Meu chefe se levantou e veio me abraçar, mesmo antes de eu chegar na mesa.

— Tá corado demais pro meu gosto... Isso quer dizer que tá trabalhando de menos, né?

Ele me deu um tapa sonoro nas costas, e eu retribuí, tentando sorrir espontaneamente.

— Meu chefe é bom demais... se você quiser, te apresento pra ele.

Ele riu alto da minha piada e nos apresentou.

— Hugo Wolfe, meu diretor de criação e idealizador de "Reencontre-se"... Wolfe, esse é o meu bom e velho amigo Cris Ventura, e Alice, sua esposa.

O Cris devia ser um pouco mais velho que o Gustavo, mas era mais alto e parecia tão simpático quanto o filho. Ele se levantou também, me dando a mão por cima da mesa.

— Prazer, Wolfe. É um prazer te conhecer.

— O prazer é meu, senhor Ventura.

Ele ficou sério de repente.

— Me chama de Cristiano. Cris, se quiser — ele completou, sorrindo.

Cumprimentei sua esposa, uma mulher linda e sofisticada, que poderia se passar por irmã mais velha do Alex.

— Prazer, Alice.

— Prazer, meu querido. Gustavo fala tanto de você que eu estava até curiosa. Só que eu não imaginava um rapaz da idade do meu filho!

— O Alex tem quantos anos mesmo? — o Gustavo perguntou.

— Acabou de fazer 32 — a Alice respondeu.

— O Wolfe aqui tem 25 — o Gustavo retrucou, orgulhoso. Eu tentei sorrir.

Enquanto eles comentavam de como eu era um prodígio, isso e aquilo, eu me acomodava à mesa e fazia comentários casuais apropriados para a situação. Ao mesmo tempo, eu me lembrava de todas as coisas que tinham acontecido naquela tarde e me desligava temporariamente da conversa. Me perguntei se o Gustavo estava percebendo minha distração.

— ... uma pena que o Alex não está aqui... tenho certeza de que vocês se deram muito bem... os dois são jovens, inteligentes, bem-sucedidos...

— Por falar nisso, cadê o noivo? — o Gustavo perguntou. — Achei que o veria aqui com vocês!

— Saiu com a noiva pouco antes de você chegar... acho que queriam ficar sozinhos — o Cris respondeu. — Sabe como é estar apaixonado...

Sei bem como é.

O resto do jantar foi uma tortura.

Porque, além de eu ter que fazer sala pro meu chefe e pro amigo dele, que era um dos maiores clientes da HiTrend, eu ficava imaginando a Solara sozinha com o Alex.

Quando o jantar finalmente acabou, sentei no bar e pedi uma tequila. Resolvi mandar uma mensagem pro Negão.

Eu: Tá chegando por aí?

Cinco minutos depois, veio a resposta.

Adriano: Tô na área... deixando a Lumi em casa.

Adriano: Deu certo com a Sereia?

Eu: Nada. Ela vai casar mesmo.

Ele mandou uma figurinha de um cara se jogando de um prédio. Nada mais apropriado pro momento.

Adriano: Tá onde?

Eu: No Pérola.

Adriano: Chego aí em 15.

A gente bebeu todas e mais um pouco. O Adriano até teve que me dar uma carona pra pousada e me carregar pro quarto.

Pelo menos, desse jeito, eu dormi.

Hugo

No dia seguinte, acordei com o primeiro raio de sol incidindo bem no meu rosto. Minha cabeça latejou. Eu queria continuar dormindo, mas não consegui, porque pensei na Solara se casando. Levantei, tomei meu interferon beta e dois analgésicos. Depois de rolar pra cá e pra lá, desesperado, resolvi tomar um antialérgico. Eles sempre me derrubavam, e eu precisava me desligar... pelo menos até o dia acabar. Desliguei meu celular também e, depois de um tempo, apaguei.

Acordei no meio da tarde, me sentindo na sarjeta.

A primeira coisa que me veio na cabeça foi a Solara.

"Eu estou deletando seu contato... bloqueando seu número, Hugo... E, por favor, não me procura mais..."

Ela estava certa, eu não tinha o direito de interferir na vida dela. Não mais... Eu tinha feito de tudo, mas ela escolheu o Alex. Agora, o que eu podia fazer era viver minha vida... conhecer outras pessoas e torcer pra que um dia eu conseguisse esquecê-la.

Eu duvidava disso. Talvez eu pudesse colocá-la num lugar remoto na minha mente, onde eu a visitaria de vez em quando, mas esquecê-la não parecia possível.

Levantei e comecei a arrumar minhas coisas. Eu não queria ficar em Pedra Grande nem mais um instante, eu precisava mudar de ares. Vesti uma calça de moletom e uma camiseta qualquer e desci pra fechar minha conta com a Januária.

— Ah, Hugo! Tem várias mensagens pra você. A Márcia e o Durval chegaram esta manhã pro casamento e perguntaram de você, e o Adriano pediu pra avisar quando você acordasse. Ele disse que seu celular estava indisponível.

— Obrigado, Janu. Fecha minha conta, por favor?

— Fechar? Mas você pagou até o fim do mês...

— Não tem problema. Eu tenho que ir.

Ela me olhou, curiosa.

Eu não queria ver ninguém, mas ia ter que passar na dona Márcia e ver meu amigo querido. Quanto ao Adriano... eu também não queria saber nada sobre o casamento. E, se eu ligasse meu celular, corria o risco de o Gustavo me ligar e querer me encontrar, e sem chance de eu ficar fazendo sala, como ontem. Eu simplesmente não tinha mais estômago.

Encerrei minha conta e coloquei minhas coisas no carro. Passei na dona Márcia, mas não tinha ninguém em casa.

Melhor assim.

Depois eu ia dar um jeito de ligar pra eles da estrada.

Lembrei da primeira vez que fui embora desse lugar, impotente e arrasado. Incrivelmente, era desse jeito que eu me sentia agora.

Certas coisas não mudam nunca, Hugo.

A tarde estava linda, sem nuvens no céu. Coloquei meus óculos, irritado, porque aquela luz toda não combinava com meu estado de espírito.

Quando passei pela praia das Princesas, tive que parar e dar uma última olhada na Casa Amarela. Ela representava tudo que eu queria: enterrar o velho Hugo e as más memórias junto com os escombros da obra e começar uma vida com a Solara, num lugar nosso, onde a gente poderia construir memórias boas, juntos. Mais ainda: a esperança de uma vida normal com ela. Talvez a felicidade fosse um remédio potente o suficiente pra isso, mais que o remédio que eu tomava semanalmente. Mas não... A realidade puxou meu tapete e me mostrou que sonhar não é pra qualquer um.

Parei o carro e resolvi entrar. Pensei em ver o pôr do sol dali mais uma vez... a última vez, porque assim que as obras terminassem eu ia dar um jeito de vender aquela casa. Eu não queria nem fazer Airbnb, porque, se eu quisesse realmente esquecer a Solara, eu tinha que cortar o cordão umbilical... de uma vez por todas.

E pensar que 24 horas antes, por um momento, eu achei que teria alguma chance.

Dei a volta na casa e entrei pelos tapumes. A bagunça das coisas que derrubamos ontem ainda estava ali. Por um momento, eu desejei que tudo tivesse sido um pesadelo e que o final tivesse sido diferente. Mas foi assim desde o início: quantos desencontros eu e Solara tivemos!...

Talvez não fosse pra ser, desde o início.

Eu só queria entender por quê.

Subi a escada e, assim que entrei no quarto principal, tive um choque.

Solara estava ali, deitada no chão, com um vestido vermelho de flores amarelas. Eu tive que esfregar meus olhos, pra ter certeza de que ela estava mesmo ali.

capítulo 39

Hugo

— Sol!

Mergulhei ao seu lado, preocupado. Ela acordou, assustada e com umas olheiras mais que evidentes.

— Sol, o que aconteceu???

— Eu não pude, Hugo... eu não consegui... você... você é o culpado...

Ela começou a chorar. Eu a abracei, emocionado.

— Sol... você fez a coisa certa.

Ela me empurrou.

— Coisa certa??? Eu magoei terrivelmente a pessoa que mais me ajudou nos últimos tempos, Hugo... mas eu não consegui... eu não podia mais fingir... porque cansa... e eu estava cansada, porque há anos eu não era eu mesma... Mas com você... com você eu posso ser eu mesma... com você eu não tenho escolha... porque só você me conhece, e você me desnuda... e isso me aterroriza, Hugo...

— Aterroriza por quê? Eu te amo, você não tem que se sentir insegura comigo...

Ela continuou falando:

— ... porque eu não tenho controle... eu não tenho... eu não queria, desde o início, mas você me faz sentir assim... E eu sei que você não me conta tudo... e o Adriano sabe o que é, mas eu não me importo mais... porque eu estou cansada de ficar me reprimindo. Eu quero viver tudo com você, como o Beni falou. E se eu tiver que me ferrar, que assim seja... porque eu te amo, Hugo...

— Você não tem por que ter medo, meu amor... eu te amo também. Eu sempre te amei.

Eu a beijei e a senti totalmente entregue, rendida.

Solara

Enquanto o Hugo me beijava, eu tentava não pensar no que eu tinha feito. Enquanto ele me abraçava e tentava me acolher, eu era inundada por diferentes sentimentos... e há quanto tempo eu não sentia tanto... Ele aguçava todos os meus sentidos. Eu estava feliz por estar nos braços dele, mas desolada pelo Alex. Eu estava receosa do futuro, e de como as coisas iam ficar... mas me sentindo livre, de uma vez por todas. Meu compromisso com o Alex era um fardo, e só agora eu via isso. Só agora, nos braços certos de quem eu realmente amava.

Enquanto ele me consolava, falando baixinho coisas no meu ouvido e enxugando minhas lágrimas, me senti mais leve. Ele encostou na parede, sentando num cobertor que estava jogado ali, e me puxou pra si. Coloquei minha cabeça no seu peito, enquanto ele acariciava meu cabelo. A camisa tinha o perfume dele, e quantas vezes eu desejei estar ali...

Não pude deixar de pensar que agora nada mais me prendia... eu ia viver com o Hugo tudo que a gente nunca pôde viver.

Como se adivinhasse meu pensamento, ele puxou meu rosto e me beijou. Eu passei a mão no peito dele por baixo da camisa, onde ele tinha feito a tatuagem. Empolgado, ele parou de me beijar pra tirar a camisa e me olhou com desejo. Meu vestido era transpassado, e eu só precisei desatar o nó da faixa na cintura. O Hugo me olhou como um lobo faminto e me deitou no chão, terminando de abrir meu vestido e me acariciando. Seu toque era firme e carinhoso ao mesmo tempo.

Eu nunca tinha desejado tanto ninguém. Enquanto ele beijava meu corpo e me explorava, eu tremia por antecipação. Alcancei o cós da calça dele e o acariciei ali.

— Sol... — ele sussurrou, sem fôlego. — Você me deixa louco...

Com o corpo, ele facilitou que eu tirasse sua calça. Terminou de se despir, mas não voltou... desceu pela minha cintura e beijou meu umbigo, me olhando indiscretamente.

Enquanto ele me beijava, eu me lembrei da vergonha que eu sentia do Alex. Era completamente diferente com o Hugo, e eu acabei sorrindo.

Na verdade, eu mal conseguia manter os olhos abertos com o prazer que ele me dava.

Depois que se deu por satisfeito ele veio até mim, me beijou na boca e me penetrou. Eu não me senti invadida, como eu sempre me sentia. Pelo contrário, eu me senti... completa.

— Você é minha, Solara... sempre foi, sempre vai ser.

Meu corpo todo respondia a ele de uma forma que eu ainda não tinha experimentado. Não demorou muito, e eu comecei a perder meu controle. O Hugo percebeu e manteve o ritmo, enquanto eu gemia alto e me contorcia nele. Espasmos de prazer tomaram conta de mim e não paravam, numa sensação totalmente nova. Depois que eu me recuperei um pouco, abri os olhos e o vi, me olhando e sorrindo.

— Por que você parou... — perguntei, me colando nele.

— Porque eu não quero que termine. Não ainda... eu quero te dar todos os orgasmos do mundo.

Ele saiu de mim, me deixando frustrada, mas se deitou e me puxou pro seu colo. Eu me movia nele enquanto ele me olhava, segurando meus quadris. Depois de um tempo, ele segurou minhas mãos e me deu suporte, me ajudando a me mover. Meus joelhos doíam do chão batido, mas o prazer compensava tudo. Como se percebesse, ele sentou, me abraçou e beijou meus seios, enquanto eu me deliciava com a maior proximidade.

Comecei a me mover mais rápido, e ele me acompanhou. Tentei manter os olhos abertos, mas não consegui, porque uma nova onda de contrações começou a tomar conta de mim, ainda mais forte que a primeira. Em resposta o Hugo se moveu mais forte, até que gemeu junto comigo.

Nós continuamos colados, tentando recuperar o fôlego, entre beijos e carinhos.

E essa foi a primeira vez que eu entendi o que era ser uma só com alguém.

capítulo 40

Hugo

Parecia um sonho.

Solara ainda estava nos meus braços, arfando de prazer.

Eu nunca tinha tido tanto prazer com ninguém. Nossa conexão foi incrível, mas isso não me deixava surpreso.

E tudo isso em meio aos escombros de uma casa em obras, em cima de um cobertor cheio de poeira, que sei lá quem tinha usado. Mas ela não parecia se importar com nada disso.

Minha querida se levantou e foi até a janela, ainda nua. Eu admirei o contorno do corpo perfeito contra a luz por um tempo. Depois, me juntei a ela. Abracei-a por trás, nos envolvendo com o cobertor, e nós assistimos ao pôr do sol juntos.

— O que você falou... ainda está de pé? — Ela rompeu o silêncio.

— Do que você está falando?

— Sobre casar... sobre morar aqui com você...

— Claro.

— Eu ia gostar muito, Hugo. Eu quero me casar com você.

Eu a virei e a beijei.

— Mas não sei como isso vai acontecer... porque eu acabei de perder meu emprego.

Eu olhei pra ela, revoltado:

— Como assim? O Alex...

Ela me interrompeu:

— Eu pedi demissão, mas ele fez questão de me demitir... pra eu poder receber meus direitos trabalhistas.

Eu me calei. Mesmo tendo sido abandonado, o cara ainda conseguiu pensar nela.

— Foi muito difícil... eu o magoei terrivelmente. Duvido que um dia ele vai querer olhar na minha cara de novo.

Eu quis ser solidário, mas não deu.

— Sol, eu não posso dizer que sinto muito, porque eu não sinto... Se vocês tivessem se casado, era eu que ia estar miserável, como eu fiquei o dia todo.

— Eu sei, Hugo. Eu devia ter tomado essa decisão há muito tempo... mas fiquei adiando... pensando demais... argumentando comigo mesma, inventando mil desculpas...

— Com o tempo ele vai ver que foi melhor assim: antes desistir do que separar lá na frente.

Eu a abracei. Era uma delícia sentir seu corpo nu no meu e essa nova intimidade entre a gente. Mas eu sabia que ela estava arrasada e queria ajudá-la... até porque eu era o motivo.

Peguei sua mão, forrei o chão com o cobertor e a puxei pra sentar comigo.

— Vem cá. Como foi? Se você quiser contar, claro.

Eu a sentei entre as minhas pernas e afastei seu cabelo. A gente ficou olhando o céu escurecer pela janela.

— No caminho pro resort, eu comecei a ensaiar mentalmente o que ia dizer... mas, quanto mais eu pensava, mais eu me desesperava. Cheguei lá decidida a ir adiante com o casamento, fingir que nada tinha acontecido, mas eu precisava de um tempo. Então, fui direto pro chuveiro. O problema é que... digamos que ele quis se juntar a mim. Mas eu não consegui, Hugo... não depois do que a gente fez aqui, eu não estava conseguindo... Eu o expulsei do banheiro, e ele viu que tinha alguma coisa errada. Chorei o banho todo, sabendo que era inevitável. Quando eu saí, ele meio que já sabia.

Ela parou de falar. Eu quis deixá-la à vontade.

— Basicamente, foi ele que terminou — ela continuou, depois de um tempo. — Disse que, desde que você chegou, eu não era a mesma. Tive que admitir, e foi aí que ele se transformou. Eu nunca tinha visto o Alex daquele jeito, Hugo... Ele começou a perguntar se a gente estava junto, se eu o estava traindo... Eu tive que contar do beijo, mas não entrei em detalhes. Aí ele ficou arrasado.

O cara agora devia estar querendo me ver morto. Eu tinha certeza de que a notícia ia se espalhar e que o Gustavo ia ficar sabendo de tudo, mas a Solara era mais importante. Se eu tivesse que escolher entre ela e o meu emprego, eu a escolheria mil vezes, por mais que eu amasse meu trabalho.

— Pedi desculpas, tentei me justificar, mas ele mal quis me ouvir e pediu pra eu ir embora. Eu fui arrumar minhas coisas, tinha várias roupas minhas lá. Quando eu já estava saindo, ele perguntou se eu achava que poderia dar certo caso a gente se mudasse pra bem longe... Falou que sabia que podia me fazer feliz, que me amava, e que me queria mesmo se eu não o amasse. É claro que eu me senti péssima... Respondi que eu nunca poderia ficar longe da minha família. Aí ele perguntou se eu precisava de tempo pra pensar, e eu disse que não.

E o pior é que eu o entendia. Eu tinha feito tudo por essa mulher, nada mais natural ele tentar de tudo também.

— Já na porta, eu disse que ia pedir demissão e sumir da vida dele. Ele mal me respondeu, mas ligou pro meu celular depois de um tempo, me pedindo pra voltar. Eu tive que fazer isso. Nós conversamos praticamente a noite toda... Ele queria saber de tudo, o que a gente tinha vivido, por que a gente perdeu o contato e tudo o mais, e eu tive que contar. Acho que ele precisava saber, pra aceitar. Só de manhã consegui ir embora... eu o deixei dormindo no sofá e saí, arrasada.

Ela se agitou, se virando pra mim.

— Eu não tive coragem de voltar pra casa, Hugo. Eu tenho vergonha do que eu fiz... Você entende???

— Eu entendo, meu amor... mas isso vai passar...

— Não sei como vou explicar isso pra todo mundo... e o Rafa... — Ela apontou pra fora. — Ele está até agora no Lúcio, e eu nem tive coragem de ligar o meu celular...

Ela começou a chorar, e por um momento eu tive medo.

— A gente vai lá junto, Sol... tenho certeza que a tua família vai te apoiar...

Ela mal me ouvia.

— ... E ainda tem o meu aluguel, que é ele que paga... eu tenho que sair da minha casa ontem, Hugo... — ela falou mais alto, se cobrindo com o vestido.

— Calma, Sol... você vem ficar comigo... na pousada, ou na minha casa no Rio...

— Eu não tenho mais nada, Hugo... eu não tenho emprego, lugar pra morar...

— Você tem a mim!

— Mas não é o bastante!!! — ela gritou, chorando, e se levantou. — Hugo, eu tenho que resolver minha vida sozinha... Foi um erro entregar minha vida pro Alex, e eu não vou cometer o mesmo erro duas vezes... eu não vou ficar dependente de você! — Ela se vestiu rápido.

— Mas eu não quero isso... deixa eu te ajudar, pelo menos no início... — eu pedi, me levantando também.

— E eu vou falar com a minha família sozinha... e com o Rafa... — ela começou a ajeitar o cabelo e a enxugar as lágrimas — ... eu tenho que ser responsável pelos meus atos.

— Sol, eu só quero te ajudar... — Vesti minha calça correndo e peguei minha camisa do chão.

— Fica longe, Hugo... por favor, estou te pedindo.

Ela saiu do quarto, mas eu a alcancei na escada.

— Sol, não faz isso... não me afasta... eu quero ficar contigo... não posso te perder, agora que a gente finalmente se acertou... — Eu a segurei com força e a abracei.

— Você não vai me perder, Hugo... eu só preciso de um tempo... Você pode me respeitar? Pode respeitar minha vontade?

Eu a beijei. Ela correspondeu.

Não pude fazer mais nada senão respirar fundo e deixá-la ir.

capítulo 41

Hugo

Me senti numa espécie de limbo, nos dias que se passaram. Eu e a Solara nos falávamos por mensagem, mas já tinha duas semanas que eu não a via. Ela precisava desse tempo e eu quis respeitar, mas não fiquei parado. Eu tinha que fazer alguma coisa, e contei com a ajuda do Adriano. Claro que a gente teve que arquitetar tudo secretamente, porque ela não queria ajuda de jeito nenhum. Eu a entendia, mas eu também a amava... não podia simplesmente ficar assistindo enquanto ela se desdobrava pra tentar vencer por si só.

Um dia, marquei uma reunião com o Lúcio na sala de estar da pousada, depois de ele fechar a loja. Eu e o Adriano estávamos sentados numa mesa com quatro cadeiras.

— Fala, Wolfe. — Ele chegou, com cara de cansado, e me deu um tapinha nas costas. — Adriano. — Ele deu a mão pro Negão.

— Como está a Solara?

Ele balançou a cabeça negativamente.

— Tá bem, não... Um pouco deprimida — ele anunciou, jogando-se numa cadeira.

Eu me sentia culpado pela mudança brusca e radical que estava acontecendo na vida dela.

— Tem tido contato com o Alex? — perguntei, coçando a cabeça.

— Cara, tô lidando com o assessor dele, né... esse mês a gente só pôde pagar metade do que a gente tava pagando, já que é baixa temporada e tá faltando a grana da mana. Mas o cara não existe... ele não precisa do dinheiro também.

Aquilo me incomodava profundamente, e eu não podia esperar mais pra resolver aquela situação.

— Sobre isso que eu queria falar contigo. Tá aqui.

Peguei o envelope que estava na mesa e entreguei a ele. O Lúcio abriu, olhou o que tinha dentro e me devolveu na hora.

— Não, Wolfe, não... Sinto muito, mas não vou aceitar isso, cara — ele negou categoricamente.

Eu arrastei a cadeira que estava na frente dele e me sentei.

— Mas por quê? Eu amo a sua irmã, vocês são minha família praticamente...

Ele continuava fazendo que não com a cabeça:

— De onde é essa grana???

Recostei na cadeira e olhei pro Adriano, que também estava sentado.

— Não importa — respondi.

— Ele vendeu o apartamento do Rio. — O Adriano me entregou, sério. Eu olhei pra ele, indignado.

— Sinceridade sempre, Wolfe... isso é uma coisa que você tem que aprender... Olha aqui, Lúcio, a parada é a seguinte. — Ele se debruçou sobre a mesa. — Eu amo a Lumiara, e o curso natural das coisas é a gente se casar. Eu vejo a ralação que a tua irmã passa naquela lanchonete e fico querendo ajudar, mas ela é durona demais. Só que eu já conversei com ela que a gente precisa liberar a Solara pra viver a própria vida... Lumi só aceitou por causa disso. Então eu vou contratar dois ajudantes pro Sereinha. A gente espera que isso a ajude a conseguir mais clientes e a expandir o serviço de entrega na região... É ganhar-ganhar, cara. Mas nada disso vai adiantar se vocês continuarem devendo ao Alex, e é aí que o Hugo entra.

O Lúcio me olhou, tentando entender.

— Mas, cara... tu vendeu teu apartamento???

— Não fazia sentido manter aquilo lá, Lúcio... Eu vou ficar aqui agora, já que comprei a Casa Amarela.

Ele me olhou, admirado.

— Peraí... a casa do Nando? Aquela obra lá é tua?

Fiz que sim com a cabeça.

— Entendi. — Ele pensou um pouco e tamborilou na mesa. — Isso ia saldar nossa dívida, cara... de uma vez por todas...

— Eu imaginei.

— Mas a Solara não vai aceitar isso nunca, Wolfe... nunca! Não é orgulho, mas ela acha que tem que dar um jeito sozinha. Ainda mais depois do que aconteceu... ela tava totalmente nas mãos do Alex. E se ele fosse um filho da puta? Ela não quer mais isso.

— Justamente, Lúcio — interrompi. — Ela não tem que ficar devendo mais nada pro Alex, depois do que aconteceu.

— Eu concordo, mas...

— Por isso que eu preciso da sua ajuda. — Estendi o envelope de novo na direção dele. — Eu preciso que você vá ao Alex e salde a dívida. Se eu pudesse, faria isso, mas o Negão aqui me convenceu que não seria... apropriado.

— Ele ia era te dar um murro no meio da cara, velho... Tu é um sem noção, mesmo.

O Lúcio riu.

— Era bem capaz... mas, olha, a Solara vai saber, mais cedo ou mais tarde... e aí, como tu vai fazer?

Eu recostei na cadeira e respirei fundo.

— É um risco que eu tenho que correr, meu irmão... Eu preciso crer que alguma hora ela vai aceitar que eu a amo, e que isso não tem nada a ver com caridade ou dominação masculina.

Ele fez que sim com a cabeça devagar, arrastou a cadeira, pegou o envelope e me deu um abraço, emocionado. Depois, ele cumprimentou o Negão.

No dia seguinte, a dívida estava paga.

Solara ficou sabendo duas semanas depois, numa reunião de família que eles tinham todo mês pra resolver quanto iam pagar. Foi nessa reunião também que a Lumi falou da ajuda do Adriano e anunciou que eles estavam noivos. Solara me mandou uma mensagem de texto dizendo que tinha uma entrevista de emprego num bar em Catedral de Limeira, mas queria conversar comigo logo depois. Um amigo dela, o pianista Wagner Bittencourt, do Pérola do Mar, a tinha colocado na fita, e os donos do bar quiseram fazer uma audição.

Apesar de não captar bem a *vibe* da mensagem, não pensei duas vezes e fui lá vê-la.

Entrei reticente no Tequilaria da Catedral e fiquei surpreso ao ver que estava bem cheio. As paredes eram de tijolo, e o ambiente era bem acolhedor. Tinha também uma parede de giz, com o menu do dia e mensagens dos clientes. Diferentes tipos de garrafa decoravam o ambiente, umas muito antigas, até, além de um pequeno histórico de cada bebida.

Lá na frente tinha um palco com um piano de cauda que parecia ser bem antigo, de madeira marrom, muito bonito. Sentei no bar mesmo, lá atrás. Eu não queria que a Solara me visse e ficasse desconcertada por minha causa.

Um garçom veio me atender, e eu pedi um drinque de tequila, limão e jalapeño.

— Dá licença... alguém vai se apresentar aqui essa noite? — perguntei, meio confuso.

— O Wagner Bittencourt. Parece que ele tem uma convidada especial, Sol Martins.

— Ah, ok. Que horas começa?

Ele olhou num relógio na parede contrária, em forma de copo de margarita.

— Acredito que em quinze minutos.

Agradeci e fiquei bebericando o drinque, que era refrescante e picante ao mesmo tempo.

Meia hora depois, o Wagner entrou no palco, bastante aplaudido.

— Boa noite! Obrigado! Essa noite, temos uma convidada especial. Uma moça brilhante, com uma voz marcante, com quem eu tive o prazer de dividir o palco na Costa do Coral. Sol Martins!

As pessoas aplaudiram de forma mais modesta, enquanto ela entrava no palco, muito à vontade. Sol usava um vestido preto que tinha uma manga comprida de um lado só, e do outro lado era tomara que caia. Do lado da manga, o vestido era longo. Do outro lado, era tão curto que chegava no quadril, mostrando a perna maravilhosa. Tinha um detalhe de pedras brilhantes que saía da manga e descia pelo decote tomara que caia, passando pelo lado e descendo pela fenda, terminando na parte longa do vestido. Era totalmente assimétrico, e aquilo mexia fundo com minha tendência de querer equilibrar as coisas.

O único jeito de resolver essa situação seria despi-la.

— Boa noite! É uma honra estar aqui hoje, com meu talentosíssimo amigo, Wagner! Esta noite eu não tenho um repertório definido... eu gosto de cantar o que o público quer ouvir. Dessa forma, conto com a ajuda de vocês! Podem pedir músicas por escrito e entregar aos nossos amigos que estão servindo, ok? Mas, pra começar... eu gostaria de cantar uma canção de uma das minhas cantoras preferidas.

Ela começou a entoar os primeiros versos de "Bem que se quis", enquanto o Wagner a acompanhava no piano, suavemente. Eu sempre ficava impressionado com quanto ela se sentia à vontade no palco, a forma como ela se movimentava, a expressão de prazer que tinha ao cantar.

O pessoal começou a pedir músicas das mais variadas, e Solara sabia cantar todas.

No intervalo de quinze minutos, ela e o Wagner vieram até o bar e pediram drinques. Algumas pessoas vieram cumprimentá-los, e os dois os atenderam de boa vontade.

Eu estava num canto, mas estranhei que ela não tivesse me visto.

Um sujeito chegou, e o Wagner os apresentou. Os três começaram a conversar muito animadamente, e Solara sorria demais. Depois de um tempo, o Wagner pediu licença e saiu fora. O cara pediu um drinque e sentou ao lado dela. Eu não queria atrapalhar ou deixá-la nervosa de alguma forma, mas, estranhamente, aquilo estava mexendo com minhas entranhas. Acabei indo até lá.

Ela me viu me aproximando por trás do cara, e não se abalou. Pela reação, imaginei que ela já sabia que eu estava lá. Acabei ficando meio atrapalhado e não soube o que dizer.

— Hugo... tudo bem? — ela falou, sorrindo. O cara me olhou, meio surpreso.

— Oi, Sol. Tá linda... como sempre.

Ela sorriu, levantou e me beijou no rosto. O sujeito me olhou como se eu estivesse interrompendo a noitada dele.

— Carlos Alberto... Hugo... — ela nos apresentou. — O Hugo é um grande... amigo meu.

Amigo?

— E aí, como é que tá? — Ele me estendeu a mão. Eu o cumprimentei.

Ficou um silêncio ensurdecedor. Eu não sabia o que dizer, e o cara devia estar se perguntando qual era a minha. E a Solara... bom, eu não sabia o que a Solara estava pensando, o que me deixou tenso.

O sujeito finalmente se tocou, limpou a garganta e se levantou.

— Bom, eu preciso voltar ao que estava fazendo. Com licença.

Ele colocou a mão no ombro dela e a beijou no rosto. Eu não pude evitar, e olhei pra mão dele encostando nela. Meu interior se revirou de novo.

— Até mais.

Eu só acenei com a cabeça.

— Você sabia que eu estava aqui? — Não pude deixar de perguntar.

— Sabia que você vinha, Hugo... Eu te conheço. Te vi logo na primeira música.

Eu coloquei a mão atrás da cabeça, sem jeito. Ela sorriu.

— Sol, cinco minutos! — Um cara todo vestido de preto veio avisar.

— Ok.

Eu ainda não sabia o que dizer, e ela me olhava meio estranho. Eu não sabia o que estava se passando na mente dela. Tenso, acabei falando o que estava na minha cabeça:

— Quem é o cara?

— Esse? É o Albuquerque, o gerente.

— Esse, não... o outro. Carlos Alberto.

— Ah, sim... por que você está perguntando?

— Bom... você estava muito à vontade com ele, e ele com você... pra quem acabou de se conhecer...

Ela deu uma risada, e eu comecei a achar que ela estava me provocando.

— Ele é o dono do bar, Hugo.

Eu me senti um otário.

Peraí, não é porque o cara é o dono do bar que ele pode tocar assim em você.

Eu pensei, mas não falei. Senti o ciúme e a insegurança me corroerem.

— Eu sou... um amigo, Solara?

Ela ficou mais séria, se levantando.

— Hugo... a gente realmente precisa conversar... Mas eu tenho que voltar pro palco, então me dá licença — ela respondeu, já indo embora.

O show rolou por mais 45 minutos, enquanto eu especulava sobre o que aquela conversa seria. Nos últimos vinte, o tal do Carlos Alberto sentou numa mesa bem em frente ao palco e ficou assistindo. Assim que acabou ele foi falar com ela, com aquele jeito de quem já a conhecia há tempos.

Intimidade demais pro meu gosto.

Ele a conduziu lá pra dentro e eu fiquei esperando, olhando de tempos em tempos para o relógio em forma de copo de margarita na parede.

Passaram-se exatos 33 minutos, até que os dois vieram lá de dentro. O cara a abraçou, se despedindo, e ela veio na minha direção, meio surpresa.

— Tava me esperando?

— Tá surpresa por quê? A gente não ia conversar depois? — respondi, me levantando e fazendo um sinal pro atendente do bar. — Fecha minha conta, por favor?

— Claro... mas é porque eu e o Beto estávamos acertando os detalhes... Hugo, ele me contratou! — ela falou, leve. Eu acabei sorrindo também, apesar de estar cheio de ciúmes.

Talvez porque a situação se assemelhasse muito a uma pela qual eu tinha passado há bem pouco tempo.

— Que bom — foi tudo que eu consegui responder.

O atendente me entregou a conta e eu nem olhei o total, só tirei a carteira do bolso e entreguei meu cartão de crédito.

— Hugo... tá tudo bem?

— Não sei, Solara. Você que tem que me dizer se está tudo bem.

Ela fez uma cara de contrariada, e eu suspeitei que tinha mandado mal... só que eu não pude evitar. Ela simplesmente saiu andando, mas eu não podia fazer nada, já que o garçom ainda estava com meu cartão. Finalmente, depois de quatro minutos, que dessa vez eu contei no celular, o cara voltou com a máquina. Eu digitei a senha e saí rápido, meio desesperado.

Solara estava do lado de fora, encostada no meu carro, com cara de poucos amigos.

Graças a Deus. Pelo menos ela não foi embora.
— Vamos? — Abri o carro de longe.
Ela entrou antes de mim, sem dizer nada.
Lá dentro, eu não consegui dar a partida. Olhei pra ela, mas ela olhava pra frente, com uma expressão de raiva.
— Olha, Sol... tô muito feliz que você conseguiu o trabalho, mas você precisa me ajudar aqui: tem quase um mês que a gente não se vê e você me apresenta pra aquele cara folgado dizendo que eu sou um amigo?
Ela me olhou como se eu tivesse falado um absurdo.
— Folgado?? Por que folgado?
— Ele ficou pegando em você... cara pegajoso!
— Ele não fez nada de mais, Hugo... E eu disse que você era meu amigo porque ele estava me contratando, não é como se ele fosse um amigo de infância! Eu simplesmente não tenho que dar satisfação da minha vida pra ele!
— Ou você achou que fosse mais fácil conseguir o trabalho se insinuando pro cara! — Deixei escapar, cheio de ciúme.
Ela me olhou, horrorizada.
— O quê??? É isso que você pensa de mim???
E saiu do carro.
Mandou bem, Hugo. Bem demais.
— Sol... desculpa... volta aqui...
Eu fui atrás dela. Ela se virou com quatro pedras na mão e colocou o dedo na minha cara.
— Olha aqui, Hugo... eu não te pedi ajuda nenhuma! Eu disse que ia resolver minha vida, e é isso que estou tentando fazer! Só que parece que você agora se sente meu dono só porque pagou minha dívida, e eu não vou admitir isso!
— Perdão, mas a situação... era muito familiar...
Ela parou pra pensar no que eu estava falando e arregalou os olhos.
— Não... eu não acredito... Você tava pensando no Alex? Hugo, você acha que eu... Não, eu não acredito!!!
— Sol, por favor... tenta me entender... primeiro você está noiva do dono do resort... aí eu tenho um trabalho danado pra te fazer voltar

pra mim, mas aí você dá pra trás... quantas vezes isso aconteceu??? Esse mês, nesses exatos 29 dias, eu tenho tentado respeitar tua vontade...

— Respeitar??? Você foi pelas minhas costas e pagou minha dívida sem eu nem saber! — ela falou, apontando pra algum lugar que eu não sei onde era.

— Paguei, ok??? Paguei porque eu te amo, e não queria te ver devendo mais nada pro Alex!

— Tudo por causa do meu bem-estar??? Ou por insegurança sua???

Eu não pude responder.

Claro que era por causa dela, mas também um pouco por minha causa.

— Olha, Hugo... eu ia te agradecer essa noite... não me sinto confortável pelo que você fez, de jeito nenhum, mas aceitei... Só que você está conseguindo estragar tudo com essa sua atitude mais do que machista!

Algumas pessoas saíram do bar e passaram pela gente. Solara tentou disfarçar e relaxou o rosto um pouco. Três deles entraram num Yáris vermelho do lado do meu carro, enquanto um casal entrou num Siena cinza mais adiante. Com isso, eu tive tempo pra me arrepender pelo que eu tinha falado umas trinta vezes.

— Sol, perdão... mas tenta me entender... eu fiquei quase dois meses achando que você ia se casar com o Alex, tentando te trazer pra mim... Quando eu finalmente consigo, você me dá um gelo, me deixa um mês de molho e ainda fala pro cara que eu sou seu amigo???

— Um dia você já gostou muito de ser chamado de meu amigo!!

— Mas não é suficiente mais! Nós somos adultos agora, e o que a gente teve aquela tarde na Casa Amarela...

Ela me interrompeu:

— E você acha que por isso e porque pagou minha dívida pode agora falar o que quiser na minha cara? É isso que você pensa de mim, Hugo? Que eu ia transar com o Beto porque eu preciso desse emprego, e quem sabe ficar noiva dele também??? Pior que achar que eu sou uma golpista, você deve achar que eu sou burra... porque só depois eu percebi que tinha me colocado nas mãos do Alex sem querer!

— Não... eu não penso nada disso de você...

— Mas foi o que você insinuou!!! Eu não sou idiota, Hugo, eu sei ligar as coisas!

Só aí que eu percebi que tinha dois garçons fumando ali perto e olhando pra gente — com certeza estavam ouvindo nossa conversa.

— Sol, por favor... entra no carro... Vamos conversar num lugar mais privado...

— Não, Hugo!!! O que aconteceu com aquela história de conhecer minha essência... e dizer que meus atos não importam... é tudo papo furado, né?

— Não é... é tudo verdade... O que aconteceu foi que eu fiquei com ciúme...

Ela sorriu, sarcástica.

— E isso te dá o direito de dizer o que quiser na minha cara? Eu estou muito decepcionada. — Ela tirou o celular do bolso. — Tô chamando um Uber... Pode deixar que eu vou te pagar, centavo por centavo, o que eu estou te devendo. Vai demorar, mas eu vou pagar. Já estou acostumada a ter dívida mesmo, e nunca tive medo de trabalho!

— Sol, não é nada disso... Por favor, vamos conversar!

— Tudo bem? — Ouvi uma voz atrás de mim.

— Tudo bem, Wagner. Esse é o Hugo... meu... namorado — ela falou com pesar.

O cara me olhou de cima a baixo, como se eu fosse um criminoso.

— Ah, sim. — Ele voltou a olhar pra ela. — Precisa de carona, Sol?

— Você vai pra onde? — ela perguntou.

— Solara, por favor... — Tentei intervir.

— Pra onde você vai? — ele repetiu a pergunta dela, me ignorando.

— Pra Costa do Coral, buscar meu irmão.

— Te levo — ele respondeu, me encarando.

E os dois foram embora num Corolla prata.

capítulo 42

Solara

No caminho pra casa do Lúcio, eu mal conseguia respirar. Eram vários sentimentos ao mesmo tempo. Eu amava o Hugo e tinha amado o gesto de querer saldar minha dívida, apesar de não estar confortável. Eu ainda debatia internamente se deveria ficar feliz ou incomodada com a situação, mas de qualquer forma eu tinha que agradecer a ele. Me lembrei das palavras do Beni um dia nas pedras, anos atrás, quando eu e o Hugo ainda estávamos brigados: *"Na hora certa, você vai saber o que fazer e o que falar"*. E eu contava com isso.

Mas aí ele estragou tudo com aquele ciúme fora de lugar.

Incrível como essa maldição ainda me perseguia. Pior ainda foi ver o Hugo, que sempre foi meu amigo, ficar cego por ciúme e agir exatamente como todos os outros homens que eu conhecia.

— Tem certeza que você está bem?

Meu pensamento foi interrompido pela pergunta do Wagner.

— Claro. Tá tudo bem.

Nós ficamos em silêncio de novo até ele pegar a saída pra Costa do Coral.

— Olha, Sol... não quero me intrometer na sua vida, mas tem certeza que esse cara é uma boa?

— Quem, o Hugo?

— É. Você perdeu o seu casamento e o emprego... e agora essa discussão, bem na porta do teu trabalho novo?

— Não é o que parece, Wagner. — Sacudi a cabeça. — O Hugo é um doce.

Eu mesma precisava entender o sentido do que estava acontecendo. Parei um pouco pra pensar, depois continuei:

— Meu casamento com o Alex ia ser um erro. E fui eu quem pediu demissão, por motivos óbvios. O Hugo... eu o conheço há muitos anos, e o amo. Só que minha vida mudou tanto em tão pouco tempo que eu ainda estou tentando me recuperar... Digamos que ele tem tentado me ajudar, mas eu não tenho deixado.

— Entendo. Como eu te disse, não quero me intrometer na sua vida... foi só o que eu vi. — Ele ajeitou o retrovisor. — E também porque ele está aí atrás.

Olhei pelo retrovisor do meu lado e vi o carro branco do Hugo nos seguindo.

— Ah, meu Deus...

— Posso chamar a polícia — ele falou, já pegando o celular do console.

— Não! Imagina, Wagner. O Hugo é inofensivo... A gente precisa se entender mesmo.

Mal ele encostou, o Hugo parou também e saiu do carro.

— Tem certeza que vai ficar bem?

— Claro. Obrigada, Wagner. Obrigada por ter me apresentado ao Beto, pela carona, enfim, por toda a ajuda que você tem me dado.

— Não precisa agradecer. Vai ser bom voltar a trabalhar contigo.

O Hugo se aproximou do carro, bem na hora em que eu saí.

— Solara, eu não saio daqui sem me explicar...

— Tudo bem, Hugo. Cinco minutos — eu disse, olhando no relógio.

Ele olhou em volta. O Lúcio morava perto de um parque, e pessoas sempre caminhavam ou só ficavam por ali conversando.

— No meu carro?

Eu acabei concordando.

Lá dentro, ele respirou fundo antes de começar a falar:

— Primeiro eu queria te pedir pra esquecer tudo o que eu disse... A gente tem se desencontrado tanto que isso está me deixando inseguro. Mas eu não sou assim, Sol, você sabe.

Tive que olhar pro outro lado. No fundo eu acreditava nele, mas estava magoada.

— Eu só queria mesmo te ver... matar a saudade — ele continuou. — Tem sido uma tortura ficar longe. É óbvio que eu me sinto culpado por tudo que está acontecendo na sua vida. Não que eu me arrependa... Eu sei que foi pra melhor, mas sei também a bagunça que causei... Por isso eu queria ajudar a consertar as coisas, tentar aliviar o teu lado de alguma forma.

Eu olhei pra ele. Ele me encarava com devoção.

— A gente era unido... a gente se ajudava, você lembra? E de repente, quando a gente finalmente fica junto, você me tranca do lado de fora?

Isso era verdade. Mas eu tinha uma razão pra isso.

— Naquela tarde eu me dei conta do quanto me coloquei nas mãos do Alex, Hugo. Se ele não prestasse, eu estava frita. Ainda bem que não era esse o caso... mas isso não anula a gravidade do que eu fiz. E eu nunca... nunca vou passar por isso de novo, nem mesmo com você!

Ele quase me interrompeu.

— Mas eu paguei sua dívida por dois motivos... primeiro, porque eu te amo... segundo, porque eu podia... Não faz sentido manter meu apartamento fechado lá no Rio enquanto você fica aí, coberta de dívidas... eu quero me mudar pra Casa Amarela mesmo, assim que ela ficar pronta... com você, Solara.

Era verdade. Mas isso não fazia com que fosse mais fácil aceitar isso dele.

— Mas esse sentimento de impotência... isso está me consumindo, Hugo... Por mais que eu e meus irmãos lutemos, parece que a gente nunca vai vencer... Foram anos de trabalho pesado, anos... e eu sinto que a gente está no mesmo lugar!

Eu suspirei, refletindo que eu não podia reclamar. Tinha tanta gente pior que a gente... Por outro lado, me lembrei de uma amiga do Alex, que uma vez disse que as pessoas eram pobres porque tinham preguiça de trabalhar.

— Eu não quero ser rica, nunca quis... Aliás, esse mundo me dá desgosto, na verdade... parece que o dinheiro suga a personalidade das pessoas e elas ficam vazias, só se preocupam com futilidades... Claro que não é com todo mundo, mas ter que conviver com esse tipo de gente... não era pra mim... e, nesse ponto, eu te agradeço, Hugo. Você me fez me lembrar de quem eu fui um dia. Por causa das circunstâncias eu estava me transformando numa estranha, a ponto de me olhar no espelho e não me reconhecer mais.

O Hugo sorriu, meio tímido.

— Mas eu queria, sim, ser capaz de colocar a cabeça no travesseiro pelo menos uma noite e não pensar em dívidas... pagar uma escola melhor pro Rafa... ajudar a Lumi e os meninos, sabe...

— E você, Sol? — ele me interrompeu. — Você não pensa em si própria?

Ele me pegou de surpresa. Claro que eu tinha sonhos... às vezes eu me pegava pensando no que faria se tivesse uma condição melhor.

— Pensar, eu penso... mas não parece possível.

— Conta pra mim?

Eu não pude deixar de sorrir, enquanto me lembrava dos meus planos mirabolantes.

— Ter uma casa, mesmo que pequena, e ir morar lá com o Rafa. Apartamento é bom, mas crianças precisam de espaço externo, contato com a natureza, sabe? Fazer uma faculdade... de Serviço Social. Eu queria ajudar mulheres em situação de abuso, que passam pelo mesmo problema que eu passei, ou coisa parecida. Sei que isso não dá dinheiro, mas, como eu disse, não quero ser rica... só quero poder me sustentar de forma digna. E eu gostaria do mesmo pros meus irmãos.

Eu olhei pro Hugo, como se saindo de um transe. Ele sorria.

— A Lumi e o Adriano ficaram noivos. Lindo ver que ele quer ajudá-la. Lindo também saber que você pagou a dívida do Lúcio e agora ele vai poder dar uma respirada... quem sabe, formar uma família com a Taty. Mas, se a gente parar pra pensar que as coisas só estão se resolvendo por causa da intervenção de vocês dois...

Ele me interrompeu:

— Isso é um detalhe...

— Não é, Hugo! É a questão da impotência... Por mais que a gente tente, a gente não consegue alterar o fluxo natural das coisas, entende?

— Eu entendo sua revolta, mas cuidado pra isso não se transformar em orgulho. E, se você acreditasse nisso mesmo, você não ia querer fazer uma faculdade pra ajudar pessoas.

Eu parei pra pensar no que ele estava falando.

— É difícil mesmo mudar o sistema, mas não é impossível — ele continuou. — Tem gente que consegue, sim, sair de uma situação difícil com os próprios esforços... temos exemplos disso. E algumas pessoas contam com a ajuda de alguém, ou alguéns... do governo, ou de parentes, ou até de estranhos... Isso não é humilhante, Solara. Pode não ser o ideal, mas ajudar os outros é uma tentativa de remediar injustiças sociais. Nossa cultura é muito individualista, mas se você parar pra pensar que deve amar ao próximo... A comunidade de vocês é um bom exemplo: quantas pessoas o Beni ajudou, com a profissão dele? Eu fui um deles! Quantos você e sua família ajudaram? Desde sempre... A Vânia fazia biscoitos pra vender no trailer, vocês se ajudavam mutuamente... Quantas casas vocês não ajudaram a reformar, colocando a mão na massa... e por que isso não pode incluir ajuda financeira também? — Ele pegou na minha mão. — Você, sua família e a sua comunidade não se conformaram com o sistema e já estão mudando as coisas há muito tempo... Vocês têm lutado com suas próprias armas, e isso é bonito. Imagina só quando você for uma assistente social... Porque eu te digo desde já, Solara Martins: eu vou fazer de *tudo* pra te ajudar a realizar esse sonho. O da casa já está encaminhado, e você não me deve nada por isso, porque eu te amo. Antes era só eu, mas a partir de agora a gente vai lutar junto.

Tudo o que ele falou fazia sentido, e, no fundo, eu queria concordar. Eu só tinha medo de ficar muito à vontade com aquela situação. Mas, como ele mesmo falou, agora a gente ia lutar junto.

— Você sempre foi bom com as palavras, né? — perguntei.

Ele sorriu, sem graça.

— Sempre, não... Ainda lembro das nossas primeiras conversas... eu nunca sabia o que dizer e acabava falando demais.

— Mas você era sincero, e foi isso que me conquistou. Sua lealdade também. — Eu me aproximei. Ele olhou pra minha boca, vulnerável, e eu me senti estranhamente poderosa. — É verdade, Hugo. Agora somos nós dois. — Eu segurei seu rosto e o beijei.

Depois do impacto inicial, ele começou a me abraçar e me beijar tão intensamente que eu quase fiquei sem ar. Acariciei os cachos do seu cabelo, enquanto ele se debruçava sobre mim e beijava meu pescoço, minha orelha, meu colo.

— Hugo... tem gente ao redor...

— Promete que não vai mais me trancar de fora, Sol... Promete que vai ficar comigo... Eu não suporto mais ficar sem você — ele pediu, entre um beijo e outro.

— Prometo... — respondi com dificuldade.

Isso ainda era novo entre a gente. Eu sabia que o tirava do sério, mas ele também tinha uma espécie de poder sobre mim. Foi assim no dia em que nós ficamos juntos, na Casa Amarela. Era como combinar fogo e gasolina.

— O que você disse? Não escutei... — ele sussurrou no meu ouvido.

— Prometo! — repeti mais alto, enquanto ele tentava entrar no lado mais curto do meu vestido.

— Então vem agora... passa a noite comigo. — Ele me beijou, me deixando sem ar mais uma vez, enquanto me acariciava por baixo da roupa. Eu tive que interromper o beijo, mesmo sem querer.

— Mas... e o Rafa?

— A gente avisa o Lúcio... Vem comigo, Sol.

Eu tinha que tomar uma decisão logo, senão... Eu não sabia como pará-lo, e aquilo não podia acontecer ali. Acabei decidindo pelo que meu coração e meu corpo estavam mandando.

— Hum-hum...

Ele sorriu, ainda me beijando. Eu acabei sorrindo também.

— Mas... deixa eu pegar uma roupa em casa...

— Não precisa — ele sussurrou. — Na verdade, eu estou louco pra tirar esse vestido desde que te vi nele. Você sabe que eu não gosto de assimetrias.

Eu sorri.

— Por isso mesmo que eu o escolhi.

parte 3

capítulo 43
DEZ MESES DEPOIS

Hugo

Eu entrava na igreja com a mulher mais linda do mundo ao meu lado.

Ela usava um vestido verde-água justo, de rabo de sereia, arrastando no chão. Qualquer semelhança não era mera coincidência.

No altar, nós nos separamos e ficamos em direções opostas, aguardando.

Enquanto isso, eu pensava em como a Solara tinha sido guerreira esses últimos meses. Tinha começado a faculdade de serviço social de dia e cantava no Tequilaria da Catedral à noite. Incansável, ela usava todo o tempo livre pra se dedicar ao Rafa ou ajudar mulheres da ONG Fênix.

A semelhança do nome da ONG também não era coincidência. Solara tinha um forte desejo de ajudar mulheres que passaram por situações de abuso e, por isso, resolveu fazer Serviço Social. Dois meses depois, eu recebi um telefonema de uma pessoa inusitada.

— *Hugo Wolfe?*

— Sim.

— *Alejandro Guerrero.*

— Como é?

— *O Adriano me passou seu contato. Como é que tá?*

— T-tudo bem.

— *Olha, vou falar rapidamente. Minha esposa Mariane está criando uma ONG que ajuda mulheres em situação de abuso. A gente precisa de um marketing forte. Você estaria interessado?*

Quando todo mundo ficou sabendo que a Solara não tinha se casado com o Alex por minha causa, me senti moralmente obrigado a pedir demissão da HiTrend. O Gustavo estava disposto a comprar minha briga, mas eu não quis. Ele tinha muito a perder, seis clientes no total, e a Solara era um assunto pessoal meu. Assim, comecei a trabalhar como *freelancer*. No início foi difícil, mas alguns meses depois eu já tinha alguns trabalhos. Minha nova marca se chamava BrainstorMe, e alguns clientes antigos me honraram e confiaram em mim. Eu ainda fazia alguns serviços isolados como *freelancer* pra HiTrend quando algum cliente exigia o meu nome, ou dando consultoria.

— Claro — respondi, mal acreditando naquilo.

— Ótimo. O Adriano fala muito bem de você. Eu já conhecia seu trabalho, claro... Aquela campanha da Luminares foi excelente. E "Reencontre-se", hein?

— Obrigado, mas o Negão é suspeito.

Ele riu alto.

— *Apelido perfeito... Não sei como não pensei nisso antes...*

Eu ouvi um barulhão de guitarra no fundo e alguém gritar o nome dele.

— *Tenho que ir. Meu assessor vai te procurar pra marcar uma reunião. Abração!*

— Abraço!

Era uma oportunidade ímpar. Na semana seguinte eu levei a Solara pra reunião, na Barra da Tijuca, e a Mariane Sá ficou encantada com ela. As duas conversaram bastante, trocaram experiências, e a Solara até deu umas ideias pra ela. No fim da reunião, eu propus o nome Fênix para a ONG. Solara me olhou, emocionada. A Mariane e o Alejandro adoraram e ficaram superempolgados. Claro que, depois da reunião, eu tive que pedir um autógrafo e tirar uma selfie com eles.

— Meu filho vai ficar louco — falei, me sentindo um bobo.

— Qual a idade dele? — o Alejandro perguntou.

— Onze.

— Traz ele aí qualquer dia pra brincar com os meus. Daniel tem sete, e Davi fez seis.

Agora, Solara tinha reuniões quinzenais em Jacarepaguá, na sede da Fênix. Ela sempre voltava de lá realizada, apesar de drenada. As histórias eram todas muito tristes, mas trabalhar na recuperação daquelas mulheres não tinha preço. E ela estava feliz com a faculdade.

Como eu trabalhava de casa, cuidava do Rafa a maior parte do tempo. Eu o levava e o buscava da escola, e a gente ainda se divertia no fim do dia, na praia. No início foi difícil separá-lo da Solara, mas a presença do Loki tornava as coisas mais fáceis.

Nós quatro ainda morávamos na pousada da dona Márcia — isso porque eu fiquei sem dinheiro pra completar as obras da Casa Amarela, que, em consequência, estavam demorando o dobro do tempo planejado. Tive que mandar a firma anterior embora e contratar dois pedreiros da região, e às vezes eu e o Adriano ainda colocávamos a mão na massa nos fins de semana.

E agora nós estávamos aqui, reunidos na igreja de Catedral de Limeira, pro casório do Negão.

No início, não foi nada fácil. Solara não quis aceitar que eu pedisse demissão, falando que eu já tinha perdido meu apartamento, e começou a regredir um pouco na nossa decisão de ficar juntos. Mas eu argumentei que nós dois tivemos perdas e que isso não era nada, já que a gente ia reconstruir tudo junto. Ela acabou aceitando.

Depois nós enfrentamos a adaptação do Rafa e do Loki a um quarto de hotel. Nessa época, Sol ainda não estava na faculdade, e isso facilitou as coisas. Enquanto o Rafa estava na escola, ela estudava para o Enem. Ela o buscava na escola e eles iam direto pra praia, e depois eu me juntava aos dois. Na hora em que ela ia pro Tequilaria, eu ajudava o Rafa com o dever de casa e dava um lanche, até a hora da janta na pousada. Mais tarde, a gente assistia a algum filme e eu o colocava pra dormir. Eu ficava no quarto deles até a Solara chegar. Meu quarto ficava ao lado, e às vezes ela dormia parte da noite comigo. Eu não podia ser mais grato à dona Márcia: ela tinha feito um pacote especial pra gente, já que nossa grana estava contada, e ainda tinha aceitado o Loki.

Nossa pequena família estava dando certo assim, e eu não queria nada mais... Apesar da rotina apertada e da ralação diária, Solara estava feliz. Ela tinha voltado a ser leve, aquela garota zen que um dia eu tinha conhecido na praia, e isso me fazia mais feliz ainda.

Só tinha mesmo uma coisa me perturbando.

Eu quis contar da minha doença milhões de vezes, mas nenhum momento parecia ser o certo. O Adriano dizia que não existia isso, que eu que tinha que fazer o momento... mas tudo estava se encaixando tão bem entre a gente que eu temia quebrar isso. Mas de uns dias pra cá eu vinha sentindo umas coisas estranhas, que podiam ser só pseudossurtos... ou não. A possibilidade de um novo surto real me assombrava, muito mais do que antes. Agora eu tinha muito a perder. Na verdade, agora eu podia perder tudo.

Meu pensamento foi interrompido pela música de entrada da noiva. Era uma versão instrumental de "Perfect", do Ed Sheeran. Lumi entrava na igreja com o Lúcio, chorando um pouco. Eu sabia que era de felicidade, mas também de saudade do Beni e da mãe. Eu não precisava olhar pra Solara pra saber que ela chorava também. Aliás, eu tinha aprendido a antecipar as coisas que ela sentia, a ler nas entrelinhas. Eu a conhecia tanto que nem parecia que dez anos nos tinham separado. Aliás, às vezes nem parecia que esse tempo tinha existido, era como se a gente fosse um só desde sempre.

A Lumi parou na frente do Adriano, que estava com cara de idiota babão. Comigo não ia ser diferente, eu sabia bem. Eu e Solara estávamos noivos, de aliança e tudo, e foi ela que quis esperar a casa ficar pronta pra gente se casar. Pra mim, não fazia a menor diferença. Pra mim, a gente já era casado, e já era perfeito assim. Nós éramos cúmplices, amigos e apaixonados. Pra mim, não faltava mais nada.

E isso me deixava ainda com mais medo.

O Negão pegou a mão da Lumi e a beijou. A diferença de altura era grande, no mínimo uns trinta centímetros, e de idade também, tipo dez anos. Mas, estranhamente, o amor deixa as pessoas parecidas, e os dois pareciam ter sido feitos um pro outro. A mãe do Adriano estava lá, muito emocionada. Mas também, coitada, ela achava que o filho não tinha mais jeito... pra perto dos quarenta o cara ficar de quatro por uma mulher que nunca tinha sido o tipo dele.

O Lúcio se juntou a mim no altar, do lado direito. Solara e Taty estavam do lado esquerdo. Meu olhar encontrou o da Solara, e eu soube imediatamente que ela estava pensando em quando fosse a nossa vez. A gente já tinha nosso casamento todo planejado: cerimônia na praia, em frente à Casa Amarela, só com um tablado enfeitado com flores e umas cadeiras em ambos os lados. Solara tinha certeza de que a Lumiara não deixaria o casamento passar em branco, sem recepção. A gente ia contratar o Buffet das Garotas, duas vizinhas da Sol que cozinhavam muito bem, e a Lumi ia cuidar de tudo. Nossa recepção seria em casa mesmo, com uma decoração simples.

O pastor começou a falar sobre a importância de duas pessoas se juntarem, e eu me lembrei de quando eu achava que ia morrer sozinho. Sem querer, olhei pra Solara. Ela estreitou os olhos e sorriu discretamente. Com o olhar, ela dizia que nós seríamos um só em breve. Eu devolvi o sorriso e dei uma piscadinha, imaginando nossa lua de mel.

A igreja estava lotada, na sua maioria com pessoas da comunidade. Eu podia contar nos dedos os convidados do Negão: um primo e sua esposa, dois amigos de infância e suas respectivas famílias, a mãe e o padrasto, e nada menos que Alejandro e Mariane Guerrero, cercados de três seguranças. Os dois tinham entrado pela porta lateral depois que o casamento começou e ficaram quietinhos, lá atrás.

Estava tão quente que eu senti minha vista embaçar temporariamente. Tentei relaxar, e aos poucos as coisas foram voltando ao normal.

O pastor pediu as alianças e o Rafa e a Cris entraram, lado a lado. O Rafa estava meio tímido, mas deu conta do recado. Lá na frente, a Cris entregou as alianças pro pastor, que esperou a música acabar. Eu me lembrei do dia em que eu e a Solara ficamos noivos na casa do Lúcio, no aniversário dela. Quando ela abriu meu presente, eu vi a surpresa estampada em seu rosto. Era uma caixa contendo duas alianças complementares, sendo que a dela tinha uma imagem de um sol e era em ouro amarelo, enquanto a minha tinha uma lua e era em ouro branco. Mandei gravar no interior da minha "Meu sol", e na dela "Tua lua".

Meus olhos escureceram de novo, o que me deixou mais tenso. Pensei em afrouxar a gravata pra tentar reduzir o calor, mas não podia. O centro dos meus olhos agora era um borrão preto, e eu me perguntei se aquilo ia passar. O pastor chamou os padrinhos para impor as mãos sobre os noivos, e eu tive que disfarçar meu desconforto.

Enquanto ele orava minha visão piorava, e agora eu não conseguia pensar em mais nada.

Pelo canto dos olhos, eu vi os dois se beijarem e a igreja aplaudindo. Não demorou muito até eles saírem e nós, os padrinhos, os seguirmos. Eu suava frio, mas tive que dar a mão pra Solara.

— Tudo bem? — ela perguntou.

— Por quê? — questionei, meio apavorado.

— De repente você ficou pálido — ela respondeu baixinho.

— Só calor. Preciso de um ar, está muito quente aqui.

Caminhamos até a porta da igreja, onde os noivos receberiam os cumprimentos. A fotógrafa nos pediu pra ficar, pra tirar fotos. Eu comecei a tirar meu blazer, mas a assistente não deixou. Passei a mão na nuca, tentando aliviar o estresse. Solara cumprimentava a Cris e o Rafa, e eu aproveitei pra me esconder num canto escuro.

— Hugo Wolfe, prazer te rever.

A voz do Alejandro me tirou dos meus pensamentos. Eu me virei pra cumprimentá-lo. Ele estava de óculos escuros, tentando não ser reconhecido.

— Fala, Alejandro. — Tentei disfarçar um sorriso e estendi a mão. — O Adriano deve estar muito feliz que você veio.

— Aproveitei pra dar uma escapada com a Mari antes da turnê, a gente viaja na quarta. O Adriano vive dizendo que aqui é lindo, resolvi dar uma checada.

— E as crianças? — perguntei, tentando me concentrar mais na conversa e menos nas reações do meu corpo.

— Ficaram com o Stef. Aquele é teu garoto?

Eu olhei na direção da Solara, que parecia me procurar.

— Rafael. Bom, na verdade, ele não é meu. Ele é o irmão mais novo da Solara, mas é como se fosse nosso filho. É complicado.

Eu ainda forçava os olhos, tentando enxergar melhor.

— Entendo "complicado". Famílias não necessariamente envolvem laços de sangue — ele respondeu, e eu quase não consegui enxergá-lo. — Hugo, você está bem? Precisa de alguma coisa?

A Mariane saiu do banheiro e começou a conversar com a Solara, que ainda me procurava com os olhos. Eu tinha que sair dali.

Eu não tinha nada a perder, aceitando a ajuda do cara.

— Tô um pouco tonto. Acho que é o calor. Preciso de um lugar mais calmo e arejado. Você pode me ajudar? — falei, caótico, incapaz de me acalmar.

— Claro. Quer que eu chame sua noiva? — Ele segurou meu braço, e eu me senti pequeno e impotente.

— Não! Não, não precisa... Sabe como mulher se preocupa. Não deve ser nada, só calor mesmo.

Entramos no longo corredor na lateral da igreja e passamos por algumas portas, mas todas estavam fechadas. O Alejandro achou uma aberta, e a gente entrou. Lá dentro, graças a Deus o ar-condicionado estava congelante. Eu mal conseguia enxergar ao meu redor. O Alejandro me colocou sentado numa cadeira de plástico.

— Você tem isso sempre?

— Não. Digamos que no total foram cinco vezes. Seis, com essa. — Fui sincero, já que agora eu tinha quase certeza que estava tendo um novo surto.

— E você tem um médico? Não é melhor ligar pra ele... — A frase foi interrompida pelo toque do telefone dele. — É a Mari, perguntando se eu te vi. Estão te procurando para tirar foto.

Ótimo. Só falta agora meu surto sair na filmagem.

— Cara, pode ir, eu já estou melhorando — menti.

Se fosse um surto mesmo, as coisas iam piorar ou ficar estáveis pelas próximas 24 horas. Se fosse só emocional ou por causa do calor, as reações desapareceriam aos poucos. Mas eu precisava me acalmar e, pra isso, eu tinha que ficar sozinho.

— Já respondi pra Mari que estou contigo. Falei que estamos tratando de negócios.

— Obrigado, cara. Eu só preciso ficar um pouco quieto. É só.

— Perfeito, mas vou ficar aqui com você.

O telefone dele tocou de novo.

— Fala, Marcondes. Não. Tá de boa, tô com um amigo aqui. Pode esperar no carro.

Passaram-se uns dez minutos, e minha vista foi melhorando. Eu tinha desligado meu celular, porque sabia que a Solara estava me procurando, e eu precisava desse tempo. Aos poucos consegui reparar nos detalhes da sala, que parecia uma sala de escola de criança. Tinha uns versículos pregados pelas paredes, alguns brinquedos numa estante, um quadro-negro e cadeiras dispostas em círculo. Só aí eu percebi como eu estava cego quando entrei ali. Tentei não pensar sobre isso, só relaxar.

De repente ouvi um barulhão na porta.

— Caraca, Wolfe... Tamo te procurando por tudo que é lugar... Lumiara tá brava, hein! O que que tá rolando aqui?

O Alejandro olhou pra mim, em dúvida se podia falar.

— Passei mal. O Alejandro me ajudou.

A cara do Negão mudou totalmente.

— Quer que eu ligue pro dr. Marco? — ele perguntou, muito sério.

— Não, tá de boa. Já passou.

O Alejandro levantou.

— Cara, tenho que ir. Agora você tá em boas mãos.

Eu me levantei também e dei a mão pra ele. Com a outra, ele bateu nas minhas costas.

— Se cuida, Wolfe. — Foi tudo que ele disse, tentando não ser invasivo. — Valeu, Adriano. Parabéns mesmo, cara. Que Deus abençoe teu casamento.

— Valeu por ter vindo, Guerrero. Significa muito pra mim.

Os dois se cumprimentaram, e o Alejandro saiu. Mal a porta se fechou, o Negão me fuzilou com os olhos.

— Cara, quer me matar de susto? O que aconteceu?

— Minha vista escureceu. Tava muito quente na igreja.

— Só isso? Tá sentindo mais alguma coisa?

— Não. Cara, é teu casório... Vai lá com a tua noiva. Vou ficar aqui até me recuperar totalmente.

— Cara, você tem que resolver essa parada. E se fosse um surto mesmo? É assim que você quer que a Solara fique sabendo? Da pior forma???

A porta se abriu mais uma vez. Dessa vez, era a Solara.

— Hugo... o que aconteceu?

Sua expressão era de preocupação. Eu forcei um sorriso, mas por dentro eu estava irritado por ela me ver daquele jeito.

— Nada... só uma queda de pressão. Eu devia ter comido alguma coisa antes de vir.

O Negão continuou me olhando com aquela cara de reprovação. Tentei ignorar, mas a Solara percebeu a preocupação do meu amigo.

— O que houve, Adriano? — ela perguntou, e ele não soube o que dizer. Por isso mesmo eu tinha que arrumar um subterfúgio.

— Nada. Já falei que não é nada — respondi rispidamente. — O Negão tá exagerando.

— Mas...

— *Vambora*? Tá tudo certo. — Levantei e comecei a apertar minha gravata de novo.

O Adriano saiu da sala, visivelmente irritado. Eu peguei meu blazer da cadeira e tentei segui-lo, mas a Solara não deixou.

— Hugo... você vai me explicar o que houve ou eu vou ter que perguntar pro Guerrero??? — ela perguntou, séria demais.

Só tinha um jeito de eu me livrar daquela inquisição.

— Não aconteceu nada, Solara! — gritei, batendo forte na porta. — Pode perguntar, ele vai te dizer o mesmo que eu... eu fiquei tonto, não quis preocupar ninguém e saí fora! Agora a gente pode ir lá tirar essas porcarias de foto?

Solara arregalou os olhos, surpresa. Eu mesmo estava surpreso com a minha reação desmedida, mas eu sabia o que era. Raiva... Raiva por não poder viver tranquilamente, normalmente, como qualquer um. Revolta por saber que eu era uma bomba-relógio que a qualquer momento podia estourar. Um forte sentimento de impotência, porque eu queria mandar na minha vida, mas não podia. Minha vida era governada por essa doença, que não escolhia data nem hora pra acontecer, implacável nas suas consequências. Eu sabia que, mesmo sem ter surtos, ela acontecia lenta e silenciosamente, destruindo meus neurônios, até que as sequelas fossem visíveis. Pior do que isso, elas eram irreversíveis.

Saí dali com vergonha de mim mesmo, deixando a Solara pra trás.

Por mais um dia, meu segredo estava seguro. A que preço, não sei.

capítulo 44

Solara

O resto do dia foi uma incógnita pra mim.

Eu não entendi nada do que estava se passando com o Hugo. Depois que ele passou mal, se isolou de tudo e de todos. Também não fiquei no pé dele, já que ele tinha sido um grosso e eu me recusava a discutir logo no dia do casamento da minha irmã.

A Lumi nunca tinha se casado e nunca tinha sido tão feliz quanto no último ano, ao lado do Adriano. Ele era parceiro, bem-humorado e ajudava com os meninos. Ciano e Brício estavam numa idade complicada, e o Adriano ajudava a colocar limites nos dois. Já com a Cris, era o contrário: ele fazia tudo que ela queria, e a Lumi tinha que colocar um freio nas paparicações. Mas minha sobrinha se sentia amada, e isso era o que mais importava, no fim das contas. Minha irmã já não era amarga e tinha feito as pazes com a vida, mas claro que continuava sarcástica e com o humor ácido de sempre. O relacionamento da Lumi com o Adriano era interessante. Os dois sempre se provocavam e às vezes pareciam brigar, mas era assim que eles se entendiam.

O Adriano ainda trabalhava no Rio, mas tinha planos de se mudar pra região aos poucos, enquanto construía nova clientela aqui. Ele e a Lumi conseguiram dar uma boa entrada num apartamento de três quartos na praia Grande, que iam financiar por vinte anos. Por isso nós vendemos nossa casa pra Vânia, que estava casando a filha mais nova. Como a mudança da Lumi seria aos poucos, a festa estava sendo lá em casa. A lua de mel seria no Rio, uma semana num hotel chique em frente à praia da Barra. Os meninos quiseram ficar sozinhos em casa, mas a Lumi nunca ia deixar isso acontecer. Acabou que eles iam ficar com o Lúcio e eu ia ficar com a Cris. Afinal, onde cabem duas pessoas e um cachorro, cabe mais uma criança, mesmo em se tratando de um quarto de hotel mínimo.

O último ano não tinha sido bom só pra Lumi. Muita coisa tinha mudado na minha vida, e, apesar do início conturbado com o Hugo, eu era grata por nunca ter me casado com o Alex. Nós nunca mais o vimos, até que há alguns meses a Taty me mandou pelo WhatsApp uma matéria da *The Entrepreneur*.

Diamante Atlântico expande seus horizontes

A maior cadeia de resorts do Brasil acaba de comprar o Eaux Bleues, o maior resort da Costa Azul, na França. O contrato milionário marca o início do reinado de Alex Reis Ventura (33) após a aposentadoria do pai, o empresário Cristiano Reis Ventura (56). Com isso, a Forbes calcula que o empreendimento acaba de ultrapassar a marca de 1 bilhão de dólares. Nossa equipe de reportagem conversou com o empresário, que aos 33 anos acaba de se casar com Sophie Delyan (27), top model e filha mais nova da atriz Auréllie Delyan (51) com o empresário Bernard LeBlanc (54).

A matéria trazia uma foto do Alex com a esposa, uma mulher linda e podre de rica, como ele. Não pude deixar de pensar que talvez tivesse feito um favor pra ele, desistindo do casamento. Os dois estavam morando na França, numa vila, e ele tinha acabado de assumir os negócios da família. Eles pareciam bem felizes na foto. Eu realmente esperava que ele fosse feliz, ele merecia tudo de melhor.

Na época, eu nem quis comentar nada com o Hugo. Não que ele não tivesse visto, porque ele estava sempre por dentro de tudo. Ele tinha que estar, por causa do trabalho.

A verdade é que primeiro eu tive que perder tudo pra depois realizar o que eu não me permitia sonhar. Claro que tudo com bastante luta, como tudo na minha vida. Ter entrado pra faculdade e ter participado da criação da ONG Fênix me realizam incrivelmente, e eu sempre seria grata ao Hugo por me ajudar a chegar lá. Sem falar na felicidade de tê-lo ao meu lado, ajudando a criar o Rafa e cuidando dele com todo o carinho e dedicação. Geralmente no fim do dia eu estava acabada, mas valia a pena. E ainda terminar o dia nos braços do Hugo... eu me sentia completa, como eu nunca tinha sido.

Uma vez, o Hugo me contou que começou a trabalhar à distância porque o trabalho na agência ficou muito pesado. Talvez agora ele estivesse estressado com a nossa rotina apertada. Ele estava se esforçando pra que eu realizasse meus sonhos, mas talvez precisasse de um tempo. Passei a maior parte da festa pensando sobre essas coisas e em como tentar resolver.

Agora eu olhava o Adriano e a Lumi dançando, além de vários outros casais, e não pude deixar de olhar pro Hugo, abandonado num canto, com uma garrafa de Heineken na mão.

— O que aconteceu com o Hugo? — a Taty me perguntou, e eu nem sabia que ela estava lá.

— Não faço a mínima ideia — respondi, sem tirar os olhos dele. — Ele passou mal na igreja e depois ficou assim.

— Ele bebeu a tarde toda, Sol. Melhor você ir lá.

Eu fiz o que ela disse. Quando ele me viu me aproximar, passou a mão no rosto. Por um momento eu achei que estava chorando, mas ele acabou sorrindo.

— Sozinho ou acompanhado?

— O quê? — ele perguntou, sem entender. Aliás, sempre foi assim, ele nunca entendia brincadeiras.

— Você... veio sozinho ou acompanhado? — perguntei no ouvido dele.

Ele sorriu, tímido.

— Sozinho. Sempre sozinho — ele respondeu, meio melancólico.

— Seus problemas acabaram. Vim aliviar essa solidão.

Ele pegou minha mão.

— Solara, eu...

— Eu te perdoo, Hugo. A nossa vida... ela está complicada mesmo, muita correria. Talvez a gente precise desacelerar... Eu só não entendo por que você se isolou... A gente vai resolver junto, não é isso que você sempre fala?

Ele olhou pro nada e ficou calado mais uma vez.

— Eu posso trancar umas matérias, ou até um período... — eu continuei, mas ele me interrompeu, subitamente bravo.

— De jeito nenhum, Sol. Por que você está pensando nisso?

— O estresse, Hugo... pode estar até atrapalhando seu rendimento no trabalho, sua criatividade... Eu não quero ser egoísta.

— Mas você não está sendo egoísta. Se tem algum egoísta aqui, sou eu.

— Como é?

— Nada. Olha... o que aconteceu hoje não tem nada a ver com estresse... foi um caso isolado, é só. Aí eu fiquei com vergonha de ter explodido com você. Por isso me isolei aqui.

Eu sabia que ele não estava falando toda a verdade, mas não estava entendendo por quê.

— Me desculpa, meu amor. Por favor, me perdoa. — Ele pegou minhas duas mãos e me olhou com desespero. Tinha alguma coisa nos olhos dele... um sofrimento, uma angústia. Tudo que eu queria era ajudá-lo.

— Tudo bem. Mas eu preferia que você fosse sincero comigo.

Ele ficou estranhamente quieto.

Já em casa, coloquei o Rafa e a Cris pra dormir e fui ao quarto dele tentar conversar. Pra minha surpresa, ele mal abriu a porta e já foi me abraçando e me beijando com desespero. Só aí eu percebi o quanto tinha sentido sua falta o dia todo. Ele me carregou pra cama e começou a tirar minha roupa, entre beijos e carinhos muito intensos.

— Hugo... eu...

— Shhh... eu preciso de você, Sol. Fica comigo. — E me calou com um beijo delicioso.

Entre um beijo e outro, eu mal podia respirar. Me lembrei de quando a gente dormiu junto, nesse mesmo quarto, depois do meu primeiro show no Tequilaria. A urgência dele esta noite era a mesma.

Ele começou a beijar meu pescoço, depois meus seios, meu umbigo e continuou descendo. Eu mal podia fazer objeção, porque os carinhos estavam me deixando louca, e ele sabia disso. Depois de meses dormindo juntos, o Hugo conhecia cada centímetro do meu corpo, sabia o que eu gostava e o que eu não gostava e onde eu era mais vulnerável. E nessa noite ele estava usando todas as cartas que tinha na manga.

No início, eu não conseguia me comunicar durante o sexo. Apesar de totalmente diferente do que era com o Alex ou com o Thiago, eu ainda tinha restrições, mas aos poucos o Hugo foi quebrando essa barreira. Mas hoje... hoje ele me queria quieta, calada. Minha mente sabia que tinha alguma coisa errada, mas meu corpo respondia da forma mais primitiva possível. Em menos de cinco minutos eu gemi, sem controle nenhum, totalmente entregue. Ele veio até mim e me beijou, e continuou me acariciando de forma torturante, me olhando indiscretamente. Eu tentei mover sua mão, mas ele não deixou.

— Hugo... eu quero você...

— Shhh... você tem a mim, Solara. Mas hoje eu quero te ver. Deixa eu te ver.

Concordei com a cabeça, sem condições de argumentar, enquanto ele me acariciava do jeito certo, num ritmo torturantemente sem pressa. A única coisa que eu conseguia fazer era gemer, e me mover nele. Às vezes eu conseguia abrir os olhos, e quando nossos olhares se encontravam nossa conexão era intensa, completa. Seus olhos irradiavam desejo, mas outra coisa também, talvez uma agonia. Meu noivo foi mudando o ritmo, e meu resto de controle começou a se esvair. Ele sorriu e eu me senti completamente manipulável, como um brinquedo que ele podia controlar como quisesse, na hora que quisesse. Quase imediatamente dei o que ele queria, me contraindo sob seu toque várias vezes, até me sentir saciada e exausta. E ele assistiu a tudo, maravilhado.

Depois de me beijar algumas vezes, ele se levantou da cama abruptamente. Tudo que eu queria era que ele fizesse amor comigo, mas não quis insistir. Ele foi até a janela e olhou pra fora, meio perdido. Sem entender nada, fui até lá e o abracei por trás. Ele respirou fundo e tirou minha mão dele.

— Vou pro Rio... um trabalho de última hora, o Gustavo me chamou.

— Quando?

— Essa noite. Tenho que estar lá às sete da manhã — ele respondeu, ainda virado pra janela.

Ia ser um problema, porque meus horários eram apertados. Eu ia ter que me virar sozinha com as duas crianças.

— Quando você ficou sabendo? — perguntei, decepcionada. Ele se virou, subitamente irritado.

— O que é isso, um interrogatório?

Eu ainda estava nua. O tom dele me fez me sentir tão desprotegida que eu fui até a cama e peguei minha roupa.

— Foi hoje, depois que o Adriano e a Lumi foram embora. O Gustavo me ligou — ele respondeu, suavizando um pouco o tom.

Comecei a me vestir rápido, confusa com a volatilidade do seu humor. Ele veio na minha direção, mas eu dei um passo para trás.

— Sol, me perdoa... Eu não queria te deixar, mas tenho que ir.

— Entendo, Hugo — rebati, na defensiva, mas não fiquei bem com isso. Se ele não estava sendo sincero comigo, eu ia ser. — Quer dizer, na verdade eu não entendo! Teria sido melhor planejar com antecedência, por causa da escola dos meninos, meu horário da faculdade... Tudo bem que você precisa de um tempo, mas eu preferia que você falasse na minha cara...

Ele me interrompeu:

— Um tempo? Eu não preciso...

Eu o interrompi também:

— Você ficou estranho hoje o dia todo, Hugo, e eu não sei ler pensamentos... Por um tempo, eu tive a ilusão de que podia ler os seus, mas você só está me provando o contrário. Se você acha que vale a pena me deixar assim, no escuro...

Ele segurou meus ombros e me forçou a olhar pra ele.

— Eu preciso ir ao Rio, Solara. E eu preciso que você confie em mim. Você pode fazer isso? — ele perguntou, atormentado.

Alguma coisa o estava corroendo, e eu já não tinha a ilusão de que ele ia se abrir comigo. Mas eu confiava nele o suficiente pra deixá-lo ir.

— Eu confio, Hugo...

Deixei a frase no ar. Eu ia dizer que tinha medo de o nosso relacionamento se estragar por causa da distância que ele estava colocando entre a gente, mas seu olhar me dizia que ele já sabia disso. Era desconcertante conseguir ler o Hugo em determinados momentos, como agora, e em outros não ter ideia do que se passava com ele.

Ele encostou a testa na minha e fechou os olhos, parecendo um pouco aliviado.

— Obrigado. Ainda não sei quando eu volto... e não vou ter muito tempo, mas te ligo quando der.

E me soltou, se virando pra janela de novo.

Quente e frio.

Então ele queria passe livre pra desaparecer por um tempo, sem compromisso de me dar notícia ou satisfação? Resolvi tentar conversar mais uma vez, mal acreditando que ele fosse realmente capaz daquilo.

— Hugo... fala comigo.

Ele respirou fundo. Depois de um tempo, virou-se devagar, me olhou nos olhos e tomou fôlego. Vi uma tristeza imensa no seu olhar, mas também uma frieza que eu não estava reconhecendo... principalmente depois do que a gente tinha acabado de fazer.

— Não tenho nada pra te dizer, Solara. — Ele desviou o olhar. — Melhor você ir, pode ser que o Rafa ou a Cris acordem e não te vejam lá. E eu ainda tenho um trabalho pra terminar.

Ele sentou e abriu o laptop em cima da mesa. Eu beijei sua cabeça. Ele não se mexeu; pelo contrário, continuou prestando atenção ao que estava fazendo.

Saí batendo a porta, confusa e me sentindo um pouco usada.

Hugo

Mal a Solara saiu, fechei o laptop, arrumei minhas coisas e dei um tempo. Eu queria ter certeza de que ela estaria dormindo quando eu saísse. Eu não tinha mesmo a pretensão de dormir, não enquanto eu continuava tendo sintomas. Eu não parava de urinar. Começou um pouco depois das seis da tarde, e achei que fosse porque eu tinha bebido muito. Inocência minha... na verdade isso vinha acontecendo há dias, em menor proporção. Mas hoje... eu não conseguia esvaziar a bexiga, por mais que fosse ao banheiro. A tal da bexiga neurogênica era velha conhecida minha, em teoria. Aquilo era, definitivamente, um novo surto, com novos sintomas.

Horas atrás, enquanto a Lumi e o Negão se despediam do pessoal, eu me afastei a uma distância segura e liguei pro celular do dr. Marco. Ele me aconselhou a me internar pra fazer exames e provavelmente encarar mais uma pulsoterapia.

O que eu não sabia ainda era se eu deveria abrir o jogo com a Solara. Mas eu não queria... não desse jeito.

Se eu dissesse que ia pro Rio a trabalho, teria uma desculpa pra ficar lá por uns dias, até estar bem de novo. A verdade é que esses novos sintomas me pegaram desprevenido. Talvez minha doença estivesse progredindo, e tudo que eu não queria era me tornar mais uma carga pra Solara. Ela não merecia isso, e eu considerei a hipótese de deixá-la.

Foi uma ilusão tremenda achar que eu poderia ficar curado, ou pelo menos que a doença estava em remissão por tempo indeterminado. O tempo é implacável, e a hora da verdade sempre chega. Eu me lembrei dos pesadelos que eu tinha na época do meu primeiro surto: sonhava que estava dentro de um caixão, sem poder me mexer, e que eu ia ficar lá pra sempre, semivivo. De alguma forma, era como se esse pesadelo estivesse cada vez mais perto de se realizar.

A viagem foi difícil, já que eu tive que parar várias vezes pra ir ao banheiro. Era uma agonia, eu tinha que me concentrar pra conseguir urinar, mas no fim o jato saía fraco e minha bexiga continuava cheia. Eu voltava pro carro e tentava me controlar ao máximo, até não poder mais e ter que parar de novo. Com isso tudo, cheguei ao Rio pouco antes das 5h30 da manhã. Fui direto pro Hospital Samaritano, na Barra. Considerei avisar minha mãe, mas não queria preocupá-la. Depois da discussão que a gente teve quando eu vendi meu apartamento, a gente quase não tinha se falado. Eu não queria ser um fardo na vida dela também.

Às sete em ponto, o dr. Marco chegou. A ressonância magnética mostrou novas áreas lesionadas, e dessa vez uma lesão medular, que, segundo ele, devia ser a causa do problema na bexiga. O dr. Marco me apresentou ao dr. Rangel, urologista que ia cuidar do meu caso. Tive que fazer um ultrassom e depois um tal de exame urodinâmico. Nesse, fiquei bem ansioso e acabei vomitando duas vezes. Depois de quase duas horas, em que a minha capacidade de urinar foi medida de todas as formas possíveis e imagináveis, finalmente me deixaram descansar. Comecei a tomar um remédio pra ajudar a esvaziar a bexiga, e meus sintomas foram melhorando ao longo do dia. Mais tarde a pulsoterapia foi iniciada, e com ela o velho e conhecido gosto metálico na boca voltou, além da letargia. Eu ficaria no hospital por cinco dias, fazendo novos exames e tomando os medicamentos. Apesar de eu ter passado por isso algumas vezes nunca era mais fácil, eu geralmente tinha um longo caminho de reabilitação pela frente. O pior de tudo era não poder prever o que ia acontecer. A possibilidade de a doença evoluir pra forma progressiva me assombrava.

Eu conhecia o fim da história, e ele não era bom.

O fisioterapeuta pélvico veio me ver e me ensinou uns exercícios para controlar a bexiga. Por coincidência, o cara conhecia o Adriano e a conversa acabou me relaxando um pouco.

Mesmo assim, eu não conseguia deixar de pensar na Solara. Já era noite e eu não conseguia dormir, apesar de exausto física e emocionalmente. Olhei pela janela, me lembrando das noites em que a gente dormia de mãos dadas, dos sonhos que a gente tinha construído junto, das risadas que a gente dava de coisas que eram só nossas.

Eu tinha mandado um recado pro WhatsApp dela assim que cheguei, dizendo que tinha chegado bem. Desde então, meu celular estava desligado. Eu não queria contato com ninguém... Não enquanto eu não soubesse o que ia acontecer.

capítulo 45

Solara

Era sexta-feira, e tinha quase uma semana que eu não via o Hugo e mal tinha notícias. Ele simplesmente sumiu do mapa. O fato de ele ter desligado o celular foi requinte de crueldade mesmo. No primeiro dia, domingo, fiquei esperando o contato feito uma boba. Liguei algumas vezes e deixei mensagens de voz, mas nada. A noite chegou e ele não me retornou.

Na segunda-feira, deixei o Rafa e a Cris na escola um pouco mais cedo e cheguei atrasada na faculdade. A Janu aceitou de bom grado dar comida pro Loki, mas o cachorro ficou preso no quintal da pousada o dia todo. Claro que ele chorou o tempo todo e perturbou o sossego dos hóspedes... ainda bem que não era alta temporada. Implorei pro Ciano buscar a Cris e o Rafa na escola e levar pra lanchonete. Ele estava substituindo a Lumi enquanto ela estava de lua de mel.

Na terça-feira, o mesmo se repetiu. A diferença foi que o Rafa ficava perguntando pelo Hugo. Expliquei que ele estava trabalhando, mas o Pequeno pediu pra eu ligar pra ele. Quando vi que o telefone do Hugo ainda estava desligado, senti uma raiva profunda. Uma coisa era ele me magoar, outra coisa era ele magoar uma criança, que tinha se apegado lindamente a ele em tão pouco tempo.

Na quarta, o Rafa estava mais triste ainda e queria olhar meu celular o tempo todo, esperando por uma migalha. Eu continuava sem notícias do Hugo, até que meu celular tocou. O Rafa correu pra atender.

— Pai?

Eu não acreditei.

A vozinha saiu um pouco rouca, grossinha.

Eu nunca tinha ouvido a voz do meu irmão... só uns sons aqui e ali, muito raramente. Meu coração disparou.

— *Campeão? É você?* — Ouvi a voz do Hugo do outro lado, depois de um longo silêncio.

Ele não respondeu.

— *Rafa... fala comigo.*

— Q-quando você vem? — A voz saiu rouca de novo, e dessa vez eu comecei a chorar de emoção. A voz do meu Pequeno era linda!

— *Eu... não sei ainda, Campeão... mas estou fazendo o possível pra voltar logo. Você... eu te amo muito!* — Ouvi a voz trêmula e emocionada do Hugo do outro lado, e deixei escapar um soluço. Tentei enxugar minhas lágrimas, que saíam sem parar.

— *Sua mãe tá bem?*

O Rafa me olhou, e eu tentei disfarçar meu choro, sorrindo como uma boba.

— Tá.

Ele me passou o telefone e saiu correndo, com o Loki atrás.

— *Rafa? Rafa!*

— Hugo...

Eu não conseguia falar, de tão emocionada.

— *Eu sei, eu sei... eu amo vocês dois, e estou louco de saudade.*

— Que história é essa de mãe? — eu perguntei, chocada com tudo que tinha acontecido, meu nariz escorrendo.

— *Foi ele que começou a te chamar assim, nos bilhetes que me escrevia... mas eu nunca ia imaginar que um dia ele ia me considerar um pai.*

Ele chorou de novo, mas soltou uma risada no meio do choro. Eu ri também, mas seguiu-se um silêncio.

— Hugo... cadê você...? — implorei, fragilizada pelo momento.

Ele demorou um pouco pra responder:

— *Na Barra. Tá tudo bem, Sol. Só tô ligando mesmo pra dizer que tá tudo bem.*

— Na Barra? Mas a HiTrend é na Gávea!

— *Estou hospedado aqui. Olha, eu não posso demorar...*

— Hugo, por que você sumiu desse jeito... e ainda desligou o celular? Eu o escutei engolindo em seco.

— *Sol, tenho que ir. Vou tentar te ligar amanhã, ok? Beijos.*

Ele nem me deu tempo de responder e já foi desligando.

Eu olhei pro Rafa, que tinha voltado e me olhava, curioso. Achei que ele estava tentando captar a *vibe* e disfarcei minha decepção.

— Pequeno... você falou!!! Fala comigo???

Ele me ignorou e continuou brincando de tirar o brinquedo da boca do Loki, que rosnava. Beijei sua cabeça, grata pelo progresso que ele já tinha feito por hoje.

Na quinta-feira, as coisas ficaram mais apertadas ainda, já que eu trabalhava no Tequilaria à noite. A Taty pegou os meninos na lanchonete depois do trabalho e levou pra casa. Já quase meia-noite eu busquei os dois, mal acreditando quando caí na cama. Eu estava exausta, não só porque estava me desdobrando em três, mas porque eu estava cansada de tentar entender por que o Hugo estava fazendo aquilo com a gente. O telefone dele continuava caindo na caixa de mensagens.

E hoje não foi diferente. Eu sempre folgava na terceira sexta do mês no Tequilaria pra ir ao encontro especial na Fênix. Nessa semana, a gente ia receber a Dália Fleischer pra uma palestra sobre abuso psicológico. Até pensei em desistir de ir, mas a Taty me deu o maior apoio e ficou com os meninos. Assim que acabasse, eu tinha que correr pra rodoviária e pegar o último ônibus pra Costa do Coral.

Entrei na Fênix com sentimentos misturados. Eu estava ansiosa por ouvir a Dália e ver minhas conhecidas, mas drenada e preocupada em deixar os meninos e o Loki pra trás. Meu cérebro não parava, e eu não conseguia desacelerar. Cumprimentei algumas pessoas brevemente e entrei no auditório, mas ainda faltavam alguns minutos. Resolvi ir ao banheiro, ainda pensando em como eu ia fazer na próxima semana, já que, àquela altura, eu achava que o Hugo não ia voltar tão cedo.

— Solara... tudo bem?

A voz familiar me tirou do transe.

— Oi, Mari. Mais ou menos.

A Mariane estava linda, com um vestido floral em diferentes tons de azul. Era um vestido simples, mas tudo nela ficava fenomenal.

— Tô percebendo, você nem me ouviu te chamar no auditório. Posso ajudar? — ela perguntou, mostrando o adesivo da Fênix, que cada uma de nós devia usar. Até isso eu tinha esquecido de colocar.

Claro que foi o Hugo que criou a logomarca. Era um pássaro com as asas abertas, bem parecido com a fênix que o Durval tinha criado pra mim.

— A semana foi pesada. — Suspirei. — Digamos que minha vida mudou consideravelmente desde a última vez que a gente se viu.

— É mesmo? E como está o Hugo?

Dei de ombros, meio revoltada.

— Não faço a menor ideia. Não o vejo desde sábado e não sei quando ele volta. Por algum motivo, ele está incomunicável — respondi, já fechando a porta do banheiro. Foi melhor assim, porque, se eu começasse a falar, eu ia acabar chorando... de raiva e de dor.

Ela não falou nada.

Saí do banheiro, lavei as mãos e a olhei. Ela pegou minha mão.

— Se quiser conversar, eu estou aqui.

Eu consenti com a cabeça.

— Quem sabe depois da palestra. A Dália já chegou?

— Chegou. Ela ficou conversando com a Leiloca, que trouxe o último livro dela e pediu autógrafo. Mas vou lá chamá-la, já está na hora — ela falou, checando o celular.

Peguei meu adesivo na porta do auditório, entrei e sentei numa das últimas fileiras. Num dia normal, eu passaria pelos corredores cumprimentando quem eu conhecia, ou puxaria conversa com as novatas. Mas hoje... hoje eu queria ficar na minha.

A Mariane entrou cinco minutos depois, acompanhada de uma mulher bem mais baixa, de cabelos longos e escuros e muito bonita. Ela usava um vestido preto comprido que delineava bem o corpo, com duas fendas laterais, mostrando as belas pernas. As duas subiram no pequeno tablado, e a Mariane pegou o microfone.

— Boa noite, queridas. Hoje a Fênix tem o prazer de receber a Dália Fleischer, autora de vários livros cujo tema central é o abuso psicológico. Ainda hoje muita gente não conhece esse tipo de abuso, e é por isso que histórias tão importantes como a dela precisam ser amplamente divulgadas. Dália, seja muito bem-vinda entre nós, eu agradeço pela sua disponibilidade.

Ela sorriu docemente, de forma tímida.

— Obrigada, Mariane — ela falou, com um microfone fixo na roupa. — Eu é que fico honrada de poder vir aqui divulgar esse tema. Boa noite a todas. Eu gostaria de começar propondo um exercício. Olhe para a pessoa que está ao seu lado e faça um elogio. Diga uma coisa que você gostou nela. Depois, diga pra ela uma coisa que você gosta em si própria.

Ficou um burburinho no auditório. A menina que estava perto de mim não devia ter mais que vinte anos e era muito bonita. Tinha uma mecha de cabelo azul, e os olhos eram muito escuros.

— Amei seu cabelo azul. Você é linda! — eu falei pra ela.

Ela me olhou, completamente sem graça.

— O contraste — ela disse, tímida. — O contraste entre a cor dos seus olhos e da sua pele... é bonito e chama atenção.

Com isso, eu me arrepiei. O Hugo sempre me dizia isso.

— Obrigada. O que eu gosto em mim... é difícil... acho que eu gosto da minha voz. Eu canto.

Ela sorriu, mais à vontade.

— É mesmo? Eu também... canto no coral da minha igreja.

— Muito bom. — Estendi a mão. — Solara Martins, prazer.

Ela alcançou minha mão.

— Agatha Nascimento.

Eu queria conhecê-la melhor, porque ela parecia tão nova e tão perdida, mas a Dália começou a falar:

— Mariane, eu admiro o seu dom de tocar rock no violino. Não preciso dizer que eu sou sua fã... E uma coisa que eu amo em mim... meu jeito de menina. Acho que é um charme, apesar de saber que existem razões psicológicas pra que eu seja assim.

Ela se encaminhou pro meio do palco.

— Vocês devem estar se perguntando por que eu pedi pra vocês fazerem isso. A razão pra cada uma falar uma qualidade para a outra é muito óbvia, mas precisa ser falada e repetida: todas nós temos muitas qualidades. Por muito tempo eu não via qualidades em mim. Por mais que as pessoas me achassem isso ou aquilo, eu mesma não achava. Eu me olhava no espelho e via um trapo, uma mulher sem valor, sem perspectivas, sem sonhos. E, por muito tempo, eu mal conseguia ouvir elogios. Eu achava que as pessoas estavam mentindo, ou debochando. Traumas de infância me fizeram assim, mas o abuso foi como gasolina numa fogueira, multiplicando meus problemas de autoestima por dez.

Eu parei pra pensar naquilo. Minha beleza física sempre tinha sido como uma maldição. Por muito tempo eu tentei me esconder ou quis ser ignorada. Só quando comecei a me apresentar em público que eu decidi me arrumar mais, mas era questão de sobrevivência.

— A razão pra cada uma falar o que gosta em si mesma é... quem aqui achou difícil encontrar algo pra falar, ou teve que pensar sobre? — ela continuou.

Várias mãos se levantaram.

— Pra mim, sempre é difícil. Mas é um exercício que a gente deve fazer diariamente. Nós, todas nós, temos *muito* valor. E cabe a nós encontrar esse valor, mesmo que o mundo nos diga o contrário. Antes do abuso, eu enxergava minhas qualidades. Durante, não... era como se eu estivesse olhando uma imagem embaçada no espelho. Sabe quando você vai ao parque de diversões e olha naqueles espelhos malucos? Tem um *app* agora que distorce nossa imagem, né? Então... Quando você está no meio de um abuso psicológico, você se vê de forma distorcida. O abusador geralmente tem estratégias pra minar a sua autoestima, e você fica cada vez mais vulnerável, à mercê dele. Porque é isso que eles querem, que você se anule e vire o sonho de consumo deles, modelado e delineado para o seu bel-prazer. Porque eles se sentem donos de você.

Eu nunca tinha passado por isso, mas experimentei o nojo e a raiva de mim mesma por ter permitido que o Laércio tivesse feito o que queria comigo. Eu ainda me revoltava com isso, apesar de hoje saber que eu não podia ter feito nada na época.

Pelos quarenta minutos seguintes, a Dália falou sobre o conceito de abuso psicológico ou emocional, relacionamento tóxico, falou sobre os sinais, mostrou o ciclo do abuso e definiu alguns tipos de personalidades de abusadores. No final, ela deu dicas de como ajudar mulheres que passam por essa situação. Depois abriu pra perguntas e comentários, e nós ficamos ainda mais meia hora conversando. Foi como um bate-papo, eu mal vi a hora passar.

No final eu quis cumprimentá-la, mas já eram quase nove da noite e o último ônibus saía às dez. Eu ia ter que pegar um Uber e rezar pra não pegar nenhum engarrafamento na Linha Amarela ou na Avenida Brasil.

Consegui agendar um carro, que chegaria em seis minutos. Quando levantei os olhos, vi a menina do cabelo azul abraçando a Dália. As duas pareciam se conhecer, e eu imaginei que ela não podia estar em melhores mãos. A Mariane sinalizou pra mim.

— Solara, vem cá.

Eu tive que ir.

— Essa é a Dália, e essa é a...

— Agatha. Eu sei, a gente conversou um pouco ali atrás... na hora do exercício.

Eu sorri pra menina, que me sorriu de volta. Ela e a Dália eram praticamente da mesma altura.

— Dália, essa é a Solara. Ela me ajuda muito aqui e tem sido bênção na vida de muitas mulheres.

A Dália me abraçou.

— Eu li seu livro, o primeiro — eu disse, enquanto a abraçava. — Muito tocante. Muito linda a sua história.

— Obrigada. Como eu digo: ninguém merece passar por isso, mas, já que eu passei, eu tive que achar um jeito de usar a experiência pro bem. E é isso que vocês estão fazendo aqui, maravilhosamente, pelo que eu vejo.

Ela era muito doce e simples. Minha vontade era de ficar conversando com elas a noite inteira, mas eu não podia.

— Vocês vão me dar licença... eu ainda tenho que pegar o ônibus pra casa, e estou em cima da hora.

A Mariane me olhou, séria.

— Meu motorista pode te levar, Solara.

— Obrigada, Mari, mas já chamei um Uber. Foi um prazer te conhecer, Dália. Anotei seu contato, quem sabe uma hora a gente vai tomar um café... E você, Agatha... se cuida, viu?

Eu a abracei. A Leiloca se aproximou, e a Mariane pediu licença e veio me acompanhar.

— Tem certeza que não quer conversar um pouco? Você não parece bem, querida.

A gente parou na porta da ONG.

— Tenho. Senão não vou conseguir parar... e o Rafa está me esperando. Obrigada, Mariane. Quem sabe na semana que vem... se eu conseguir vir.

Olhei ao redor, procurando a placa do meu Uber, mas o que eu vi foi a placa de um carro branco e importado, muito familiar.

— Vou deixar vocês a sós — Mariane falou, olhando por cima do meu ombro.

Eu me virei, atônita.

O Hugo estava ali.

capítulo 46

Hugo

Os últimos dias foram uma loucura. Tive altos e baixos, e o dr. Marco, percebendo minha agonia, tomou a iniciativa de ligar pra minha terapeuta. Foi bom receber a visita da Alessa, eu acabei desabafando tudo que eu vinha sentindo há meses... a felicidade de estar ao lado da mulher que eu amava, a pressão de não estar falando a verdade, a ansiedade de não saber quando um surto viria, a busca pelo momento certo de ser sincero. A Alessa ouviu tudo com a maior paciência, como sempre. No final, ela sempre vinha com uma teoria que se encaixava quase perfeitamente. A teoria dessa vez era de que eu estava boicotando minha própria felicidade, porque talvez eu ainda não me sentisse digno de ser feliz. Ela me propôs voltar atrás na decisão de deixar a Solara, parar de pensar demais e me abrir com ela.

Assim que minha terapeuta saiu, liguei meu celular e vi as mensagens que a Sol tinha me deixado. As primeiras tinham um tom de preocupação, mas as últimas... eu não suportei e resolvi ligar. Quando atenderam, não era a voz que eu esperava, mas a voz de uma criança que me chamou de pai.

E, simples assim, o Rafa colocou por terra minha frágil decisão de deixá-los. Eu e a Solara tínhamos uma família e eu não ia abrir mão disso, por mais que ainda não soubesse o que ia me acontecer.

No dia seguinte, minha mãe veio me visitar. Essa é a droga do seu médico te conhecer há anos e conhecer tua família toda. Apesar de ela ser controladora e dramática, foi bom vê-la. Minha mãe cuidou de mim, trouxe livros e comidas gostosas, como sempre. O problema foi ela ter contado pra Roberta, minha ex, que eu estava internado e ela ter vindo me ver. Minha mãe torcia descaradamente por ela, claro. A Roberta era bem-sucedida profissionalmente e tinha o estereótipo que minha mãe aprovava. Quando ela se ofereceu pra dormir no hospital comigo, eu tive que abrir o jogo com as duas:

falei que estava noivo da mulher que eu amei minha vida toda, deixando minha mãe chocada. Depois que a Roberta foi embora, claro que nós discutimos. Como sempre, minha mãe ofendeu a Solara, e eu acabei pedindo pra ela ir embora também.

Meu relacionamento com minha mãe em geral era bom, mas eu não podia ficar muito tempo perto, nem falar muito da minha vida.

Na quinta-feira a maioria dos sintomas tinha desaparecido, mas eu continuava fazendo fisioterapia cinco vezes por dia e tomando os remédios. O dr. Marco me propôs uma mudança de tratamento: até agora, eu só tinha usado imunomoduladores para a esclerose múltipla, que eram menos agressivos, mas por causa desse novo surto eu ia começar um tratamento com natalizumab, um imunossupressor. Eu teria que ir uma vez por mês a uma clínica de infusão em Catedral Limeira pra tomar esse remédio.

Recebi alta na sexta-feira, já no fim do dia, e não pensei duas vezes. Eu tinha que ir atrás da Solara e talvez eu soubesse onde ela estava.

Entrei na Fênix, mas não vi quase ninguém. Só aí vi os cartazes anunciando a palestra especial. Entrei devagar no auditório e a vi, numa das últimas fileiras. Saí devagar e fiquei um tempão esperando por ela do lado de fora, minha ansiedade crescendo a cada minuto.

Até que ela apareceu na porta com a Mariane. Eu não sabia como ela ia reagir, mas fui até lá, louco pra beijá-la e abraçá-la.

— Sol...

Claro que ela me olhou da maneira mais fria possível.

— Dá licença, Hugo, tô procurando o meu Uber — ela falou, se afastando.

— Sol, me ouve.

Eu tentei segurá-la, mas ela se soltou com força.

— Eu não tenho que ouvir nada, Hugo! — ela gritou. — Se você pode se dar ao luxo de desligar o celular pra não ser perturbado, eu também tenho o direito de não querer olhar na tua cara!

Eu a segurei de novo, dessa vez mais forte.

— Mas eu pedi pra você confiar em mim... e você disse que confiava...

— Como eu ia imaginar que você ia me tratar desse jeito??? Como se eu não valesse nada, como se eu fosse uma qualquer!!!

Eu tinha a noção de que a gente estava atraindo atenção, mas não conseguia me preocupar com isso.

— Mas você vale, e muito! Deixa eu te explicar!

De repente, senti uma mão no meu ombro.

— Larga a moça. Ela não quer falar com você.

Olhei por cima do meu ombro e vi um cara enorme, uniformizado, e algumas pessoas nos rodeando.

— Me larga, Hugo! — a Solara exigiu, pra meu desespero.

Eu a larguei, mas continuei falando:

— Eu te amo, Sol... você não imagina o que eu passei pra estar aqui com você hoje, vamos pra casa... te prometo que isso não vai mais acontecer...

Mais um armário se aproximou, e ela começou a se afastar. Eu tive que ir atrás.

— Sol...

Uma mão tentou me conter, e eu reagi sem pensar. Me virei e acertei um soco na cara do sujeito, que foi pego de surpresa. As pessoas ao redor se comoveram e a Solara se virou, assustada. Nem tive tempo de dizer nada, só vi um soco vindo na minha direção. Caí em cima alguém, que me segurou.

— Hugo! — Solara gritou, horrorizada.

— Me solta, seu merda! Ela é minha noiva!

Ela continuava longe. Reparei que ela não estava usando minha aliança e me desesperei. Eu queria de todas as formas diminuir a distância entre a gente, e tentei me soltar com todas as minhas forças, mas não consegui.

— Meu Deus, Hugo... O que está acontecendo aqui, Ferraz??? Rivaldo??? — Era a voz da Mariane.

— Manda esses imbecis me soltarem, Mariane! — eu gritei, cheio de raiva, mais impotente do que nunca.

— Mas você precisa se acalmar, Hugo! Você vai se acalmar???

Eu olhei pra Solara, que me olhava, desesperada.

— Você vai me ouvir? Vai falar comigo, Sol???

Ela fez que sim com a cabeça. Depois de um momento, os sujeitos me soltaram. Eu olhei bem pra cara deles, com raiva. Senti meu olho começar a inchar, e o supercílio de um deles sangrava.

— Esses imbecis trabalham aqui? — perguntei, apontando pra eles. — Por que eles têm que se meter onde não são chamados??

— Ele estava incomodando a moça, dona Mariane — o mais alto falou. — Nossas ordens são de proteger as mulheres daqui.

— Hugo, se acalma. Gente, acabou... vamos circular... não tem mais nada aqui pra ver, ok?

A Mariane tentava resolver as coisas, mas eu só olhava pra Solara, desesperado, como se ela pudesse desaparecer de uma hora pra outra.

— Vamos entrar, gente... tomar uma água, um café...

— Solara... por favor...

Ela olhou pro outro lado, em dúvida.

— Mas meu Uber chegou...

— Cancela... deixa que eu falo com ele. — Fui em direção a ela, mas a Solara se afastou, meio assustada. A Mariane colocou a mão no meu peito, e um dos sujeitos ameaçou vir na minha direção.

— Não! Deixa que eu faço isso — a Solara respondeu.

— Hugo, vamos entrar... por favor — a Mariane falou, segurando meu braço, e eu acabei concordando. Uma mulher com cabelo raspado veio com um copo de água, e a Mariane me fez sentar num banco na entrada. Eu vigiava a porta, ansioso pela Solara. Eu nunca tinha me sentido tão cego e reativo.

Quando ela finalmente entrou, eu me levantei.

— Tem que ver se ela quer falar com ele... Isso tá errado, Mari — a mulher que trouxe a água falou.

— Leiloca, o Hugo é meu velho conhecido. Pode deixar que eu resolvo, obrigada.

A mulher saiu, me olhando como se eu fosse um criminoso.

— Obrigado, Mariane.

Ela me olhou, contrariada.

— Hugo... você estava restringindo fisicamente uma mulher na porta de uma ONG pra proteger mulheres abusadas! Os seguranças tiveram que reagir!

Só aí eu me toquei, e senti vergonha.

— Entendo. Eu errei mesmo. Minhas emoções não estão muito controladas esses dias... Sol, a gente pode conversar?

A Mariane nos levou pra uma sala, longe de olhares alheios. De início, ficou um silêncio. O tempo todo eu queria falar com a Solara, mas não sabia bem o que dizer. Acabei falando o que estava na minha mente:

— Agi como um animal ali fora... me perdoa?

— Mais uma coisa que eu tenho que te perdoar, Hugo...

— Você não quis me ouvir...

— E você não quis me atender todos esses dias!

— Eu não podia!!!!

— Por que não??? Você estava preso??? Algemado, ameaçado de morte???

Eu fiquei sem resposta.

— Eu nunca ia imaginar que você fosse me ignorar desse jeito, Hugo!

— Eu fiz de tudo pra estar aqui com você hoje... Por favor, acredita em mim, Sol!

Ela suspirou.

— Então você não vai me contar a verdade?

Eu fiquei calado. Se eu não falasse nada, eu ia perdê-la, e isso eu não ia suportar. O jeito era eu falar uma mentira que mais se aproximasse da realidade, como sempre. Estava cansado disso, mas não podia abrir o jogo agora. Não desse jeito, depois de tudo que aconteceu.

— Vim fazer uns exames de rotina — falei baixo, sem encará-la. — É que eu fiquei alarmado quando tive aquela indisposição na igreja, e não queria te preocupar. Foi só isso.

Me senti o pior dos seres humanos, mentindo desse jeito. Mas aí ela me olhou diferente... com pena e preocupada, e eu odiava ser olhado assim.

— Como assim? Você está doente? — Ela me olhou com mais cuidado e veio na minha direção.

— Não... tá tudo certo. Era só mesmo uma indisposição.

— Hugo, fala a verdade...

— Eu odeio que me olhem com pena, Solara!!! — Acabei estourando. — Por anos minha mãe me tratou assim, como se eu fosse defeituoso, errado! Você precisa entender que isso é um gatilho pra mim!

Ela me olhou, surpresa.

— Não sabia, Hugo. Mas você tinha que ficar aqui esse tempo todo pra isso?

— Aproveitei também pra ver minha mãe, e trabalhei mesmo. — Mal pude olhar na cara dela.

— Como ela está? Sua mãe? — ela perguntou, parecendo se conformar.

— Bem. Do mesmo jeito... eu contei que a gente está noivo... Por falar nisso, cadê sua aliança? — perguntei, segurando a mão dela.

— Eu fiquei com raiva.

Eu a puxei pra mim, e ela não fez objeção.

— Te prometo que não faço mais isso. Ok?

— Você precisa confiar em mim, Hugo...

— Eu confio, meu amor. Eu confio...

Eu a beijei. No início, ela não me correspondeu. Aos poucos fui quebrando suas barreiras, até que ela se rendeu nos meus braços.

— Vem pra casa comigo? — Propus suavemente no ouvido dela. — Tô morrendo de saudade do Rafa, do nosso dia a dia...

Ela cedeu, depois de algum tempo.

Nós nos despedimos da Mariane, que já estava lá fora, com o motorista esperando.

Já eram quase duas da manhã quando a gente chegou na casa da Taty. O Rafa correu pra mim e eu engoli em seco, imaginando como teria sido terrível perder as duas pessoas que eu mais amava.

Por hoje, eu não queria me preocupar com o futuro. Eu estava confiante com a nova medicação e faria de tudo pra evitar estresse ou outras situações que pudessem me desequilibrar, física ou emocionalmente.

O fim de semana foi uma delícia, a gente voltou à nossa rotina e eu até tive um tempo sozinho com a Solara no pôr do sol.

Tudo que eu queria era viver em paz com ela. Era pedir demais?

capítulo 47
7 MESES DEPOIS

Solara

Era sábado, e o dia estava perfeito. Suor escorria da minha testa, mas uma brisa deliciosa vinha do mar de tempos em tempos. Eu, o Hugo e o Adriano estávamos terminando de pintar a Casa Amarela. Eu mal podia acreditar que ela finalmente tinha ficado pronta.

Enquanto a gente terminava lá dentro, o Rafa brincava com o Loki lá fora. Do meu quarto eu conseguia ouvir os sons dos dois se divertindo... as risadas, os latidos e a voz do Rafa, falando palavras curtas. Meu Pequeno estava falando cada vez mais, e eu sabia que isso só estava sendo possível porque eu e o Hugo estávamos juntos. Ele provavelmente nos projetava como pais e se sentia seguro, acolhido e amado. O Hugo era muito carinhoso e sempre tinha interesse em tudo relacionado ao Pequeno. Às vezes eu até tinha um certo ciúme, já que os dois sempre estavam em acordo e se uniam contra mim — em pequenas coisas, claro, como tomar sorvete antes do jantar, ou ficar mais tempo acordado assistindo a um filme. Nas coisas mais importantes, como princípios de educação ou quando eu chamava sua atenção, o Hugo me apoiava incondicionalmente. A verdade é que os dois se divertiam juntos e às vezes até pareciam da mesma idade. Talvez o Hugo estivesse dando ao Rafa o que mal teve na própria infância, e eu estava mais do que feliz por isso. Ele sempre dizia palavras de afirmação e valorizava as qualidades do Pequeno, cumprindo o papel que o Beni teve na adolescência dele. Também era lindo ouvi-lo chamar o Rafa de Campeão, perpetuando o amor do Beni por ele.

— Falta muito aqui, Sol? — O Hugo entrou, me tirando dos meus pensamentos.

— Não... só essa parte aqui — respondi, apontando pro canto superior direito perto do teto, onde eu mal alcançava, mesmo na escada.

Eu e o Hugo escolhemos as cores juntos. Nosso quarto era bege-claro, enquanto o do Rafa era um azul em tom pastel. O resto da casa era em tom areia.

— Deixa que eu faço essa parte. — Ele segurou meu quadril, me encorajando a descer. — Se bem que a visão daqui está valendo muito a pena...

Eu usava um short soltinho de um tecido bem leve e um top, por causa do calor. O ar-condicionado ainda não tinha sido instalado, mas em questão de horas isso também ia ser resolvido, assim como a colocação dos puxadores de gavetas e dos interruptores. Os principais móveis do Hugo viriam do *storage* durante a semana, mas nossos planos eram de já dormir aqui amanhã, quando a tinta secasse. Nós já tínhamos comprado os colchões e algumas coisas de cozinha.

O Hugo começou a acariciar minhas coxas, animado. Eu mal podia me mexer, estava muito bom.

— Hugo... alguém pode entrar...

— O Negão tá lá embaixo, terminando o corredor... e ele é tão barulhento que a gente vai ouvir ele se aproximar.

Ele agora me acariciava por dentro da roupa, com a cabeça apoiada no meu quadril. De repente me lembrei da janela, que estava escancarada.

— Alguém pode ver lá de fora...

— E morrer de inveja, né... porque eu tenho a mulher mais linda e mais gostosa do mundo.

Fechei os olhos, enquanto ele me torturava com aquelas carícias. Depois de um tempo ele me fez descer e me encostou na escada, me beijando deliciosamente. Eu o envolvi com as pernas.

— Você fica linda suja de tinta... Se eu pudesse, te colocava pra pintar essa casa todo mês.

Ele estava tão suado quanto eu, mas eu amava o cheiro que ele exalava por todos os poros, misturado com o perfume que ele sempre usava. Era um cheiro bem masculino, que me deixava louca. Tirei sua camisa e acariciei seu peito, forte e definido. Ele deixou escapar um gemido discreto e sussurrou no meu ouvido:

— Você acha que... será que rola, agora?

— Hugo... tem o Rafa, o Adriano e a janela... melhor deixar pra depois... — respondi, alarmada.

— Só uma rapidinha, Sol... você me deixa louco.

Ele disse isso, mas quem estava ficando louca era eu. Ele me acariciava por baixo da roupa, e eu mal podia manter meus olhos abertos.

Nossa conexão era incrível, e ele sempre me deixava no limite. Isso ainda era um pouco novidade pra mim, já que eu passei anos da minha vida achando que era fria. Eu gostava de perder o controle com o Hugo, nele eu tinha segurança. Era como surfar no mar mais que conhecido de Pedra Grande. Alcancei o elástico do short dele e o acariciei intimamente. Ele gemeu de novo. Assim como eu perdia o controle com ele, ele também perdia comigo. Era uma alternância de poder.

— Isso significa sim...? — ele perguntou, com um olhar de lobo faminto.

— Antes que eu me arrependa — respondi no seu ouvido.

Sorrindo, ele afastou mais meu short e se conectou a mim, de uma vez só. Tivemos que parar por um momento, de tanto prazer. Ele começou a se mover bem devagar, num ritmo torturantemente gostoso.

O Hugo beijava meu pescoço e mordia devagarinho. Joguei minha cabeça pra trás, assoberbada com o prazer. Não era só isso... O fato de a gente ter que fazer sexo rápido e silenciosamente, com o perigo de alguém nos ver, contribuía pra me deixar no limite.

— Sol... não vou suportar muito... — ele sussurrou, depois de um tempo.

— Faz o que você tem que fazer, Hugo...

Ele gemeu em resposta. Depois de um tempo, fez que não com a cabeça.

— Não?

— Não. Vou te levar comigo.

E começou a se mover mais rápido. Eu mal conseguia conter meus gemidos, o que era um problema.

— Hugo...

— Me beija, Sol.

Ele me beijou faminto, e em menos de dois minutos eu perdi meu controle. Ele não deixou minha boca livre por um segundo, e eu tive que gemer dentro do beijo dele. Logo em seguida ele perdeu o controle também, ainda me beijando.

O assobio do Adriano me tirou do meu transe. Ele estava perto, muito perto. O Hugo percebeu e saiu bruscamente de mim, se ajeitando. Eu tentei me recompor.

— Hugo, os caras do ar-condicionado chegaram... — Ele parou na porta do quarto. Eu ainda estava sentada num dos degraus da escada e o Hugo estava parado na minha frente, sem camisa.

— Opa, desculpa a interrupção.

O Hugo colocou a mão na nuca, sem graça. Eu mal podia olhar na cara do Adriano.

— Interrupção? Que interrupção? — o Hugo perguntou, mais que sem jeito.

O Adriano riu.

— Desce quando estiver pronto. Eu não sei qual aparelho vai aonde. — E saiu.

Eu comecei a rir de nervoso, mas também de excitação.

— Como ele percebeu? — o Hugo perguntou, com cara de quem tinha aprontado, se abaixando pra pegar a camisa.

— Talvez porque você esteja com o rosto corado e os olhos entreabertos...

Ele vestiu a camisa e veio me abraçar.

— E você, com cara de feliz e sapeca. Vai ser difícil tirar esse sorrisinho do seu rosto, hein?

Eu bati nele de brincadeira. Ele deu uma risada deliciosa, me beijou e saiu. E eu tive que ir ao banheiro e dar um jeito na bagunça que ele tinha feito.

Hugo

Foram duas semanas de muito trabalho, mas finalmente nossa casa estava pronta. A maior parte dos meus móveis tinha chegado. Os outros, a gente ia comprar aos poucos, pra tentar conter os gastos não necessários. Agora o foco era no meu casamento com a Solara, daqui a duas semanas.

Como nos planos originais, a cerimônia seria na praia, em frente à nossa casa. Nós contratamos um cerimonial pequeno em Catedral de Limeira mesmo. Solara escolheu um tablado de madeira rústica que ia ser decorado com flores amarelas, suas preferidas. De cada lado do tablado teríamos vinte e seis cadeiras simples, na mesma madeira. Nossos convidados eram poucos: Solara convidou basicamente o pessoal da comunidade e amigos mais chegados da Fênix e do Tequilaria. Eu só tinha convidado o Gustavo e minha mãe, que eu não sabia se vinha. Depois a gente ia ter uma pequena recepção em casa. Lumiara e Adriano nos deram de presente o bufê, e o Lúcio ia pagar as flores da decoração, que seriam as mesmas do casamento.

Nossa vida estava finalmente se ajeitando, e eu nunca tinha me sentido tão feliz. O fantasma do último surto tinha ficado pra trás, e eu esperava com todas as minhas forças que o tratamento que eu estava fazendo agora, que era de alta eficácia, fosse me manter saudável por muito tempo. Eu fazia questão de não pensar em outra possibilidade, e isso me deixava tranquilo quanto à ignorância da Solara acerca da minha doença. Se não existia perigo de outro surto, eu não tinha por que me preocupar. Pelo menos era isso que eu dizia pra mim mesmo.

Até ontem, quando os formigamentos e choques voltaram.

Hoje era segunda-feira e mais uma semana intensa se iniciava, mas eu tinha que ver o dr. Marco. Se não fosse nada, eu poderia ir trabalhar, numa boa. Deixei o Rafa na escola e peguei a estrada pro Rio. Eu teria uma reunião na HiTrend com o Gustavo e o Leventhal. Achei que o cara não queria me ver nem pintado, depois que eu acabei com o casamento da Solara com o grande amigo dele, mas parece que negócios são negócios. Eu tinha feito uma campanha com a minha marca para o principal concorrente dele, e ele não queria outra pessoa. Eu já tinha altas ideias pra campanha do cara, mas seria bom interagir com o pessoal da HiTrend mais uma vez. Apesar de eu trabalhar bem sozinho, sentia falta dos *braisntormings* em equipe.

Passando por Ituitiba, comecei a sentir um formigamento considerável na perna. Aumentei o ar-condicionado e tentei relaxar, dizendo pra mim mesmo que era um pseudossurto. Aumentei o volume da música e tentei me distrair com a paisagem.

Quinze minutos depois, o formigamento piorou. Era como se agulhas estivessem me espetando em todo o lado direito. Tentei não pensar no pior, mas era inevitável. Achei melhor reduzir a velocidade, mas qual não foi minha surpresa quando não consegui... Eu não conseguia coordenar os movimentos da minha perna direita, e meu pé estava fraco. A 90 por hora numa via mais que movimentada, entrei em pânico. Mais do que depressa, liguei o piloto automático. O telefone tocou no exato momento em que eu pensei em ligar o pisca-alerta, ou tocar a buzina bem forte, pra chamar atenção dos outros motoristas. Meu celular estava preso num ímã, no painel do carro. Atendi o Adriano de forma descoordenada com a mão direita, e a voz dele apareceu no som do carro.

— Fala, Hugo...

— Adriano, me ouve... — eu o interrompi. — ... é outro surto... meu lado direito não tá funcionando bem, e eu estou a cem quilômetros por hora na ViaLagos... O que eu faço???

— Como é??? De repente, assim?

— Não... começou ontem... Por isso também que eu estou indo pro Rio.

— Ficou louco, Hugo??? Por que não foi de ônibus??? Olha, agora não importa... E o piloto automático?

— Liguei... mas não é seguro continuar assim, ainda falta muito pra chegar...

— Não é seguro mesmo, Hugo! Para esse carro agora!

— Não consigo...

— Freia com o pé esquerdo!!!

Eu estava tão nervoso que nem tinha considerado essa possibilidade. Movi meu lado esquerdo caoticamente e consegui soltar meu pé direito do acelerador, freando com o pé esquerdo. O carro pulou um pouco, com a confusão de comandos. Liguei o pisca-alerta, apavorado com o fluxo de automóveis ao meu redor. Levei algumas buzinadas de carros que passavam raspando. Eu ia ter que encostar, mas estava na pista da esquerda.

Olhei no retrovisor e dei a seta pra direita, mas tomei uma porrada forte. O barulho de metais se amassando e vidros se quebrando foi a última coisa que eu ouvi antes de algo branco me engolfar e eu não ver mais nada.

capítulo 48

Solara

Eu acabava de apresentar meu trabalho de Antropologia Cultural, que me levou o fim de semana quase todo pra fazer, quando vi o celular acendendo na minha mesa. Ainda bem que eu sempre o deixava no silencioso. Tentei focar de novo no tema, que era bem complexo. Às vezes eu achava que tinha ficado mais lerda pra entender as coisas, visto que no ensino médio eu levava tudo na maior facilidade. Terminei de explicar o modelo de evolução multilinear, que diz que diversas culturas têm diferentes histórias, em contraposição ao modelo linear, quando vi meu celular acendendo de novo. Não pude ver quem era, da distância que eu estava.

O professor me interrompeu pra fazer um comentário. Enquanto ele discorria sobre os três grandes períodos étnicos da humanidade, vi meu celular tocar mais três vezes e comecei a ficar preocupada. Quando ele me pediu pra comentar, eu não sabia o que falar. Minha sorte é que a Fátima, que era do meu grupo, captou a pergunta e começou a responder. Essa foi a primeira vez que eu não me importei com aquele jeito dela de sabe-tudo.

Enquanto isso, meu celular acendeu mais três vezes.

A apresentação acabou meia hora depois, com o Ronaldo fazendo as considerações finais. Já era quase uma da tarde, e eu estava faminta. Pelo menos eu teria duas horas de intervalo até a aula de Sociologia. Corri pra minha mesa e vi que tinha quatro ligações perdidas do Adriano e treze da Lumi, mas nenhuma mensagem.

Peguei minhas coisas e fui em direção à cafeteria, enquanto retornava as ligações. A Lumi não atendeu, como sempre... mas o Adriano atendeu de primeira.

— *Sereia, graças a Deus...*

Eu gelei.

— Aconteceu alguma coisa com a Lumi, ou com os meninos???

Ele engoliu tão forte que eu ouvi, mesmo com o burburinho da cafeteria.

— *O Hugo... foi um acidente de carro.*

Foi como se uma pancada me atingisse sem eu ter ideia de onde veio. Eu congelei por um momento, deixando minha bolsa cair. Uma menina veio e a pegou do chão, me entregando. Saindo do transe, comecei a correr pra entrada lateral, onde o ônibus passava.

— Como é que é??? Como ele está??? Pelo amor de Deus, Adriano...

— *Calma, Solara... Ele está bem... A gente está no Hospital dos Lagos, em Saquarema. Foi um grande susto, Solara...*

— Mas como??? Como isso foi acontecer?

Ele ficou calado.

— Tô pegando um Uber e indo pra aí agora mesmo, Adriano!!! Fica perto do celular, pelo amor de Deus!

Eu precisava agendar o Uber, mas minhas mãos não paravam de tremer. Demorei um tempão pra conseguir colocar o endereço, que eu achei na internet. A corrida ia ficar cara, e o carro ainda ia demorar vinte minutos pra chegar. Minhas pernas também tremiam, e eu precisei sentar. Acabei ligando de novo pro Adriano, que atendeu rápido.

— Como ele está? Ele está consciente???

— *Calma, Sereia... Ele teve um traumatismo craniano leve, fraturou o braço esquerdo e teve umas escoriações. Na verdade, foi um milagre não ter acontecido coisa pior... parece que o carro foi parar do outro lado da pista.*

— Meu Deus... — Comecei a chorar, desesperada. — Mas ele tá acordado?

— *Eu ainda não o vi... os médicos estão fazendo uns exames.*

— Exames? Por quê???

— *Não sei bem, Solara... estou meio sem notícias aqui... A última que eu tive foi que o estado dele é estável, então fiquei mais tranquilo.*

— Solara? Tá tudo bem?

Eu ouvi a voz da Fátima e levantei a cabeça.

— Não... meu noivo sofreu um acidente de carro... — desabafei, em meio às lágrimas.

Nem sei por que me abri com ela, a gente não era chegada. Aliás, eu nunca consegui ter amigas mulheres, só umas conhecidas da Fênix.

— Mas ele está bem? — ela perguntou, preocupada.

— *Solara?* — o Adriano me chamou, mas eu estava desorientada.

— E-eu não sei... Meu Uber ainda vai demorar pra chegar, e o amigo dele que está no hospital está sem notícias... — Eu mostrei o celular e comecei a soluçar. Ela colocou a mão no meu ombro, pegou o celular da minha mão e falou com o Adriano.

— Oi, aqui é a Fátima, amiga da Solara. Onde vocês estão?

— *Em Saquarema... no Hospital dos Lagos* — o Adriano respondeu, enquanto tudo que eu conseguia fazer era chorar.

— Eu vou levá-la, obrigada.

— Mas, Fátima... é a uma hora daqui... e tem aula daqui a pouco...

— Não tem problema, *vambora* — ela falou, pegando minha bolsa. Não pensei duas vezes e a segui.

Quarenta minutos depois, a gente entrava no hospital. O Adriano estava sentado na sala de espera, com um café na mão, e se levantou assim que me viu. Eu recomecei a chorar.

— Calma, Sereia... vai ficar tudo bem... — Ele largou o café e me abraçou, enquanto eu terminava de me derramar no ombro dele. Enquanto eu não visse o Hugo com meus próprios olhos, eu não ia me acalmar.

A Fátima se despediu, dizendo que eu estava em boas mãos, e eu agradeci pela carona.

— Como você ficou sabendo? — perguntei, depois que me acalmei um pouco. Ele me fez sentar, segurando minhas mãos.

— A gente estava no telefone quando tudo aconteceu... Eu ouvi um barulhão e fiquei desesperado... a ligação caiu pouco depois. Ele tinha falado que estava na ViaLagos, e eu corri pra lá. Quando cheguei, uns trinta minutos depois...

Eu o interrompi:

— Trinta??? Você veio voando???

— O Hugo é meu melhor amigo, Solara... Peguei um puta engarrafamento e já fui imaginando o pior. Não pensei duas vezes e peguei o acostamento, tomando cuidado pra não atingir nenhum pedestre ou bicicleta... Quando cheguei no local, tinham acabado de socorrê-lo. O carro do Hugo estava na pista da esquerda, destruído, assim como um outro carro preto, que destruiu a cerca de proteção e foi parar na grama. Tinha mais dois carros atingidos no meio da pista, uma bagunça...

— Mas o que aconteceu???

Ele desviou o olhar e respirou fundo.

— Testemunhas disseram que ele tentou mudar de pista, mas o carro preto veio a toda e bateu. Ele perdeu a direção, entrou no acostamento e bateu de frente na mureta. Depois ele ainda rodou e bateu em mais dois carros, até ir parar do outro lado da pista. O *air bag* abriu na primeira colisão e provavelmente causou o traumatismo e a fratura, mas salvou a vida dele.

Eu não pude conter um gemido.

— Meu Deus... como que o Hugo não viu esse carro??? E o piloto automático, como não funcionou??

— Ponto cego, provavelmente. — Ele deu de ombros. — E o piloto automático não deve ter tido tempo de desviar do carro, já que o outro estava a uma velocidade impressionantemente alta.

— E as outras pessoas envolvidas?

— A motorista do carro preto teve um traumatismo craniano mais acentuado, mas também está estável. Os outros só tiveram escoriações.

— Graças a Deus...

Nesse momento, um cara de branco chegou.

— Adriano Miranda?

— Sim.

O Adriano ficou tenso, de repente. Meu coração quase saiu pela boca, com medo do que eu ia ouvir.

— O seu amigo Hugo está bem. Está semiacordado, por causa do medicamento pra dor.

— Como ele está??? — perguntei.

— Essa é a noiva dele, doutor — o Adriano me apresentou. — Solara Martins.

— Dr. Ricardo Brito, eu que o atendi na emergência. — Ele me deu a mão, me cumprimentando. — Seu noivo está bem, na medida do possível. O problema principal agora parecem ser os sintomas do surto que ele teve... No início nós ficamos bem confusos, achando que ele tinha tido alguma injúria neurológica provocada pelo acidente. Mas depois que ele ficou mais desperto ele nos contou da condição dele... então nós o encaminhamos para a neurologia e ele está sob cuidados semi-intensivos...

Eu parei de escutar no meio do caminho, tentando entender o que eu tinha acabado de ouvir.

— Peraí, não tô entendendo. O que é essa coisa de surto? E de que condição você está falando?

O médico me olhou como se eu fosse uma E.T. O Adriano desviou o olhar e passou a mão no rosto, falando alguma coisa baixinho, que eu não entendi.

— Ele é portador de esclerose múltipla, do tipo surto-remissão. Nós entramos em contato com o médico particular dele, o dr. Marco Polo Alcântara, que gentilmente nos passou o histórico.

Eu olhei pro Adriano, ainda sem entender. Ele mal me encarava. O médico percebeu o climão e ficou em silêncio por um tempo. Depois continuou falando sobre o estado do Hugo, usando termos técnicos totalmente estranhos pra mim.

Só quando eu me toquei que o Adriano parecia estar perfeitamente situado é que eu comecei a encaixar mentalmente as peças do quebra-cabeça.

capítulo 49

Hugo

Antes mesmo de abrir os olhos, eu já sabia que a Solara estava lá.

Minha cabeça doía, apesar do medicamento pra dor. Não pude deixar de pensar na infeliz coincidência. Quase doze anos atrás, eu também tinha sido internado com traumatismo craniano, depois da surra do Rabelo. A Solara me visitou no hospital, e a gente acabou brigando. Eu só esperava que dessa vez o final fosse diferente... mas, no fundo, eu duvidava que seria.

Abri meus olhos devagar e a vi, me olhando. Tentei decifrar sua expressão, mas voltei vazio.

— Certas coisas nunca mudam — eu disse, meio letárgico.

— O quê? — ela perguntou, perdida, mas com um tom frio.

— Você me visitando no hospital, e eu com a cabeça quebrada. — Tentei sorrir, mas no fundo eu estava nervoso.

— Só que agora não é só isso, né, Hugo!?

Com essa, eu tive certeza de que ela já sabia.

Só me restava abrir o jogo.

— Meu primeiro surto aconteceu na noite em que eu fui embora de Pedra Grande e foi muito parecido com o de hoje — revelei, olhando pro teto. — Meu lado direito ficou paralisado. Tentei ligar pro meu pai, mas o celular caiu no chão e eu mal conseguia me mover. Meu pai demorou pra me encontrar, pareceu uma eternidade. Se eu fechar os olhos, ainda consigo sentir o cheiro do banheiro imundo de beira de estrada, e lembro claramente da minha total impotência. Quando meu pai arrebentou a porta do banheiro e me carregou pra fora, eu nem pensei no telefone.

Olhei pra ela rapidamente e encontrei uma expressão mais do que séria.

— Ele me levou pro hospital de Limeira e já foi falando o possível diagnóstico pros socorristas. Meu pai era médico e tinha alguns parentes com esclerose múltipla: o tio Armando, irmão dele, e a Sara, minha prima, filha da tia Ivone, também irmã dele. A esclerose múltipla tem um fator hereditário muito forte.

Solara respirou fundo, e eu não soube se era de preocupação ou irritação.

— Depois fui transferido pro Rio, pro Hospital Samaritano. Foi aí que eu fiquei conhecendo o dr. Marco, velho conhecido do meu pai. Demorei mais de dois anos pra andar direito. Foi assim que eu conheci o Adriano, ele era meu fisioterapeuta.

Solara se levantou e foi até a janela, ficando ali por um tempo. Eu continuei falando, eu precisava disso. Eu estava cansado de mentir pra ela.

— Comecei a ter acompanhamento com nutricionista, endocrinologista, terapeuta ocupacional e psicólogo. Neurologista de seis em seis meses. Eu ficava só em casa. Pegava a matéria e estudava sozinho, e fazia até as provas em casa. Abriram uma exceção pra mim na escola, por causa do atestado médico e porque eu era excelente aluno. Tive depressão e quase tive uma desordem alimentar, mas minha terapeuta, a Alessa, me ajudou — ela e o meu pai, que nunca desistiu de mim. Ele tentava me animar de todas as formas. Minha mãe também, eu tenho que dar meu braço a torcer. Ela cuidava de mim como uma leoa, apesar de eu sempre a machucar. Aos poucos a gente foi se acertando... porque não tinha outro jeito.

Solara continuava olhando lá pra fora, com uma expressão perdida.

— Apesar de todos os cuidados tive outro surto, mais leve, meses depois. Não foi tão ruim quanto o primeiro, tanto é que eu nem sabia se era mesmo um surto, mas a ressonância magnética não mente. Meus olhos embaçavam, numa condição chamada neurite óptica. Dessa vez, em duas semanas, eu estava recuperado. Só que dois anos depois tive mais um, que atacou de novo meu lado direito. Na época, fui fazer a prova do Enem de muletas, já que não tinha coordenação motora na perna direita. Passei pra faculdade que eu queria de primeira. Foi aí que eu comecei a sair mais de casa, e minha vida foi voltando ao normal aos poucos. Não o normal, normal... mas um normal que se encaixava na minha nova realidade. O dr. Marco não esperava que eu me recuperasse totalmente, mas eu lutei muito. Minha mãe me ajudava com a rotina e a dieta especial, e eu tinha o Adriano no meu pé, literalmente... Ele sempre exigiu o meu máximo e nunca me deu moleza. Foi nessa época que a gente ficou mais amigo... claro, eu o via três vezes por semana... Até que, no fim do quarto período, tive outro surto. Foi como o segundo, mais leve. Minha vista ficou embaçada, mas esses sintomas eu sempre tinha mesmo... era só fazer mais calor ou eu ficar nervoso que eles vinham. Só que a ressonância magnética mostrou novas lesões, e lá fui eu de novo pra pulsoterapia.

Ela me olhou, curiosa.

— É um tratamento com corticoides que eles te dão por cinco dias, pra tentar controlar o seu sistema imune, porque na esclerose múltipla...

Ela me interrompeu:

— Eu sei, Hugo... cortesia do Google. Pesquisei enquanto o médico jogava pra cima de mim todas as informações que você nunca se dignou a me dar — ela falou com revolta nos olhos. — O seu sistema imune ataca seus nervos e você pode ter várias sequelas, pelo que eu li.

Eu concordei com a cabeça e voltei a olhar pro teto.

— Só fui me recuperar dessa nova lesão meses depois. Dessa vez, perdi um pouco da visão.

Tive que fazer uma pausa, porque minha cabeça latejou de novo. Eu queria coçar o nariz, mas estava difícil. Meu braço esquerdo estava dentro de uma tala, e o direito não funcionava. Tentei me ajeitar na cama movendo o lado esquerdo, sem muito sucesso. Solara percebeu.

— Posso ajudar?

Eu ri da minha própria desgraça.

— Coça meu nariz?

Ela fez isso. Depois ajeitou o travesseiro na minha cabeça, e eu fiquei mais à vontade.

— Meu quinto surto aconteceu meses antes de eu vir pra Pedra Grande. Eu estava trabalhando muito, praticamente não tinha vida. De novo, meu lado direito foi afetado. Nessa época, eu já queria voltar pra Pedra Grande... mas não queria fazer isso enquanto não me recuperasse totalmente. E foi por sua causa, Solara, que eu me recuperei em tempo recorde. Eu queria te rever. Eu nunca te esqueci.

— Mas por que tinha que ser assim, Hugo?? — ela falou mais alto, jogando os braços pra cima. — É isso que eu não entendo! Era difícil demais ser sincero comigo? Eu não sou digna de confiança? Você achou que eu não ia te querer????

— Não!!! Não era nada disso... Voltar pra Pedra Grande significava um recomeço pra mim, Sol. Eu sabia que era possível me recuperar, porque já tinha acontecido antes. Me deslumbrei com a remissão, foi isso — admiti, enquanto lágrimas saíam sem eu querer. — Te reencontrar, surfar de novo, tudo isso me lembrava a vida normal que eu tinha antes... Tudo que eu queria era uma vida normal. E ninguém aqui me olhava como minha mãe, como meus colegas de faculdade, ou na clínica de fisioterapia... Eles me olhavam como se eu fosse digno de pena. Eu sei os pensamentos que se passam na cabeça deles, porque eu sempre fui bom de ler olhares... "Tão novo... tão bonito... com uma vida pela frente..." Você percebe até nas brincadeiras, ou nas tentativas muito esforçadas de não demonstrar nada...

— Hugo, em algum momento você parou pra pensar que isso pode ser coisa da tua cabeça? — ela me interrompeu.

— Não, Solara! Porque não é!!! Quase metade da minha vida eu vivi assim, não vem agora me dizer que eu não entendo disso!

Ela se calou, e eu também. Depois de um tempo, eu olhei pro teto de novo e continuei:

— Quando a gente finalmente ficou junto, eu queria te falar. O Adriano me pressionou, o Beni me pressionou...

— O Beni?? Você contou pro Beni?

— Ele descobriu sozinho. Eu quis seguir o conselho deles, mas meu medo de te perder era maior. E eu deixei que isso me paralisasse. Até que no casamento do Negão a realidade bateu com tudo. Eu só não queria que você soubesse daquele jeito, no meio de um surto que veio do nada. Das outras vezes eu estava estressado... mas dessa vez... e agora também... essa imprevisibilidade...

Parei de falar abruptamente. Engoli em seco, com medo da reação que ela teria ao ouvir o que eu ia falar. Mas, se era pra ser sincero, eu seria totalmente.

— O surto de oito meses atrás trouxe um sintoma novo pra mim: minha bexiga está comprometida. Continuo tomando remédio e fazendo fisioterapia, mas ela não funciona cem por cento.

Ela me olhou, curiosa e revoltada.

— Que sequelas você tem, Hugo?

Suspirei, fechei os olhos e mandei.

— Eu não era ambidestro quando a gente se conheceu... Tive que aprender a escrever e fazer várias outras coisas com a mão esquerda. Minha mão direita às vezes treme involuntariamente. Eu não enxergo muito bem do olho direito, tem uma mancha preta constitutiva no meio dele. Não posso confiar muito na minha perna direita, sempre me apoio mais na esquerda... e eu não posso dançar direito, não tenho coordenação suficiente. Agora, tem a da bexiga... eu tento esvaziá-la totalmente, mas não consigo... Vou muito mais vezes ao banheiro agora. Quantas sequelas mais eu vou ter, Solara? Você acha que vale a pena?

Ela me olhou, sem entender.

— Eu pensei em ir embora. Não é isso que eu quero pra sua vida...

— Como é que é, Hugo??? — ela perguntou, horrorizada.

— ... mas o Rafa... ele me fez voltar atrás... e minha terapeuta também...

— Você ia deixar a gente? Naquela semana que você passou no Rio???

— Eu não sei, Sol! — falei mais alto. — Eu não sabia o que ia me acontecer, não achei justo...

— E achou justo decidir isso por mim??? — Ela se levantou e foi pra longe. — Eu não tenho voz ativa sobre a minha própria vida???

— Não é como se eu quisesse te manipular, era pro seu próprio bem...

— Meu bem, Hugo??? Meu bem era conhecer de verdade a pessoa que estava ao meu lado... mas foi tudo uma grande mentira, não foi??? Assim como você não foi sincero quando começou a gostar de mim, ou quando soube que ia embora... É o mesmo erro se repetindo o tempo todo! Você se sente aleijado e fica morrendo de pena de si mesmo, mas tudo que você quer é me aleijar também!

— Mas eu desisti de ir embora!!! E eu prometi pra mim mesmo que ia abrir o jogo depois que tudo tivesse passado... mas nunca parecia um bom momento... Eu amo a nossa vida, a nossa família...

Ela parecia não me ouvir.

— Quer dizer que, se o Rafa não tivesse falado aquele dia, você teria ido embora? — ela perguntou, com lágrimas nos olhos.

— Não... quer dizer, eu ainda não sabia... não sei se eu ia conseguir...

— Eu, eu, eu!!! Tá vendo que é tudo sobre você, Hugo??? Não é nada sobre mim... Você é um egoísta, isso sim!

Ela pegou a bolsa de cima da mesa e foi em direção à porta. Eu me desesperei.

— Solara... você não pode me deixar aqui assim... não desse jeito...

— Eu preciso de um tempo, Hugo. Eu preciso digerir isso tudo.

Quando ela abriu a porta, deu de cara com a minha mãe.

Ótimo, Hugo. Como você sabe bem, as coisas sempre podem piorar.

As duas se olharam por instantes que pareceram séculos, sem falar nada. Foi a Solara quem tomou uma atitude primeiro: foi embora sem olhar pra trás, e minha mãe olhou pra mim com a velha e conhecida cara de pena.

capítulo 50

Hugo

Era o meu terceiro dia de internação. Minha mãe fez de tudo pra que eu fosse transferido pro Rio, mas eu queria ficar perto de casa. Ela dormiu a primeira noite comigo no hospital e foi embora no dia seguinte, quando eu fui transferido pro quarto. Eu estava tomando antibióticos por causa do acidente, além dos corticoides de rotina, de quando eu tinha os surtos. Eu tentava ligar pra Solara de manhã, de tarde e de noite, mandava textos e mensagens de voz, mas ela não me atendia. Na verdade as mensagens nem chegavam, o que queria dizer que ela tinha me bloqueado. Era como se ela estivesse se vingando de mim.

Eu tinha notícias dela pelo Adriano, que vinha me ver todo dia. O Negão contou que ela ainda estava na nossa casa, se desdobrando pra conciliar faculdade, trabalho e os cuidados com o Rafa e o Loki. Eu me senti mais impotente que nunca. O pior era não saber se o nosso casamento, daqui a dez dias, ainda estava de pé. Quando perguntei a opinião do Adriano, ele disse que não fazia ideia. Parece que a Lumi também não estava falando com ele, aborrecida porque ele manteve meu segredo. Eu me senti culpado por isso também.

O dr. Marco veio me visitar no terceiro dia.

Eu curtia solitário o familiar gosto metálico da pulsoterapia, deprimido demais pra fazer qualquer outra coisa. A televisão estava ligada num *looping* de imagens da natureza com uma trilha sonora de músicas relaxantes, que eu já tinha decorado a ordem. De repente, o dr. Marco entrou no meu quarto.

— Como está, Huguinho? — ele perguntou alto demais e bagunçou meu cabelo.

— Levando. — Suspirei, sem conseguir esconder minha depressão.

Ele puxou uma cadeira e sentou ao lado da minha cama. Conversamos sobre amenidades por um tempo. Ele me contou de como conseguiu desmarcar pacientes pra vir me ver, que discutiu meu caso com o neurologista do hospital e que eles estavam fazendo tudo direitinho aqui. Me senti grato. Quando ele perguntou da Solara, eu não soube o que dizer. De repente ele ficou calado, com uma expressão preocupada.

— E agora, dr. Marco? Pra onde a gente vai daqui? — perguntei, desolado.

Ele respirou mais forte e se inclinou pra mais perto.

— Eu esperava que o natalizumab fosse segurar tua onda por mais tempo... A taxa de redução na ocorrência de surtos é de 70%, pelo menos é o que é descrito na literatura.

Eu gelei.

— O que você está tentando me dizer, dr. Marco?

— Veja bem... Eu discuti seu caso com alguns colegas da área, e eles me aconselharam a tentar outra coisa. Como estão os sintomas? Melhores?

— Já consigo mover um pouco o braço e o pé, mas está mais devagar que das outras vezes.

Ele cruzou a perna e fez aquela cara de *nerd* que todo médico faz quando vai explicar as coisas pra nós, pobres mortais.

— A questão é se você está desenvolvendo a forma secundariamente progressiva. Nesse caso, a gente entraria com o ocrelizumab, um anticorpo monoclonal que depleta linfócitos B. São eles que fazem anticorpos contra a bainha de mielina, mas não é só isso... eles também auxiliam na resposta patogênica dos linfócitos T...

Mal ouvi o resto da explicação, chocado com a possibilidade da evolução da doença e tentando imaginar como minha vida seria daqui pra frente. Mas eu sabia que não devia sofrer por antecipação. Tentei clarear a cabeça e focar na conversa de novo.

— ... estudos mostraram que, além de ele reduzir a ocorrência de surtos na forma surto-remissão, reduz a progressão clínica na forma progressiva primária... Por causa disso, há pouco tempo foi liberado para uso na forma secundária progressiva, apesar de não haver dados clínicos que corroborem sua atuação nesta forma da doença.

Ele fez uma pausa, e eu percebi onde a conversa ia dar.

— Mas?

Ele inclinou a cabeça, reconhecendo que havia um "mas".

— Tem mais efeitos colaterais... reações mais pronunciadas durante a infusão, aumento da taxa de infecções, especialmente respiratórias ou da pele, depressão, dor nas pernas... e um possível aumento da taxa de ocorrência de neoplasmas; digo "possível" porque esse último ainda é ponto de discussão.

— Neoplasma é câncer? — perguntei, atônito.

Ele fechou os olhos e concordou com a cabeça.

— Hugo, veja bem... nós temos que pensar na relação risco--benefício. No seu caso, eu acho que vale a pena tentar. Claro que você vai ser acompanhado de perto o tempo todo.

Eu não tinha outra escolha senão pagar pra ver.

Na quinta-feira, o Adriano trouxe o Rafa pra me ver, o que iluminou meu dia. O garoto entrou meio assustado, mas veio na minha direção.

— Campeão... que saudade... toca aqui.

Ele me deu um toquinho de mão, enquanto o Negão nos observava da porta.

— Tudo bem? — perguntei, na esperança de que ele fosse me responder. Ele só fez que sim com a cabeça.

— Sua mãe tá bem? Você tem cuidado dela?

Ele concordou com a cabeça.

— Hoje eu cuidei do Loki — ele anunciou, depois de um tempo.

— Sério??? O que você fez?

Eu vi que ele pensou em falar, mas não rolou. Eu quis ajudar.

— Deu comida? Foi passear com ele?

Ele concordou.

— E você coletou o cocô?

Ele concordou.

— Muito bem. Sua mãe tem muita coisa pra fazer, e você já está grande.

Ele deu um sorriso orgulhoso, e eu fiquei encantado. Depois olhou curioso pra minha cama, que estava reclinada.

— Quer deitar aqui comigo? Só você que pode.

Ele subiu na cama e me abraçou. Eu beijei sua cabeça, sentindo aquele cheirinho típico, um misto de xampu infantil e suor.

— Fico até emocionado quando vejo tu dando uma de pai, cara. Tô aqui me segurando pra não chorar — o Negão falou, sarcástico.

— Vai à m... — parei no meio do caminho, por causa do Rafa — ... você sabe onde.

Ele riu e desencostou da porta, vindo até mim.

— E a Lumi?

Ele fez uma cara de sofrimento.

— Me dando o maior gelo... culpa tua.

— Eu sei, e me sinto culpado por isso.

O Rafa viu as revistinhas em cima da mesa e foi atraído por elas. Minha mãe sempre trazia Mônica e Cebolinha pra eu ler quando estava internado... resquícios da adolescência.

O Negão puxou a cadeira e sentou do meu lado.

— Mas ela já está amolecendo, eu sei. Ontem ela me respondeu uma coisa e hoje até trocou de roupa na minha frente...

— Negão... — Eu olhei alarmado pro Rafa, mas ele parecia estar em outro planeta.

— Tá nem ouvindo. — Ele chegou mais perto e falou mais baixo: — Só não sei se ela fez isso pra me provocar ou pra me punir... a morena é osso.

— Você já sabia disso quando casou.

— Sabia. Mas é assim que eu gosto... Vou dar mais uns dias pra ela e vou pra cima com tudo... como diz a música... "lá vem o negão cheio de paixão pra te catar"...

— Ecaaaa!... que música é essa???

— Não é do teu tempo, moleque.

— Não é mesmo!

Ele deu uma risada, e eu também. Foi estranho sorrir, mas foi bom.

— Como é que estão os movimentos? — Ele levantou e descobriu minha perna. Eu me esforcei e consegui mover o pé.

— Sente aqui? — Ele apertou minha perna. Eu só soube que ele estava fazendo isso porque vi.

— Não.

Ele fez uma cara séria.

— Tá parecendo teu primeiro surto. Esse vai demorar mais pra recuperar, né?

Eu suspirei.

— Na melhor das hipóteses. Na pior, eu passei pra forma progressiva.

— Quem disse?

— O dr. Marco. Bom, ele cogitou a hipótese.

— Cogitou... cogitar é diferente... Os médicos têm que trabalhar com todas as possibilidades, você sabe.

Eu fiquei calado. Era difícil lidar com a incerteza do futuro. O Negão percebeu e tentou descontrair, falando dos resultados dos últimos jogos do campeonato brasileiro e das fofocas de Pedra Grande. Cortesia da Lumi, já que ela sabia da vida de todo mundo.

O assunto acabou, e a gente ficou meio sem assunto.

— Peraí um pouquinho — ele falou, saindo da sala.

Pouco depois, o cara voltou com dois sacos de pipoca recém-estourada. O cheiro tomou conta do quarto e o Rafa levantou os olhos, curioso.

— Onde tu arrumou isso?

— Peguei na máquina do corredor e estourei no micro-ondas da enfermagem... Pedi pra uma enfermeira loirinha que parecia ser nova aqui, a Andréa — ele falou, com um sorrisinho nos lábios.

— Negão!... — eu o repreendi.

— O quê, Hugo? — Ele riu. — Só pedi um favor... falei que tava te visitando, e ela abriu um sorrisão... Depois que estourei a parada, disse que era pro teu filho, e ela ficou arrasada.

— Para de mentir, cara!!!

Ele deu uma gargalhada, e o Rafa veio comer pipoca.

— Vamos ver o que tem aqui nessa televisão... Que porra é essa que tá passando aqui, Hugo? Coisa de natureza, musiquinha relax... virou gay???

Eu já tinha desistido de não ferir os ouvidos do Rafa quando o Adriano estava por perto, mas olhei pro garoto, preocupado. O Adriano entendeu meu olhar.

— Se ficar protegendo demais, vai crescer bizarro. Melhor mostrar o que o mundo é de uma vez, antes que ele se escandalize — ele falou, passando os canais. — Nossa... Ferris Bueller... isso é um clássico!!! Vamos ver esse. Rafa, senta com o teu pai.

O Rafa deitou comigo na cama e nós três dividimos as pipocas, enquanto assistíamos *Curtindo a vida adoidado*, um *cult* da época do Negão. O filme era totalmente inapropriado pro Rafa, mas ele deu muita risada. E eu também.

capítulo 51

Solara

Era sexta-feira, e eu estava tão cansada que pedi folga no Tequilaria. A semana tinha sido uma correria e um desafio. Apesar do cansaço, quando eu ia dormir, eu não conseguia. Pegava no sono já de madrugada, tentando captar o sentido de tudo e pensando na doença do Hugo. Sem querer, eu passava mentalmente os momentos que nós tivemos juntos, tentando descobrir se ali ele estava mentindo ou não. A verdade é que ele mentiu o tempo todo, 24/7. Eu tinha uma certa pena, porque mentir assim requer um esforço sobre-humano. Manter esse segredo realmente devia ser muito importante pra ele. Tentei várias vezes me colocar no seu lugar e sentir como ele sentia, com todos os traumas e gatilhos, mas foi difícil.

Mesmo com tudo isso, eu o conhecia. Eu sabia que mentir não era natural dele. Eu conhecia a sua essência, e amava quem ele era.

Sentada no sofá, eu assistia o Rafa brincando com o Loki, incapaz de definir o que ia fazer pro jantar. Pensei em fazer só um misto--quente, ou cozinhar um milho verde, mas meu pensamento voltava pro Hugo. O Rafa sabia do acidente e até tinha ido no hospital, mas ainda não sabia da doença dele. E eu também não me sentia à vontade pra falar, já que o Hugo tinha escondido tanto isso da gente. Em algum momento ele ia ter que se virar pra se entender com o Rafa.

De repente ouvi uma buzinada lá fora. O Rafa correu pra janela, mas a gente já sabia quem era. Reuni minhas forças e fui abrir a porta.

— Fala, Sereia — o Adriano me cumprimentou do carro, enquanto a Lumi saía. O Ciano passou pra frente.

— Põe o tênis, Rafa! — a Lumi falou, e ele correu pra dentro.

— Como é que é??? — perguntei, na mesma hora em que o Lúcio estacionou atrás do Adriano. Ele e a Taty tinham acabado de comprar um Ford Ka.

— Vai ter a feira de ciências na escola, o Brício tá lá e precisa de público — minha irmã respondeu com aquele jeito de mandona que lhe era peculiar.

A Cris me deu um tchauzinho da janela de trás. Enquanto eu acenava de volta, a Taty saiu do carro.

— Gente, eu tô morta... não vou conseguir...

— E quem te chamou??? — a Lumi me interrompeu. — Eu e a Taty viemos ficar contigo.

O Rafa voltou calçado e me olhou com cara de pidão, segurando a coleira do Loki.

— O que você quer, Pequeno?

— O Loki...

— Leva o cachorro... se não puder entrar, eles se viram — a Lumi respondeu antes de mim, e o Rafa saiu correndo atrás do Loki.

— Gente, o que tá rolando aqui??? — perguntei, sem entender nada.

— *Girl's night, baby...* — A Taty gastou o inglês.

— Noite só de mulheres e uma garrafa de vinho... — a Lumi falou, animada, mostrando uma garrafa de Miolo dentro da bolsa.

O Lúcio saiu do carro.

— Fala, mana. Como é que tá o Wolfe?

A Lumi e a Taty o fuzilaram com os olhos.

— O quê??? Tô querendo saber do meu cunhado!

— Vai embora, Lúcio. Leva o Rafa contigo! — A Lumi o empurrou de volta pra dentro do carro, e o Rafa e o Loki entraram atrás. Assim que viu o Loki, a Cris mudou de carro.

— Isso tá ok, minha Deusa? — o Adriano perguntou.

A Lumi deu de ombros e retrucou:

— Pra isso você precisa da minha opinião??? Resolve.

Ele não se irritou. Pelo contrário, sorriu e umedeceu os lábios com a língua.

— Aproveita... Teu último dia de charminho é hoje. Amanhã mesmo vou cortar tuas asas.

A Lumi pareceu mexida.

— Ecaaa... Por favor!!! — o Ciano reclamou, sentado no banco do passageiro.

Os dois carros deram a partida e foram embora, enquanto as duas me abraçavam ao mesmo tempo e me levavam pra dentro.

— O que tem aqui nessa geladeira? — a Lumi perguntou, se sentindo em casa. — Você e o Hugo só comem essas porcarias naturebas, é?

— Agora eu sei por quê — respondi, desanimada. A Taty suspirou.

Minha irmã abriu uma lata de azeitona e cortou um queijo europeu que a gente tinha ganhado da dona Márcia, enquanto falávamos sobre coisas aleatórias. Nós três sentamos na mesa de madeira rústica que veio da casa do Hugo, no Rio.

— E aí, mana, o que está passando aí, dentro dessa tua cabecinha? Vai ter casamento...

— Lumi!!! — a Taty a repreendeu. — Eu falei pra você!!!

— O quê, garota? A Solara é forte, não vai quebrar, não... Já aguentou muita pancada nessa vida, né, irmã?

Eu suspirei.

— Verdade. Mas essa... eu realmente não esperava.

As duas me olharam, preocupadas.

— Eu tento me colocar no lugar dele, mas é difícil. Apesar de tudo, eu o amo profundamente... e eu sei que não foi fácil manter esse segredo o tempo todo. — Tomei três goles do vinho de uma vez.

— E o safado do Adriano acobertando tudo! — a Lumi disse, colocando uma azeitona na boca.

— Lumi... não era ele que tinha que falar, era o Hugo. Mas, pelo que eu sei, ele está arrependido, né?

— Ah, não, Taty... — a Lumi respondeu, na lata. — Eu sinto como se tivesse sido apunhalada pelas costas, imagina a Solara!!! Não é fácil relevar isso, não!

— Não — respondi, girando o copo nas mãos e olhando pra ele. — Não é fácil. Mas ele está doente, e me cortou o coração saber que ele tem sequelas. E ele suportou tudo calado.

— Porque quis! — A Lumi debruçou sobre a mesa e pegou minha mão. — Irmã, a pergunta é: você está disposta a enfrentar o que vem pela frente? Pelo que eu li, essa doença não tem cura... ele só vai piorar com o tempo.

Quanto a isso, eu não tinha dúvidas.

— Pelo Hugo, eu vou até o inferno, Lumi.

— Eu não acho que é essa a questão principal. — A Taty tomou um gole do vinho e completou: — A questão principal é se ela vai conseguir confiar nele de novo e virar a página... porque isso não foi uma mentirinha boba. Esse capítulo foi muito significante na vida de vocês.

Eu me perguntava a mesma coisa, e me doía não saber a resposta na ponta da língua.

capítulo 52

Hugo

O Adriano estacionou em frente à Casa Amarela pouco depois das duas da tarde. Era sábado, e eu achava que a Solara estava em casa. A resposta positiva veio em forma de latidos.

Bom sinal.

Tive que esperar o Adriano vir até o meu lado, abrir a porta e me ajudar a sair. Se meu braço esquerdo não estivesse quebrado, eu poderia usar o andador. Mas não era esse o caso, e eu não podia me sentir mais impotente.

Eu me concentrei para conseguir coordenar o movimento da minha perna. É difícil quando você manda a ordem pro seu corpo e ele não responde, ou não responde direito. O Negão acabou facilitando as coisas, fazendo o trabalho do meu cérebro. Ele se abaixou e colocou meu braço ao redor do ombro dele. Não resisti e tive que provocar.

— Hummm... você está tão cheiroso, Adri... — E dei uma cheirada no pescoço dele.

Ele afastou o rosto.

— Vai à merda, Hugo. Tô começando a achar que o surto afetou mais o teu cérebro que a tua perna.

Eu ri, tentando não focar na minha miséria.

Enquanto ele me posicionava em pé, eu ouvi os latidos se aproximando. O Rafa apareceu na minha frente e me olhou, meio assustado.

— Oi, Campeão.

— Você não ficou bom?

— Ainda não, mas o médico me deixou voltar pra casa e terminar de me recuperar aqui. Eu estava com muita saudade de vocês.

Ele me abraçou com força e quase me desequilibrou, mas o Adriano segurou as pontas. Depois, deu a volta na casa e correu pro quintal. Eu o acompanhei com os olhos, mas não vi a Solara em lugar nenhum.

Mau sinal.

O Negão conseguiu alcançar a chave do carro e o trancou. Nós demoramos uns cinco minutos pra conseguir entrar. Fiquei feliz em sentir o cheiro familiar de casa misturado com maresia, mas estava tudo quieto demais. O sofá creme no canto da sala, perto da porta do banheiro, era novidade. O Negão me depositou na cadeira reclinável, e eu me senti cair nela como se fosse um pacote pesado. Ele acertou meu lado direito de forma decente e colocou uma almofada embaixo do meu braço esquerdo.

— Vou buscar tuas coisas. Fica aí, quietinho. — Fez a tradicional piada infame, só pra se vingar. Eu ri de forma cínica, fingindo achar graça.

Mas, em vez de ele sair, eu o ouvi conversando com alguém baixinho. Ouvi também a voz da Solara, mas não pude distinguir as palavras. Depois de uns minutos, a porta se abriu e fechou.

Me sentindo observado, virei a cabeça e olhei pra trás.

Solara estava ali, meio que mantendo uma distância segura.

Péssimo sinal.

— Precisa de alguma coisa? — ela perguntou friamente, com o olhar mais gelado ainda.

Podia ser pior, Hugo. Podia ser um olhar de pena.

Na verdade, eu não sabia o que era pior.

— Não, obrigado. Tô bem. Quer dizer, eu... Tá ok, eu não preciso de nada.

A insegurança bateu com tudo, e eu me senti pior que um verme.

Ela simplesmente voltou pra cozinha, sem dizer nada.

O Adriano entrou com minha mochila, o andador e a sacola de remédios.

— Ok, tá tudo aqui. Vou trazer as coisas da fisioterapia mais tarde. Quer dar uma dormida?

Tirando o fato de que eu não faço nada no hospital e por isso tenho extrema dificuldade de dormir à noite, não... Eu não quero dormir.

Só fiz que não com a cabeça.

— Assistir televisão? Pegar um sol no quintal?

— Tá de boa, Negão. — Tentei disfarçar meu desânimo, mas não sei se consegui. — Pode ir, valeu mesmo.

— Falou. Olha só, eu e a Solara decidimos que é melhor tu dormir aqui embaixo mesmo, por causa da pouca mobilidade. Ela foi e comprou esse sofá-cama. É bom que fica perto do banheiro, é só você chamar que ela te ajuda. Essa semana vão entregar uma mesinha que vai ficar do teu lado, pras coisas que você precisar.

Eu me perguntei se era por isso que eu ia dormir lá ou porque ela não queria ver minha cara.

— Sereia, tô vazando! Cuida bem da criança! — ele gritou e saiu, batendo a porta.

Depois de um tempo que pareceu infindável, ela chegou na sala com uma xícara na mão.

— Você toma ou eu te dou na boca? — ela perguntou, gélida, depositando a xícara na mesa.

— Não quero nada, obrigado.

— Tá na hora do analgésico, então tem que tomar — ela respondeu, abrindo a sacola e pegando um remédio lá dentro.

— Desculpa, Solara. — Foi a única coisa que eu consegui dizer. Ela pareceu surpresa e irritada.

— Desculpa por quê?

— Por te fazer de enfermeira. Eu sei que isso não tava nos seus planos.

Ela se aproximou com a xícara e o remédio nas mãos.

— Hugo, sabe o que você não entendeu até agora? Quando duas pessoas se amam e resolvem viver juntas, é pro que der e vier. Na saúde e na doença, na riqueza e na pobreza... Já ouviu falar disso??

Ela abriu a minha boca e jogou o remédio lá dentro. Depois, colocou a xícara na minha boca e virou bem devagar. Era minha bebida preferida: leite, chocolate em pó e café, numa temperatura perfeita: dois minutos no micro-ondas.

— O que não tava nos meus planos era ser enganada tanto tempo pelo homem que eu amo, a ponto de não saber se eu o conheço realmente.

— Isso não é justo, Solara. — Perdi o controle, apesar de me sentir amado. — É claro que você me conhece. E você precisa me tirar do escuro aqui... Vai me aceitar de volta ou não? Eu não quero ficar porque você não tem escolha, ou porque seria horrível abandonar um cara no meio de um surto, ou porque você tá dando uma de boa samaritana ou madre Teresa... Posso muito bem ir pra casa da minha mãe, se esse for o caso!

— Você quer respostas prontas, Hugo, mas as coisas não são simples!

— Simples? Você quer simples? Vou te ajudar... Você quer ficar comigo, mesmo sabendo que em anos eu vou ficar entrevado, com incontinência urinária, impotente sexualmente, esquecer as coisas...

— Para de fazer drama, Hugo!

— ... porque é isso que vai acontecer, Solara! Eu não tenho como escapar, mas você tem! Então é melhor definir isso agora, porque eu prefiro ficar longe do que te sentir fria e indiferente... E é sobre mim, sim... porque, pelo menos nisso, eu quero ter voz ativa, sentir que eu tenho algum tipo de controle!

O Rafa entrou, e eu mal pude esconder a expressão bélica. Ele veio até nós e me observou por um tempo. Depois, tocou na tala do meu braço.

— Dói?

— Não se eu ficar quieto. E sua mãe acabou de me dar remédio pra dor. — Olhei pra ela, praticamente implorando pra ela ficar comigo, apesar de tudo que eu tinha falado minutos antes.

Ele me deu um beijo, pegou uma bolinha que estava num canto e voltou lá pra fora.

— Já que você vai se colocar como vítima, eu vou te ajudar — ela falou, de forma covarde. — Eu não posso te dar uma resposta ainda. Eu quero confiar em você, Hugo, mas não é só uma decisão, e você vai ter que lidar com isso.

E foi pra cozinha, me deixando sozinho e vulnerável.

O resto do dia demorou muito pra passar. Eu aguentava o máximo possível até ter que chamar a Solara pra me ajudar a ir ao banheiro. Da primeira vez foi difícil, e eu quase fiz xixi antes de chegar lá. Ela conseguiu me colocar sentado no vaso, e eu fiz o resto. Depois ela me ajudava a me vestir e voltar pra cadeira, e o tédio recomeçava. Mais tarde ela mandou o Rafa entrar e colocou a janta dele. Depois, arrastou uma cadeira pro meu lado e começou a me dar comida na boca. Eu tentei segurar o garfo e me alimentar sozinho, mas meus movimentos ainda estavam descoordenados e eu me sujei. Com toda a paciência do mundo, mas calada, ela me limpou e retomou o trabalho.

O Adriano voltou quase umas dez da noite, com os elásticos e a bola que ia usar pra minha fisioterapia. Foi ele que me deu banho, já que isso era mais complexo. Depois disso, fui novamente depositado na cadeira reclinável, e o Rafa veio me dar boa-noite. O Adriano aproveitou pra ir embora, e eu fiquei sozinho com a Solara.

— Filme? — ela perguntou.

— Pode ser.

— O que você quer assistir? — ela perguntou, selecionando a Netflix.

— Qualquer coisa.

Ela escolheu um filme chamado "O primeiro amor", a história de um menino e uma menina que se gostavam desde a infância. Qualquer semelhança não era mera coincidência. No meio do filme, ela veio me dar o analgésico de novo e trouxe uma barra de chocolate. Eu me senti vitorioso por ter conseguido comer sozinho.

Quando o filme acabou, ela preparou o sofá-cama, que virou uma cama de solteiro mais larga, me ajudou a escovar os dentes e a deitar. No fim, ela apagou a luz e foi saindo. Eu queria pedir pra ela ficar, mas não tive coragem.

Depois de uns quinze minutos, ela voltou usando só uma camiseta e deitou do meu lado.

— Vamos tirar essa tipoia — ela disse, sem me olhar nos olhos. — Vou te atrapalhar, se eu dormir do seu lado?

— Não... claro que não — respondi, mais que rápido.

— É que fica mais fácil pra te ajudar a ir ao banheiro à noite. Se estiver apertado, eu trago um colchão.

— Não tá apertado, Sol.

Ela se deitou ao meu lado, meio sem graça. Eu repousei meu braço esquerdo em cima do meu corpo e cheguei o máximo possível pra perto da parede, pra dar mais espaço pra ela. Mesmo assim, a cama era apertada e ela ficou bem perto. Solara se deitou de lado, virada pra mim. Pra ficar melhor, só faltava ela me dar um beijo de boa-noite.

Eu me senti cansado demais e vi que ia dormir rápido. Quando eu já estava quase pegando no sono, "senti" ela segurando minha mão direita.

capítulo 53

Solara

Já tinha três dias que o Hugo estava de volta. Eu terminava de fazer o jantar, exausta, quando ouvi a voz dele na sala.

— Campeão, vem cá que eu vou te contar uma história.

Eu ouvi os passos do Rafa no piso da sala.

— Quando eu tinha mais ou menos sua idade, tive um acidente. Caí no banheiro de um restaurante na beira da estrada numa viagem pro Rio.

Eu fiquei alarmada e cheguei na porta da cozinha, observando os dois. O Rafa estava sentado no braço da poltrona com ele.

— Eu não conseguia me mexer direito. Foi mais ou menos o que aconteceu comigo há dez dias, enquanto eu dirigia.

O Rafa olhou pra ele, intrigado.

— Sabe a filha da Verinha, da banca? A Daiane?

Ele fez que sim com a cabeça.

— Ela tem asma, né? Você sabe o que é?

— Falta de ar?

— Isso mesmo. Mas ela não tem isso o tempo todo, né?

Ele fez que não com a cabeça.

— Então. Ela tem asma, mas não fica o tempo todo doente. Só que ela tem que se cuidar, pra falta de ar não vir. Comigo acontece uma coisa parecida. Eu tenho uma doença que se chama esclerose múltipla.

O Rafa fez uma cara meio assustada. O Hugo fez uma cara engraçada, de assustado também.

— Nome feio, né?

— Asma é mais fácil — o Rafa respondeu.

— Verdade. Mas, assim como na asma, eu só fico doente às vezes.

O Rafa fez que sim com a cabeça e continuou olhando pro Hugo, com uma grande interrogação no rosto.

— Faz um favor pra mim? Vai ali na televisão e tira o cabo de força da tomada.

Ele fez isso, e a televisão desligou.

— Tem eletricidade ali na tomada, né? É isso que faz a televisão funcionar. Você sabe que a corrente elétrica passa da fiação na parede para a televisão, e é por isso que ela funciona.

O Rafa concordou, ainda com a tomada na mão.

— Pode deixar desligada mesmo, pra gente conversar. Senta aqui de novo.

Ele foi.

— Assim são as nossas células nervosas. Nosso cérebro, no caso, seria a fonte da eletricidade. Quando a gente quer mexer o braço, ele manda um comando, e o braço mexe. Isso acontece porque nós temos nervos pelo corpo todo, e uma célula vai passando a informação para outra, até chegar nas células do braço, que vão dar a ordem para o músculo do meu braço se mexer. Isso acontece num tempo incrivelmente pequeno, menos de uma fração de segundo!

O Rafa nem piscava, olhando pra ele.

— Nesse caso, os nervos são...

— O cabo de força.

— Toca aqui, Campeão. Isso mesmo.

Os dois se deram um toquinho.

— Mas se esse fio estiver desencapado... você sabe o que acontece?

O Rafa pensou um pouco.

— Choque?

— Isso aí. A corrente elétrica vai pro lugar errado, e a televisão pode até queimar. — O Hugo se ajeitou na cadeira e pareceu mais sério. — Nossos nervos são encapados também, pra garantir que os comandos vão chegar no lugar certo e não se perder no meio do caminho. Tipo, se tiver uma parte desencapada, pode ser que meu braço não funcione quando eu quero.

— Ou queimar?

O Hugo riu.

— Nesse caso, meu braço não vai queimar... Mas você tem razão, meu braço pode não funcionar mais. Nunca mais.

O Rafa fez uma cara de preocupado.

— Minha doença ataca a mielina, a substância que reveste os nervos do meu corpo. Quando eu tenho surtos, como esses que eu tive quando era criança e há dez dias, meu corpo não funciona bem. Podem ser meus olhos, meus movimentos, minha fala... Mas isso não acontece o tempo todo, e existem remédios pra me ajudar.

O Rafa pareceu pensar um pouco.

— Você vai ficar sem se mexer? — ele perguntou, depois de algum tempo.

Eu vi a sombra no olhar do Hugo.

— Como eu disse, existem remédios pra isso. Só que os médicos ainda não têm como prever quando eu vou ter um surto... e qual remédio vai me ajudar. Então, eles estão tentando achar o melhor tratamento.

O Hugo me viu em pé na porta e engoliu em seco.

— Mas você tem razão, Campeão. Com o tempo, pode ser que eu perca algum movimento ou não consiga mais fazer uma coisa ou outra. Porque, quando o nervo desencapa, ele não consegue encapar de novo.

O Pequeno olhava fixo pro Hugo. De repente, ele o abraçou.

— Eu te ajudo, pai. Eu vou te ajudar a se mexer. Não fica triste, não.

Minhas lágrimas escorreram na mesma hora. Meu olhar cruzou com o do Hugo enquanto ele abraçava o Rafa, emocionado.

Eram tantas emoções juntas que eu precisei me esconder na cozinha. Me doía o coração ver o Hugo daquele jeito... Ao mesmo tempo era maravilhoso ver a conexão entre ele e o Rafa, o cuidado e o carinho que ele teve ao explicar as coisas de uma forma mais do que lúdica... e ver a resposta do Rafa, então... De repente, tudo que o Hugo tinha feito já não importava mais. Eu consegui me colocar no lugar dele. Não devia ter sido fácil lidar com isso quando criança, e eu nunca poderia saber como ele se sentia. Imaginar que ele terminou de se desenvolver psicologicamente tendo que lidar com essa condição... eu não podia exigir que ele agisse como eu agiria, porque nossas realidades eram muito diferentes.

E foi isso que me levou a fazer as pazes com ele naquela noite. Eu o ajudei a ir pra cama e simplesmente o abracei, chorando.

— Sol...

— Eu te amo, Hugo. Eu também estarei aqui pra te amar em todos os momentos, pra te ajudar a se mexer, ou a comer, ou o que quer que seja. Você vai me ter ao seu lado pra sempre, porque eu amo quem você é, e isso nunca vai mudar.

Eu o beijei, emocionada. O Hugo tentou me abraçar com o braço engessado.

— Não tenho dúvida disso, Sol.

— E você não tem o direito de resolver nada por mim! — eu falei, debruçada sobre ele.

— Eu sei... eu nunca quis te aleijar... eu só queria te proteger — ele respondeu, me olhando fixo com olhos úmidos.

— Mas eu não preciso de proteção, Hugo! Eu só preciso de você... Se você não me quiser mais algum dia, eu entendo... Mas, por favor, não use a sua doença como desculpa pra me afastar!

— Eu sempre vou te querer, Sol! — ele respondeu, chorando.

— ... e você me ofende achando que eu vou te amar menos por ter uma doença... Então você não confia no meu amor???

— Confio, sim — ele disse, sorrindo e chorando ao mesmo tempo. — Prometo que não vou me fechar na minha doença. Nós vamos enfrentar juntos.

— Sim... juntos...

Eu o beijei.

Ficamos deitados juntos um tempão, sem falar nada.

— A gente vai adiar o casamento, Solara? — ele perguntou, depois de algum tempo.

— Claro que não. Só devolvem 70% do valor.

Ele ficou quieto um tempo.

— Só por isso?

— O que você quer que eu responda? Que é porque eu estou desesperada pra casar com você?

— Isso seria bom — ele respondeu, sorrindo.

— Por que você quer adiar, Hugo? — perguntei, séria.

— Não é óbvio?

Eu sabia por quê, mas queria ouvi-lo falar, pra ver se ele percebia quanto era infundado.

— Não. Explica.

Ele tomou fôlego.

— Eu queria me recuperar antes... senão, como a gente vai fazer?

— Como assim?

— Sol... eu tenho que caminhar até a praia e depois ficar em pé contigo... só que eu ainda não consigo usar o andador e não posso andar até o altar com o Adriano me segurando.

— E por que não???

Ele riu, sem graça.

— Sei lá... nunca vi isso.

— Então vai ser a primeira vez.

— É que eu queria...

— Hugo, você realmente quer correr o risco de adiar esse casamento? — Tive que ser incisiva.

Ele me olhou, assustado.

— Você... você não tem certeza?

Dessa vez eu tive que rir.

— Você já está no lucro, Hugo. Eu devia ter te dado um gelo maior pra ter certeza que você nunca mais vai mentir pra mim.

Ele moveu o corpo, tentando se virar na minha direção, e conseguiu.

— Eu nunca mais vou mentir pra você, Sol. E eu nunca vou te deixar.

— Eu sei. Eu acredito. — Sorri e o beijei. Ele me abraçou de forma caótica com o braço engessado.

Eu não gostava de vê-lo meio paralisado, precisando de ajuda pra tudo. Por outro lado ele estava ali, totalmente vulnerável, quase nu. Eu me senti estranhamente poderosa e comecei a acariciá-lo.

— Sol... — ele protestou, surpreso. — Eu não sei...

— Não sabe o quê? — perguntei no ouvido dele. — Eu sei que você está bem vivo aí embaixo.

Ele riu e fechou os olhos. Eu coloquei minha mão por baixo do short. Ele pareceu ir pra ouro planeta, curtindo meu carinho.

Com a outra mão, eu levantei minha camiseta e encostei meu corpo nu no dele.

— Tá sentindo isso, Hugo?

Ele respondeu, fazendo que sim com a cabeça.

— Em alguns locais... a sensibilidade está voltando.

Eu o beijei de novo, intensificando o carinho.

— Pois eu acho melhor essa sensibilidade voltar logo... Ia ser um desperdício, né?

— Como é?... — Ele pareceu perdido.

— Ia ser um desperdício você não poder sentir meu corpo.

— Ah, isso ia...

Depois de um tempo, ele sussurrou no meu ouvido:

— Sol, será que a gente consegue... me ajuda?

Eu estalei a língua, negando.

— Sexo agora só depois do casamento... Quer adiar, Hugo?

— Só até eu tirar o gesso, Sol... pelo menos eu...

— Tem certeza?

— Tenho — ele respondeu, engolindo em seco. — Eu quero poder pelo menos usar o andador... ou as muletas.

Enquanto eu o massageava, coloquei meu seio na boca dele. Ele me beijou ali, sedento. Depois eu voltei a observá-lo.

— Olhos em mim, Hugo.

Ele abriu os olhos e ficou me olhando com cara de bêbado. O Hugo me ajudava movendo o corpo do jeito que conseguia. De tempos em tempos ele fechava os olhos sem querer, e eu o mandava abrir de novo, até que eu senti sua respiração ficar mais ofegante e seu coração acelerar.

— Olhos em mim, Hugo...

— Não consigo...

Momentos depois, ele soltou um gemido descontrolado. Eu o beijei com paixão, enquanto ele terminava de se derramar.

— Isso não se faz com uma pessoa que mal pode se mexer... — ele disse, ainda tentando recobrar o fôlego. Eu ri.

— Me aproveitei de você, meu amor? Mas você estava me devendo essa — eu falei, me referindo à noite em que ele viajou pro Rio.

— Hum-hum. — Ele fez que sim com a cabeça, sorrindo, e eu vi que ele sabia bem do que eu estava falando.

— Um mês, Hugo. Vou te dar só um mês. Até lá, é bom você se recuperar. — Eu toquei no nariz dele. — E sem sexo.

Ele concordou, ainda meio fora de órbita.

Depois de limpar a bagunça, deitei minha cabeça no seu peito, passando a perna por cima da dele. O Hugo passou o braço engessado por cima de mim e me abraçou como pôde.

capítulo 54

Solara

Eram sete da manhã quando eu abri a porta que dava pro quintal, contemplando o céu e o mar. Parecia que ia ser um dia lindo.

Olhei pro Hugo, que ainda dormia pesado. Ele já tinha recuperado parte dos movimentos e fazia questão de ir ao banheiro sozinho, com a ajuda do andador, mas eu ficava com medo de ele cair e não dormia enquanto ele não voltasse pra cama. Em consequência, era difícil pegar no sono de novo.

Pelo menos ele tinha tirado o gesso, e o braço esquerdo parecia totalmente recuperado. O Adriano tinha começado a trabalhar no fortalecimento de forma intensiva. O Hugo sofria com a fisioterapia diária, mas parecia muito determinado: fazia os exercícios três vezes por dia, seguia a dieta à risca e tomava os medicamentos sempre na hora certa.

Ele até estava voltando a trabalhar. Cada vez mais o Gustavo o incluía, e eu suspeitava que ele o queria de volta na HiTrend. O Hugo estava retomando os projetos em andamento aos poucos e aceitando alguns novos, com cuidado para evitar o estresse. Eu sabia que a qualquer momento o *workaholic* dentro dele poderia tentar despertar, e pedi ao Adriano pra me ajudar a vigiá-lo. Em tudo, eu ficava impressionada com a sua garra. Era como se a doença não pudesse pará-lo.

Não tinha sido sempre assim. Eu sabia dos períodos de depressão que ele tinha tido durante os surtos, e também presenciei um pouco disso na sua volta pra casa. Um dia, enquanto o Hugo terminava uma reunião no Zoom, o Adriano comentou que eu tinha dado um gás novo pra ele. Eu fiquei feliz por estar ajudando de alguma forma.

Uma coisa o preocupava, e eu sabia bem. Um tremor na mão direita, que não estava melhorando. Eu e o Adriano preferíamos manter a positividade e achar que isso ia embora com o tempo, mas o Hugo dizia que, de alguma forma, sabia que era uma nova sequela.

Eu o observava dormir enquanto pensava nessas coisas, mas ele começou a acordar. Quando podia, ele sempre acordava aos poucos. Se mexia pra um lado, depois pro outro, e abria os olhos devagar. Parecia um gato preguiçoso, já que às vezes só abria um dos olhos de cada vez.

— Bom dia, Bela Adormecida — eu disse.

Dito e feito: ele abriu o olho esquerdo preguiçosamente e sorriu.

— Bom dia, Príncipe. Cadê meu beijo pra acordar?

Eu me abaixei e dei o que ele queria.

— Tá ficando exigente, hein?

— Hoje é o último dia pra desistir, Solara. Pensa bem, você só tem até as quatro da tarde pra escapar.

Hoje era nosso casamento. A gente tinha feito alguns ajustes de última hora, pra facilitar a vida dele. O cerimonial aceitou adiar o casamento sem cobrar multa, porque a gente desistiu do tablado. Em vez disso, a cerimônia ia ser dentro da nossa casa. Eles iam retirar os móveis da sala e colocar as cadeiras e os enfeites florais. Dessa forma, o deslocamento do Hugo ia ser quase nenhum. O que eu mais queria era que ele se sentisse à vontade e feliz no nosso casamento. Nós dois merecíamos isso, depois de tanta coisa. As meninas do bufê também não cobraram multa, até porque eram nossas velhas conhecidas, mas o Hugo fez questão de agradecer fazendo um *slogan*, que elas amaram.

Uma hora depois, a Taty e a Lumi passaram lá em casa e me levaram pra um spa na Costa do Coral. A gente fez massagem, unha, cabelo e maquiagem, e eu ia me vestir lá. Meu vestido tinha a parte de cima bem justa, tomara que caia, de uma renda leve. Era todo revestido com um tecido cor da pele, que dava a impressão de transparência. No joelho, várias saias de filó com alguns apliques na mesma renda do corpo se abriam, no estilo sereia. Deixei meu cabelo como o Hugo gostava, ondulado, mas com as ondas bem definidas. Eu não quis véu, só um arranjo com flores naturais. Eram dálias grandes, em tons entre creme e levemente rosa, alternadas com umas folhagens verdes. Nas mãos, eu só segurava três dálias cor de creme com uma folhagem verde, no estilo do arranjo da cabeça.

— Irmãzinha, você tá arrasando... — a Lumi falou, enquanto eu me admirava no espelho. — Quer matar o Hugo, né?

— Não, Lumi... eu o quero bem vivinho — respondi meio solta, resultado de um copo de vinho que eu tinha tomado pra relaxar, enquanto as duas riam de mim.

No resto do caminho eu não estava muito presente, lembrando de todas as coisas que aconteceram até aqui. Me lembrei da primeira vez que vi o Hugo na aula de surfe do meu irmão, com aquele olhar perdido. Depois, lembrei da noite que nós vimos as algas bioluminescentes, e do nosso primeiro beijo. Ele tinha mudado tanto em tão pouco tempo, e eu também. É incrível como às vezes a gente vive momentos na vida sem ter a mínima ideia de que eles serão decisivos, momentos que mudam a nossa história pra sempre. E essa é a beleza de vivê-los às cegas... A gente acha que o movimento do mar é aleatório, mas existe uma corrente que te direciona no caminho certo. E esse parecia ser o caso. O que seria daqui pra frente? Eu só podia confiar que essa mesma força, que eu sabia que era Deus, nos levaria pra um porto seguro, mesmo com as tempestades que nos aguardavam.

Entrei de mãos dadas com o Lúcio ao som do violino e do violão, cortesia dos meus amigos dos Brasileirinhos. Eles tocavam "De janeiro a janeiro", que se eu não estivesse tão nervosa eu teria cantado para o Hugo. Eu estranhei quando o vi se apoiando numa muleta, com o Adriano ao lado, que fez uma cara de que não teve outro jeito. O Hugo estava lindo, numa camisa social branca, uma calça de linho cor de areia e um All Star branco. Seu cabelo estava do mesmo jeito de sempre, cortado num estilo surfista, só que mais arrumado, modelado de forma a não cair nos olhos. Assim que me viu, meu noivo sorriu inocentemente e sem reservas. Isso me fez sorrir também.

Lá na frente, eu parei ao lado dele.

— Sol... Você tá... nem sei o que dizer. Não existe nenhuma palavra à altura — ele falou emocionado, beijando minha testa.

— E você, então... veio sozinho ou acompanhado? — brinquei.

— Como assim... eu já estava aqui... Entrei com o Negão.

Claro que ele não entendeu. Eu ri e toquei no nariz dele.

— Eu te amo, Hugo. Eu sempre vou te amar.

Enquanto a música acabava, eu o ajudei a sentar, me sentando ao seu lado esquerdo.

O pastor Eusébio deu uma palavra rápida, lendo um texto lindo de cantares: "Eu sou do meu amado, e o meu amado é meu". Ele falou também que o casamento é uma aliança que requer dependência e unidade, pois exige a entrega total de cada um para o outro. Foi uma pregação linda, e eu mal podia esperar pra viver isso com o Hugo.

Hugo

Quando a Solara entrou, eu fiquei chocado. Ela estava ainda mais linda do que nunca. Nesse momento, eu agradeci a Deus por ter me trazido até aqui, apesar de tantos desencontros.

Quando o pastor pediu as alianças, o Rafa e a Cris entraram com o Loki. A caixa com as alianças estava amarrada na coleira, e o pastor Eusébio teve que se virar pra conseguir tirar. Tentei me levantar sozinho, mas a Solara me ajudou e me entregou a muleta. Eu me apoiei nela. Com a mão esquerda, peguei a aliança. Solara segurou minha mão direita de uma forma que parecia que era eu que estava segurando a mão dela. Minha mão direita tremeu involuntariamente, mas o toque da Solara a estabilizou.

— Sol... — Olhei nos seus olhos, meio hipnotizado. Ela sempre me deixava assim. — Como o pastor Eusébio acabou de dizer, você é a mulher da minha mocidade. Mais que isso, você foi meu primeiro e único amor. Eu sempre te amei. Eu nunca te esqueci, mesmo quando a vida nos separou. Mas agora... eu prometo estar contigo até o meu último fôlego, em cada pôr do sol.

A Lumi fez um *Ohhhh*, enquanto eu colocava a aliança na mão da Solara e a beijava ali.

Foi a vez da Solara pegar minha aliança. Minha noiva olhou nos meus olhos por algum tempo, e eu não consegui ler muito bem o que ela estava sentindo. Sei que vi amor e alegria, mas achei que vi também uma certa preocupação.

— Hugo... não há nada nesse mundo que possa me fazer deixar de te amar. Eu estou pronta pra viver tudo contigo, e por tudo, eu quero dizer *tudo* mesmo: as águas calmas, as ondas bravas, as tempestades, os furacões. Porque eu creio que, no final, um porto seguro nos aguarda.

Ela colocou a aliança na minha mão esquerda. Deixei escapar uma lágrima, mas sorri também. Ela sorriu de volta e enxugou os olhos úmidos com cuidado, tentando não borrar a maquiagem.

O pastor Eusébio nos declarou casados. Meu instinto foi de envolvê-la nos meus braços e beijá-la até tirar seu fôlego, mas era fisicamente impossível. Foi ela que me abraçou, e logo depois eu senti o Adriano tirando minha muleta. Passei meu braço esquerdo ao redor da minha noiva e, com dificuldade, levantei o braço direito e a abracei. Ela podia ter me beijado, mas vi que ela estava deixando isso por minha conta. Com meu olhar, agradeci e a beijei intensamente, como eu queria desde o início.

Assim que a cerimônia acabou, ficamos cumprimentando os convidados. O Durval foi um dos primeiros a vir falar com a gente, acompanhado de uma loira que parecia muito simpática.

— Hugo... Rebecca. Rebecca, Hugo. Rebecca, com dois C. Dois C. Ele pegou a mão dela e colocou na minha.

— Prazer... o Durval fala muito de vocês! — ela falou, com um sotaque levemente francês.

Eu questionava se isso era realmente verdade, enquanto o Durval apresentava a Rebecca à Solara.

— Minha noiva — ele anunciou, logo em seguida.

— Uau... parabéns! Estou muito feliz por vocês!

Ele sorriu, meio forçado.

Enquanto a Rebecca falava pelos dois, contando de como se conheceram numa exposição e que era artista também, eu tentava identificar se ela tinha algum problema.

— ... e ele me pediu em casamento às margens do Sena, com a torre Eiffel ao fundo! Claro que a Márcia estava lá também... mas foi o momento mais romântico da minha vida...

O Durval olhou nos olhos dela nesse momento e sorriu espontaneamente, e eu morri de vergonha de pensar que o meu amigo não poderia se relacionar com uma pessoa sem necessidades especiais. Às vezes, nosso preconceito é velado até para nós mesmos.

O Durval começou a ficar meio agitado e a falar coisas baixinho.

— Ah, eu já sei. Eu já sei, meu amor. Já volto, um momento. — A Rebecca saiu.

Ele ficou esfregando as mãos de ansiedade enquanto continuava resmungando, até que ela voltou com um embrulho de papel pardo nas mãos.

— Obrigado! Obrigado — ele respondeu.

— Esse é o nosso presente pra vocês.

A Solara abriu, e nós ficamos impressionados.

Era uma tela magnífica. Um lobo, em tons de azul, olhando para cima, de perfil. Havia uma aura ao redor dele, em diferentes tons de laranja, amarelo e vermelho, mas essa aura parecia uma sombra de um pássaro, com o bico aberto. Era como se o lobo estivesse pegando fogo. No canto inferior direito, estava assinado "Rebecca Laurent".

— Você pintou, Rebecca?

— Foi, sim. — Ela sorria muito. — Baseado no que o Durval e a Márcia me contaram... A história de vocês é tão bonita que eu achei que a gente devia eternizar isso de alguma forma.

Quanto mais eu olhava para a tela, mais interpretações eu tirava. Era incrível como ela se comunicava comigo.

— *Somos nós, né?* — Pensei alto.

— É você, Hugo. Sempre foi você — o Durval falou, como no dia da festa da escola.

— Sim, meu amigo... sou eu. Agora somos nós dois, eu e a Solara. Pra sempre.

— É como se eu e ele nos misturássemos na tela... Foi isso que você quis passar? — Sol perguntou pra Rebecca, deixando escapar algumas lágrimas.

— Quando eu pintei, eu tinha em mente que vocês são um só em vários sentidos, e existe uma gradação em vocês. Quando um embraça o outro, os dois se fundem num renascimento mútuo. Dessa forma, o renascimento aqui é para os dois, não só para a fênix.

O amor que eu tinha pela Solara era um grande presente, que compensava todo e qualquer sofrimento... passado, atual ou futuro.

Por motivos óbvios, eu e a Solara não dançamos na nossa recepção, mas tinha uma *playlist* rolando ao fundo. A comida estava servida em diferentes estações ao longo da sala, que era enorme. As crianças e o Loki corriam de um lado pra outro, enquanto eu tentava ficar de pé o máximo de tempo possível pra cumprimentar os convidados.

Claro que minha mãe não veio. Deu uma desculpa mais que esfarrapada, dizendo que já tinha agendado um cruzeiro e que eu tinha avisado muito em cima da hora. Mas a dona Márcia, o Durval e a noiva, o Gustavo e a esposa estavam lá, e isso significava muito pra mim. O Alejandro tinha vindo também, com a Mariane e os dois filhos. O mais velho era bem moreno e comportado, enquanto o mais novo, loiro como o pai, parecia ser da pá virada. O menino corria por toda a sala, pegando as taças vazias e levando para uma mesa lateral.

— A cara do pai e a personalidade do tio — a Mariane comentou, sarcástica. — Pro meu desespero.

— Mari... — o Alejandro a repreendeu, sem deixar de vigiar o menino.

— O quê, loirinho? Ele não tá ouvindo. O Daniel, apesar de não ser biológico, incrivelmente tem a personalidade do Alejandro. Eu sei lidar com esses dois perfeitamente... mas o Davi... tem sido um desafio. A gente até achou que ele tinha hiperatividade, mas parece que não é esse o caso.

— Não... não, não... NÃO!!!

O Alejandro saiu em disparada. O menino tinha empilhado umas taças e começou a empurrar a mesinha.

— Olha aí... — Ela colocou a mão na testa. — Davi é superinteligente, fica querendo saber como as coisas funcionam, pergunta coisas que eu nem sei de onde tirou... O Alejandro tenta responder tudo, já que ele mesmo é meio *nerd*, mas são coisas que nem de longe interessariam a um típico garoto de seis anos!

Eu olhei pro outro filho deles, que tentava resolver um quebra-cabeça num canto da sala, mais que compenetrado. O Rafa se interessou e sentou pra ajudá-lo.

— Mari... não leva a mal o que eu vou dizer, é experiência própria. Minha mãe sempre me achou inadequado... atípico. E ela não precisava falar nada pra eu perceber isso. Sei que você ama seus dois filhos da mesma forma, eu vejo o carinho que você tem com os dois... mas as crianças percebem tudo, o dito e o não dito... Às vezes, até o impensado, aquilo que você só sente. É como se elas tivessem um sexto sentido.

Ela me olhou, curiosa.

O Alejandro voltou, acertando a camisa pra dentro da calça. Ele pendeu a cabeça pra um lado e começou a explicar, de uma forma bem *nerd*:

— A c-culpa é minha... Outro dia, ele viu num desenho que a terra é redonda e gira, e queria saber por que a gente não cai quando está de cabeça pra baixo. Eu tentei explicar de forma lúdica. Uns dias depois, eu estava assistindo um vídeo no YouTube de uns caras que c-conseguiam tirar uma toalha de debaixo de uns copos sem movê-los e o chamei pra ver, explicando de novo sobre gravidade e inércia... daí, ele quis fazer a experiência... Eu o estimulei a fazer isso com b-blocos em casa mais tarde, mas ele disse que não tem graça.

A Mariane olhou pra mim, como se falasse "Tá vendo?".

Os dois ainda contavam sobre outras peripécias do menino, quando nós ouvimos uma confusão. De alguma forma, eu sabia quem era o responsável por aquilo. Os dois correram na direção do ocorrido, e a Solara acabou indo atrás. Depois de um tempo, eu ouvi o menino chorando e o Alejandro o levando lá pra fora, enquanto a Mariane conversava com o Rafa e o Daniel. Solara voltou pra perto de mim.

— O que aconteceu?

— Parece que o Davi bagunçou todo o quebra-cabeça que os dois estavam montando. O Rafa ficou revoltado e tentou segurá-lo, mas o Daniel chutou o Rafa.

Parei um instante pra pensar sobre aquilo. Eu não sabia se o menino tinha bagunçado o quebra-cabeça porque ficou frustrado de não poder ir em frente com o experimento, ou por ciúme do irmão.

— É... nossos amigos estão com as mãos cheias. Os dois parecem *nerds*, e o mais novo parece ter uma energia potencial tremenda. E o mais velho protege o irmão, mesmo que ele o prejudique... De alguma forma, isso me faz solidarizar um pouco com a minha mãe... Apesar de eu não ter irmãos, criar um filho deve ser complicado.

Solara olhou pra mim, leve.

— No final dá tudo certo, Hugo. Olha eu e meus irmãos... cada um tem suas complicações, mas a gente se dá bem e se ama. A dinâmica entre irmãos pode ser complicada, mas ainda acho que ter irmãos é melhor que ficar sozinho. Por isso que a gente vai ter um casal — Solara falou, da forma mais espontânea do mundo, me deixando chocado.

A Taty chegou e a puxou antes que eu pudesse responder. A gente nunca tinha conversado sobre ter filhos... Acho que nunca tinha surgido porque a gente tinha o Rafa.

Como eu ia dizer pra Solara que eu não sabia se poderia dar o que ela queria?

Enquanto a recepção ainda rolava, eu e a Solara fomos até a praia tirar umas fotos. O Ciano, filho mais velho da Lumi, gostava de fotografia. e o Negão estava pagando um curso pra ele. Foi difícil chegar lá, fui praticamente carregado, mas no final deu certo. Nossas fotos foram todas feitas sentados na areia, de uma forma que nem pareceu que eu estava com a mobilidade reduzida. Eu tinha que admitir, o menino tinha futuro. Ele traçou um coração na areia e o encheu com pétalas de rosas vermelhas, e eu beijei a Solara, sentado ao lado do coração. Em outra foto, ele colocou o suporte das alianças na areia e o disfarçou, de modo que as alianças ficaram de pé. Na intercessão entre elas, ele nos enquadrou, à distância, nos beijando. Em outras fotos, ele só nos pegava da cintura pra cima e focalizava mais na nossa expressão, enquanto nos olhávamos. As últimas foram feitas no pôr do sol e ficaram muito sensuais. Solara deitada em cima de mim e me beijando, com as ondas batendo... Solara sentada entre as minhas pernas, e nós dois olhando para o horizonte... Solara sentada no meu colo, e eu a beijando com desejo. Eu mal podia esperar pra ficar sozinho com minha esposa.

De repente, o Loki veio correndo e o Rafa veio atrás. O Ciano aproveitou e tirou umas fotos deles com a gente. Em seguida, o Lúcio chegou.

— O pessoal do cerimonial já colocou os móveis de volta, e todo mundo já foi... As meninas do bufê vêm pegar as coisas na segunda... A mochila do Rafa já está no carro... Wolfe, quer ajuda pra voltar?

— Por favor, Lúcio.

Assim que a gente entrou em casa, eu senti o cansaço bater com tudo. O Lúcio percebeu e me ajudou a sentar.

— Mais alguma coisa? Banho?

— Não, obrigado. Disso eu dou conta.

— Qualquer coisa, minha irmã te ajuda — ele falou, com um sorrisinho besta na cara.

Claro que a Solara me ajudou, inclusive tomou banho comigo. O difícil foi ter que esperar o banho acabar pra transar com ela. Apesar de eu querer muito, ia ser bem complicado. Eu guardava todas essas coisas e prometia pra mim mesmo que ia fazer tudo que eu não podia quando me recuperasse.

Quando finalmente deitei na cama, precisei de um tempo pra descansar. Sol terminou de fechar a casa e veio se deitar comigo, deixando só um abajur ligado.

— Cansado, Hugo? — ela perguntou, tirando a camiseta.

— Um pouco... — respondi, contemplando a cena.

— Melhor a gente deixar pra amanhã, né? — Ela se aproximou, mas ainda ficou longe do meu alcance.

— Tá louca? Quanto tempo mais você vai me deixar na secura?

Ela riu, colocando as almofadas do sofá-cama nas minhas costas, de modo que eu fiquei meio sentado, e sentou em cima de mim.

— Tá bom... mas você vai me prometer que vai ficar quietinho... — ela falou no meu ouvido, já se encaixando em mim.

— Sol...

Ela me beijou.

— Shhhh... Quietinho, Hugo. Hoje quem manda aqui sou eu.

Ela quase me enlouqueceu pelos vinte minutos seguintes, e no meio da noite eu ainda tive um bônus.

capítulo 55
8 MESES DEPOIS

Hugo

Eu entrava na Geremário Dantas sob olhares debochados e piadinhas sem graça. Primeiro, eu não entendi, mas depois percebi que era porque eu estava de muletas. Mas eu já tinha feito muito progresso desde o último surto, e quase conseguia andar direito... Só minha mão tremia, mas nem todo mundo percebia.

De repente eu não consegui me mexer, e todos me cercaram, rindo de mim. Pra piorar um pouco, minha mãe apareceu e me olhou com a tradicional pena.

— Hugo, eu te disse... Você é igual ao seu pai, uma falha humana.

Eu estava apertado pra ir ao banheiro, mas não tinha ninguém pra me ajudar.

De repente, eu vi a Solara. Estava linda, com uma trança diferente e um vestido amarelo.

— Sol... preciso ir ao banheiro. Me ajuda...

Ela começou a rir de mim. Só aí eu vi que o Alex estava de mãos dadas com ela.

Mas o Alex era página virada... Como ele podia estar ali???

Foi aí que eu acordei. Tentei me mover, mas não consegui. Eu vinha tendo formigamentos e choquinhos nos últimos dois dias, mas não disse nada, não querendo acreditar que era um novo surto. Mas agora eu não sentia meu lado direito, de novo, e essa parte parecia ser bem verdade. Consegui me virar na cama, com a ajuda do meu lado esquerdo. Minha pele coçava incrivelmente, em diferentes lugares.

— S-sol...

A palavra demorou a sair.

— S-solara...

Eu tentei de novo, mas parecia que eu estava bêbado.

O despertador tocou. Era quarta-feira, e ela acordava mais cedo que eu pra ir pra faculdade.

— S-sol...

— Hugo? Tudo bem? — ela perguntou, ainda meio grogue.

— E-eu... preciso ir ao... b-banheiro... — Eu mal conseguia coordenar as palavras.

Ela sentou na cama, devagar.

— Pode ir... Você já... — Ela parou a frase no meio do caminho, entendendo. — Hugo... o que está acontecendo???

— M-me ajuda...

Eu não pude mais me segurar e urinei ali mesmo.

Hugo
uns dias depois

Minha vida tinha virado de cabeça pra baixo.

Era o segundo surto desde que eu comecei a tomar os imunossupressores... o oitavo, no total.

A história era sempre a mesma: internação, esteroides, ressonâncias, novos exames. A novidade dessa vez era o problema na fala, e o fato de que eu estava praticamente mudo desde o acontecido. Não que eu estivesse sem voz, eu só não queria falar.

A essa altura, eu mal podia me lembrar da felicidade de quando me casei com a Solara e da esperança de que ia ficar tudo bem.

O dr. Marco discutiu meu caso com outros especialistas da área, e aparentemente eles não tinham muito que fazer. Eu estava me tratando com uma das drogas de maior eficácia, e mesmo assim o surto aconteceu.

Meu médico entrou no meu quarto no quarto dia da pulsoterapia, com uma cara de preocupado.

— Huguinho... como está?

Eu estava tão cansado que não quis responder. Ele bagunçou meu cabelo, como de costume, e sentou no sofá-cama. A Solara tinha ido buscar o Rafa na escola, mas ia voltar pra dormir comigo.

— Casos de refratariedade às drogas de alta eficácia são muito raros, mas existem. A má notícia é que você parece ser um deles.

Ótimo, Hugo.

"Sempre pode piorar" era meu lema de vida. Não sei por que eu achei que podia ser diferente.

— A boa notícia é que nós temos outras drogas pra testar...

Eu estava cansado disso tudo, drenado. Até quando eu ia ser uma cobaia humana?

— ... mas eu consideraria uma outra abordagem. Um transplante de medula óssea.

Eu olhei pra ele, sem entender.

— Veja bem... seria um transplante autólogo, ou seja, das suas próprias células. No Brasil não é usado pra esclerose múltipla, mas existem testes clínicos nos Estados Unidos e no Reino Unido para casos muito particulares, e você se enquadra nos pré-requisitos: jovem, já tentou três diferentes tratamentos de alta eficácia e tem a forma surto-remissão.

— C-como assim, minhas próprias c-células?

— Vou te explicar brevemente. — Ele cruzou a perna e se ajeitou no sofá. — Sua medula óssea é onde as células do seu sistema imune são formadas. Ali elas ainda não estão diferenciadas, mas são precursores — ou seja, podem se transformar em qualquer célula imune, sendo chamadas células-tronco. Existem drogas que podem mobilizar as células-tronco da medula óssea para o sangue. Você faria um tratamento com essa droga e teria suas células coletadas e armazenadas. A parte mais complicada seria fazer uma total ablação do seu sistema imune e monitorar para que você não tenha infecções. O gol aqui é resetar seu sistema imune, de forma que as novas células-tronco, quando reinseridas, darão origem a um novo sistema imune que não aprendeu a atacar a bainha de mielina. Na maioria das vezes, a doença entra em total remissão para sempre, ou, pelo menos, por um tempo prolongado.

— Q-quanto... tempo?

— Estudos foram feitos acompanhando pacientes por seis a dez anos... Pelo menos, esse foi o período estudado.

— Riscos?

Ele respirou forte.

— Consideráveis... Mas, nos últimos anos, o risco de morte tem se reduzido substancialmente. Existe até um novo manual com diretrizes...

Ele me perdeu na palavra "morte". Mas até quando eu estava disposto a viver assim, tendo surtos constantes e cada vez mais sequelas?

— ... mas observe, isso não significa que suas sequelas vão embora... O dano já causado é permanente... mas a doença pode estacionar, e isso não é visto nos outros tipos de tratamento. O que eu quero dizer, Hugo, é que esse é o único tratamento que pode evitar evolução de doença, mais particularmente o desenvolvimento da forma secundária progressiva. É ruim ser refratário aos tratamentos mais eficazes? Sim, claro. Mas, por causa disso, você preenche os critérios para tentar essa terapia que, embora ainda seja experimental, pode te "curar", por assim dizer.

Antes de ele terminar de falar, minha decisão já estava tomada.

capítulo 56
CINCO MESES DEPOIS

Solara

No dia primeiro de janeiro, eu, o Hugo e o Rafa viajávamos para Nova York.

O Rafa olhava tudo um pouco assustado, mas animado, enquanto o Hugo lhe dava toda a atenção do mundo. Aliás, eu até achava que isso era um subterfúgio: ansioso e inseguro, ele queria evitar ao máximo pensar ou falar sobre o tratamento.

A estrada até aqui tinha sido pedregosa. O dr. Marco entrou em contato com um grupo no Reino Unido, mas o Hugo foi recusado, uma vez que já tinha mais de dez anos de diagnóstico. Depois disso, o médico contatou um grupo no Robert Hooke Research Institute, o mais renomado Centro de pesquisas em Nova York. A dra. Caitlin Rodriguez, chefe do *clinical trial*, conversou diretamente com o dr. Marco, e depois com o Hugo. Foi um longo período até a gente conseguir traduzir e enviar todo o histórico médico, depois esperar pela análise do material e pela discussão do corpo médico se ele se enquadraria nos pré-requisitos. Por fim, a dra. Rodriguez informou por e-mail que o Hugo foi aceito, principalmente por causa da idade. Ele era jovem, e isso lhe dava mais chances de passar pelo tratamento sem consequências importantes.

O dr. Marco tinha explicado que o tratamento da esclerose múltipla no passado era feito com base no escalonamento. Primeiro, se tentava intervir com drogas imunomoduladoras, e, conforme a doença avançava, os médicos iam tentando drogas mais pesadas, como os imunossupressores. Mas hoje em dia isso tinha mudado. Quando o paciente recebe o diagnóstico e tem um evento isolado, a melhor abordagem é entrar direto com os imunossupressores, que também são chamados drogas de alta eficácia. Isso quer dizer que, se o Hugo tivesse sido tratado com uma dessas drogas logo no início, havia grandes chances de a doença nunca ter evoluído. Por um lado, era revoltante saber que todo esse sofrimento poderia ter sido evitado. Por outro, é maravilhoso saber que a ciência progrediu tanto a ponto de prover esperanças pra uma doença progressiva e sem cura como essa.

Nos últimos cinco meses, o Hugo tinha recuperado 80% dos movimentos e sua fala estava bem melhor, graças ao intenso trabalho da fonoaudióloga. Ele tinha falhas aqui e ali, mas nada que fosse muito percebido. Às vezes, só parecia que ele estava pensando mais tempo antes de falar alguma palavra ou terminar uma frase. Por outro lado, ele ainda usava medicamento para a bexiga e tinha os eventuais tremores nas mãos. Eu tentava demonstrar segurança, mas no fundo eu andava apavorada com a possibilidade de ele ter mais um surto e novas sequelas nesse ínterim. Não por mim... eu sempre o ajudaria, independentemente do que acontecesse... mas por ele. Eu via o quanto ele ficava deprimido e se sentia impotente a cada novo ataque. E eu simplesmente não podia fazer nada, tinha que assistir a tudo e ser forte, por nós dois.

Eu pensava em todas essas coisas, enquanto observava meus dois amores interagindo. E como eu amava observá-los... Eles jogavam um jogo no iPad. O Hugo usava a mão esquerda, o Rafa o ajudava com a mão direita e os dois estavam em terceiro lugar do *ranking* geral. Eu não tinha ideia da finalidade do jogo... nunca tive, na verdade, mas até nisso os dois eram parecidos. Eu lembrava vividamente de quando conheci o Hugo e ele me disse que pertencia ao mundo virtual. As coisas mudaram um pouco, mas não tanto. Ele sempre seria natural com os eletrônicos, ao contrário de mim.

Resolvi assistir a um filme enquanto os dois jogavam. No meio do filme, o Rafa dormiu com a cabeça no colo do Hugo, extenuado. Menos de quinze minutos depois, o Hugo pegou no sono no meu ombro. Eu não consegui dormir; pelo contrário: terminei de assistir o filme e fiquei velando pelo sono deles, tentando imaginar o que seria o nosso futuro.

Em algum momento eu dormi, porque acordei com o avião já tocando o solo.

— Bom dia, Sol. Sabia que você baba dormindo? — o Hugo falou, com um sorrisinho besta no rosto, enquanto eu ainda tentava me situar.

— Hum... pior você, que baba acordado — retruquei mais do que rápido. — Baba por mim.

Ele fez uma cara de surpresa.

— Contra isso, não há argumentos — ele respondeu, vencido.

Eu dei uma piscadinha e olhei pro Rafa, que estava na janela.

— Dormiu bem, Pequeno?

O Rafa fez que sim com a cabeça, sem deixar de olhar lá pra fora. Eu nunca poderia competir pela atenção dele com o avião pousando.

Demorou um tempão até a gente passar na imigração no JFK. Aparentemente, seis voos chegaram de diferentes lugares ao mesmo tempo. Ficamos mais de quarenta minutos na fila, até que um cônsul nos atendeu. O Hugo mostrou os papéis do hospital. O sujeito desejou boa sorte no tratamento, carimbou nossos passaportes, e foi isso.

— Nós ficamos quase uma hora nessa fila só pra isso? — perguntei, indignada.

— Bem-vinda à América.

Lá fora, fomos recebidos pela Júlia Rios. Era uma cientista amiga da Mariane, que coincidentemente trabalhava no mesmo instituto onde o Hugo ia fazer o tratamento, só que na parte de pesquisa.

— Bem-vindos! Como foi o voo?

— Demorado e desconfortável... Prazer, Hugo. — Ele deu a mão pra ela.

— Pro Rafa, não... foi tudo uma aventura. Prazer, Solara. — Eu a abracei.

— Prazer, Solara! — ela respondeu. — A Mariane fala muito de vocês. Hugo, eu tenho certeza que você estará em boas mãos; o grupo da dra. Rodriguez é muito competente.

A gente pegou as malas e foi andando até o carro, enquanto ela falava sobre Nova York e o instituto. O Hugo perguntou algumas coisas relacionadas ao tratamento, e, apesar de ela não trabalhar diretamente com isso, ela parecia saber bastante sobre o tema.

— ... e o perfil imunológico das novas células imunes depois de um transplante é geralmente menos agressivo... um dos tipos celulares que mais aumentam é a T regulatória, que participa da tolerância ao próprio... Isso quer dizer que a probabilidade de o seu sistema imune atacar a sua mielina de novo é muito reduzida... Ainda não se sabe bem o mecanismo, mas acontece. E isso é incrível, você poder manipular o sistema desse jeito! — ela falou com toda a animação do mundo.

— Bem que a Mari falou... nas palavras dela própria, "a Jules é sinistra!" — O Hugo imitou o jeito típico da Mariane de enfatizar cada sílaba.

— Imagina... É que eu tenho estudado muito imunologia, por causa do meu projeto. — Ela pareceu um pouco sem graça, mas se recuperou logo. — Eu devo muito à Mariane, foi ela que me ajudou a sair de um relacionamento tóxico. Eu era cega e não sabia.

— Bem-vinda ao time, querida — falei. — O bom é que a gente sempre tem novas chances de recomeçar, né?

Ela me olhou com simpatia, e eu achei que ela sabia um pouco da minha história. Não senti vergonha; pelo contrário, eu tinha orgulho de ser uma sobrevivente... uma fênix. Mas vi também que ela ficou um pouco triste. Eu não quis perguntar nada. Nós ainda teríamos tempo para trocar experiências, se ela quisesse.

Pegamos o maior trânsito que eu já tinha visto na minha vida. Levamos mais de uma hora e meia pra chegar no instituto, um percurso de no máximo trinta minutos, aparentemente. A Júlia explicou que em Nova York engarrafamentos brotam nas horas mais inusitadas e sem causa aparente, e que andar de metrô é bem mais prático.

— Eu tenho carro porque tenho uma filha pequena... só por isso.

— Qual idade? — perguntei.

— Três anos e meio. Essa é a minha Lídia. — Ela mostrou no celular a foto de uma menininha de cabelos loiros, como ela, covinhas e bochechas vermelhas, por causa do frio, no colo de um homem que parecia a simpatia em pessoa.

— Ela é a sua cara... não parece muito com o pai — o Hugo falou, espontâneo. Eu sabia por experiência própria que comentários desse tipo eram arriscados, mas o Hugo não tinha muita noção.

— Fabian não é o pai... Lídia é a única coisa boa que resultou do meu relacionamento com o pai dela — ela disse, mais séria.

Eu poderia me colocar perfeitamente no lugar dela. O Rafa não era meu filho biológico, mas eu imaginava o que ela tinha passado.

— Ok. Hugo, vou estacionar na parte destinada aos funcionários, mas essa é a entrada dos pacientes. Logo ali, a recepcionista vai direcionar vocês. Já te dei meu telefone. — Ela se virou pra trás e pegou minha mão. — Solara... se precisar de alguma coisa, qualquer coisa que seja, eu ficarei mais do que feliz em poder ajudar.

— Obrigada, Júlia. Obrigada, mesmo.

Eu e o Hugo saímos do carro e entramos pelas enormes portas de vidro. Eu sabia que ele tinha sentimentos mistos, e eu também.

Hugo

A dra. Rodriguez não se parecia nada com o que eu imaginava. A voz que eu ouvi pelo telefone era firme e decidida, dando uma impressão de que se tratava de uma pessoa grande e mais velha. Mas ela era bem baixinha e magra, devia ter no máximo quarenta anos e parecia ligada o tempo todo. Pra começar, tinha três celulares, além de um telefone fixo. Sua mesa era um caos, com vários artigos científicos empilhados, além de um porta-retratos do que devia ser a família dela e um minicacto. Os papéis e dois monitores ocupavam a maior parte da mesa. Na parede, um quadro de cortiça com vários cartões e votos de feliz Natal e outras festividades, provavelmente de pacientes. De repente, eu quis arrumar aquela sala toda.

Meu inglês era bom, mas o sotaque dela era difícil de entender... Era como um misto de espanhol com sotaque do Texas. Eu pedi pra ela falar mais devagar umas cinco vezes. Ela pedia desculpas, começava a falar mais devagar, mas acabava acelerando de novo.

— Nós geralmente fornecemos estadia só para um acompanhante, mas, como vocês têm um filho, abrimos uma exceção. Mas temo que o lugar seja bem pequeno.

— Sem problemas, doutora. Nós estamos acostumados com lugares pequenos — declarei, olhando para a Solara.

— Ótimo. E, como eu disse, quando você entrar na fase dois, vai precisar ficar em isolamento. Veja bem, Hugo, nós vamos depletar o seu sistema imunológico, para assegurar que o transplante pegue e origine outro sistema imune, este mais saudável. Isso quer dizer que você estará extremamente vulnerável a infecções, muitas delas que não seriam problema para uma pessoa imunocompetente. Mas não se preocupe, temos medicamentos que vão ajudar a prevenir isso.

Eu respirei fundo, tentando absorver tudo.

O Rafa tinha ficado do lado de fora, numa área destinada a crianças e supervisionada por profissionais do hospital. Pela expressão da Solara, eu vi que ela estava entendendo menos que eu.

— Precisam de intérprete? — a dra. Rodriguez perguntou, percebendo nossas expressões meio perdidas.

— Sol... quer um intérprete? — perguntei.

— Se você me explicar tudo depois, não...

Eu olhei pra médica, que nos olhava com certa impaciência. Não parecia má vontade, ela só era elétrica mesmo.

— Não, doutora. Nós estamos bem.

— Excelente — ela respondeu, se levantando e estendendo a mão. — Descansem por hoje. Eu te aguardo aqui amanhã, Hugo, às nove horas. Temos uma série de exames pra fazer. Por agora, minha assistente vai acompanhá-los ao alojamento.

Eu agradeci e esperei até a Solara cumprimentá-la.

O quarto do alojamento era realmente mínimo. Tinha um armário, uma cama de casal e uma televisão, além de uma mesa e uma cadeira no canto da janela. Um funcionário veio trazer um sofá-cama daqueles de hospital, que era onde o Rafa ia dormir. O banheiro ficava no canto perto da porta e também era pequeno. Apesar de tudo, o Rafa e a Solara não pareceram se importar.

O alojamento tinha várias máquinas de comida e bebida nos corredores, e havia uma área comum com uns sofás e uma minicozinha. A assistente da dra. Rodriguez falou que a gente podia encomendar comida do hospital por um determinado telefone, mas a verdade é que nossas reservas estavam quase zeradas: eu tinha usado o dinheiro do seguro do carro para comprar nossas passagens, sendo que cada dólar valia em torno de cinco reais.

A Solara fez questão de vir, mas ia ter que se virar. E eu sabia que ela ia tirar tudo de letra, ela era forte e corajosa. A cada dia eu via o quanto, e me surpreendia.

capítulo 57

Solara

— Aparentemente, vou ter que ficar nessa posição por umas seis horas — o Hugo falou, enquanto uma enfermeira o conectava a uma máquina.

Há três dias ele tomava injeções de G-CSF, um hormônio pra estimular a produção das células-tronco, e sentiu muita dor nos ossos. A dor ia e vinha em pontadas e nenhum analgésico parecia resolver, de forma que ele mal tinha dormido à noite. Isso sem falar nas injeções que ele vinha tomando há dias na barriga, os velhos conhecidos corticoides. A dra. Rodriguez disse que o G-CSF era um imunoestimulador e poderia provocar um surto, e o uso dos corticoides preveniria isso. Ele ainda estava tomando um medicamento oral que servia pra prevenir uma tal de cistite hemorrágica, e o que isso era e por que poderia ocorrer estava além do meu entendimento. Do Hugo também, porque em algum momento parece que ele se sentiu cansado demais pra tentar entender a explicação, que ainda por cima era em outra língua. Pra completar, ele estava tomando um diurético e quase não saía do banheiro.

Em resumo, ele tinha virado um poço de medicamentos, e aparentemente era só o começo.

A enfermeira conectou os braços dele a tubos na máquina, que deveria filtrar seu sangue para recolher as células-tronco. No dia anterior, a dra. Rodriguez veio avisar toda animada que o G-CSF tinha feito com que ele produzisse cerca de cinco milhões delas no sangue, quantidade ideal para o procedimento. As células-tronco seriam então estocadas numa temperatura extremamente baixa, até o transplante.

Isso queria dizer que o próximo passo era acabar com o sistema imune dele, e, pelo visto, essa era a etapa mais complicada.

Eu só poderia ficar com ele por um mês. Eu já estava tirando férias do Tequilaria em plena alta temporada, e a gente não podia se dar ao luxo de ficar sem essa renda. Apesar de o Gustavo ter recontratado o Hugo, ele estava trabalhando apenas um quarto do tempo que era suposto, e alguns projetos particulares da BrainstorMe estavam atrasados.

Lembrei do dia em que liguei pra dona Sheila e pedi pra ela vir ficar no meu lugar. Eu sabia que o Hugo estaria em isolamento, mas não podia imaginar deixá-lo sozinho num país estranho enquanto fazia um tratamento complicado. Claro que a mulher não falou direito comigo, mas pelo menos concordou em vir. Eu ainda ia achar um jeito de contar pra ele.

— Claro que minha cabeça tá coçando... me ajuda?

Eu ri e o ajudei.

— Dizem que a coceira é uma das sensações mais subjetivas que existem, mas também uma das mais estressantes. Houve um caso de um homem que coçou tanto a cabeça que chegou a expor o crânio, e ele quase morreu porque deu bactéria no sangue dele. No final, era tudo da cabeça do cara... Ele fez uma terapia, e a coceira foi sumindo aos poucos.

O Hugo me olhou, desconfiado.

— Parece até a Júlia falando...

— Li numa revista, enquanto te esperava voltar dos exames.

— Você leu, Sol? Em inglês???

— Bom, só o resumo. Demorei um tempão. Eu entendo as palavras escritas, mas quando falam parece tudo diferente... E eles falam rápido demais.

— Incrível... já deu, obrigado.

Seu cabelo já tinha começado a cair e saiu bastante na minha mão. A gente ia ter que dar um jeito de raspar em algum momento, o que era uma pena. Eu amava aqueles cachos.

O Rafa levantou os olhos da revistinha, fechou-a e veio até nós, olhando a máquina.

— É sangue?

— É... sai de um braço, passa pela máquina e volta pro outro. A máquina pega as minhas células-tronco e devolve meu sangue.

O Rafa já estava sabendo tudo sobre células-tronco. Bom, pelo menos o que a gente sabia... que elas eram fabricadas nos ossos e podiam originar várias células do sangue, inclusive glóbulos brancos, que eram as células do sistema imune. Aquilo era um tesouro para o Hugo, sua vida dependeria do conteúdo que estava enchendo aquela bolsa.

— Legal. Dói?

— Não, Campeão. Só é ruim porque eu não posso me mexer direito, senão a agulha pode sair da minha veia.

— E como você vai fazer xixi?

Eu mostrei um contêiner que a enfermeira tinha deixado.

— É temporário, Campeão. Que tal a gente assistir a um filme pra esse tempo passar mais rápido?

O Rafa subiu na cama com ele, e eu selecionei um filme na Netflix.

capítulo 58

Hugo

Uma semana depois da coleta das minhas células-tronco, eu fui internado. Muita coisa tinha acontecido nesse ínterim. Um médico colocou um *port* no meu peito, que nada mais era que um tubo por onde drogas seriam administradas. A dra. Rodriguez disse que isso era melhor do que ficar furando minha veia a cada vez que eu tomasse algum medicamento, e eu ia tomar muitos nos próximos dias. A anestesia foi local. Apesar de não sentir dor, eu sentia o médico remexendo em mim, e isso me dava um pouco de nervoso.

Mas isso não foi nada perto da colocação do cateter na minha uretra. Aparentemente, retenção de qualquer quantidade de urina era um perigo para ocorrer infecções, e eu não podia me dar a esse luxo. O problema é que o tal do tubo era muito incômodo, e eu não conseguia me desligar da presença dele. Pedi várias vezes à enfermeira pra tirar, mas ela não me deixou. Agora, eu andava acoplado 24 horas a uma bolsinha que coletava a urina que vinha pelo cateter sem eu nem perceber.

Meu cabelo tinha começado a cair aos tufos. De forma interessante, o hospital estava pronto para isso: me emprestaram uma máquina, e a Solara fez o resto. Minha cabeça era estranhamente brilhante e parecia mais oval agora. Minha careca também revelou a velha cicatriz de quando eu apanhei do Rabelo, que era até menos feia do que eu imaginava. O Rafa quis ficar careca também, mas a Solara deixou um centímetro de cabelo. Ele ficou satisfeito, e a gente tirou fotos juntos.

E essa foi a última vez que eu os vi, pois eu já estava neutropênico — isto é, sem defesa imunológica — e tive que começar o isolamento.

Agora, eu ficava acoplado a uma máquina de infusão que colocava a quimioterapia através do meu *port*. Era um remédio chamado Cy-ATG, composto de dois imunossupressores. A dra. Rodriguez explicou que o grau de imunossupressão usado nos casos de transplante para esclerose múltipla não precisava ser tão alto quanto para pacientes de mieloma, e que isso vinha contribuindo para a menor mortalidade nesses procedimentos. Mesmo assim, o número dos meus neutrófilos, um tipo de célula imune, tinha que chegar a quase zero, e ela previa de uma semana a dez dias para que isso acontecesse.

Enquanto a máquina apitava e fazia o seu trabalho, eu olhava lá fora. Um prédio tinha acabado de ser finalizado ali perto, e dava pra ver que a vegetação da fachada lateral era nova. Era uma série de árvores pequenas, todas do mesmo tipo, muito parecidas. Mas tinha uma exceção: quase em frente à minha janela, uma árvore parecia estar morrendo... as folhas estavam marrons e caindo. Estranhamente, vários passarinhos iam e vinham nela, só nela.

— Que prédio é esse? — perguntei para a enfermeira, que trocava a bolsa de medicamento.

— Ah, é o novo Centro de Nanotecnologia do instituto. Parece que o governo investiu mais de um bilhão e que tudo que tem lá dentro é top do top.

Ver aquela árvore estava me incomodando de uma forma que eu não estava prevendo. Era como se meu TOC estivesse voltando com tudo.

— Qual o nome dessas árvores?

— O quê?

— Essas árvores aí da frente.

Ela foi até a janela e olhou lá pra fora.

— Não faço ideia. Mas tem uma coisa que você pode fazer... você tira uma foto e coloca no *lens* do Google. A internet vai te dar a sua resposta. — Ela me olhou com interesse. — Você trabalha com jardinagem, Mr. Wolfe?

— Não... é só curiosidade mesmo. Obrigado.

Quando ela saiu do quarto, fiz o que ela sugeriu e descobri que o nome da árvore era "Nelly Stevens Holly", um tipo muito usado em decoração. Li tudo sobre a árvore, mas não consegui encontrar uma explicação para só uma delas morrer. Aparentemente, elas sobrevivem melhor a secas do que a excesso de água. Mas aquelas árvores recebiam a mesma quantidade de água... e por que os passarinhos gostavam dela?

Nos dias posteriores, eu fiquei meio que obcecado por aquela árvore. Até montei uma teoria: os pássaros gostavam dela porque de lá tiravam material morto para fazer seus ninhos. Enquanto ela continuava morrendo, eles faziam uma festa. Pelo menos no fim da sua vida, aquela árvore estava sendo útil pra alguma coisa que não fosse só decoração. Devia ser um mecanismo da natureza pra que ela fosse aproveitada ao máximo, já que as folhas não podiam mais produzir oxigênio.

Eu sabia por que eu estava obcecado por aquela árvore.

Eu era aquela árvore.

Solara

— Mas tá tudo bem, Hugo? Você parece ter perdido mais peso.

Tinha seis dias que o Hugo estava em isolamento e ele já tinha perdido oito quilos, desde que chegou. A gente estava se falando por videochamada e ele parecia terrível, com olheiras fundas e abatido.

— *Eu estou bem, Sol. Só com muito enjoo e dor de estômago, mas agora estou tomando todos os remédios que eles me dão pra isso. E também tem a diarreia.*

— Você falou com a dra. Rodriguez sobre isso?

— *Falei. É de esperar mesmo.*

— E você não vai ficar desidratado?

— *Como, Solara? Eu recebo sei lá quantas bolsas de líquido pelo tubo intravenoso o dia inteiro, e eles ainda estão me dando esses shakes de proteínas de vários sabores esquisitos, que eu sou obrigado a tomar... Tá certo que eu urino o tempo todo, mas alguma coisa tem que ficar, né?*

Eu percebia claramente as alterações de humor e a fadiga intensa dos últimos dias, e não pude deixar de me preocupar.

— *Perdão, Sol. Eu... não sei... acho melhor a gente desligar.*

— Hugo... tem alguma coisa que você não está me dizendo?

Ele demorou pra responder:

— *Não... vai passar. Eu não quero falar com o Rafa hoje, ok? Melhor ele não me ver assim.*

— Ok — concordei, tentando disfarçar minha preocupação. — Amanhã. Amanhã você vai estar melhor.

Apesar disso, eu peguei o Rafa e fui até lá. A enfermeira nos deixou olhar o Hugo através do vidro da porta, mas a gente não podia entrar.

O Hugo estava na janela e se virou, surpreso. Depois, veio até a porta de vidro arrastando umas máquinas e uma bolsa que estavam conectadas a ele.

— Sol... o que vocês estão fazendo aqui? — ele perguntou, meio irritado.

— Vim te ver. Tem alguma coisa acontecendo?

— Não — ele respondeu, olhando pro Rafa.

— Pequeno, vai ligar pro seu tio pra ver o Loki, enquanto eu converso com o seu pai.

O Rafa pegou meu celular todo animado e foi sentar numa cadeira no corredor.

— Hugo, abre o jogo... Você está deprimido, que eu sei. Mas você devia estar animado! Depois disso aqui, você tem todo um futuro livre de surtos pela frente!

— Eu sei.

A resposta dele não me convenceu... Aliás, não convenceria ninguém.

— Tá conseguindo trabalhar?

— Um pouco.

— Fala o que você está sentindo.

— Tiraram a árvore — ele respondeu, estranho.

— Que árvore?

Ele sentou no chão e eu sentei com ele, apenas com o vidro nos separando.

— Tem uma fila de árvores aqui na frente... só uma delas estava morrendo. E hoje eles a tiraram. O espaço está vazio.

Eu tentei entender.

— Isso é sobre o seu TOC? Você tá preocupado com o buraco?

— Também. Mas eu não posso deixar de pensar na semelhança, Sol. Eu acho... eu sou aquela árvore — ele falou, com lágrimas nos olhos.

— Hugo... você não vai morrer. Bom, de uma certa forma, seu sistema imune defeituoso está morrendo... mas um novo, mais saudável, vai nascer!

Ele pareceu desolado.

— Não aguento mais ficar aqui sozinho, Sol... Eu tenho pensamentos ruins, e sempre os mesmos...

— E a televisão? Aí não tem Netflix?

— Tem, mas eu não consigo me concentrar.

O Rafa veio correndo e mostrou o celular pro Hugo.

— Pai, olha o Loki! É pra você não ficar triste.

O Hugo sorriu, e eu senti como se a minha alma e a dele tivessem sido iluminadas.

— E eu escrevi uma carta. Vão te dar depois.

Ele saiu com o celular na mão e foi sentar de novo na cadeira.

— A enfermeira vai colocar num plástico e te dar. Hugo... fica forte. A dra. Rodriguez disse que os imunossupressores podem causar depressão... Eu vou falar com ela sobre isso.

— Não... Eu não quero mais um remédio, S-solara.

Eu entendia o lado dele.

— Meu amor... Olha, eu tenho certeza que amanhã ou depois vão colocar uma árvore nova ali, e que ela vai ser ainda mais linda e mais saudável que todas as outras. Pensa nisso... eu e o Rafa te amamos.

Ele fez que sim com a cabeça e se levantou. Eu fiz o mesmo.

capítulo 59

Hugo

No oitavo dia do tratamento, a doutora. Rodriguez veio me ver às sete da manhã.

— Ótimas notícias, Hugo: hoje você vai receber suas células-tronco de volta.

Eu fiquei animado.

— E vamos tirar o cateter, mas você vai ter que urinar nas garrafas pra gente saber exatamente a quantidade de urina que você está produzindo.

— Não tem problema... topo qualquer coisa pra essa coisa sair de mim.

Ela riu.

— Imagino. Amanhã vamos fazer um ultrassom da sua bexiga e começar com os profiláticos.

— Como é?

— *Profiláticos*. Como você está sem imunidade, nós vamos te dar antifúngicos, antivirais e antibióticos pra evitar que você contraia uma infecção. Sua dieta vai ser especial também... nada de alimentos crus ou malcozidos: tudo pasteurizado, pra evitar que você tenha alguma infecção alimentar. Sinto muito, mas a diarreia e os enjoos devem continuar por alguns dias... Mas nós temos tudo sob controle. Agora é partir para o transplante, você fez um bom trabalho até agora!

Duas horas depois, a enfermeira veio tirar meu cateter, e eu me senti uma nova pessoa. Eu não tinha mais que ficar carregando aquela bolsa de xixi pra todos os lados, tinha menos um tubo no meu corpo restringindo meus movimentos e era capaz de fazer xixi sozinho de novo. Pode não parecer grande coisa, mas a gente só dá valor a essas pequenas realizações quando as perdemos.

Logo depois, outra enfermeira entrou com um contêiner enorme, de onde saía uma fumaça.

— Suas células estão aqui dentro... pode me dizer seu nome e sua data de nascimento?

— Hugo Krammer Wolfe, 29 de dezembro de 1994.

— Ok. Confere aqui.

Estava tudo correto. Ela tirou uma bolsa cor de laranja congelada de dentro do contêiner e colocou num banho-maria. Conforme aquecia, o líquido foi ficando mais vermelho. Depois ela acoplou a bolsa ao aparelho de infusão, e o gotejamento começou. Horas depois, ela fez a mesma coisa com a segunda bolsa. Eu tive que tomar mais esteroides, mas não sabia bem por quê... A essa altura eu já não me importava, e um remédio a mais ou a menos já não fazia diferença.

Tirar o cateter foi maravilhoso, mas agora eu tinha que fazer xixi o tempo todo e guardar as garrafas. Era meio embaraçoso uma pessoa vir medir meu xixi todos os dias, mas as coisas pareciam estar melhorando.

No fim da tarde, vi pela janela que havia uma nova árvore no lugar da outra. Como a Solara disse, aquela era mais verde e um pouco mais cheia do que as outras.

Aquilo aqueceu meu coração.

Solara

No fim da terceira semana, o Hugo saiu do isolamento. Na verdade, a gente ia continuar no alojamento, mas pra ele era uma grande coisa sair daquele quarto. Parecia que ele estava se libertando de uma prisão em que esteve longos anos.

No entanto, ele tinha passado por vários dias de tratamento com G-CSF para continuar estimulando a produção de células-tronco, e as dores nos ossos voltaram. Por causa disso, os médicos receitaram um analgésico potente, usado para cirurgias. O Hugo ficou meio derrubado por uns dias, mas agora parecia mais normal.

Eu e o Rafa fomos buscá-lo no instituto, que era dois prédios à direita. O Hugo nos esperava com uma sacola cheia de bebidas para repor perda eletrolítica e outra cheia de remédios. Eu fiquei feliz de poder tocá-lo de novo.

— Tenho que continuar tomando os profiláticos até minha imunidade aumentar... A dra. Rodriguez disse que meu número de neutrófilos está melhor a cada dia.

Naquele dia ele pareceu leve e sorriu bastante. Ele e o Rafa jogaram jogos no iPad, assistiram filmes juntos, e o Hugo até aceitou falar no WhatsApp com o Adriano. Apesar da diarreia e dos olhos fundos, ele estava feliz e esperançoso.

Na hora de dormir, contudo, ele parecia extenuado. Eu só queria ficar perto, senti-lo comigo, já que eu e o Rafa voltaríamos ao Brasil em três dias.

— Hugo... tenho uma coisa pra te contar — falei, recostando no seu peito.

Ele puxou meu rosto e me beijou, bem devagar. Eu correspondi, sem pressa de terminar.

— Uau... que beijo... — ele sussurrou, meio empolgado.

— Hugo... você ainda está imunossuprimido.

— Tudo bem, Sol. Nem sei se ia dar certo, tô tão cansado... Parece até que eu corri uma maratona — ele falou, com os olhos inchados de sono. — Mas você ia dizendo...

Eu tomei fôlego.

— Então... Eu... sua mãe vem ficar contigo.

— O quê??? — ele falou mais alto, e o Rafa se mexeu na cama.

— Hugo... eu não ia te deixar sozinho...

— Mas... você ligou pra ela? Quando? — Agora ele tinha os olhos bem abertos.

— Assim que a gente marcou nossas passagens. Ela não pensou duas vezes.

— Solara... — ele protestou, irritado.

— Olha só... eu não tô nem aí pro que ela acha ou pensa de mim... O que importa é que ela te ama e vem te ajudar, Hugo. Se eu pudesse, eu ficaria... mas daqui a pouco o Rafa começa as aulas e eu não posso faltar mais ao trabalho.

— Eu entendo sua preocupação... mas minha mãe... A gente não pode conviver muito, simplesmente não funciona, Sol! — ele falou, gesticulando.

— Eu sei! Mas é por pouco tempo, no máximo um mês... Você pode se controlar um pouco, né?

— E-eu posso me controlar, mas quem disse que ela vai?

Eu o beijei.

— Hugo... por mim... Eu vou ficar mais tranquila, vai.

Ele suspirou, claramente contrariado.

— Que dia ela chega?

— Em três dias. A gente coordenou os voos.

Ele riu, sarcástico.

— Não acredito. Você e a minha mãe... quem diria? E ela não te disse nada que pudesse...

— Não dei chance. Fui bem direta, e ela também. Digamos que é uma trégua, por um objetivo comum. E esse objetivo é cuidar de você, Hugo.

— Eu sei. — Ele suspirou. — Mas eu já te contei que minha mãe me trata como um garoto de quinze anos, aleijado e coitadinho?

— Já. Mas é melhor do que ficar sozinho, no momento.

Ele suspirou de novo. Depois de um tempo, eu achei que ele já tinha dormido, mas ouvi a voz dele, bem baixinho:

— Obrigado por me amar tanto, Sol.

Em menos de dois minutos, ele dormiu nos meus braços.

capítulo 60

Hugo

Minha rotina no quarto do alojamento não era muito diferente da do isolamento. Eu ficava prostrado a maior parte do dia, enquanto minha mãe cuidava dos meus remédios e da dieta neutropênica. As únicas vezes que eu saía eram pra fazer exames de rotina no ambulatório do instituto. Todas as noites eu falava com a Solara e com o Rafa por videochamada antes de ir dormir.

Eu ainda estava perdendo peso, já que a diarreia continuava e eu não conseguia comer direito. Meu paladar e meu olfato estavam alterados também, efeito colateral dos profiláticos. Mas o que mais me preocupava era a sensação de que eu ia ficar gripado, que eu estava tendo há alguns dias. Até agora, meu sistema imune novo parecia estar tentando dar conta do recado, mas eu estava ansioso por saber quem ia vencer essa batalha. Em consequência, comecei a medir minha temperatura várias vezes por dia e tentar me alimentar melhor.

Dois dias depois, tive minha resposta.

No fim da tarde, minha temperatura subiu um pouco e eu senti uma fadiga extrema, uma sensação ruim. A dra. Rodriguez me aconselhou a ir para o ambulatório, e lá eu fiquei, visto que a essa altura a febre tinha aumentado muito. Minha mãe me acompanhou, mas em determinado momento eu tive que voltar pro isolamento. A médica disse que meus linfonodos estavam inchados e estava fazendo testes para descobrir qual era a infecção. Eu fiquei em observação a noite toda, e minha febre ia e vinha. Até que, no dia seguinte, comecei a ter alterações na visão. Me apavorei, achando que era um novo surto, e apertei o botão diversas vezes para chamar a enfermeira.

Meu último pensamento estranhamente foi um questionamento: como aquela árvore, eu também beneficiaria alguém na minha morte?

Solara

Meu telefone tocava insistentemente, enquanto eu o procurava dentro da bolsa, no meio do supermercado.

Meu coração quase saiu pela boca quando vi o nome da dona Sheila. O telefone parou de tocar assim que eu atendi, mas eu liguei de volta, só que agora era ela que não atendia. Depois de três tentativas, ela finalmente atendeu.

— Solara? — ela falou com a voz trêmula, e eu gelei.

— O que aconteceu?

— O Hugo... ele começou com uma febre ontem à noite... Nós voltamos ao hospital pra novos exames, mas os médicos... eles não sabiam o que era e estavam tratando a febre, mas o colocaram de novo no isolamento...

— Dona Sheila, por favor... pode ser objetiva?

Ela começou a chorar, e eu entrei em pânico.

— Dona Sheila...

— É CMV... — ela respondeu, chorando. — Citomego... Citomegalovírus. Pelo que entendi, é um vírus que ele já tinha e não é problema pra maioria das pessoas, mas é pro Hugo, já que ele está fraco... Ele teve umas alterações na visão e logo depois teve uma convulsão... Agora não sei, estão tratando, mas não me falam nada. A última notícia que eu tive, por parte da própria médica, é que isso pode... que isso pode levar o meu filho à morte...

Foi nesse exato momento que eu parei de prestar atenção.

epílogo
8 ANOS DEPOIS

Solara

Sexta-feira era dia de o Rafa chegar da faculdade em Ituitiba. Ele sempre vinha nos fins de semana.

Estacionei em frente de casa, cansada. Eu tinha trabalhado esses últimos dois dias num evento especial que a Fênix preparou para arrecadar fundos para a construção de uma nova sede em Catedral de Limeira. Seria uma responsabilidade enorme ficar no comando dessa sede, mas a Mariane fez questão. No início, duvidei um pouco da minha capacidade de tocar o projeto, mas ela me convenceu do contrário... E aqui estou eu, mais uma vez mergulhando de cabeça em águas desconhecidas.

Agora eu canto no Tequilaria só duas vezes por mês, já que nas outras noites eu me apresento em outros bares da região. Não que eu precise do dinheiro, mas eu amo cantar.

Há muito tempo eu aprendi que não precisava escolher uma coisa só pra fazer, ou construir uma carreira sólida com perspectivas de abraçar o mundo. Posso fazer uma diferença significativa na vida de poucas pessoas. E eu não quero parar por aqui: assim que eu tiver mais tempo, vou estudar Psicologia. Sinto muita falta disso no dia a dia, quando lido com as mulheres da Fênix.

Encontrei a casa escura e quieta, do jeito que eu a tinha deixado ontem pela manhã. Tirei meus sapatos, subi para o quarto e larguei minha bolsa. Troquei de roupa, pensando que ainda daria tempo de pegar o pôr do sol. Olhei pela janela e sorri, agradecendo a Deus pela minha vida... Tudo o que eu amava estava ali, ao vivo e em cores, esperando por mim, na Praia das Princesas.

Hugo

Conforme as ondas vinham e molhavam os pezinhos do meu filho, ele gargalhava. O Pequeno já ama o mar, com nove meses de idade.

Beni é uma mistura de Hugo com Solara. O cabelo muito loiro, mas a pele mais escura que a minha e os olhos castanhos bem claros. O Lúcio diz que ele é como a irmã: cabelo de sal, pele de sol e alma de mar.

Por falar no Lúcio, ele continua dando as tradicionais aulas de surfe na praia de Pedra Grande. O Rafa sempre vai direto da faculdade em Ituitiba pra lá, às sextas-feiras. Nosso primogênito mora no alojamento e vem pra casa nos fins de semana. Já é o segundo ano dele em engenharia mecânica. O Campeão ainda fala pouco, mas seu olhar fala toneladas.

Nosso caçula nasceu uma semana antes da filhinha da Taty e do Lúcio, Laila. Às vezes a Taty a traz pra brincar com o Beni enquanto o Lúcio termina as aulas de surfe. Minha sobrinha é a cara da Solara: bem morena, dos cabelos escuros ondulados e olhos cor de folhas secas.

O Negão e a Lumi ainda moram naquele apartamento em Pedra Grande, perto da comunidade. O Ciano formou uma sociedade com o Buffet das Garotas e faz fotografia de festas e eventos. Influenciado pelo Adriano, o Brício fez faculdade de fisioterapia e agora trabalha com o Negão na nova clínica deles, em Catedral de Limeira. O Claudinho, a Lumi e o Adriano deram duro pra pagar a faculdade, mas valeu a pena. A Cris se formou mês passado em arquitetura numa universidade pública em Ituitiba e já tem algumas entrevistas de emprego agendadas no Rio. Eu e o Gustavo a ajudamos.

Eu ainda tenho minha marca, BrainstorMe by Hugo Wolfe, mas também trabalho para a HiTrend. Anos atrás, depois do meu transplante, fiz uma série de vídeos sobre minha experiência de viver com esclerose múltipla. Depois que a Solara ficou sabendo da minha doença, eu não quis mais esconder isso de ninguém; pelo contrário, eu queria ajudar as pessoas contando a minha história. E eu me lembrava claramente das palavras que o Beni me disse um dia: "Você não quer o que está aqui, você quer achar o seu lugar nesse mundo. São pessoas assim que mudam o mundo, que fazem ele ser melhor". Eu queria fazer isso valer, usar minha experiência pro bem dos outros. No início, temi que a exposição pudesse me prejudicar profissionalmente, mas fiz mesmo assim... Eu devia isso para a sociedade e para mim mesmo. Acabou que o contrário aconteceu: vários clientes, amigos e até desconhecidos ficaram tocados com a história e prestigiaram meu trabalho, e por isso eu não podia ser mais grato. Sete anos depois, meus vídeos continuam sendo acessados, e eu ainda recebo retornos mais do que gratificantes.

Minha recuperação do transplante foi bem difícil nos primeiros meses. Tive várias infecções, perdi bastante peso, mas em algum momento as coisas começaram a melhorar. Seis meses depois, meu cabelo começou a crescer de novo e aquela aparência de morto-vivo deu lugar à cor e a alguns quilos a mais.

Apesar de todos os percalços, eu faria tudo de novo.

Por falar na minha doença, ela está em remissão desde o transplante. Ainda tenho sequelas: existe um borrão preto no meio do meu olho direito, minha perna e meu braço direitos ainda são meio descoordenados, minha mão direita tem uma leve tremedeira e minha fala também não é cem por cento. Estes dois últimos melhoraram muito com fisioterapia. A função da bexiga continua normal, desde que eu continue tomando os remédios. Ainda faço terapia, fisioterapia, musculação e me arrisco de vez em quando no muai thay, com o Negão. Não posso mais surfar, mas isso não me deixa triste.

Por causa da medicação pesada que eu sempre tomei, e ainda mais depois do transplante, achei que nunca poderia ser pai... mas a vida sempre dá um jeito de nos surpreender. Ao contrário de antes, eu creio firmemente que o final da minha história será bom. Se não for assim, tudo que eu vivi até agora já valeu a pena. Às vezes imagino como teria sido minha vida se eu tivesse me escondido atrás de um diagnóstico, e o usasse como desculpa para não viver... A gente fica pensando demais no futuro e esquece que a única coisa certa na vida é o presente.

Loki e sua filhote Freya saem em disparada em direção à nossa casa, e eu vejo a Solara se aproximando, cansada, mas com um sorriso

leve no rosto. Como ela ainda tem o poder de me deixar fascinado...
Às vezes ainda me sinto como aquele garoto, impressionado com a
beleza interior e exterior de uma menina. Como se fosse possível, eu
admiro ainda mais o que ela se tornou: ressurgiu das cinzas de um
abuso terrível, de um lar destroçado, para se tornar uma mulher forte
e realizada. Até o fim da minha vida, eu vou fazer de tudo para que
os seus sonhos se realizem, para que o pôr do sol seja sempre dela.

Quanto a mim... o estigma de lobo solitário não me cabe mais.
Eu sempre serei, como na arte do Durval, o lobo olhando pela fênix.

Fim

AGRADECIMENTOS

Durante minha formação acadêmica, eu era fascinada por doenças autoimunes e neurodegenerativas. A esclerose múltipla, condição extremamente complexa, estava no topo da minha lista de interesse. O tema me fascina não só pelas características científicas, mas também sociais: os estigmas, a aceitação da doença por parte do paciente e dos que o rodeiam, a forma como a sociedade o vê. Sinto que precisamos discutir mais sobre o tema.

E foi assim que nasceu a ideia para *O lobo e a fênix*. Essa é, sem dúvida, uma das mais belas histórias que já criei.

Quero agradecer imensamente à Taty Caiado por ter dividido sua história comigo de forma leve e lúdica. Diferentemente de só estudar o assunto, entrar em contato com um paciente é essencial para que nós, escritores, possamos captar como é de fato viver a doença e, ao mesmo tempo, informar a sociedade de forma correta. Agradeço também à dra. Fernanda Ferraz, minha querida amiga e brilhante neurologista. Apesar de muito ocupada, tirou um tempo para criticar a história, consertar erros e ainda escrever a apresentação deste livro. Fernandinha, que sua vida e sua carreira prosperem imensamente e que você continue sendo bênção na vida dos seus pacientes.

Sou imensamente grata ao Dr. Guilherme Olival e à ABEM pelo belo e tocante prefácio e por todo o apoio que me deram. Também agradeço à Marina Mafra por ter se disposto a ler este livro, apesar do seu tempo reduzido. Seu retorno significa muito, não só por ser paciente de EM, mas por ser uma escritora talentosa, amante dos livros e uma pessoa maravilhosa. Marina, já te considero minha amiga!

Não posso deixar de agradecer à Adriana Galaxe, minha prima querida e artista favorita, pela belíssima capa deste livro. Seu trabalho é inspirador, e sua história de vida ainda mais. Meu desejo é que nenhum diagnóstico seja capaz de te parar!

Também agradeço à minha filha Luísa, que quis "ouvir o livro" e se encantou com os personagens; meu marido Helton, que me apoia incondicionalmente e sempre voa mais alto comigo; meus amigos, que me dão suporte e incentivo; minha querida terapeuta Kátia, que me ajuda a manter a sanidade mental. Agradeço demais à Camila Glauss, minha leitora beta constitutiva, que sempre embarca nas minhas histórias. Suas críticas são valiosíssimas pra mim!

Faço aqui um agradecimento especial a toda a equipe da Editora Labrador pela parceria, pela extrema paciência e pelo exemplo de profissionalismo. Obrigada por fazer este sonho se tornar realidade.

Agradeço, enfim, aos meus queridos leitores. Seu retorno é o que me faz persistir, embora o caminho não seja fácil!

Amor,

Ester.

NOTA AO LEITOR

Eu não sabia, mas parte de ser um escritor envolve algo além da escrita... envolve a divulgação do livro. É por isso que escrevo esta mensagem a você, caro leitor.

Uma das maneiras mais eficazes de conquistar novos leitores é pedindo para os leitores atuais deixarem sua avaliação por escrito no site da Amazon. As avaliações são a única forma de nós, novos autores, competirmos com os livros estrangeiros e com as grandes editoras. Por isso, eu gostaria de pedir a sua ajuda escrevendo uma avaliação honesta sobre o meu livro na página da Amazon. É muitíssimo importante, principalmente para nós, autores nacionais.

Agradeço a sua confiança no meu conteúdo e espero que tenha gostado da leitura!

Ester.

FONTE Minion Pro
PAPEL Pólen Natural 80 g/m²
IMPRESSÃO Paym